红沙发系列

人面橘

时代出版传媒股份有限公司
安徽文艺出版社

李佩甫◎著　何　弘◎点评

李佩甫,现为中国作家协会全委会委员、河南省作家协会名誉主席。著有长篇小说《生命册》《羊的门》《城的灯》《城市白皮书》《等等灵魂》《李氏家族》等11部,其中,《生命册》获第九届茅盾文学奖;中篇小说集《黑蜻蜓》《无边无际的早晨》《钢婚》《田园》《李佩甫文集》等7部;《颍河故事》《平平常常的故事》等6部剧本。作品曾获得庄重文文学奖、施耐庵文学奖、人民文学奖、"五个一工程"奖、飞天奖、华表奖、中国图书出版奖等。部分作品曾被翻译到美国、日本、韩国等。

何弘,现任中国作家协会全国委员会委员、理论批评委员会委员,中国文艺评论家协会理事,河南省文联副主席等。系河南省宣传文化系统首批"四个一批"人才、享受国务院特殊津贴专家。出版有专著《生存的革命》《网络化背景下的文学艺术》等、论文集《探险者——何弘文化文学论集》《超越还是重复——中原文学论稿》、报告文学《命脉——南水北调与人类水文明》等。曾多次担任鲁迅文学奖、茅盾文学奖等多种重要文学奖评委;获得第三、四、五届河南省文学艺术优秀成果奖,首届杜甫文学奖,河南省"五个一工程"奖等多个奖项。

红沙发系列

人面橘

——何弘点评李佩甫中篇小说

李佩甫◎著

何 弘◎点评

时代出版传媒股份有限公司
安徽文艺出版社

图书在版编目（CIP）数据

人面橘：何弘点评李佩甫中篇小说/李佩甫著；何弘点评. —合肥：安徽文艺出版社，2018.6

（红沙发系列）

ISBN 978-7-5396-6198-8

Ⅰ. ①人… Ⅱ. ①李… ②何… Ⅲ. ①中篇小说－小说集－中国－当代 Ⅳ. ①I247.7

中国版本图书馆 CIP 数据核字（2017）第 259926 号

出 版 人：朱寒冬
责任编辑：汪爱武　　　　　　　装帧设计：张诚鑫

出版发行：时代出版传媒股份有限公司　www.press-mart.com
　　　　　安徽文艺出版社　www.awpub.com
地　　址：合肥市翡翠路 1118 号　邮政编码：230071
营 销 部：(0551)63533889
印　　制：安徽新华印刷股份有限公司　(0551)65859551

开本：880×1230　1/32　印张：13　字数：250 千字
版次：2018 年 6 月第 1 版　2018 年 6 月第 1 次印刷
定价：39.80 元(精装)

（如发现印装质量问题，影响阅读，请与出版社联系调换）

版权所有，侵权必究

目 录

寂寞许由 / 001
败节草 / 069
画匠王 / 164
人面橘 / 211
乡村蒙太奇——一九九二 / 222
田园 / 282
送你一朵苦楝花 / 348

寂寞许由

> 李佩甫久已不写中篇。此文作于《生命册》之后,是他十多年来唯一的中篇。

一

相传,在上古尧舜时期,中原腹地有一高士,名叫许由。

此人农耕而食,重义轻利,广有贤名。尧帝知道后,要把君位禅让给他。许由不愿做官,就逃到箕山隐居起来了。

不久,尧帝又想请他做九州长。这一次,许由听到又要让他做官,以为耻,赶忙跑到颍水边洗耳去了……从此,许由赢得了美名,也给人世间留下了一个"许由洗耳"的成语;再后来,就被人们传为隐士的鼻祖了。

> 情绪和叙事保持适度紧张是李佩甫小说的特点。此文却有难得的轻松,开头可见。

然而,此事却得到当时另一位隐士巢父的嘲讽。好像是说,洗什么耳呀?别脏了水。在这个世界上,还有不愿做官的人么?他不过是作秀罢了。

大意如此。

> 从远处说起,比如《红楼梦》,是中国小说的传统。

［1996年，河南省Ｘ文学院七位作家挂职深入生活，李佩甫是其中之一。］

二

我要说的是，我是做过几天官的。

我在一个刚升格的县级市当一副市长。准确地说，三年，挂职。

有很多人不明白什么是挂职。挂职就是从上边直接派下去的，没有走必要的选举程序。当然，走也是要走的，简化了。挂职又分两种，一种是实的，一种是虚的。我是虚的，就是说，我所谓的挂职，是以作家的名义去体验生活。

［戏仿官员介绍当地情况。深意在于要把人当植物写。］

这是一个坐落在中原腹地的县级市，下辖十九乡、六镇，当年总人口八十七万。原为天仓县，一九九四年升格为天仓市。此地属北温带气候，年平均气温16.2度；日照时间2134.7小时；年无霜期237天；年平均降雨量727mm；域内共有31条过境河流；土壤主要分潮土、褐土、砂姜黑土三种，适于耕种。这里一马平川，人口密集，可以说，千年来几乎每寸土地都经人工修饰过，插根棍子就可以发芽，是产粮食的地方，所以叫天仓。

［李佩甫挂职的县，实际叫"长葛"。］

在这样一个地处平原、四通八达的县份里做"官"，不客气地说，前前后后最先让我记住的是两个字，或者说,只有这两个字给我印象最深:"钻挤。"

"钻挤"是平原上的土话,也是对天仓人的形容。最初,我对这两个字的理解完全是贬义的:"钻",我首先理解为钻营,或者说是不择手段;"挤"呢,怕也有加塞儿、抢先之意吧?把"钻"和"挤"拼接在一起,这就又加重了一层。那就像是把脑袋削尖了当钻头使,自然是很不堪的。

然而,时光荏苒,岁月如流。离开天仓之后,每当想起这两个字的时候,我都不由得会心一笑。是啊,外人是很难理解这两个字的。"钻挤"这两个字所涵盖的意思,也不是一两句话能够说清的。有时候,它就像是一本大书,需要细细咀嚼;还有的时候,它就像是天空中的一道闪电,会叫人肃然起敬。

说实话,这两个字,会让我想到一个人。这人姓郭,名守道,大个子。最初,我并不知道他是干什么的,只知道他姓郭,我也就叫他老郭。记忆中,他身高骨寡,袖手面寒,就像是竖着的一捆麻秆。是的,我记住了他的脸。他那一张瘦脸,只有结了黑紫血痂的嘴唇是厚的(有人说,他脸皮也厚)。还记得,他常年穿着一身显得有些局促的灰西装,打着一条连乡人们都很不屑的、已分不清颜色的领带,脚上穿一双沾满灰尘的旧皮鞋,肩上挎着一个黑色的人造革挎包,总是风尘仆

> "钻挤"是个关键词。一词写出了一个地方人物的性格特点。合了前文,有什么样的环境就有什么样的人,什么样的性格。

> 李佩甫多次和我谈到老郭的原型。此人创办的企业后来上市了。

寂寞许由 / 003

> "一蹿一蹿",极传神。李佩甫对此词情有独钟。

> 第一个拜访,又套近乎,可见"铅椅"。中原酒徒读此当会心一笑。

> "谷堆",起时"半山一样",老郭大个子嘛!

仆,一蹿一蹿地走在乡间的土路上。还有,他的咳嗽极有特点,很像是一面张扬的、扯烂了的破旗。

一想起这个人,我脑海里就会出现一些模糊不清的、碎片一样的记忆。最难忘的,是他那劈柴般的咳嗽声。是呀,他是我挂职天仓、到任的第一天,第一个来拜访我的当地人。

记得,他说"我写过诗"。

那天,我是中午到的。天仓四大班子,出动了六辆轿车,浩浩荡荡地把我从省城接到了天仓。按地方上的规矩,市委市政府搞了一次接风酒宴。我这人平时是不喝酒的,但初到地方任职,不得不入乡随俗,也就象征性地喝了几杯。酒是本地的接待专用酒,名为"三泉春"。后来我才知道,本地人对此酒有句顺口溜:三泉春,算龟孙,看你晕不晕!我就是喝下了几杯"三泉春"后,头昏脑涨,一觉睡到了傍晚时分。

傍晚,当我拉开门的时候,见一黑乎乎的人影儿在门前"谷堆"("谷堆"为象形词,也是本地土话,意为"蹲")着。还没等我醒过神儿来,他忽地一下蹿起来了,半山一样,吓我一跳。而后,他慌慌地伸出手来,很熟的样子,说:"李市长,我老郭呀,老郭。"

我怔怔地望着他,匆忙间跟他握了手。他的手很凉,摸上去糙糙的。那时我的酒劲还没完全散去,头晕乎乎的,就说:"噢噢,你好,你好。"

老郭说:"呀呀呀,老天爷,早就盼你来。你可来了,你是作家,跟他们肯定不一样。分工了么?你分工管啥?"

恭维,近乎套得自然。

我迟疑着,不知他是哪路"神仙",一时不知说什么好,就说:"刚到,还没分呢。"

他不容置疑地说:"那你得赶紧要求分工。一定要分工。你得有自己分管的口……"

"要求分工",说明对官场了解得很"透"。

紧接着,他突然压低声音,很神秘地说:"李市长,我有个项目,大项目……闹好了,我给咱文化上捐一个亿!"

他一下子就把我吓住了。一个亿?老天,一个亿是什么概念?他也真敢说。我上下打量着他,一时间,我觉得这人满嘴跑舌头,很不靠谱。

利诱。吐噜嘴。

接下去,他愣了一会儿,结结巴巴地、有点突兀地说:"我、我写过诗。"

我支应着"嗯"了一声。"写过诗"是什么意思呢?

他很认真地重复说:"真的,我发表过诗。一九七七年,在《中原民兵》上,八句!"

拉"同类"关系。

那时,我的目光正落在"诗人"的腰上——一个穿西装的人,裤腰上却系着一条红布带子(后来我才知道,那一年他四十八岁,是他的本命年)……慢慢地,我

寂寞许由 / 005

> 老郭的"智慧"即"钻挤"。

才弄明白,他的话里,意思很多。

是啊,时光仅仅过去了十三年。十三年后,我对他就不得不刮目相看了。这时候,仅郭氏家族名下的资产,就有一百一十七亿之多。

三

坦白地说,我是以排名第八的副市长,挂职于天仓市的。

> 当时挂职的实有七人。写四人分四方,小说家之笔。

那是一九九六年的秋天,蝉声落了,暑热也已退去,几经周折,我们四位作家下去挂职的要求终于批下来了。我们四个人,分东西南北四个方位,下派到了四个县份,我分的是天仓。挂职前,组织部门专门找我们谈过话,要求我们十天内到任。而后,其他三位都先后被接走了,独独我一个人还在等待。那年秋天的雨水多,且旷日持久。在绵绵的秋雨中,我等得不耐烦了,就通过一个朋友,打听了一下天仓的情况。在我之前,天仓市已有了七位副市长,我若去了,排名第八。看来,天仓市对"老八"并不欢迎。

是啊,平白多了一位副市长,还要安排吃、住、行,况且,来的也不是什么要害部门的人。天仓不欢迎也是正常的。

两个半月后，待秋意深了些，"老八"终于还是被派下去了。这里边有些曲折，我不想多说了。

我记得，很早的时候，电影院里曾演过一部阿尔巴尼亚的电影，电影的名字叫《第八个是铜像》。这有点谶语的意思。可我知道，我注定不会成为"铜像"。因为，我是挂职。

作家挂职，当不得真，为下文"走程序"做铺垫。

我说过，挂职分两种，一种是实的，一种是虚的。大凡挂实职的，大多是从上级机关派下来、有培养前途的年轻干部。他们经过基层的锻炼，回去后是要提拔的。也有的就此留下来，修成正果，由副而正，成为地方大员。而我则是以作家的名义下来体验生活的。所谓的副市长，只是给一个名义，在某种意义上说，是"挂靠"。

虽然只是名义，可该走的程序还是要走的。在我到天仓的第二天下午，就由本市的常务副市长老薛陪着，到市人大常委会走"程序"去了。老薛个子不高，炮弹形，说话大腔大口的，人却极精明，一看就是从基层熬出来的。在领我从市政府往人大去的路上，他告诉我说："尿，别紧张，走个程序。"

"炮筒"老薛在下文就显出了另一面。

那时天仓刚刚由县升格为市，市政府和市人大都还在一个大院里办公，全是一排一排的平房。政府和人大隔了一道花墙，一个被称为东跨院，一个被称为西

寂寞许由 / 007

> 炮筒其实很懂"规矩"。

跨院,从东跨院到西跨院只有几十米的距离。进了会议室,我发现人大的常委们已被通知来了。据说一共十六个常委,来了十二个,过了半数。跟众人握手之后,我才发现常务副市长老薛的胳肢窝里还夹着两条烟,那烟是用旧报纸裹着的。当着众人,他把烟的封包拆开,一包一包分别甩出去,笑嘻嘻地说:"吸着,吸着……李市长到任了,大家都清楚,走个程序。"

众人都嘻嘻哈哈地把烟接过来,一一回道:"知道,知道。"

> 挂职作家果然是不懂事。

这一刻,我的脸不由得红了。是的,我有些汗颜。说实话,我不是官员,此时此刻竟也有了"加塞"的感觉。虽说是"走程序",也还是要讲票数的。万一人家不投我的票,我也没办法。可我毫无准备,站在那里,一时不知该说些什么,心里怦怦跳着,竟有些惶恐、茫然。我甚至不清楚,薛市长拿来的烟是他自己的,还是用公款买的,这就是"人情"啊。

而后,薛市长重重地拍了我一下,点点头,就大步走出去了,留下我"走程序"。

> 程序正义很重要。

往下,"走程序"也快。也许是那两条烟起了作用,人大十六名常委,到会十二人,赞成十二人,我算是全票通过。我这个副市长就算是正式当上了。

当我走出西跨院时,怎么说呢?心理上竟然发生了一些很微妙的变化。走路时,腰杆稍稍地直了些,硬硬的。这时候,每每遇上有人打招呼,称我为李市长时,我点点头,鼻子会哼一声,很轻。

天是蓝的,阳光很好,小风有些凉意,不知不觉我额头上的汗消了,很爽。也就在这个时候,我看见了薛市长。薛市长站在新粉过的东跨院砖圈的花墙外,正在训斥一个人。

薛市长是站着的,那个人是蹲着的。此刻,薛市长像出膛的炮弹一样,快速地移动着,暴跳如雷!薛市长用手指点着那人说:"三舅,你要不是我舅,我管你那烂脏闲事?你疯了?你是不是疯了?啥项目?啥狗屁项目?啊呸,狗叽吧倒灶!——日八嚓(据说,'日八嚓'是当地民间最为轻看、最为贬低人的一句土话)!……你把一家人都坑了,你知道不知道?!这会儿三妗子在画匠王正搦着脚脖子哭呢。"

走近些,我才发现,那人竟是老郭。老郭在地上蹲着,蹲着的似乎比站着的还要高些。可他就那么矬着,一声不吭。

薛市长发完火之后,突然蹲下来,递过一支烟去,又给老郭点上火。两人吸着烟,薛常务苦口婆心地说:"三舅,听我一句,收收心吧。好好教你的课,别再瞎跑了。我说话算数,你好好当你的民办教师,过两年逮住

老郭竟是薛常务的三舅。这个连接巧妙自然。

李佩甫有篇小说名字就叫"画匠王"。

寂寞许由 / 009

机会,我就给你转了。到时候,你就成正牌的国家教师了。你可一定听我的,别干那些'日八嚓'事了。"

> "只有偏执狂才能生存",老郭应了这句话。

老郭小声辩解着什么,又从那黑挎包里拿出一沓合同纸来,抖手送到薛常务眼前,说:"我有专利,国家的专利证书……"不料,薛常务把烟往地上一拧,跳起身来,说:"你咋是个死榆木疙瘩?非一头撞到南墙上?啥项目?不听,我不听!"说完,他站起就走。

这时,一阵小风吹来,老郭摊在地上的文件纸被风刮走了几页,他张皇地爬起身,跌跌撞撞、激流跟头地追那几页纸片去了。

晚上,在市政府小食堂吃饭时,我问:"薛市长,那老郭,是你舅?"

> 乡村伦理。

薛市长一怔,说:"谁舅?你是说郭大个儿吧?那是个失心疯屎,驴尾巴吊棒槌,八竿子打不着。"

在平原,凡是跟姥姥一个村、比自己长一辈的男性,是要统称为"舅"的。这不是亲戚关系,只是男方对女方家庭社会关系的一种尊重。这我明白。

提起老郭,薛市长告诉我说,此人是他姥姥村上的人,画匠王的。论起来,七拐八绕的也算是跟薛市长多多少少沾一点面子亲。他还说,这是个能人,干啥会啥,早年学过木匠、漆匠、泥水匠,还会画毛主席像呢。

> 能人,通常有些不着调。

原是学校里的民办教师,口才好,课也教得好,就是邪性。

薛市长说:"这不,疯了。他家盖得好好的两层楼,里外三新,卖尿了。领着一家老小住在烟炕屋里,张风喝冷的……他是急发财,迷到茄子地里去了。"

听了这话,我就更觉得这老郭的确是不靠谱,也就不再问什么了。

> 先抑,极写老郭的不靠谱。

四

天仓曾是个有点古风的县城。

那时,天仓还没有大面积地扩容,老县城的"四关"(东关、西关、南关、北关)仍还残存着一点旧城墙的遗迹。城内像点样子的街道仅有那么几条。十字街、榆树街、衙前街、文庙街、马道街、人民路、幸福路……城内有三景:一塔、一庙、一桥,算是古迹了。塔是清代的,有乾隆的御碑;庙是文庙,供奉的是孔子、老子和释迦牟尼,这又叫"三教合一";唯那一桥,是没有的。那桥记录在清代的县志上,上述此地有一景叫"高桥揽月"。那桥究竟有多高呢? 没有人知道。据民间传说,古时,有一孩子,爬到桥洞里掏鸟蛋,一不小心,鸟蛋从桥洞里掉下来,鸟蛋落呀、落呀、落呀……那鸟蛋在下落过程中竟奇迹般地完成了孵化过程。就此,小鸟儿

> 有古风的县城必有内容。

> 李佩甫爱散步，他多次写到。

在落地之前脱壳而飞。说来，"高桥揽月"这一景观是很有文学意味的，这应是天仓人想象力的极致了。

我在到任的第四天晚上，悄悄地从市府大院里走出来，逛了大半个天仓县城。

秋深了，我独自一人，在天仓的大街上漫步。天色已晚，大街上人来车往，行色匆匆，一个个脸紧绷着。灯光下，一街两行的店铺正准备打烊，只有饭馆的生意还红火。这时候，我看见了写在临街墙上的一行大字："要想富，少生孩子多种树。"旁边一面墙上写的是："枪杆刘电话:4848488"——这是宁死也要"发"么？是啊，这年头有谁不想富呢？人人都想富。

> 闲笔不闲。想发财是一个时期社会的主调。

走着，我贸然想，一个市长（当然，副的），走在大街上，竟然没一个人认得他？是啊，天仓的百姓并不知道他们这里又多了一个副市长，多一个少一个跟他们也没啥关系……况且一个写字的，下来挂了个职，虽然也期望着做点什么。可你又能做什么呢？这么想着，就有些尴尬。

> "桥"在哪里？一直是个谜。

就这么走着，我一直在琢磨那个"高桥揽月"。桥在哪里呢？明明没有桥，史志上却有这么一个"高桥揽月"……这很像是一道脑筋急转弯的题，因为你无法想象那桥的高度。可这能说明什么呢？这又想说明什么呢？很奇怪。

那天晚上,我不知道究竟走了多远,走了几条大街,只是见灯光就走,见黑暗处回头。当我转来转去,穿过一条斜巷,走过一个卖花圈的铺面之后,竟然走到了市医院妇产科的后门处。这时候,在一根电线杆下,我又看见了老郭。

老郭在不远处的路灯下站着,地上映着一个长长的影儿,旁边还停着一辆破自行车。他袖着手、跺着脚,没头苍蝇似的,像是在等什么人。

> "转型期"的农民形象。

我迟疑着。说来,我跟老郭还不算熟,就是到任那天见过一面,该不该主动打个招呼呢?可这时,老郭却跑过来了。他巴巴地迎上来,很热切地说:"李市长,喝罢汤了?"

我点点头,应了一声。我知道,"喝罢汤"就是吃过晚饭的意思。当然,这是旧日的乡村记忆,是典型的中原乡村农民的口吻。

老郭说:"出来走走?"

我说:"走走。"

这时,老郭又巴巴地望着我,问:"李市长,分工了吧?你管啥?"

> 分工,就是要权,要到权对老郭有用。

我笑了笑,略显尴尬地摇摇头。

老郭急切地说:"你得争取呀。你是上边派下来的,你要求分工,他们不敢不分……李市长,我那个项目,可全指望你呢。"

我说:"你不是跟薛市长有亲戚关系么?他可是常务副市长。"

老郭悻悻地说:"这尿人……不说他了。一点儿忙也不帮。"

我说:"我下来是体验生活的……"

没等我把话说完,就被老郭打断了。老郭说:"市长啊,你整天在书房里囚着,地方上的事你不懂。你要是不分工管点啥,就没人理你了。你得赶紧要求分工,你一定要争……"

我打断他说:"天都这么晚了,你在这儿干啥呢?"

老郭说:"我来……配一味药。"

我诧异了,说:"你,怎么不进去呢?"

老郭贴得更近些,说:"这味药,我是给咱县银行的马行长配的。"说着,他的哑喉咙"咕噜"了一声,耳语说,"李市长,我也不瞒你了。我有个'好儿'……她表妹在医院妇产科当护士长呢。"

我怔怔地望着他,不明白他是什么意思。

老郭给我递了个眼色,说:"'好儿',你都不知道?我有个'好儿'草帽张的。"

我还是不明白,问:"啥,啥好?"

他有些腼腆地笑了,说:"我可啥都不瞒你。就是

钻椅!用"好儿"的表妹给马行长办事,是真"钻椅"。

'情儿'。这你懂吧？咱这地界,都这么说。就是,就是书上说的'情人'。"

社会真是变了呀！真不敢相信,就这个吹吹乎乎的老郭,一个半吊子,还有情人呢。

老郭说:"我那'好儿',她表妹在县医院,给我弄了个偏方。偏方治大病——小孩儿的胎盘,要新鲜的。而后用文火焙干……"

我十分诧异:"婴儿的胎盘还能入药?"

老郭说:"这你就不懂了。新生儿的胎盘,大补。你如果想要,我想法给你弄一副……"

我忙说:"不,不。"

老郭叹一声,说:"你不知道现在办事有多难。那马行长,我整整找了他九趟,他就是不见我,死活不让我进门。送礼吧,贵的咱送不起……这不,我打听出他肝上有病。我给他弄了个偏方,偏方治大病。这偏方必须用新生儿的胎盘。刚好我在医院妇产科有个熟人,她今天值班,让我等着……"

他说得杂乱,我听得一头雾水。一会儿是行长,一会儿是胎盘,一会儿是情人,一会儿是护士长……这么说,他是想贷款了?

夜气渐深,分别的时候,我回头望着他,只见他形单影只地在电线杆下立着,嘴里还喃喃自语……此时

> 这个"好儿"后边还有交代·草蛇灰线。

寂寞许由 / 015

此刻,我竟有几分同情他了。

走出不远,突然听见产房里传出婴儿的啼哭声……又见老郭两手握拳,半蹲着吼道:"生了,生了!"

那情形,真像个疯子。

> 用心之人,执着之人。

五

人都是爱面子的。

安顿下来后,我先后给各路朋友都打了电话,告诉他们我已挂职天仓的消息,朋友们也纷纷表示祝贺。然后就问,分工了么?你一定要争取分工。当时,我"嗯嗯"着,虽不是十分在意,但心里还是有一些失落。如果检讨自己的话,我承认,这里边自然有虚荣的成分。

> 大家关心的都是"分工"!

九十年代,社会上奢靡之风还没刮起。那时,天仓虽已升格为市,官员们还都在原来的小平房里办公,是"寝办合一"式。正职两间(里外套间),副职一间。我住在第二排的第五间房里,离薛市长只隔一排房,前后窗。

刚到任的头一个月,不断有人找上门来。最初,见有这么多人登门,我还是很高兴的。我想,这样我就可以更多地了解到本地的情况了。

所以，但凡有人来，我一概热情接待……说实话，来找我的，可说是三教九流，啥人都有。他们进门来，先是表示欢迎，说一些很体己的话。我记得，有个人一进门就说："李市长，你喝'牛眯'么？咱这儿有'牛眯'。"一听这话，众人都笑了。我知道，这也是当地的土话，说的是"牛奶"。说这话的是个养殖户，他刚从新疆买回了六头奶牛。一个说："李市长，你多大脚？"最初我不明白他什么意思，后来知道他是贩牛皮、做皮鞋的。另一个说："李市长，见了你，可家常，真亲哪。回来我得给你弄点驴肉，北关街的，你尝尝。"这是一位乡镇干部说的。还有一个说："李市长，听说你写书。回头我买一本，请你给签个名。要说，我的事就够你写一本书了……"他们谈各自的情况、处境、难处，有骂娘的，也有专门跑来告状的。开初一个个都巴心巴肝的样子，那亲热劲儿让你很难招架。然而再往下，聊着聊着，就是摸底和试探了。到了最后，就是一句话："李市长，你到底分工管啥？"

当我没话说的时候，我就问："天仓有桥么？"记得那养殖户一怔，说："桥？不徐顾（'不徐顾'也是本地的一句土话，意思是：没注意，或是没留心）。"我又试着问贩牛皮的："咱天仓，古时候是不是有座桥？"他说："桥？还真不徐顾……哎，有，有。草帽张那边，高速路

> 荡开写市情、社会风气，落脚还在"分工"上。

> 不分工的市长关心的是看不到的"桥"。

寂寞许由／017

上,有一水泥大桥。"我还问过一乡干部:"咱天仓,有桥么?"他说:"桥?啥桥?木有(没有)吧?这个这个……对了,有一村叫郭桥。"我仍不死心,再问一县文化局的干部:"咱天仓,有座古桥?"他说:"有,有有有。西边,前宋北边有一小桥,叫水磨桥,是石桥。"

这情形持续了大约不到一个月的时间。不知从哪一天开始,就再也没人登门了。到了这时候,我终于明白,老百姓是最实际的。哪怕是一个下派的挂职干部,分工也是很要紧的。一个没有分工的副市长,其实就是聋子的耳朵——摆设。

> 不分工的市长就是摆设。

在这一个月里,我曾参加过两次市政府召开的大会。那会儿,我也像模像样地坐在主席台上,就那样在"老八"的位置上坐着,傻傻地……因此,我就更深切地体会到"摆设"这个词有多么准确。

"摆设"的感觉是全方位的。不久,当我再去市政府小食堂吃饭的时候,就觉得特别的孤单。这是一个很小的食堂,食堂有两位大师傅,专对市府领导的。一般到这里吃饭的,包括秘书长、办公室主任等,有十一二个人。可是,常常,每到吃午饭时,偌大的饭厅里却只有我一个人……后来,食堂的大师傅一见我就笑了。那笑,油汪汪的,意味深长。

> 有"分工"的自然都被请了。

照常,大师傅说:"还吃面条?"我说:"面条。"大师傅又问:"烩面还是捞面?"我说:"捞面。"大师傅说:"你等着,马上就好。"

说实话,天仓市政府小食堂伙食不错,尤其是面食,堪称一绝。面条很快就端上来了,光卤就有三种:一种是西红柿鸡蛋卤,一种是肉酱卤,一种是牛肉香菜卤。而后是各种各样的拌菜、配菜:有切得很细的黄瓜丝、姜丝、青椒丝、蒜丝、芥菜丝、海带丝、包菜丝、细粉……再加上油盐酱醋及各种佐料,摆了一桌子。那面也好吃,手工盘的、极筋道,加上各种配菜、佐料一调,香气扑鼻,叫人胃口大开。

吃面原本是有响声的,要的就是那个爽劲。可是,可是呢,你一个人吃饭,有俩大师傅眼睁睁地瞅着……吃着吃着,你就有些不好意思发出响动了。不免羞愧,心说,你算个什么,让俩大师傅为你服务?

有那么一段时间,我觉得处境十分尴尬。说起来是下了基层,却像是吊在了半空中似的。常常,在院子里走的时候,那步子踩下去,很空,很没有底气,有些"偷"的意味。

就此,我先后与同时下去挂职的几位朋友通了电话,交流一下各自的情况。他们告诉我说,下来挂职,有分工的,也有不分工的,要看各地的情况……再问是怎么分的?他们的回答很简单,得"跑"。这个"跑"字

李佩甫爱吃面,自然会写到面的劲道是什么样子。

没分工的不踏实感。

里涵盖了很多的内容。我想,古人造这个字,是背着"包袱"的,那时候包含有"逃难"意味。那么,在今人的眼里,只怕是就简化成一个"足"、一个"包"了。

我一个写字的,并不是真正意义上的官场中人,下来只是为了体验生活。为了这点面子,就去"跑"么?我有些犹豫。说实话,我不想当摆设。但我也不想"跑",这是我的底线。

在市政府大院里,眼看着各位市长都很忙,他们都有自己分管的口(部门),每天夹着包,去参加各种会议……只有我是闲人。特别是薛市长,他离我近,几乎是前后窗,每天见他身边跟着一群人,前呼后拥的,也不免有些眼热。特别是到了晚上,透过后窗望去,他的门前总有很多人来找,热热闹闹的。有时候,他一回屋,就大腔大口地往外轰人:"走走,都走。我这儿成火车站了!……"而我这里,真正是门可罗雀。

后来,我觉得老这么吊着也不是办法,决定分别找书记和市长谈谈,看能不能做点什么。书记、市长都很忙,见了我,也都客客气气的。书记姓王,王书记说:"我看过你写的书。写得好,写得好……"市长姓刘,刘市长说:"咱这儿条件差,不习惯吧?……"市长还给我倒了杯水,说:"先熟悉熟悉情况,熟悉熟悉情况。"

薛市长则说得更直白些:"写你的书呗。来这儿干

[旁批:对比强烈!]

[旁批:敏感问题。]

啥？这屌地方……"后来，我突兀地问了一句："咱天仓有桥么？"他愣了一会儿，说："操，你啥意思？哪儿没桥？你是说'四路一桥'工程吧？不正建着的么？你可别插手。这事归赵副市长，他管城建。"

有一天，办公室主任突然拦住我，吞吞吐吐地说："李市长，薛市长让给你交代一声，你可别把咱这儿的事都那个啥……写出去呀。"

在我到任天仓的一个月后，突然有一天，电话不响了，拨不出去了。我找了管后勤的小伙子，他很紧张，说："坏了？修。"我让人赶快修。三天后，那小伙子一见我，刺溜一下就躲开了。于是，我气冲冲地找到了市政府办公室，一进门，我厉声说："谁把电话掐了？"

这一刻，办公室的人"呼啦"一下全站起来了。大约有十秒钟的时间，没有人说话，谁也不说话。他们就那么默默地站着，一个个都很紧张。最后，办公室主任跑上来说："别急。李市长，你别急。问问，我问问。电信局这些王八蛋……"

就在这一刻，我明白了。而后，我摇摇头，笑了。我是笑着离开办公室的。后来，那个管后勤的小伙子悄悄地告诉我说："李市长，这事不怨我。我哪敢私自掐你的电话呀。"

事过多年，我终于明白了一个道理，当官也不容

> 个人理解不一样的"桥"。

> 基层官员防记者，还得防作家。

寂寞许由 / 021

易，官不是那么好当的。官员身上必须得有一种魅力。第一，口才要好；第二，气场要大；第三，要有相当强的沟通协调能力。要像磁铁一样，往那儿一站，就有强大的号召力和吸附力。后来，在北京人民大会堂听一位中央领导做报告。他坐在台上，面前一片纸都没有，可他侃侃而谈，整整三个小时。他每讲不到十分钟，就有雷鸣般的掌声响起。坐在下面的，是来自各省的作家代表……那掌声不是组织的，是自发的。我懂得了，这就是一个官员的魅力。

> 此说来自作代会上朱镕基总理所做的经济形势报告。

我没有走，我决定在天仓留下来。我要好好地"熟悉熟悉"这个地方。有了留下来的念头之后，才有了以后的事情，我才真正地认识了老郭。

> 起了兴致，就会有意思。

六

后来，我就成了天仓市最自由的一个副市长。

这还真得感谢天仓市的领导，他们给了我超乎想象的自由。正因为没有分工，我可以不参加任何会议，完完全全成了一个挂名为副市长的自由人。

我也是事后才明白，不分工有多好。若是真的分了工，起码有"两关"要过。第一关是"接待"，第二关是"接访"。地方上有这样一句话，叫作："上面千条线，下面一根针。"你想啊,所有的"线",都要通过你这一个"针眼"穿进去,一般的人,受得了么?

首先,光"接待"这一关,一般人就过不去。所谓"接待",主要是对上的。只要是你分管的"口",上边来了人,你必须出面,陪吃陪喝陪视察。这是工作。一个县级市,一年三百六十五天,几乎天天都有上边的人来,你说你陪不陪?记得有一天,薛市长一天陪了七拨人,都是从上边下来检查工作的。他连喝了七场,醉得一塌糊涂。半夜被人架着拽回来,只要见棵树就说:"来晚了,我检讨,我检讨。"

再就是"接访","接访"是对下的。一个县级市,上百万人口,五行八作,形形色色,什么样的人都有,什么样的事都会出。就在我到任天仓的前一个月,因为"接访",一个卫生局的局长,听说还是博士毕业,一下子疯掉了!

听人说,这个卫生局长一早起来正在刷牙,听见"咚咚"敲门声,他嘴里还含着一个牙刷子呢,只见一个白发老者破门而入。老者一手举着汽油瓶子,一手举着打火机,大声叫着:"事关尊严,我不接受!我决不接受!我死!今天如不解决,我就自焚!死在你面前!……"卫生局长一下就傻在那儿了。他说:"你、你、你……"径直出溜儿地上了。后来,这个扬言要自

基层官场生态。

做官之难。

焚的人并没有死,卫生局长却患上了忧郁症,崩溃了。其实,他根本不认识这个人。这人是一个学校的老教师,因为没有评上职称,专门来找教育局长闹事的。结果他敲错了门。

说实话,一是对上,一是对下,我真不知道我能否对付得了。在这里,喝酒、接待都是很重要的工作。喝好了,上级会有拨款下来,你也就为地方上争得了利益;接待不好,该给的钱没有给,你也就损害了地方上的利益。对下,你不能好好地安抚,让人跑北京告状去了;或是出了人命,也是要负责任的。好在我没有分工。

在天仓的三年时间里,我先后跑了十一个乡、六十七个村子,可以说是大开眼界。

客观地说,像我这样一个几乎是冒名的副市长,堂而皇之地去过许多个乡镇、村庄,见识了一个平原县份里各式各样的人物……还多亏了这顶"官帽"。

在我去过的许多村庄里,最有意思的是一个名叫枪杆刘的村庄。

记得,当我初次到这个乡"调研"的时候,抱歉,我不得不用"调研"这个词,不然,我就师出无名了。那个年轻的刘乡长一见面就说:"李市长,我给你弄个秤。"

我一头雾水,说:"秤?"

刘乡长说："秤。"

我还是不明白。

刘乡长年轻精干，也才三十来岁的样子。刘乡长说："一会儿你就知道了。你挑一个喜欢的。回去给我们宣传宣传。"

我笑了，说："好。"——这是个聪明人，他知道我做不了别的。

是年轻的刘乡长把我带到枪杆刘去的。就此，我才知道，这个世界上，有一个名叫"枪杆刘"的村子。

枪杆刘不大，只有六十多户人家。村街里很干净，也很安静，没有猪羊的叫声。两旁的房屋大多是新盖或翻修的瓦舍，有两层的，还有三层的。不经意间，我发现这个村子四周枣树特别多。临近的院落里，也全是枣树。

进村不久，乡长就对一个女人说："老三呢？去把老三给我叫来。"

一个乡长，对他治下的村落是否有权威，听口吻你就知道了。后来我才明白，在这个村子里，"老三"不是真正意义上的排行第三，"老三"就是老大的意思。

我自然对这个村名很感兴趣。问了才知道，很多年以前，那是在冷兵器时代，据说是三国时代，这个村子是做"枪杆"的，刘家又是这个村子的大姓，所以才叫

> 刘乡长这人，"透"！

> 中原的村子都有历史。

"枪杆刘"。

是啊,枪杆刘,当年这就是一个村子的名片,最早的名片。那时候,一捆一捆的枪杆从这里运出去,装上长矛,由成千上万的士兵拿在手里冲锋陷阵……离此地三十里,有一地叫"棋盘营",那是古时驻扎军队的地方;二百里外,还有一地叫"官渡",三国时期最著名的战例之一就是"官渡之战"——你能听到杀声么?

据传,很久以前,村西曾经有一庙,叫张飞庙。那时候,一般的村子供奉的都是三国时期的"关羽",叫关帝庙。唯枪杆刘这个村子,敬的是"张飞",又叫三爷庙(刘、关、张三结义,张飞排行老三)。据说,在张飞庙里,格外突出的,是张飞用的那杆"丈八长矛"。所以,在这个村子里,"三"为大。

后来,不知从哪个年代起,朝廷不让做枪杆了,民间禁止生产武器了。当告示贴出来的时候,枪杆刘的人又该怎么活呢?不可考。

那么,又不知从什么时候开始,这一份祖上传下来的手艺,发生了变化。枪杆刘依然是枪杆刘,可枪杆刘不做"枪杆"了,桑木换成了枣木,他们改行做"杆秤"。说实话,我始终没有问出来,究竟是从哪一代(也许是唐代)开始,这样一个生产武器的村子,演化成一个生产衡器的村子了。

> 李佩甫常说要表现中原人生生不息的精神,此即是也,并衬托下文的老郭。

一门手艺的传承,是需要时光打磨的。我想,它的演变,也是有原因的。大约,生计还是很要紧的。一个"活"字,就足以改变一个村庄的生存方式。是不是呢?

当我跟刘乡长闲聊的时候,老三赶来了。我知道,村级干部一般都是由村里最聪明、最有智慧或是家族势力最大的人来担任。老三骑着一辆摩托车,"轰隆隆"地开过来,老远就喊:"刘头儿,上头来人了?"

调侃,透着亲切。乡村的事光靠公事公办肯定不行。

刘乡长说:"老三,看你烧咧,日上电驴了?——来,见见,这是新来的李市长。"

老三一边下车,一边油腔道:"哟哟哟,大领导来了!失迎,失迎。"

刘乡长说:"老三,李市长可是个大作家。挑个好秤,到时候让李市长带回去给你宣传宣传。"

老三下车后,我这才发现,他是个瘸子。老三踮着脚,划船一般,一悠一飘地走上前,说:"哟,哟,那是,那是……李市长,叫我握握你的手。这么大干部,还是作家,我还是头一次……"

伶俐之人啊!形象!

刘乡长说:"嘴上抹油了?甭说那没用的。走,先让李市长看看你的'秤王'。"

我由刘乡长陪着,在老三家里看到了"秤王"。老三家的房子盖得很漂亮,三层六间开外。正房堂屋里,"秤王"由一袭红绸(已经有些发黑了)罩着,横陈在一

寂寞许由 / 027

把小事做到极致,是中原人的生存之道。继续衬托老郭。

个朱红漆面的长条大几上——他祖先的排位前。这杆朱红油亮的大秤是用上等枣木做的,约一丈二尺长,是他祖上传下来的。老三说,现在很难找到这么大的枣树了,只怕是世界上独一无二的杆秤了,所以才敢称为"秤王"。

"秤王"静静地陈在那里。看上去,它不仅仅是衡器,它就像是历史,挑着岁月。如果它能开口的话,一个村子的变迁史就清楚地展现在我们面前了。可它不会说话。我轻轻地摸了一下秤杆,很凉,很光,乌亮,秤星依然放射着金色的光芒。

据老三说,"文革"时,县城里来造反的学生,曾经让他爷爷背着这杆"秤王"去游街。那几十斤重的大秤砣就挂在他爷爷的脖子上,学生们要当众砸了这杆大秤,说是"黑心秤"……后来被全村人围住,说这是祖上传下来的"饭碗",拦下来了。

我问:"这样的杆秤,现在还做么?"

老三说:"早些年,还有一两户做些小秤。现在不做了……没人要了。"

我说:"那你们……"

这时,刘乡长狡黠地一笑,说:"老三,走,领市长再看看你们的新产品。"

这一天,我真是开了眼了。就在这样一个小村子里,我像是经历了三个世纪……在枪杆刘的产品陈列室里,我又看到了大大小小、五颜六色、各种样式的弹簧秤、电子秤、台秤、手秤,还有血压计之类。

产品陈列室里静静的,只有时间在走。我却有一种地动山摇的感觉。这是一个衡器的世界,可它"称"的又是什么呢?

我问:"这技术……"

老三说:"不瞒你说,李市长,最早是仿的。一个亲戚从香港那边带过来一手秤……现在我们也有自己的'牌儿'了。"

我看着老三。老三两眼就像秤星一样,一眨一眨地,闪着狡黠的光芒。由此,我以为,这秤后是有人的。在枪杆刘,也许,一代一代都站着像老三这样的智者。

离开枪杆刘的时候,刘乡长让老三送我两件衡器。一个是可以戴在手腕上的微型血压计,一个是称体重的、桃形的、有机玻璃面的电子秤。我本来是拒绝的,可老三说:"看不起人嘛。乡长都说了,带回去给宣传宣传。"

我知道,就销路而言,这是当今中老年最喜欢的产品——愧领了。

临别时,老三突然贴近我,耳语道:"咋看,你都不像个官儿。不会是假的吧?"见我笑了,老三又说,"你

> 与时俱进,善于应变,中原人才能顽强地生存下来。

> "中国制造"的缩影。

不会'啊',当官得'啊'着点,多气派。你还得会'日骂'人……不然,在这地界上,你站不住步。"

这时,只听刘乡长厉声说:"狗日的老三,胡日白啥呢!"

> "威权"社会的特征。

老三脸一变,笑嘻嘻地说:"木有,木有。我是问李市长啥时再来。"——这个"木有"原是本地土话,现在却成了网络上的时髦用语了。

回到乡政府,我又看见了老郭。老郭在乡政府门口蹲着,旁边扎着一辆破自行车。看见乡长的吉普车开过来,他大老远就喊:"二套,二套!"

老郭叉着两条腿,半弯着腰,一边追一边喊,很像是一只大螃蟹。近了,我才发现,原来他裤腿上夹着两只木夹子。那是他常年骑自行车在路上奔波,怕裤脚搅进车链里。这除了有当过教师的细致,恐怕还有生活的窘迫。

> 有意味的细节。

刘乡长从车上跳下来,气呼呼地说:"郭老师,你别老喊我的小名。我都当乡长了,说起来也是一方'土地'。"

老郭说:"尿,你一个乡长,在老师面前还端个啥?我都等你半天了。"

> 老郭的另一面。能上能下,能屈能伸。

刘乡长不耐烦地说:"又找人集资呢?"

老郭说:"可不,一趟一趟的,我腿都跑折了。枪杆刘这边富,你再给说说呗,我给股份。还有,你那当大官的同学……"

后来我才清楚,刘乡长确实当过他的学生。上小学时,老郭教过他四年。刘乡长上大学时,老郭还资助过他。

就见两人蹲在乡政府的门外,在背人、背风处,嘀嘀咕咕地商量着什么。老郭腔口大,在风里,我听见他说:"……不是'5',可不是'5',我真没说过'5',我说的是'1'。不就让他帮着盖几个章么?我知道,我知道不是你要的。你是我学生,我能不知道你么?你是够意思,可你那大学同学虽说是省里处长,人真不咋的。我不光是送他苹果,苹果一点不烂。你听我说,我知道他不稀罕……我说的是'1'呀,真的。要不,我给你赌个咒?我从没说过'5',我说的是'1'……"

两人就像是说暗语,反复说着"5"和"1",我始终不明白"5"和"1"到底说的是些什么。

当然,也是多年以后,我才发现,老郭嘴里说的"5"或"1",居然是可以要人命的东西。

悬念。留个扣。

七

我跟老郭的缘分是后来才续上的。

转折。

知道我没有分工,有一段时间,老郭就不再找我了。据我所知,他仍然经常到市府大院里去,缠他的"亲戚"薛市长。

记得那年冬天的一个晚上,老郭又被薛市长轰出来了。薛市长对老郭吼道:"出去!我没你这门亲戚。你说说你都干的啥事?成天不照号,还敢搞女人!外边到处传你的臭风,你以为我不知道?那个草帽张姓汤的女人,叫个啥子?你家都不顾了,跟人家胡混!……吹,吹吧,西山的牛都让你给吹死了!见天打着我的旗号,到处招摇撞骗。说说,你跟我啥亲戚?"

老郭傻了。老郭就像是让人踢了一脚的狗,一条夹着尾巴的狗,仓皇地从门里退出来。他一边走,嘴里一边嘟哝道:"姓薛的,断亲了。从今往后,咱一刀两断……"他深一脚浅一脚走着,来到了前院,忽然想起了他的破自行车,像没头苍蝇似的转了一个圈,又回过头去推自行车。这时候,他又找不到车钥匙了,半蹲在车前,浑身上下摸了一遍又一遍,那情形恍如一个即将被捉的偷车贼。

这些都是我在后窗看见的。那天晚上,我看老郭着实可怜,就在他转来转去找钥匙时,我招呼他说:"老郭,来屋里喝口水吧。"

谁也想不到,老郭掉泪了。老郭含着两眼泪,对我

老郭之难。

到底是作家!

说:"啥鳖孙亲戚?那脸黑得跟欠他二斗黑豆钱样。从今往后,我再找他,我就不是人!"

安慰了他几句,我随口问道:"说说你的项目,你到底是个啥项目?"

"你看,这就是专利成果。"只见老郭从内衣兜里掏出一个用红布裹着的小瓶子,瓶子里装的是几粒晶莹剔透的、小石子样的东西。老郭赌咒发誓般说:"李市长,我要说半句假话,让雷劈了我!"

> 老郭的底渐渐露出。

也就是那天晚上,我看了老郭的全部材料和盖有国务院大印的专利证书。看过之后,我大吃一惊。这是一个非常专业的项目,是一项生产"人造金刚石"的专利技术。说实话,技术方面的数据和文字材料,我没看懂,太专业了。

可是,翻着厚厚的文字材料,我也觉得,老郭如果不是骗子,那他就是个十足的疯子!老郭是乡村民办教师,他没上过大学,他不可能有这样专业的创意。他手里的这些材料和证明,要么是假的,要么……

坦白地说,我一向自视甚高,我认为我的眼睛就是一部测谎仪。我看着老郭,直视着老郭的眼睛,我以为我可以看到欺诈……然而,我错了。

老郭的脸上没有一丝虚饰。老郭勾着头,一声声地连连叹气。当他抬起头的时候,那深陷的眼窝里写

寂寞许由 / 033

满了两个字——绝望。

我问:"老郭,你说实话,这专利是你的么?"

老郭说:"是,是我的。"

当老郭说这话的时候,他有了一点点迟疑……我死盯着他的眼睛,再一次逼视着他问:"真是你的?"

老郭说:"是……买的,我买的……"

我望着老郭,老郭的两眼就像是两口深井,密密麻麻挂满了红色藤蔓的深井,那里面伸出的是一只凄绝的、求救的手……

可是,我仍然不相信。说破大天来,我也不信。一个农民,虽然他当过民办教师,怎么会有这样的胆识?会去掏钱买一项他根本不懂的专利成果?

第二天,凭着记忆,我给一位久不联系的、也仅是早年见过几次面的省专利局的马副局长打了个电话,我告诉他老郭的专利号,让他查一下真假。马副局长在电话里告诉我说:"你说的是天仓县的大个子老郭吧?不用查,真的。你不知道他跑了多少趟,给你说个他的笑话。有一次,他在局门口等了一上午,想尿,又怕错过了要找的人,硬是憋着尿在了裤子里!我们局里人都认识他。"

后来,我才知道,这项专利,最初,老郭只有一半。另一半,的确是他掏钱买下来的。

这里边是有原因的。

老郭有一个当过知青的朋友。此人当年从城里下放到了画匠王村,他在画匠王待了七年。在这七年时间里,他一直跟老郭"通腿"。现在的年轻人大约不会知道什么是"通腿"了。"通腿"也是本地方言,就是两人一人一头睡在一个被窝里,相互以体温取暖,这叫"通腿"。

这人跟老郭同吃同住同劳动,成了最要好的朋友。此人日后考上了大学,又读了研究生,他的主攻方向是材料力学。当这人从国外的资料上看到了这项创意之后,萌生了深入研究的想法,可他没有条件。所以,他最初的研究成果,是在老郭的资助下完成的。这项专利技术由"通腿好友"命名为"tthy 工艺法"。

当年,老郭当过一段时间的包工头,手里有些钱。这位朋友就跟老郭签了一份协议,如果研究成果获得专利,有老郭一半。不幸的是,此人的研究成果取得了进展,却患了很严重的肾病。为了给朋友治病,也为了让朋友继续搞研究,老郭花光了积蓄,不得已把新盖的楼房也卖了。那位朋友临咽气前,为了报答老郭,把另一半专利也签给了老郭。不过,据老郭说,最后,他要求老郭给他一个承诺。老郭答应了。

什么样的承诺呢?老郭没有说。

> 老郭的"风投",半是期待,半是友情。

老郭只说:"你知道陈景润么?他就是个'陈景润'。书呆子,除了研究,啥心不操……只是没有宣传出去。"

我猜,最初,老郭不仅仅是为了友情,老郭也想获利。不能说老郭没有获利之心。可随着他后来的投入越来越大,这件事就成了他的命。他魔怔般陷入其中多年,把辛辛苦苦盖起来的楼房卖了,他已倾家荡产。

其实,老郭所做的事情,想分辨真假并不难。只要静下心来听他说一说,就清楚了。问题在于,他只是一个农民,没有人愿意静下心来听他说。人人都很忙,谁愿意听一个农民讲他的"专利",讲他的困苦?所以,老郭到处碰壁。

那天晚上,老郭告诉我说,他已"跑"下来不少章了,还差九个。盖满所有的章,他就可以正式启动了。

老郭恳求说:"李市长,你在上边肯定有熟人,帮帮我。"

祸由此起。看官注意。

老郭看我迟疑,又说:"到时候,如果九个章全跑下来,我给你百分之五的股权。"

我笑了。后来我才知道,老郭到处许愿,是个"吐噜嘴"。

八

我曾经给老郭"跑"过几个章。

刚开始"跑"的时候,我很有信心,先后陪着老郭跑过省城的一些部门,也给省城那边较熟的朋友们打了多次电话。可是,到了要盖第五个章的时候,原本,我以为很快就可以解决的问题,老郭整整跑了一年零四个月,仍然没有办下来。

就这么陪老郭"跑"了几次后,连我也灰心了。说实话,没人相信老郭,但凡一说到专利项目,就没人愿意往下听了。所有的人都不相信,一个农民,怎么会拥有这样的发明专利呢?这就要老郭反反复复地给人解释。有两次,我站在一旁,也几乎被人当成骗子了。甚至,有一次,一位相熟的领导干部把我拉到一旁,说:"老兄,你是个作家,我很尊重你。这人不靠谱,你受了他多大贿呀?"由于太失尊严,后来我就不再跟他跑了,可老郭仍然坚持着。

有一天,我在大街上碰上他,见老郭头肿得像笆斗一样,吓了我一跳!问了才知道,他捅了一棵老树上的马蜂窝。说是又要用蜂巢给银行的行长配药,可还是没人信他。

> 山重水复。

> 市长作家尚且如此,可见老郭坚持之不易。

> 融资困难是制约创业的大问题。

坦白地说,老郭也是做过假的。老郭在万般无奈的情况下,回到乡下四处游说,到处许愿。再见老郭时,他喉咙哑了,话都说不出来了,他居然把所有的亲戚、朋友全都动员起来了。老郭先是以人格、后来又以专利项目做担保,零打碎敲,先后在画匠王及附近的一些村子里"借"来了几百份银行存款单,有一千两千的,也有几万的(这些存单是做验资用的),他跟乡亲们说好,只是借用三五天。可是,到了时间,老郭仍然没有把"证"办下来。

那些年,老郭就这么一直在路上奔波着。他家里所有值钱的东西,能卖的都卖了。据说,这年冬天,临近年关的一天,老郭还在路上,他像是彻底绝望了。五年了,没有人知道他心里藏有多少委屈,也没有人知道年关将近,他又该如何面对住在烟炕房里的一家老小。

这是一个悲伤的日子。走投无路的老郭,趴在省城火车站一处公共厕所的墙边放声大哭。

老郭的遭遇是有传奇色彩的,甚至可以说是梦魇一般的。接下去的事情,是常人无论如何也想象不到的。

民间传说版本一,"街头说"——那是一九九七年的元月二十一日,又是阴历年的腊月二十七,眼看就要过春节了。这一天下雪了,天上飘着雪花,省城火车站上人海茫茫。老郭独自一人,两手按着他的人造革黑挎包,头顶着标有"WC"字样的山墙放声大哭。此时此刻,车站上赶车的人们只看见一个高个汉子趴在那里"呜呜"地哭。天仓人后来形容说,老郭的哭声很像是牤牛的长叫,闷闷地、嗷嗷地,大放悲声!

年关将至,漫天飞雪,一个大个子男人趴在火车站的厕所墙边放声大哭,泪流满面,招致许多人的围观。人们不禁要问:这个男人怎么了?他哭什么呢?是钱包被人偷了?人越围越多了,整个车站广场上的人都拥到这边来了。这时,一个白发老者从厕所里走出来,他穿过围观的人群走到了老郭跟前——此人竟然是个日本人,他的名字叫池田龟一。

民间传说版本二,"老郭说"——那一天,他坐在从北京返回的179次列车上。那晚,他正在餐车上吃饭,要了一碗面,吃的是十元钱一碗的康师傅牛肉面。正吃着,一个西装革履的白发老者来到了他的面前,彬彬有礼地说:"我可以坐下么?"老郭说:"坐,你坐。"这位老者要的是一份西红柿炒鸡蛋,一份榨菜肉丝汤,一份米饭。这人不用火车上的筷子,他从包里拿出一个很精致的铁盒子,盒子里装着小勺、小叉子,精光闪闪的。吃前,他还很礼貌地点了点头,老郭也点头。吃着说着,老郭才知这是个从东京来的日本人,汉语很好。往

老郭绝望了,故事如何继续?

救命稻草出现了。

传奇。

寂寞许由 / 039

下,吃着吃着,他又从提包里拿出了一瓶日本的清酒,两只水晶小杯子,很礼貌地问:"先生,喝一杯么?"于是两人一边喝一边就聊起来了。两人聊了一路,成了朋友了。这时候,老郭才明白,他是日本一家公司的董事,名字叫:池田龟一。

老郭给人说:"净瞎掰。我什么事没经历过?怎么会趴在厕所墙上哭呢?"

民间传说版本三,"官员说"——据常务副市长老薛说:"胡日白,满嘴跑舌头。这是政府定下的招商引资项目!是通过省招商局正式引进的大项目。问问老崔崔斤半(老崔是当时的市招商局局长,酒量大,能喝一斤半,绰号'崔斤半'),我陪的客人我能不知道?别听老郭说,他知道什么?满嘴跑舌头。我回头得说说他,这要统一口径,必须统一口径。你知道'要细、要细'是什么意思么?那说的可不是女人的'腰细',说的是:好吃,好吃。我要是没陪过他,我能知道么?你知道那一桌花了多少钱么?八千。上的是龙虾,喝的是茅台。你想想,要不是池田先生来,我,一个常务副市长,能亲自作陪么?别听他们瞎掰。"

民间传说版本四,"通信说"——这个消息是从本市重点高中的一位化学老师嘴里传出来的。"人造金刚石"新工艺的专利发明人,也就是老郭当年的"通腿

事成,功劳在政府,在主管领导。

好友",曾经在国际学术期刊上发表过一篇有关"tthy工艺"的论文。正是这篇论文引起了日本人的注意。日本人先后与"通腿先生"通过十几封信函。后来,日本人对这个专利项目越来越看重,就专程赶来了。这个日本人就是池田龟一先生。

民间传说版本五,"台湾说"——老郭的爷爷有一兄弟,早年曾经当过国民党的兵,新中国成立后杳无音信,据说是逃到台湾去了(还有一种更不靠谱的说法,说此人当过国民党的高官,甚至说就是曾当过省保安司令的×××)。可此人后来改名换姓去了日本,在日本逐渐把生意做大,当了一家公司的董事长。此人很想念家乡的亲人,可又不便公开露面,就派他公司里的一个日本董事先回来探探路,这个董事就是日本人池田龟一。不然,日本人凭什么给老郭投资呢?

民间传说版本六,"风水说"——有人亲眼看见,老郭家祖坟突然冒烟了。老郭家的祖坟在画匠王的西地,那是一块风水宝地,五十年发动一次。前年,老郭亲戚门里,有一位老太太去世了,打穴时,挖着挖着,挖出了大片葛条,用砍刀砍的时候,那葛条流出来的汁液竟然是红的,像血一样,于是就不敢再砍了。谁知,那新穴挨着的就是郭家祖坟。就此,风水提前发动了。于是,凡阴雨天,就有人发现郭家老坟的坟头上冒出一

> 最不传奇又最可能的是说法。

> 民间开始演绎。

《走出太行》实为河南画家李伯安的《走出巴颜喀拉》。不想老郭竟与此事相关。

股一股的青烟。

民间传说版本七，"画家说"——后来据县文联的一位画家说，池田龟一不是商人，他爱好的是艺术，他只是个艺术品收藏家。池田先生之所以到中原来，最先是他在北京的中国美术馆看到了一幅画，正是这幅画吸引了他，于是他慕名而来。他到中原来是为寻找那位画家的。在省城，池田先生访到了那位画家，并且跟画家签了约。由池田先生出资约请这位画家画一巨幅大画，画的名字叫《走出太行》。池田先生跟老郭只是在车站上偶然相遇。十年后，画家累死了，而这长约百米的巨幅大画也成了世界名画。当然，此属后话。

那么，池田先生究竟是一个什么样的人呢？他到中原来，先后做了两项投资：一项是投资给画家的；一项却意外地投给了老郭的项目。没有人知道，也没有人可以说清楚，他为什么会投资这两个完全不同的项目。

世间的事，哪怕是亲历亲为者，由于所站的立场不同、角度不同，所讲的内情也就会千差万别。我虽身在天仓，而且是挂职的副市长，又是实实在在接触过老郭的人，可我仍然说不清楚，这些传闻种种，究竟哪个是真的。

九

　　草帽张也是一个很特别的村子。

　　草帽张与邻县搭界,是本市最靠西边的一个村庄。

　　这个村虽名为"草帽张",却没有一户姓张的,多数姓王,也有姓马、姓徐的,是个杂姓村落。草帽张当年最有名的是编织业,这里用细麦秆编的草帽全省有名。这里曾经还搞过麦秆画,也曾名噪一时。我还听人说,这里有一个名叫汤秀英的女子,心灵手巧,曾是编花编草帽的高手,当年曾被人称作"草帽西施"。

　　据说,草帽张曾是女人的天下。也就是说,在这样一个村子里,在家主事的是女人。因为这是个以编织业为生的村子,女人们大多都有一手编织花边草帽的绝活。这里有一说法:死钱(粮食)是地种的,活钱是女人挣的。经济基础决定意识形态,所以,在草帽张,女人说了算。

　　民间曾有一个带有戏谑意味的传说,说草帽张的女人腰好。因为她们常年弯腰做编织,几乎相当于常年做瑜伽功。这里还有一传言,说是草帽张的女人大胆泼辣、敢爱敢恨、极尽风流。

　　遗憾的是,待我去了草帽张的时候,却什么也没有

又一线索·老郭的"好儿"该出场了。

"腰好"的女子适合做"好儿"。

寂寞许由 / 043

看到。时代变了,城里的女人一个个都打起了小洋伞,草帽张女人编的花边草帽没人要了。于是,就丢了手艺,再也不搞编织业了。听说有一阵子还试着搞麦秆画,也红火一时,因为上边来人一次次地拿画送礼不给钱,搞着搞着就搞不下去了。只见远处的 103 国道上车来车往,尘土飞扬。村街里却静静的,几乎看不到人。一个上千口人的大村,竟如此安静,这是我想象不到的。

> 对比枪杆刘,不变革就没有出路。

然而,就是这一天,我却看到了一场官司,是离婚的官司。

就在村街的中央,村委会的院子里,乡里来的巡回法庭正在判一桩离婚案。说是"法庭",其实很简易,就在村委会院内的大槐树下摆了一张桌子,桌子上放着一个白塑料牌子,牌子上印有两个红字:法庭。"法庭"后边的椅子上坐着两个人,一个是制服男,法官。另一位是制服女,正拿笔记着什么,看样子像是书记员。

> 怎么扯到这里了?

"法庭"前面,一个男人一脸愁苦地在地上蹲着,半截燃着的烟沾在他焦黄的嘴唇上。他身边偎着一男一女两个孩子,小的有五六岁的样子,大的七八岁。

另一个,竟也是男人。他是站着的,穿西装,打着一条米黄色领带,头发梳理得很整齐,腋下夹一皮包。看了一会儿才明白,他是从大城市来的律师——女方

> 离婚官司,两个男性,奇而不怪,原来有代理律师了。

代理人。

院内不远处,还站着七八个围观的老太太,正指指点点地说着什么。

只见那律师半弯下腰,拍拍那蹲着的男人,说:"老徐,话都说到这分上了,该说的都说了,签了吧?"

这时,那法官竟然也跟着说:"老徐,啥条件都答应了,签吧。"

竟然!话里有话。

蹲着的老徐愤愤地说:"她为啥不回来?哼,她是不敢见我吧!"

黄律师紧接着说:"是。王月华说了,她不回来,是没脸见你了。还说,请你和孩子原谅她。"

律师的舌头厉害,有软有硬。

老徐猛地蹿了一下,又重新蹲下来,说:"她叫王槐花,不叫王月华。名都改了?让她回来。她不回来,我不签!"

黄律师咂咂嘴说:"是,是,王槐花。老徐,老徐,你怎么说这话?说着说着又绕回来了。王、那个槐花要是能回来,还用我这个律师代理么?王槐花说了,你提的条件,她都答应,你还想怎么着?老徐,你听我说一句,你也是个大男人,留住人留不住心,是不是?签吧,还是签了吧。"

老徐眼一红,说:"孩子没妈了,我跟孩子没法交待。哼,跟一五六十的老头子,咋想的?"突然,他又一

寂寞许由 / 045

徐王离婚为什么骂汤秀英？

次猛地蹿起来,对着村街吼道:"我×你娘汤秀英!"

黄律师一怔,说:"那你,那你,对不对……(又和风细雨地)老徐呀,怎么会呢?母亲啥时候都是母亲,这血缘关系是不会变的。到时候,等孩子长大了,也可以去找她么。再说了,这些年,那个王、王槐花年年往家里寄钱,没少给你家里出力呀。两层的楼房,是人家王槐花挣钱盖的吧?要离婚了,人家王槐花还拿了抚养费,你说十万就十万,也算是有情有义吧?你还想怎么着呀?法官在这儿呢,人家说判就可以判,你也别太过分了。"

老徐仍然拧着脖子,恨恨地说:"她为什么不回来?不见我,总得跟孩子照个面吧?都是那个汤秀英!村里的女人,一个个都跟她学坏了!"他再次跳起来,大声吼道,"我日你娘汤秀英!"

在这样一个"法庭"上,当事人曾数次提到了"汤秀英"这个名字。因此,这个名字给我留下了很深刻的印象。——这时,我猛然想起,去年曾听老郭说,他在草帽张有一"好儿"。好像,她的名字就叫汤秀英(?)。

原来汤秀英就是老郭的"好儿"。关联在此啊!

关于汤秀英这个名字,我是突然对上号的。草帽张的老村长告诉我说,就是这个曾经跟老郭"相好"过的汤秀英,几年前,陆续带走了草帽张的二十多个女人。在这二十多个女人里,后来主动要求离婚的,竟有

046 / 人面橘

十三个;还有三个没信了,干脆不回来了。当老村长谈到这件事的时候,话说得迟疑、吞吐,且面带羞色,好像有些拗口。他说出外的女人们都说是在城里打工,打个屄哩工,谁知道日弄些啥?

我对老村长说:"不错呀,还有专门的巡回法庭下到村里来。"

没等我说完,老村长却说:"屄,无利不起早。你没看见,那律师是干啥的?都给法官们塞了红包,使了银子(钱)。不然,哪能说离就离了?"

> 法官的"竟然"有了答案。

我愣愣地,一时不知说什么好了。

后来我私下里打听,又听说这个名叫汤秀英的也才三十多岁,面容姣好,是个风风火火的女子。她原本有丈夫,但性子烈,男人怕她。虽然跟老郭"好"过一些日子,但最后两人却闹翻了。据说,汤秀英曾在画匠王的村街里当众吐老郭脸上一口唾沫,凌厉地送了他一个"呸"字。

> 老郭和"好儿"为什么闹翻了?

事情的复杂程度让人无法想象。没想到的是,这事竟与老郭也有牵涉。如果拿现在的眼光来看,这事牵涉一个"非法的集资案"。所谓"非法",是现在的说法,当时还没有这样的法律条文。

我说过,老郭曾是个很好的匠人。当年,老郭曾带着一班泥水匠在草帽张给汤秀英家翻盖过房子。据

> 还是因为老郭的事没成。

寂寞许由 / 047

说，两人就是那时候"好"上的。

传言说，当年老郭就蹲在汤秀英院中一个碾簸子的石磙上，嘴里叼着烟，气宇轩昂地指挥匠人们翻盖屋顶（取下麦草，换成小瓦）；汤秀英则围着一个围裙在院子里张罗着给匠人们做饭。老郭说："主家，经我手翻盖的房子，保你三五年不漏雨。"汤秀英说："那十年呢？"老郭说："没问题。"汤秀英说："咦，还能保一辈子？"老郭说："那就难说了。就是两口子，谁也不能保一辈子。不过，如果漏了，我还来修。"汤秀英说："咋修？"老郭说："你说修哪儿就修哪。上边，下边，都行。"也许是话赶话，这就有些调戏了。一来二去，两人对上眼了。事后，两家竟认了干亲，逢年过节的时候，老郭会提着点心来这里走一趟，对外说是串亲戚。

> 老郭其实是凭才华打动了汤秀英。

虽说草帽张村的人并没有抓到什么。可谁都清楚，两人是"好儿"。

一个女人，一旦真心喜欢上了一个男人，不管他说什么都会相信的。后来，老郭跑"专利"的时候，一时手头紧，曾经来草帽张找汤秀英帮忙"集资"。不知老郭是否存心忽悠，但他当时肯定是许过愿的。由汤秀英牵头，联络了村里二十多个妇女，偷偷地把家里的私房钱拿出来交给了老郭。最初说好的是一年为期，可老郭把钱都花在了路上。后来一拖再拖，老郭爽约了。

> 汤秀英帮老郭集资，令大家深陷其中。

老郭拿不出钱来,就一次次改口,先是说给利息,后又说分红,再后说是转股。一晃几年过去了,老郭没有把企业办起来,连面也不敢照了。

在这段日子里,女人们嘴快,拿私房钱集资的事渐渐露出来了。二十多户人家,竟有十多家为这私房钱打架了,一时闹得全村不安。就此,汤秀英的名声在村里越来越臭了。于是,有一天,汤秀英在画匠王的村街里截住了老郭,老郭躲闪不及、百口莫辩,只说:"这钱我一定还,早晚会加倍还!"可汤秀英再也不听他解释了,当众赏他了一口唾沫!

也就是当天晚上,被逼无奈的汤秀英领着二十几个女子离家出走了。三年后,有三个出外的女人杳无音信,而后有十三家打起了离婚官司。

> 离婚事件,根在老郭。

十

日本人来了。

日本人池田龟一的到来,像是给天仓市注入一支兴奋剂。

据我所知,在整个事件中,最兴奋、最为积极的,要数薛百顺薛市长了。这时候,我才发现,薛市长脸上有几颗麻子。过去还真没太注意,他脸上最亮的地方,是

> 鬼子进村。转折出现。

那几颗麻子。因为太激动,脸上总是有汗,那汗就在麻坑里汪着,亮晶晶的。薛市长见人就说:"池田先生马上就到。外商投资,这是第一家!"

当然,不仅薛市长看重日本人的这次投资,其实市委市政府两家都极为重视。由市委王书记亲自牵头召开了科局、乡镇长以上的干部联席会议,要求全市各部门全力配合这次招商引资活动。由于薛市长一再强调他跟专利人老郭是亲戚(他三舅),会议决定就由薛百顺牵头主抓这个项目。当时还成立了一个名为"tthy工程"指挥部,常务副市长薛百顺被任命为指挥长。我有幸与招商局长崔国光(崔斤半)一起被任命为协助薛市长的副指挥长。我知道,这是照顾性质的。这也是我挂职天仓后的第一次分工。

也就在这次会议上,薛市长当众立下了军令状。他慷慨激昂地说:"完不成任务,提头来见!"

往下,第一个任务就是如何接待好日本人池田龟一的问题了。老薛是个工作狂,指挥部一成立,老薛当即就搬进了工程指挥部,那是临时租借的一栋小楼。他当众给我们宣布了四条纪律:内外有别;步调一致;口径统一;严守秘密。特别是,当着老郭的面,他强调说:"三舅,这后两条,主要是针对你的。我知道,你是个'吐噜嘴'。古人说,事不密则废。要让日本人高高

薛常务认亲了。

步入官方轨道,事才好办。

兴兴地把钱掏出来。要让他明白,这是双赢。"老郭也只是翻翻眼,默认了。

在池田先生到来的这一天,天仓市的大街上挂满了"热烈欢迎……"的红色标语;指挥长老薛亲自带着十二辆轿车迎到了市界的高速路口上。

池田先生是招商局长崔国光从省城接来的。在高速路口,下了车,一看这阵势,日本人愣住了。老郭小跑着迎上前去,池田先生有些诧异地对老郭说:"郭桑,这是?"没等老郭回话,站在一旁的崔局长赶忙着重介绍说:"池田先生,这一位是我们天仓市的薛市长,薛市长亲自迎接你来了。"一听市长来了,池田先生忙鞠躬致意。老薛先是伸出手来,一边说着:"欢迎,欢迎。"见池田弯腰鞠躬,也慌忙跟着鞠躬,双方都连连鞠躬。而后,崔局长就把池田先生让到了老薛乘坐的一号车上。老郭怔了一下,本想跟过去,在崔局长的示意下,只好乖乖地回到了与我同坐的二号车上。

于是,一行车队在警车的引导下,浩浩荡荡地向天仓市开去。在这个热热闹闹的场景里,我一直是个跟随者。我也很想出点主意,可一点忙也帮不上。到了后边,我只有旁观的份了。

当天傍晚,天仓市为日本人池田龟一举办了一个豪华的欢迎宴会。虽然已是夏天了,池田先生仍然西

> 当年外商的超国民待遇。

> 中国的很多事都是"喝"成的。

装革履,看上去是一个彬彬有礼的、动不动就鞠躬的小老头。可谁也没想到,到了后来,他竟然喝醉了,醉得一塌糊涂。池田喝醉是有原因的。按薛市长的要求,招商局崔局长的主要任务就是招待好池田龟一。老崔的理解就是要把日本人灌醉,于是他把酒桌上的十八般武艺全使上了。喝醉了的池田先生把领带都扯掉了,而后摇摇晃晃地站起身来,扭腰晃臀、边歌边舞地唱了一首日本歌曲。

> 现在不喝超标的茅台,都喝本地产的浓香型酒了。

这酒宴安排在本市最豪华的一家酒店里,接待也是高规格的。菜肴自不必说,专门从省城请的特一级厨师,大龙虾都上了,可上的酒却是本地产的"三泉春"。其实这个"三泉春"并不是本地酒,是把买来的正宗茅台酒倒进了"三泉春"的瓶子里。表面上喝的仍是本地酒"三泉春",其实喝的是国酒茅台!

最初,池田先生还很矜持,仅仅是象征性地抿了一小口,就说:"哦,好酒。'三泉春',好酒。"于是,崔局长开始上手段了,先是"中日友好酒",接着是"入乡随俗酒""千里之行酒""鱼头酒""缘分酒""交情酒"……一杯杯地劝池田喝下去。到了最后,老崔使出了"撒手锏"。他突然站起身来,先把十二杯酒倒在一个水晶玻璃杯里,当众一口喝下,说:"感情深,一口闷,这就叫一口闷!"而后,他让小服务员拿过一个托盘,又倒

> 中原人劝酒是很有一套的。

上十二杯酒放在托盘上,就那么用手托着,晃晃地走到池田跟前,高高举过头顶,突然往地上一跪(这是有说辞的,这叫"跪酒"。"跪酒"也是本地风俗,当酒喝到酣处,有对赌的意味,对方是不能不喝的),大声说:"池田先生,请吧!"众人都怔怔地看着,傻了一般。

最后,池田勉强喝下了这十二杯酒,当众人齐声叫好!时,池田身子一晃,终于出溜儿到椅子下边去了。纵然到了这般时候,我仿佛从池田眼镜片上仍看到了一丝警惕的闪光。

当众人搀扶着把池田送回客房后,大厅里,崔局长吐着满嘴的酒气,上前歪着身子打了个立正的姿势,对薛市长说:"报告市长大人,还、还满意吧?"

不料,薛市长摇摇地走过去,上前就是一脚!日骂道:"满意个锤子。老崔,你属啥的?忘了吧?"

崔局长一屁股蹲坐在地上,吃惊地睁着两只惺忪的酒眼,回忆着说:"我,我,属、属……属马,属马的。"

薛市长说:"我看你属猪。咋屎搞的?嗯?"

崔局长一脸委屈地说:"市长,我可是按你的吩咐,全力做好。"

薛市长沉着脸说:"你混蛋!谁让你给日本人下跪了?有辱国格!"

崔局长傻傻地躺在地上,竟"哇"的一声,哭起

把自己姿态放到最低,对方就没有退路了。可是忘了讲"国格"。

国格,这是底线。

来了。

薛市长不再理他,也是一副酒醉的样子,捧着头,嘴里喃喃地说:"这事保密。谁也不能说出去。滚,滚犊子。妈的,高了,我也喝高了。"这时,站在一旁的秘书赶忙上前扶住他,摇摇晃晃地走出门去。

这天夜里,当众人都以为薛市长喝醉了的时候,谁也没想到,他竟在午夜时分,突然召开了一个由工商、税务、公安、消防等部门参加的联席会。凌晨,等局长们打着哈欠匆匆赶来时,薛市长已在会议室里端端正正地坐着了。

在会议室里,薛市长笔直地在主位上坐着,头发梳得一丝不乱,神情肃然,脸上竟再无一丝醉酒的样子。只不过,他面前放着一杯酽酽的浓茶。他两手按在一个大茶杯子上,很威严地说:"都到齐了吧?"

众人应道:"齐了,都到了。"

薛市长说:"对不起,打搅各位的好梦了。不过,事情紧急,我也是不得已。咱长话短说。这样吧,大家都知道,这是市里主抓的重点投资项目。现在,外商已经到了,老郭,你说说,还有哪些手续、执照、证件啥的,没有办的,一律给我补齐了。"

会场立时炸了。税务局长说:"这,这,市长,不是不办,按规定,手续不齐呀。"众人也跟着嚷嚷说:"是

> 能当常务,果然有过人之处。

呀,这没法办,真没法办。"

薛市长一拍桌子,黑着脸说:"我告诉你们,谁影响招商引资,我撤他的职!也别给我这这那那、屎长毛短,就现在,现场办公!我限定,明天早上八点钟以前,所有证、照一律办齐。至于缺的手续,以后再补!"

众局长们一下子傻眼了。有人小声说:"老天,这都二半夜了!"有人说:"办呗。啥法儿?市长说了,办就办。"

最后,薛市长溜了我一眼,说:"老李,李市长,你还有什么要说的?说说。"他这话,仅停留了几秒钟,没等我接腔,跟着就说:"没啥?好,散会。"

我只有苦笑的分了。说实话,老薛也是从工作考虑的,我不怪他。

更让我吃惊的是,第二天清晨,八点不到,薛市长已早早地恭候在宾馆的门口了。

> 招商引资是头等大事。

> 敬业!

十一

池田龟一在天仓仅待了三天。

三天的接待,让我不得不对薛市长刮目相看。

三天三夜,七十二个小时,这个脸上亮着麻点的薛市长、薛指挥长,几乎没合过眼。后来我才知道,那天

> 基层干部的能力。

> 基层官员的
> "智慧"或狡黠。

夜里凌晨三点才散了会,五点钟,天刚蒙蒙亮,薛市长又把城关镇的镇长和近郊七里河村的村长叫来了。

薛市长两手按着泡有浓茶的茶杯,威严地说:"事情紧急。长话短说。有个政治任务,交给你们。"

镇长一听有"政治任务",身子一挺,说:"市长吩咐吧。我们一定照办。"

七里河村的村长也跟着说:"市长你说。"

薛市长说:"老昆,你七里河有闲地么?借我一百亩用用。"

村长眨蒙着眼说:"啥?你说啥?借地?借、借啥地?这、这……"

镇长侧过身子,望望老昆,又看看市长,不知该说什么。

薛市长脸一沉:"你慌个屁,又不是割你肉。你听我说,你听清楚再说。我说的是借!只借一天。"

老昆说:"借?"

薛市长说:"对,借。就一天。"

老昆还有些不放心,眨巴眨巴眼,说:"那,干啥……用?"

薛市长说:"市里搞招商引资,这是个大项目。至于企业办在哪儿,以后再重新选址。当紧的是,日本人来投资,咱们要搞一个开工奠基仪式,就近。这你懂吧？先把事糊弄过去。"

老昆点着头说："懂，我懂。就一天，是吧？"

薛市长说："就要你搞一会场。场面要大，到时候，弄一碑，挖个坑，封封土，照照相，就这点事。"

> 既然做戏，就要做足。

老昆说："明白了。行，这行。"

接着，薛市长又对镇长命令说："这个事，由你监督执行。要搞得声势大一点，要喜庆，要红旗招展，锣鼓喧天。报纸、电台、电视台都要去人。宣传上的事，你直接跟李市长、就那个……作家联系，由他具体负责。"

镇长连连点头说："马上办。我马上去办。"

最后，薛市长严肃地说："这个事，理解要执行，不理解也要执行。执行去吧。"

说心里话，当镇长把这些情况告诉我的时候，我只是吃了一惊！是啊，老薛能做的，我未必做得了，也不会有人听我指挥。我心里清楚，这些人，我一个也调不动。老薛是本地人，他跟他们打了几十年交道，太熟了。

第二天上午，薛市长先是陪着池田先生参观了市里的几家企业。路线是早就定了的，中途还让他看了本地一景：清代的"八角砖塔"。一路上，薛市长都把池田龟一像财神爷一样供着，精神抖擞、口若悬河地给他介绍当地的情况。我们这些人只是浩浩荡荡地厮跟着。

下午安排的是"奠基仪式"。说好是三点钟开始，可车队刚出发不久，却突然停下了。只见薛市长跳下车，很果决地一挥手，把我们一干人召集在一起。这时，薛市长提了提裤子，很突兀地问："厕所，准备厕所了么？"

我们都愣了。

他用手指了一下招商局长："外交无小事。老崔，快去准备。"

老崔苦着脸说："这，这，来不及了呀。"

接着，老崔又说："要不，弄个席棚，凑合一下？"

薛市长说："不行。有外宾。"

老崔说："那，那……"

薛市长命令道："这样，你去环卫处调一个，那儿有新进的'板式卫生间'。就说我说的，这是政治任务。我让车队围着城北新区转一圈。"

老崔挠挠头，急急忙忙地准备卫生间去了。

于是，前边有警车开道，我们整个车队就围着北城新区转起圈来，名义上说是参观新区，实际是等"厕所"。一直到夕阳西下的时候，车队才进了会场。

那天下午，整个会场上挂满了横幅，到处红旗招展、锣鼓喧天！城关镇的镇长安排人在会场上插了近

薛常务的办法总是比困难多。

百面红旗;为了烘托会场气氛(原本已有薛市长从食品厂借来的一百个工人助阵),镇长又从附近的小学里抽调了二百名学生,一个个举着花环,表示热烈欢迎。车队一进场,城关镇的镇长就领着众人巴巴地迎上来,说:"薛市长,怎么样?"

薛市长却一挥手说:"开始!开始!"

其实,"奠基仪式"从正式开始到结束,仅用了不到四十分钟时间。先是薛市长代表当地政府讲话,接着是池田先生代表外商讲话。池田讲话时,本已给他准备了翻译,可池田先生会说中文,不用翻译,只好作罢。最后是老郭代表企业致答谢词。谁知,老郭上台后,由于太激动,一时泪流满面、几次哽咽,话都说不出来了。薛市长在一旁低声说:"算了,下去吧。"这时候,老郭突然抬起头来,对着蓝天、夕阳大声喊道:"兄弟,你的愿望,我实现了!"

此后,我们在薛市长的带领下,簇拥着池田先生依次走下台,来到不远处一个挖好的基坑前,在隆隆的礼炮声中,众人围着罩了红绸的奠基石,一人上前添了几锹土。这时候,只有池田先生特别认真,添几锹土,还用脚一一踩实。于是,众人也都跟着踩。

当奠基仪式圆满结束,我跟着薛市长先后走进了刚搭建好的板式卫生间。让我惊讶的是,薛市长尿泡

　　　　老郭还是重情义的。

很长,尿着尿着,他竟然睡着了。他两手捧着"枪",仍然是撒尿的架势,却昂扬地打起了呼噜。

我怔怔地望着他。过了一会儿,我上前轻轻地拍了他一下。不料,他打一尿颤儿,淡淡地说:"没事。就一分钟。"

> 薛常务累啊!此细节大妙。

十二

当年,日本人来投资的消息,轰动了整个天仓。

在民间,整个天仓市都在传着这样一个数字,老郭这下子大发了,正枕着一屋子钱睡大觉呢!日本人一下子投了十个亿!乖乖,十亿美金呀!

可薛市长却私下对我说:"咋办呢?头疼。我脑子眼儿疼。"

我当然知道他为什么会头疼,他不可能不头疼。天仓市招商引资,声势搞得这么大,可这位从日本来的"外商",仅仅才投了一千万日元。最初,在谈判桌上,当池田先生说出"一千万"的时候,我们都以为是人民币。虽然不算多,也不能算少了。可当他说出"日元"的时候,我们都愣住了。那时,薛市长还不明白日元的交换比值,他大约当成"美元"了。就说:"行,签吧。老郭,你签。"

> 戏做足了,百姓信了,市长苦了。

060 / 人面橘

此刻,我重重地咳嗽了一声。崔局长会意了,他站起身,走到薛市长跟前,耳语说:"薛市长,门外有人找。"

薛市长看了他一眼,站起身,跟着他到门外去了。到了门外,关上会议室的门,崔局长急了,说:"市长,声势搞这么大,这日本人才投七十多万呢。"

薛市长一怔,说:"啥七十多万?不是一千万么?"

崔局长说:"一千万是日元,合人民币也就是七十来万。"

薛市长说:"是么?你算清楚了?不会吧?"

崔局长说:"日元不值钱,合人民币就七十多万。"

薛市长说:"操,你怎么不早说?"

崔局长说:"咋办?"

薛市长沉默片刻,说:"事已至此,就这样吧。记住,保密。"

后来,崔局长告诉我说:"李市长,日本人把咱涮了。操,光接待费都花了十多万。"

就这样,笑眯眯的日本人池田龟一,以一千万日元的价格,拿走了"tthy—人造金刚石新工艺"百分之四十三的股份。他本是要拿百分之四十九的,余下的百分之六,成了"模糊系数",据说到了中间人手里。那么,谁是中间人呢?

狡猾的日本鬼子。

当时很多合资企业都是这么干的。没有合资名头,手续都办不下来。

总体算下来,池田的投入,还没有老郭早期的投入多!

然而,在池田龟一离开天仓的第二天,工程指挥部临时租用的那栋小楼就被围住了。人们一群一群地围在小楼前,全是要账的!

我曾经说过,老郭是个"吐噜嘴"。可谁也没有想到,他竟然欠下了那么多的人情!

老郭所有的亲戚,七大姑子八大姨,全都拥来了;画匠王村的乡邻、附近村落的匠人朋友,也都来了;还有老郭这些年在跑事的过程中曾经借过钱、得到过帮助的一些生意上的主儿,一窝蜂都来了。枪杆刘村居然来了一百多号人,他们打着用白布做成的要债横幅,还不停地敲着锣;草帽张来的全是汉子,他们捋着袖子,个个像红了眼的狼!楼前一下子围了几百人,都是来堵老郭的,一个个义愤填膺:"人真短哪,当初咋说的?恨不能跪那儿喊爷!一有钱脸都变了?面儿都见不着!"

"啥人呢?那么多钱,一辈子都花不完的钱,放那儿生娃儿哪?!亲戚都不要了?脸也不要了?!"

"我这儿可是有字据的!当初红口白牙咋说的?出来,姓郭的,你给我出来!……"

"他敢出来么?他要是敢跟我照个面儿,我钱也不

比起日本人,老郭的乡亲们亏啊!可真亏的是老郭,却无人理解。

要了,当面吐他一脸唾沫,扭头就走!"

"当年,他说要给人送礼,我那一布袋甜瓜,在地里现摘的甜瓜,不说是金瓜,也是给他救了急的。"

"我那一布袋枣,大红枣,也是现摘的。年年去我那儿弄一布袋,都记着账呢。当初说那话,哼!你要真没钱也就算了。现今你有钱了,还装孙子?……"

"我是有股份的。我也不要股份了,折算一下,给我钱就行。他说的,他自己亲口说的,事成之后,给我百分之一的股份。十亿美元的百分之一是多少?你给我算算?……"

"哎,我听说在外包的有女人!一个女人一处宅!在省城藏了十几窝!可那钱,就是撒也花不完呢……"

枪杆刘的村长老刘大声喊道:"郭守道,你躲得过初一躲不过十五!你出来!"

据我所知,老郭欠下的全是"人情债",老郭没有任何法律责任。况且,企业还没有真正办起来,没有见到一分钱的效益。就此说来,他就更没有法律责任,可老郭还是没脸见他们。

那时,老郭就躲在那栋小楼里,透过窗帘的缝隙,悄悄地、默默地看着他的亲戚、乡邻、朋友们。没人知道老郭在想什么。这时候的老郭成了一个"贼"。一夜之间,他的头发全白了!

人情社会,富人难当,何况不是真富。这就是老郭和土地的关系。

这天,确切地说,老郭是藏在薛市长轿车的后备厢里,被人悄悄地从小楼里运出去的。老郭那么大个子,就那么蜷在后备厢里,窝着个脖儿,像狗一样偷偷地从那些"债权人"眼皮子底下逃出去了。在此后的两年时间里,老郭一直是东躲西藏。他再也没有回过他的老家画匠王村。

当时,我很想出去跟他们聊一聊,做些安抚性的工作,但被薛市长强令制止了。老薛说:"这事,政府决不能出面。谁也不能出去,不解释。越解释越说不清!"

> 以经济建设为中心,招商就是最大的政治。

客观地说,这家此后冠名为"金刚国际"的中日合资企业,薛市长是出了大力的。薛市长很头疼。他可是立过"军令状"的,骑虎难下。就此,薛市长邀约省、市两地的银行,以政府的名义给"金刚国际"贷款做了担保,这也是担了风险的。在"金刚国际"筹建的过程中,每每遇到难处时,薛市长就跟老郭拍桌子大骂,于是两人对骂,以至于闹到了互相扇耳光的地步。有一次,当着我的面,薛市长曾泪流满面地指着老郭骂道:"郭疯子,我他妈欠你呀!"老郭也拍桌子反击说:"姓薛的,你就是个官迷——是你找我的!"

> 硬着头皮也得上。

可出了门,薛市长又会笑容满面地对记者说:"这个企业是市里的大项目,中日合资项目!万事俱备,一定上马!"薛市长跟老郭也真够坚强。有多少次,每每遇到难关,骂归骂、吵归吵,两人都咬牙挺过去了。

此后,就在"金刚国际"正式投产的那一天,当薛市长邀约省、市领导前来剪彩的时候,老郭不见了。后来才发现,老郭躲在厂内一个配电房的小屋里,已经去世了。

据说,当薛市长找到他的时候,老郭在一个简易的折叠床上躺着,他因劳累过度,半夜里突发心肌梗死。他身前的木箱子上放着一个写有人情账的小本本。原本,薛市长还以为他睡过头了,进了配电房就骂:"郭疯子,你他妈……"最后,薛市长往地上一跪,哭着喊道:"三舅,三舅啊!"

还有人说,就在那个配电房里,在那个木箱上,除了一个茶缸子,那个"人情债"小本本,小本上有一张纸,纸上写有分期还债的时间。据说,薛市长拿起那张纸,看了一眼,而后揉成一团,先是愤然摔在了地上,而后又捡起来,装进裤兜里了。

没人知道老郭为什么会突发心脏病,也没人知道老郭当时的心情。他奔波了那么多年,多少苦日子他都熬过来了,眼看企业终于投产了,他为什么会死呢!可我知道,老郭心里很苦。他被那些人情债压着,一直翻不过身。

有民间传言说,郭守道死得很值。他这一死,给郭

真实情况是老郭的原型在企业上市后才去世。小说如此写,更有效果。

临死也不忘人情债。压垮老郭的最后一根稻草竟是人情。

氏后人,给整个郭氏家族换来了上百亿资产。他再也不欠任何人的债了。

有民间传言说,老郭最怕有人当众唾他,怕那口"唾沫",尤其是草帽张的女人们。人活一张脸哪。

有民间传言说,老郭就是要完成一个朋友的心愿。他当年答应过的事,他完成了,死而无憾。

> 老郭坚守的是一个承诺。

是啊,一个命运多舛、拼命"钻挤"的人,为什么会死呢?这让人百思不得其解。此时,我突然想起了初见老郭时,他说过的一句话。老郭说:"我写过诗。"

是啊,老郭是写过诗的,他还有过情人。大约,他一直想在情人面前直起腰来,说一句硬气的话?可他就这么走了。也许,在骨子里,他最想做的,是一个诗人。

又三年后,"金刚国际"正式上市,资产评估已达三十七亿之多!日本人池田龟一仍然占有百分之四十三的股份。为此事曾做出过巨大贡献的薛副市长薛常务,已调任邻近一个市的市长,正职。"金刚国际"也已由老郭的大儿子接手出任董事长。

> 池田龟一的"空手道"。

十三

在离开天仓之前,我专门到邻近的一个县份里去看了许由墓。

许由墓就隐在离县城不远的一个村落里。我去的那天是国庆节,阳光很好,秋庄稼已开始收割了,公路上到处都晾晒着新割下的豆秸和玉米棒子。进了村,一路打听着,绕来绕去的,终于找到了通向许由墓的一条小路。小路上也铺满了村民们晾晒的玉米和豆秸,已无法通行。好在只有几十米的路,就下车步行前往。

许由墓就在眼前了。那只不过是一堆稍大一些的土丘,土丘已被圈起来了。土丘前有一墓碑,土丘外围十米左右,有一道围起来的铁栏,铁栏上有一道铁门,门是锁着的。

阳光下,那墓前连棵草都没有,静静地。没有香火,没有供品,也没有人。我心里说,这就是许由。这就是许由了。

这时,刚好有一农人闷着头,背着一袋新摘的玉米棒子从许由墓旁的田野里走过来,我问:"老乡,这就是许由墓吧?"

他说:"是呀。"

我问:"门怎么锁着呢?"

他说:"圈起来原是要收费的。一次五元。可没人来。"

而后,他抬起头看了看我,很肯定地说:"退休

> 呼应开头。对比古今"官"念的不同。

了吧?"

我笑了笑。

他说:"当官在位的,谁来这地方?"

就要离开天仓了,心里不免有些怅然,那感觉是说不清的。我想,我要记住的,还有一句话,是关于"桥"的。

不管怎么说,在天仓三年,使我认识到,人的心灵深处,是有"桥"的。也许,有的人并不明白;或许是说不清楚。可我知道,他们心里有。

如果木有,就建一座吧。

> 批判现实的李佩甫心里想着的一直是"桥",是党!

败节草

> 读过李佩甫《李氏家族》的,对此文一定有似曾相识之感。实际上《李氏家族》是李佩甫将此文作为一条线放进其首部长篇《李氏宗族的十七代长孙》而成。其复线叙事的风格也由此形成。

一

儿时,他的记忆是从一株草开始的。

那时候,他还没有正经名字。

只知道,爷叫捆,爹叫绳,他叫辫儿,都是喉咙喊出来的。

记得,娘上地时常把他捆在一根绳子上,一头拴在娘身上,一头拴在他身上。娘在前边割豆子,他在后边的豆地里爬,活活一个土孩子。娘割得太远时,也会把绳子解开,让他带着一根绳子爬。绳长,也落不太远,不会出事的。他就这么爬着爬着站起来了,他走路并不是人教的,而是在田埂上摔出来的。他在田野里爬来爬去,爬着爬着就走起来,而后他栽倒在高粱地里,就摔在了一株小草的跟前。他趴在那里,像气肚儿蛤蟆似的,很久很久站不起来。眼前晃着那么一株小草,整整一个上午,他就一直趴在那里望那株草。那草曾

> 人、植物、土地之间的关系,是李佩甫小说的基本主题。

给他留下了强烈的记忆,以至于成人之后,他仍然记得那株小草的状态。那是一株很瘦很弱、细线一样的小草,秆是青色的,微微泛一点灰,泛一点点白,草节上还有一些麻麻淡淡的小黑点,让人看了心寒。他说不出为什么会害怕,可他就是怕,那么弱的一株小草,他怕。后来,也是到了后来,他慢慢地伸出小手,抓了那草。当他把草抓在手里时,他发现那草已经散了,草是自动散的,草散成了一节一节的,他抓在手里的只是一些碎了的小节节。为什么呢?为什么会散呢?这个疑问也许只是一个讯号,一个存留在小小脑海里的讯号,完整在一刹那间分解了,脑海里却存活了一个疑问。一直到很久,大些了,当他成为一个割草孩子的时候,他才知道那叫"败节草"。这时候"败节草"成了他生命中的第一个记忆信号,他就这样记住了"败节草"。然而,记忆是延伸的,与"败节草"有关的是一段声音,如果没有这个声音,他也不会记得如此深刻。

那其实是一个字。

就在那片高粱地里,他还拾到了一个字,他听见有人说:"脱!"

那个字像是突然从天上掉下来的,带着一种不容置疑的果决,很突兀。

那个字很干,很硬,是哑声迸出来的,就像是夹板

破题。

用一个字体现乡村权力。

一样,一下子夹住了什么,夹出了一片橘红色的恐怖。那个字还甩出了一股"簌簌"的声响,一股甜腻腻、臭腥腥的气味。"脱"很生动地就这么"咚"一下打在了他的耳膜上。而后他的记忆曾不断地对这个字进行修饰,一次一次地增补删改。在以后的很多日子里,他曾无数次地重复过这个"脱"字,他曾经一个人偷偷地躲在麦秸垛里默念:"脱、脱脱脱……脱!"

性与权力,此文有看点。

那个字太生动了,他念了就笑,念出了很多愉悦,也念出了五光十色的润味,于是就有了"白亮亮"的感觉。这个字跟"白亮亮"有机地联系在一起,联系出了更多的内涵。在时间中,"白亮亮"有了无限的扩展,直至定位。于是在一片青色的高粱地里,他看到了麻子五爷和幺婶。这是记忆的重复,还是那么一个"脱"字。这个"脱"字终于跟"白亮亮"勾在了一起。

就这样,"脱"字成了他儿时的第一个玩具。他是在心里玩的。

李金魁精神成长的基础竟由此建立。

"二脱"和"一脱"是有差别的。"一脱"仅仅是一个字,是嘎巴脆;"二脱"却是一组字,是阴阳声。在那片青色的高粱地里,高粱叶子"哗啦哗啦"响着,那些字就像是炸豆一样,一个个迸落在他的头上:

"脱。"

"……桂生……"

败节草／071

"红叶"出现了,读者记住。

只说一字。权力不容置疑。

服从。

如自掘坟墓般。

"草。"

"红叶他爹……"

"草。"

"红叶他爹……"

"草。"

这些字是需要时光来翻译的。他看到的是情景,在情景中,麻子五爷肩上搭着一件土色的汗褂,光着脊梁站在那里,歪着一张汗津津的麻脸;幺婶身上背着一捆草,头上蒙着蓝花格格头巾,头深深勾下去,而后是草捆慢慢地坠落在了地上。接着,幺婶蓦地摘下蒙在头上的蓝花格格头巾,只见她半弯着腰,一双手"唰、唰、唰、唰……"眨眼之间,在四周的高粱棵上刷出一抱叶子来,随手铺在了地上。接着,她一件件地脱去身上的衣服,赤条条地躺在了高粱叶子上,夕阳照着一片白亮亮的沉默……

后来,在时光中,经过一次次的咂摸,一次一次的把玩,他隐隐约约地明白了那组字的含意。他先是在语气上感觉到了"脱"字的深刻。他觉得那不是一个字,那是一种不可抗拒的力量。为什么说脱就脱呢?为什么别的人就不能让幺婶脱呢? 在村街上,他亲眼看见幺婶把一碗饭泼在了石磙身上,因为石磙趁她不备,在她屁股上轻轻拍了一下。石磙那样壮,可石磙还是吓跑了。当然,等他认了一些字之后,他首先懂得的就是这个"脱"字,他认为"脱"的真实含意就是脱了衣服用肉体说话。很生动啊!接下来,他又逐渐明白了那组字的外延,在特定的环境里,他在那组字里品出了对抗的意味,"脱"是命令,"桂生"是抗拒,那抗拒是一步一步的。他在第一个"草"字里品出了低贱,在第二个"草"字里品出了不屑,在第三个"草"字里品出了带有威胁成分的鄙夷。他曾经有很长一段时间不明白"红叶他爹……"是什么意思,不明白"红叶他爹……"跟这件事的关系。慢慢地,慢慢地,他才品出了对抗的剧烈,在那片高粱地里,这是幺婶最为强烈的一次反抗!桂生是幺婶的男人,而对应却是"草"。在万般无奈的情况下,幺婶抬出了"红叶他爹",红叶肯定是一个女娃,却有这么一个好听的官名:红叶。红叶是谁?而红叶她爹又是谁呢?这是一个语码,是一个暗号,分解后他得出结论,这不是大李庄人。可是,他的力量仍不能抗拒麻子五爷,他的对应还是一个"草"字,看上去虽简简单单,可幺婶无奈了,她再次强调了"红叶他爹"。而麻子五爷最后喊出的那个"草!"字的含意极为丰富,那里边包含着在平原上可以傲视一切的东西。可那又是什么呢?

在一个时期里,他看见幺婶的三个儿子在茁壮成

> 此字拆得妙。

> 权力和伦理的对抗。

败节草／073

> 未说而说的因果。

长。幺婶的三个儿子大国、二国、三国全都长得虎头虎脑的，一个比一个壮实；而那时候他却像麻秆儿一样瘦小，他的碗也小，他只有一个小木瓯，他饿。

在村街里，幺婶的三国曾气势势地对他说："辫儿，你过来。"可是，待他一走过去，小小的三国一下子就把他推倒了，摔他一个满脸花！

> 母亲的屈辱换来儿子的尊严。

他反抗过，他曾经把幺婶家的三国引到一块埋了草蒺棘的地里，而后把他一下子推倒，让三国滚了一身草蒺棘。可是，大国、二国、三国一齐来了，他们把他按倒在地上，差一点就把他掐死了。大国说："让他喊爷！"他不喊，他实在是不想喊。二国说："不喊让他吃屁！"于是，三个国一个个褪下裤子来，坐在他的脸上，一人放了一个响屁！屁很臭，一股子红薯味。他哭了。

后来，他把这次反抗的失败归结于红薯。这是关于屁的总结，从三个国放出的屁里，他闻到了足量的红薯味，那就是说，幺婶家的红薯多！三个国有足够的红薯可以吃，而他，却从没吃过一块完整的红薯。

> 时代变迁与岁月的无情竟由此体现。

时间仅仅过了三年，在这三年里，他看到幺婶一次次上地割草。而割草的幺婶却一次次地躺倒在田野里，像败节草一样分解开来，让麻子五爷用肉体说话。麻子五爷嘴里喊出的那个"脱"字已经失去了那旧有的霸气，而变成了一种温和的絮语。那字后边也常加上一个"吧",那"吧"肉肉的,带一股黏黏糊糊的气味。每到最后,麻子五爷总要捏着一个地方,说:"凉粉豆。"

什么是凉粉豆呢?

当麻子五爷又一次说过"凉粉豆"之后,就再也不见幺婶上地割草了。

突然有一天,他看见麻子五爷像死灰一样蹲在村街的一个墙角处,他像是眨眼之间老了。他蹲在那里,手里哆哆嗦嗦地捧着一只老碗,正在"嗞嗞喽喽"地吃面条,这时候幺婶走了过来。幺婶挺身从麻子五爷身边走过,就在她将要走过去的时候,她却突然勾下头,"呸!"一下,朝麻子五爷碗里吐了一口唾沫,而五爷连头也没有抬,他只是缓慢地动着筷子,木然地望着那口吐在碗里的唾沫。久久,他像是终也舍不了那碗面条,竟然把那带有唾沫的面条吃下去了。

在那一刻,他简直是目瞪口呆!

于是,在他很小的时候,他就凭着那一株草和一个字的启示,在无意间接近了平原的精髓。

> 贪恋"凉粉豆"是五爷力量丧失的表现。

> 幺婶找回尊严。

> 由草而接近平原的精髓,故《羊的门》大段写草。

二

辫儿到了八岁才算有官名,那官名是一位当过私塾先生的小学老师起的,先是唤作李金斗,后又改成了

> "苹"的成长。

李金魁。关于这个官名,他们全家曾有过一次认真的讨论。

日光晃晃的,捆坐在门槛上眯细着眼儿,一边捉虱一边摇着头说:"怕是太贵了吧?草木之人,只怕压不住。"

绳是站着的,绳说:"人家没收钱。"

捆说:"驴性!我说钱了么?我是说这名儿贵气了。"绳说:"那,弄个石磙压压?"

捆气了,说:"……你下地去吧!下地去!……"接着,他看了儿媳妇一眼,说:"我看,还是叫狗蛋吧,名贱人不贱。"女人正在纳鞋底子,女人说:"娃大了,狗蛋不好听,别叫狗蛋。"

捆说:"还是叫狗蛋吧。"

女人很坚决地说:"不叫狗蛋。"

> 中国的很多家庭都是女人当家。李佩甫说他家就是母亲当家。

这家一向是女人说了算的。捆就说:"去吧,绳,再跑一趟,去领领教。"

于是,绳颠颠地又去找了老师,而后拎着一张纸回来了,说:"老师说,就加个鬼吧。"

捆有点疑惑地说:"加个鬼?"

> 加鬼,有深意。

绳瓮声瓮气地说:"老师说的,加了个鬼。"

捆说:"我看看。"说着,就把那张纸拎过来,拿在手里,颠来倒去地看了好几遍,说:"那'斗'还在呢。加个鬼就镇住了?"

绳说:"人家说能镇住。"

于是就叫了李金魁,往下讨论就是大事了。捆说:"我看,就让金魁跟他舅去学木匠吧,好孬是门手艺。"

女人说:"太小了吧?"

捆说:"起根学是门里滚,大了就失灵气了。"

捆说:"成一个张瓦刀也就十年的光景。"

捆又说:"成一个张瓦刀就可以坐酒席了,净吃好菜。"女人也没再说什么。女人只说:"虽说是他舅,也得封刀礼吧?"

捆说:"那是。礼不能缺,至少得封刀肉。"

女人说:"一刀血脖也得五块钱,也别说后腿了……"家里没钱,连五块钱也拿不出来。捆就说:"这事我办了,我去办。"说着,就把手里的旱烟一拧,半弓着腰很大气地走出去了。

那时候,刚有了官名的李金魁正在地里捉蚂蚱,捉了蚂蚱可以用火烤着吃,很香。李金魁满地扑蚂蚱,捉一只,就用毛毛穗草串起来,已串了两串了。这时才听见有人叫他:"辫儿,辫儿。"他抬起头,看见爷一颠一颠地走过来,对他说:"娃子,你有了大号了,记住,你叫李金魁。"

李金魁说:"爷,我有名了?"

神秘的民间信仰就在日常生活中。

一招鲜,吃遍天。

"礼数"不能忘。

有名就真正是个人了。

捆说：“有名了，俩鸡蛋换的。这名儿不赖吧？好好记着，你叫李金魁。”

听了这话，不知怎的，他的腰就有些直，一个小人硬硬地站着，说："知道了，我叫李金魁。"

于是，捆说："走，跟我进城去。"

李金魁从没进过城，眼一亮，说："爷，你真带我去？"捆说："真带你去。"

李金魁说："是去我表姑奶家吧？"

> 表姑奶是家庭的骄傲，看来爷爷说过多次。

捆说："城里人规矩大，去了也别动人家东西。"

李金魁说："我不动。"

到了城边，李金魁突然伸手一指，万分惊奇地说："爷，爷，你看那是啥？那是啥？"只见"呜"的一声巨响，两条亮亮的铁轨上，游动着一间间绿色的小房子，眨眼之间，小绿房子一扭一扭地游走了……

捆说："火车，那是火车。"

李金魁呆呆地说："还会叫呢……"

> 通向远方的火车有象征意味。

到了城里，路就宽了，很宽。爷说，那是油路。油路两旁还立着一根一根的高杆，杆子用线连着，每根杆子都伸出一个草帽样的东西，看上去很光滑。爷说，那叫电灯，不喝油，喝电，电在线里裹着。城里楼很多，也很高，多是两层，也有三层五层的，人上去是一坎台一坎台走的。商店里摆满了一管一管的东西，爷得意地

078 / 人面橘

说,那是牙膏,城里人刷牙用的,所以城里人牙白。还有糖果点心,好像卖啥的都有;商店里的人都戴着蓝袖子,女人一个个都白。爷说,别看,你可别看,那东西勾人。李金魁的眼不够用了,迟迟地走,人傻了一样满地在找眼珠子。

  后来爷带着他七拐八拐来到了表姑奶家。表姑奶家住的是红瓦房,一排一排的,表姑奶家住在第三排。进门后,表姑奶就说了两句话,一句是:"来了?坐吧。"爷嘿嘿地笑着,说:"娃子要进城看看,我就带他来了,让他看看他姑奶家阔不阔。"停了一会儿,表姑奶又说:"这是谁跟前的孩子?"爷说:"绳家的。也不会说个话。"表姑奶轻轻地"嗯"了一声,就再也不说什么了。而后是一片沉默,很久很久的沉默,那沉默像锁一样,一下子把爷的嘴锁住了。爷就干干地笑着,可他笑着笑着就笑不下去了,一个人也不能总笑呀!他在那儿坐着,手就像没地儿放似的,一会儿放在胸前,一会儿把他的旱烟杆拿在手里,烟锅一直在烟布袋里挖着,挖着……城里的表姑奶就那么高高在上地坐着,穿着很好的衣服,板着一张干干的柿饼脸,一句话也不说。有很长时间,李金魁望着爷,他发现爷就要哭了,爷的脸非常难看,爷脸上的血丝一条一条胀了出来,像是陡然间爬满了蚯蚓。一直到很久之后,李金魁每每想到他

城市的诱惑。

求人的话难开口。

窘。

败节草 / 079

> 词汇中是有经验的,可惜我们经常忽视。

> 李金魁懂礼数由此开始。

第一次去表姑奶家的情景,就深刻地体味到了两个字的含意,那就是"尴尬"。"尴尬"二字是他先有了体验,才有了认识的。那是一种叫人死不得又活不得的滋味。坐得太久了,坐得人都有些发木了,可那沉默却一直没有打破。这时,李金魁把小手伸进了裤腰,他是想抓痒的,可他的手刚一贴近裤腰处,立时就感觉到了什么,在那一刹那间,他脑海里"轰"了一下,那也许是他生命中的第一次顿悟,立时有了醍醐灌顶之感!他慢慢、慢慢地从裤腰里掏出了小手,小手里高擎着那两串蚂蚱。他举着那两串蚂蚱,由于紧张,用略显磕巴的童音说:"姑、姑奶,也、没啥拿。"立时,表姑奶那高扬着的头垂下来了,她吃惊地望着这个乡下小人儿,望着那一双黑黑的小眼睛;接着,她又望了望那两串串在毛草上的蚂蚱,大张着嘴,好久说不出话来。这时,只见里屋跑出一个年龄跟他差不多大小、花蝴蝶一般的女孩,女孩一脸欣喜地跳出来,顿着脚高声说:"我要!我要!"顿时,表姑奶笑了。表姑奶的脸像松紧带一样弹回了一抹笑意,也弹出了一抹慈祥,她笑着说:"这孩子,你看这孩子……好,好。拿着吧。"爷的脸也松下来了,他讪讪地笑着,说:"你看,也没啥可拿的。"表姑奶淡淡地说:"来就来了,还拿啥?"接着又说:"这孩子怪机灵的,叫啥名呀?"爷慌忙说:"小名叫辫儿,大名叫李

080 / 人面橘

金魁。"表姑奶看了他一眼,说:"这名儿好哇。"爷说:"胡起的,草木之人,就是个口哨。"表姑奶摆了摆手,说:"孩子,你过来。"爷赶忙推他一把,说:"去吧,见见你姑奶。"李金魁慢慢走上前去,站在那城里老太太的跟前。表姑奶把手伸进兜里,从兜里掏出三块钱来,放在了他的小手里,说:"拿去吧。"李金魁勾着头一声不吭,就那么站着。爷又赶忙说:"还不谢谢姑奶?"

出了门,李金魁默默地掉了两滴眼泪。

在回去的路上,爷默默的,他也默默的,谁也不说话。那仿佛不是人在走,是城市的街道在走,街面在眼前一闪一闪的,可他什么也看不见了。那两串蚂蚱一直在他的眼前晃着,而爷常挂在嘴上的"城里的表姑奶"却在他的眼前訇然倒下了,两串蚂蚱成了"城里表姑奶"的"祭品"。小小的两串蚂蚱成活了一个思想,那味道是许多个日日夜夜之后才咂摸出来的。

当爷俩路过一个集市的时候,爷才开始活泛了。他停住步子,突然小心翼翼地说:"金魁,爷喝二两吧?"小人儿停下来,诧异地望着爷,他发现爷脸上竟有了一丝巴结的意味。爷说:"要不,一两也行?"俗话说麦熟一晌,人的成熟也是在一瞬间完成的。李金魁从兜里掏出钱来,默默地递给了爷。爷接过钱,拿在眼前看了,讪讪地说:"我只喝二两。"于是,爷俩在街边的小摊

> 沉闷气氛由此打破。聪明孩子受待见。表姑奶也是通透之人。

> 小孩子内心同样复杂。高贵由此坍塌。

败节草 / 081

在人情世故中成长。

虚荣，人人都有。

坐下来，爷要了二两散酒，一小碟花生，"嗞、嗞"地喝着，爷的脸红了一小块，那红像补丁一样。爷说："酒是人的胆哪。"而后又回过头来，看了他一眼，说："要盘煎包吧，我的孙子还没吃过水煎包呢。"说着，他站起身，要了两盘水煎包，一盘放在了自己跟前，一盘放在了李金魁的跟前。他先伸出三个指头捏了一个塞进嘴里，嚼了，又咂了咂指头上沾的油，待咽下去后才说："吃吧，香着哩。"煎包太香不顶吃，这么三下五除二地就吃完了。爷看了看他，他看了看爷，爷又说："罢了，一不做二不休，既吃就吃好它，我孙子还没喝过肉胡辣汤呢。"说完，他站起身，又一人盛了一碗胡辣汤。仍是爷先嘬了一口，问："尝尝，辣不辣？"他赶忙也尝一口说："辣。"而后，爷小声吩咐说："金魁，回去可别给你娘说。"

可是，一回到家，爷就像变了个人似的，进门就一蹿一蹿地嚷嚷道："他姑奶亲着哪，这回可让咱金魁见世面了！……"娘问："吃饭了么？"爷就说："哪能不吃饭？不让走啊，他姑奶死拉活拉的，就是不让走。看看，都看看，吃一嘴油！"爷进屋后就像个小磨似的，转着身子吹嘘道："闻闻，都闻闻。叫咱娃说吧，叫娃自己说，他姑奶亲着呢！"

爷仅喝了二两酒，却又一次生动地叙说着城里的见闻,滔滔不绝地讲述"他表姑奶"家的"神话"……这可以说是他们家的保留节目了,爷百说不厌。可是,当爷说出一嘴白沫子的时候,却见孙子独自一人在院里站着。娘探头朝外看了看说:"这娃咋啦?"爷说:"轻易不进回城,他姑奶亲,怕是受不住了。临走时还塞给他两块钱呢。快拿来让你娘看看。"

可是,李金魁就是不进去。他站在空空荡荡的院子里,像个小木桩似的立着,一句话也不说。后来爷出来了,爹出来了,娘也出来了,三个人转着圈问他,问他是怎么了?可李金魁仍然一声不吭地在院子里站着,两眼呆呆地望着天空,人就像傻了一样。爷摸了摸他的头,说:"不烧啊?"

最后,他慢慢地嘘了一口气,还是说话了。他说了一句让三个大人都莫名其妙的话。他站在院子里,望着眼前的茅屋,说:"窗户太小了。"

三

只有两块钱。

也正是那两块钱改变了李金魁的命运。

两块钱不够封一刀礼,所以,李金魁最终也没有成为"李瓦刀"。然而,就是这两块钱加上六个鸡蛋,使李

> 表姑奶的神话塌了。

> 有志之人!象征,是李佩甫常用的手法。

> 命运的转变,偶然中有必然。

败节草 / 083

> 配角同样生动精彩。

> 爷爷以自己的卑贱,帮李金魁向上。

金魁成了大李庄小学的一名学生。

那时上学便宜,学费才一块六毛钱,书费五毛,加起来一共两块一,还是不够,爷去代销点里卖了六个鸡蛋,三个鸡蛋一毛,算是交上了书费;剩下的三个鸡蛋,爷死缠活缠的,跟代销点的洪昌费了半天嘴,才换了五支铅笔和一块橡皮,橡皮是饶头。洪昌不愿了,洪昌骂道:"舅,俺舅,你又来了?把账清了吧。你欠的账还没清哩。"爷说:"鳖儿,不救你你死牛肚里了!……""这是这,那是那,两码子事。"爷又说:"饶一块吧,饶一块。"洪昌板着脸说:"你今儿赊一两,明儿赊一两,一两一两可都在账上记着呢。"说着,他又骂起来:"嗑瓜子嗑出个臭虫,你算个啥仁!也敢来一回蹭一回?"爷脸上红了一小块,爷说:"饶一块吧。洪昌,将来你侄瓜子不定结个啥果,要是……"洪昌哈哈大笑,洪昌说:"三岁看大,就这两筒鼻涕……"爷趁他说话的当儿,伸手抓了一块橡皮。洪昌赶忙去夺,见夺不过来,就在爷的头上狠狠地捋了三下,爷仍然笑道:"又跟你叔乱哩?……"说着扭头就跑,到底把橡皮赖下了。

就要开学了,他还没有书包。上学的书包是娘连夜用碎布头缝的,作业本是他自己用捡来的烟盒纸辑的。烟盒纸有的太皱,娘给他在石头下压了一夜,总算平展了。第二天背上书包上学时,老师点到李金魁时,他愣了片刻,在众人的哄笑声中匆忙站起身来说:"我、是我。"老师为此多看了他两眼,说:"你就是李金魁?"他小声说:"是。"老师"哦"了一声说:"李金魁同学,你坐下吧。"

> 对大名还不适应。

上学了,知识是可以出思想的,在以后的日子里,李金魁总是想起爷逃跑时的情景。为了二分钱一块的橡皮,爷拧着身子一蹿一蹿,跑起来像夹了尾巴的狗一样,那样子引得村人们哈哈大笑。代销点的洪昌没有真去追赶,洪昌只是做出了一种要追赶的样子,那得意扬扬的神情使他刻骨铭心。以后爷每次撞见洪昌,那眼神总是躲躲闪闪的,像偷了他什么一样。这种感觉是从物质渗到精神的,是一种时间的升华,是从一次次的咀嚼和品味中得来的。在时光中他发现了给予和索取的奥秘,那就是无论多么小的事物,给予都是高高在上的,就像是洪昌的那张脸;而索取是低贱的,索取在心理上永远处于劣势。你给了人家一点什么和拿了人家什么,那感觉是绝对不一样的,这种关系有一种本质上的差别。这个烙印伴着他读完了六年小学,在这六年里,他一边认字,一边用那些字来体味和丰富感觉。他是蘸着感觉来认字的,所以他认字认得很快,学字的能力也是超常的。

> 传神的细节令李金魁心酸,也激发其向上。

> 给予总是高高在上,而索取总是卑下的。

在这六年时间里,他一共用了一万八千三百四十

败节草 / 085

精确到个位数！

烟盒是时代的见证。

特殊的本子，帮助其进步。

六张烟盒纸，香烟的气味伴着他度过了许多个日日夜夜。他的烟盒纸作业本在大李庄小学是独树一帜的，他的绰号在大李庄小学也几经变换，有一段时间，学生们都叫他"红锡包"，又有一段时间叫他"白锡包"，还有人叫他"白河桥"，也有人叫他"哈德门"，还有人称他"飞马"，都是香烟的牌子。因此所有的老师都认识他，都知道本村有一个叫李金魁的学生。他的烟盒纸作业本因为不合尺寸，常常摆在一摞作业本的上边，每个老师批改作业的时候，都忍不住要多看两眼，先是翻过来看一看烟盒纸上的图案，然后才去批改写在烟盒纸上的作业，改的时候也格外的细致。如有错处，老师第二天是一定要在课堂上讲一讲的，每到这时，老师就显得格外的兴奋，老师站在讲台上"哗、哗"地扬着那由烟盒纸辑的作业本，高声说：

"同学们，看看这道题是怎么错的？为什么错呢？一个小数点啊！……"同学们望着那些在讲台上空飞舞的花花绿绿的烟盒纸，不由得又一次哄堂大笑。就这样，烟盒纸使他在大李庄小学成了学生们的笑料，烟盒纸也使他在大李庄小学出了大名。毕业的时候，整个大李庄小学独有李金魁一人考上了县一中。

这是烟盒纸的胜利。

那一年的夏天，发通知的时候，李金魁正在田里割草。捆一蹿一蹿地走来说:"娃子,中了,咱考中了。"李金魁正赤条条地在玉米地里蹲着,手里握着一把小铲,一身的汗水。他抬起头看了看站在田边上的爷,而后才从玉米棵上取下那条烂裤子,匆匆穿在身上,腰一束,欢欢地跳出来说:"爷,是县中吧?"捆扬着手里的那张纸说:"是,光彩呀!就你一个。走,进城给表姑奶报喜去!"

又是"一蹿一蹿"。

李金魁愣了片刻,却又慢慢地把那裤子脱下了,依然挂在玉米棵上,往地里一蹲,说:"爷,我不去。"

名为报喜,实想索取。

捆手搭凉棚看了看孙子的下身,笑着说:"咋?鸭娃儿大了?"

李金魁脸一红,不由得又磕巴起来,说:"不、不去。"捆说:"你看这娃,你看你这娃……"捆只说了两句,就再也不说了,孙子的眼正望着他呢。阳光下,地边上,一个黑黑的小泥人,眼很毒,那光蜇人,看着看着就把爷看小了。捆挠了挠头,讪讪地说:"不去就不去吧。"过了一会儿,他又说:"头前队上出了咱两棵树,作价八十,还没给呢。"在那个夏天里,捆一直跟在新任队长李大牙的后边,絮絮叨叨地说:"队长,那树,那树可是好树,还不该给哩?"李大牙最喜欢的事就是敲钟,他每天都站在村头那棵挂有一口旧钟的老槐树下,用力敲响那口锈迹斑斑的大钟,让人们下地干活。李大牙

知识让人获得尊严。

敲完钟只给了他一个字,李大牙说:"虫!"

捆说:"结了吧,那树,你给结了吧。"

李大牙还是一个字:"虫!"

捆巴结地笑着,磨着身子给队长说好话,再敬上一支烟,说:"明明说好的,说是卖罢给,那树……"

说急了,李大牙就龇着一口黄牙说:"虫!闹什么?队里没钱。"

捆急了,说:"不是有烟款么。说过要给钱哩,咋就不给呢?"

李大牙扔下一句话:"你告我去吧!"说了,扭头就走。

捆仍笑着跟在队长的屁股后。

就在那个暑期里,割草娃子李金魁一直不敢在村街里走。他背上草捆回家时总要绕一个很大的弯,他是怕在村街上跟爷碰面。他自从碰上了几次之后,就再也不从村街里过了。他不止一次看到队长李大牙在捋爷的头,爷总是像孩子一样弓身站在身材高大的李大牙跟前,而队长一次一次地捋爷的头,一边捋一边说:"捆,你个老虫!你个酒眯瞪。我还不知道你么?你欠洪昌的酒账结了么?"爷个儿小,爷被他捋得像陀螺一样在他身前转着,可爷仍然笑着,爷总笑着说:"别乱,别跟你叔乱。那树,还是结了吧。"

脱!虫!都只一个字。权力却不容置疑。

索取带来的屈辱。

"欠"带来的低下。

后来他才知道,爷的确欠着洪昌代销点里的酒账。他总是偷偷地在洪昌那里赊酒喝,是那种五分钱一两的红薯干酒,他一两一两地赊着喝,喝出了脸上的那一小块红,也欠下了一笔一笔的酒债。洪昌跟李大牙是儿女亲家,洪昌不说话,李大牙是不会给的。

在夏日的村街里,李金魁眼前一片刺痛。他眼前总是出现爷的那白发苍苍的头,爷的头一垂一垂的,就像是一蓬乱草。他觉得李大牙捋的不仅仅是爷的头,李大牙捋的是他的眼泡。他眼疼。他不敢去看。可为了那八十块钱,爷仍然不屈不挠地跟在李大牙的身后,爷总是不厌其烦地说:"这是两码事,洪昌是洪昌,队里是队里……"

于是,李金魁哭了,一个小人儿因为没有办法在偷偷地哭泣。他躲在麦场上默默地想了一个晚上,满脸都是伤心的泪水。头上有月亮,水一样的月亮,月亮很大很圆,可月亮一点儿也帮不了他,月亮离他太远了。一直到了后半夜,他悄悄地摸到了爷住的牲口棚里,对正起夜撒尿的捆说:"爷,那钱,你别再去要了。咱不要了。"

捆背对着孙子,一边撒尿一边说:"咋不要? 树是咱的,咱凭啥不要?"说着,他系上腰带,转过身来,很自信地说:"金魁,你放心,爷能要回来,误不了你开学。

船弯在这里。

隐忍。
不屈不挠。

绝地的奋起。

败节草 / 089

鳖儿答应过的,就是拖拖。"

李金魁轻轻地吐了口气,默默地说:"爷,我去要吧。"捆诧异地看了看孙子:"你?"

李金魁说:"我去。"

捆怔了怔,说:"要不让你娘出面?娘们家好说话。"李金魁重复说:"我去吧。"

捆说:"你想试试?试试也成,你已是县中的学生了,对不对?"

捆又说:"他要骂,就让他骂两句,骂骂也长不到身上。他要打你就哭,打滚哭。"

李金魁不语,他垂下眼皮,像个小鬼魂似的飘出去了。三天后的一个早晨,风凉凉的,当队长李大牙趿拉着鞋,大声地咳嗽着,匆匆赶到村口敲钟时,却见老槐树上绑着一根绳子,绳子上吊着一个小人,人下是一双脚,脚尖下点着一摞碎砖头,那砖头摇摇晃晃的,眼看就要倒了。李大牙吓了一跳,定睛一看,那人竟是捆家的孙子——李金魁!李大牙吓坏了,忙说:"金魁,娃子,你、你你你这是干啥呢?下来,快下来吧!"

李金魁苍白着一张小脸,轻轻地吐一口气,说:"给我树钱。"

李大牙说:"娃子,有话好说,你先下来,队里确实没钱。"

> 不再让女人当家,要靠自己。少年的内心如此坚定。

> 置之死地而后生,连命都不在乎的人令人生畏。

吊着的李金魁喉咙里咕噜了一下，两手拽着绳套，再吐一口气，默默地说："我知道你不想给……"说着，只见他脚尖一踢，脚下那摞碎砖头呼啦一下倒下去了，一个人整个吊在了树上。

这时，李大牙的脸都白了！眼看就到了上工的时候了，村里人马上就要涌出来了，到了那时候，一村人都会说，是他在逼一个小娃上吊！真到了那时候，他就是浑身是嘴也说不清楚了。他忙扑上去抱住了李金魁的两条腿，连声说："我给我给……我立马给！"

李金魁身下有了依托，又吐了一口气，喃喃地说："你真给？"不料，李大牙竟哭起来了，他张着大嘴，一把鼻涕一把泪地说："我真给。我不给是孙子，你是爷，你下来吧！"李金魁又说："你别捋我爷的头。"

李大牙说："我不捋，我再也不捋了，你只要下来。"李金魁说，"你要再捋我爷的头，我就死在你家大门口。你信不信？"

李大牙忙说："我信。我信了！"

此刻，李金魁呆住了。连他自己都不相信，事情竟然解决了，就这么简简单单地解决了！

事后，他感到惊讶的是，一根绳子竟然有这么大的力量！爷跑了整整一个夏天都没把钱要回来，眼看着没有办法了，他没有任何办法。天不能帮他，地也不能

李大牙反求李金魁了。角色由此转换。少年胜利。

败节草 / 091

> 以柔克刚，以弱胜强。这是平原人生生不息的根本法宝。

帮他，爹、娘、爷，谁也帮不了他，他已无路可走了。其实，他是非常怕李大牙的，他怕他已经怕到了极限，他的心也已经抖到了极限。李大牙野得就像是红头牛一样，在村里没有人是他不敢骂的，没有人是他不敢收拾的。在大李庄所属的十个队里，他是最厉害的一个队长啊！可是，可是呢，一根绳子就产生了一个办法。那只是一根草绳，是捆草用的绳，绳在这里好像是没有一点用处，绳是无势的，绳也仅仅是圈成了一个套，挂在了树上……于是，没有办法也就成了办法。这个梦幻一般的过程是他一生都受用不尽的，只是在事过之后，他才发现，一根绳子可以产生一种定力，一根绳子也可以产生一种办法，这是一种从无到有的认识，也是一种从死到生的体验。于是，十三年的时光，十三年的感觉在这一刹那串了起来，串出了一种对人对自然的再认识，串出了一种生的顿悟。那时，他一口气跑到田野里，躺在草地上，眼望蓝天，满含热泪地高声喊道："草啊，那生生不灭的草啊！"

夏天过后，当李金魁背着铺盖卷，兜里揣着他自己要来的八十块钱，兴冲冲地到县城中学上学去的时候，他也背走了一种无畏的豪气。

一路上，捆唠唠叨叨地对孙子说："到城里要小心些，城里人悭哪。要是有难处，就去找你表姑奶，你表姑奶家阔着呢。"

李金魁一声不吭,只默默地走着。来到了城里的集市上,李金魁突然说:"爷,你坐下歇歇脚吧。"捆说:"算了,我闻不得香味,那味烧眼。"李金魁拽了他一下,说:"爷,你坐。"捆说:"歇歇也干歇歇。"说着,就在一个饭铺前坐下了。只见孙子堂堂地走过去,片刻时光,就端来了两盘水煎包、两碗肉胡辣汤、四两烧酒、一碟花生米。捆愣愣地望着孙子,正要说什么,只见孙子重新背上铺盖卷,说:"爷,你慢慢吃吧,我去了。"

捆呆呆地望着孙子,眼里泪汪汪地叫道:"金魁呀……"

李金魁回过头来,说:"爷,钱我给过了,你吃吧。"

四

李金魁略显口吃的毛病,是上中学时才开始明朗化的。

那是因为一个叫李红叶的女同学。

在记忆里,红叶首先是一种声音,童年里的声音。那声音是从三国的娘幺婶嘴里吐出来的,带有一股高粱叶的气味。在夕阳的红烧里,高粱地像一蓬铺天盖地的火焰,火焰在风中"哗哗"响着,忽红忽绿,飞舞着

> 表姑奶早就"小"了。

> "给予"带来的满足。

> 口吃将成就李金魁。

> 红叶再次出现。

败节草／093

一个橘红底镶金边的声音……而后,在漫长的时光里,"红叶"逐渐地幻化成了一个符号,一个淡化了的印象。

印象的重叠是在县城中学里完成的。开学的第一天,李金魁坐在教室里的第五排第四个位置上,听到手拿花名册的老师高声喊道:"……李红叶。"只见坐在他前边位置上的一位穿橘红短袖衫女同学应声站了起来:"到。"

"到"字像珠儿一样打在了他记忆的神经上,那声音脆生生地敲开了岁月的闸门,有一种东西像水一样漫出来了,于是记忆中童年里的"红叶"与坐在教室里的红叶重合了。重合产生了猜测,那么,那个"红叶"与这么一个红叶是不是一个人呢?

红叶就坐在他的前边。李金魁不由得想看一看她的脸,想看一看她长得什么样子,可他看不到。他看到的只是乌黑的剪发和脖子上的一小块白,那一小块白上还长着一颗紫红的小痦子,那个小痦子在她的衣领处时隐时现,她每一次勾动脖颈,那小痦子就醒目地跳了出来,倏地就又不见了。在一段时间里,这个诱人的小痦子弄得李金魁心烦意乱,它就像虱子一样在他的眼前晃来晃去,叫人忍不住想去捏一下,一下子把它捏下来!李金魁自然不敢。

后来,李金魁为此骂过自己,他说,你他妈的是来

悬念。

女神的缺陷也诱人。

094 / 人面橘

上学的,还是来看人家脖子的?你也不想想你是个啥东西!看黑板!

此后,他就再也不看她的脖子了。

然而,在李金魁的内心里,仍然存着这样一个念头,他很想知道这个红叶与童年里听到的那个"红叶"是不是一回事。可是,开学很长时间了,他一次也没有跟她照过面,他甚至不知道她到底长什么样。这个叫李红叶的女同学并不住校(那么,她一定是城里人了),她一下课就背上书包走了。按说平日里也是有机会的,可他坚持着不去主动看她,这样一来,机会也就失去了。这似乎是一个漫长的等待,也是一个深藏在内心里的向往。

漫长的等待和错失,铺垫以后的情感。

有一段时间,李金魁经常到学校附近的一家废品收购站去。他偶然发现那家废品店里有许多收来的旧作业本,那些写过的作业本是论斤称着卖的。上中学了,作业太多,不能再用那种烟盒纸当作业本了,再说他也没时间去捡烟盒了。于是这些很便宜的旧书纸就成了他的作业本。那个管废品收购站的人是个歪脖子,人家都叫他歪叔,他也跟着叫歪叔。开始的时候,歪脖收二分一斤的废书纸,卖给他五分钱一斤。待买过两次后,有些熟识了,他知道这个歪脖也爱喝两口,就给他买了两瓶散酒掂去了,说:"歪叔,你看,整天来

天无绝人之路,不用烟盒,还有新办法。

掌酒，源于蚂蚱的启示。超出规格的尊敬常常是有力的武器。

麻烦你。"歪脖非常高兴，就说："学生，你说哪儿去了，你叔是一个收废品的，哪值得你这样？这、这、太不像话了……"可此后，待李金魁再去废品店时，歪脖就说："学生，你进来挑吧，随便挑，你叔一分钱都不收你的。"就这样，一来二去的，他跟歪脖成了忘年交的朋友了。有一天，他刚从废品店里出来，迎面碰上了三国。于是，一个久远的谜语就此解开了。

机会不经意间来了。

那天，三国肩扛着一布袋红薯叶，胳膊上还挎一篮子红薯，像逃荒似的在路上走着，一边走一边四下看，一下撞在李金魁的身上。看见李金魁时，他愣了，想说话又有点不好意思。李金魁说："三国，你干啥呢？"三国见李金魁不记仇，就咧嘴笑了笑说："我娘让我给我大伯送点红薯叶，我大伯爱吃红薯叶。"李金魁见他累出了一头汗，就说："三国，我帮你拿点。"说着，他走上前去，从三国手上取下了那篮红薯。这样一来，三国轻松了许多。三国甩着手说："你知道我大伯是干啥的？"李金魁说："不知道，你大伯干啥？"三国说："我大伯是校长，我大伯是县一中的校长啊！"李金魁"噢"了一声，再没说什么。三国说："我大伯戴的眼镜一圈一圈的！"李金魁笑了，三国忙说："真的，真的，骗你是孙子！"校长家就住在县一中的后边，是一个小院。来到小院门前时，李金魁站住了，他对三国说："三国，到地方了,你去吧。"三国说:"走吧,你帮我拿了这么远,一块去吧,也认识认识我大伯!"李金魁本也想去,看三国那语气,就把红薯篮往地上一放,说:"你自己去吧,我还有节课呢。"

过了大约一个星期,有一天,轮到李金魁值日打扫卫生,他正在教室扫地时,突然发现门口一黑,有一个女同学匆匆走了进来。这位女同学在门口处站了一下,而后快步走到他跟前,突然说:"李金魁,你为什么不理我?咱们是老乡啊!"李金魁一怔,慢慢直起身来,他先是闻到了一股香丝丝的气味,而后看见站在他面前的是一个秀气的椭圆脸姑娘,穿一身米黄的格格衫,脸儿白白的,两眼大大的,嘴角处汪着两个浅浅的酒窝。片刻之间,他脑袋里"轰"地一下,像有什么东西炸了个洞似的,积存了很久的东西重又漫了上来。他的心"咚咚"跳着,人却一下子被激住了!他干瞪着两只眼睛,就是说不出话来,那句话在喉咙里卡住了很久很久,最后才勉强地、结结巴巴地说出来:"你、你、你……你就是、是红、红叶,"李红叶有点吃惊地笑着说:"是啊,我就是李红叶。怎么了?你不知道?一个教室坐这么久了,你是真不知道还是假不知道?"

李金魁心里积存的东西太多了,那旧有的印象也太深刻了,他仍然没有转过弯来:"你、你你……就是、

三国说到大伯,一定让李金魁想到了表姑奶。继续等。

红叶先绷不住了。

不敢相信。

> 原来红叶也在等待。

是……红叶!"李红叶当然不明白他心里曾经有过两个"红叶",看他急得说不出话来,脸都憋红了,就转了话题说:"那天你不是跟三国一块到我家去了么?你为什么不进去呢?"

李金魁这时才有点缓过劲来,他说:"三国?"

李红叶说:"三国是我二叔家的孩子。"

李金魁说:"噢,噢。也、也没什么事。"

李红叶说:"没事就不能坐一坐了?我早就听同学们说,有个人整天不说话,光啃干饼子,菜也不舍得吃,竟考了第一,原来是我的老乡啊!"

> 对这个特殊的老乡,红叶早情愫暗生。

李金魁脸红了。

李红叶忙说:"好,好,你扫吧。我爸说,让你有工夫到家去玩。"说完,就快步走出去了。

> 终于证实。

李红叶走后,李金魁仍然呆呆地立在那里,手里拿着那把笤帚,一直愣了很久很久。他在心里一遍又一遍地重复说:她就是红叶,原来她就是"红叶"呀!

"红叶"由声音还原成了一个鲜活的人,这是他始料不及的。那童年里的印象在无限地扩大,织出了一个稠密的联系,在高粱地里飞出的两个字,竟然在现实中化成了校长的女儿,这是多么大的惊喜呀!这对他的刺激实在是太大了,从这天起,他居然变得口吃起来,他总也说不好第一句话,越是激动越是说不出话来,一到说话的时候,他就不由得紧张,一张嘴就卡壳,非得过上一会儿,才会逐渐地缓过劲来。他为此非常沮丧,说话时就更加注意,谁知越是注意越坏事,磕巴得就更厉害了。于是,从这天起,他又成了学生们的笑料。

> 口吃的由来。

红叶就在他的前边坐着。每当同学们哄堂大笑的时候,她总是不由得要转过脸来,朝他投来同情的一瞥。怎么说呢?人在人眼中是会变的。红叶初看他时,他不过是一个又黑又瘦的家伙,穿得破破烂烂的,脖子脏得像车轴一样,也不知道洗,身上还有一种很难闻的气味。可是,看着看着,他在她的眼里就发生了一种说不出来的变化。也许是可怜他的处境,也许是熟悉产生了一种亲情,她总是越来越多地注意到了他的眼神,她在他的眼神里看到了一种光,那光是别的男孩身上所没有的。每当他的口吃引起同学们哄堂大笑时,他总是默默地、孤零零地站在那里,一声不吭。这沉默又激起了她更多的同情。不知从什么时候起,她陡然产生了要帮他一把的愿望。

> 由同情生出复杂的感情。

一天,临上课时,有个绰号叫"大嘴"的同学突兀地把他拽住了。"大嘴"是县公安局局长的儿子,平时就有些霸道,说话横横的。他一把拽住李金魁说:"结子,我那支蓝杆钢笔找不到了,是不是你拿了?"

> 穷,就值得怀疑。

李金魁一怔,说:"啥、啥、啥……笔?"

"大嘴"学着他的结巴语气说:"你说啥……啥……啥笔?——钢笔!"

哄地一下,同学们笑了,历时都围了上来,他们都望着他,那眼光很复杂。于是,李金魁沉默了片刻,说:"是,是我拿了。"

> 出人意料之举。

"大嘴"得意扬扬地说:"哼,我想着就是你!操,下课给我拿回来!"

人们的目光像箭一样在李金魁的身上射来射去,可他却一声不吭,他再没说什么。

第二天上午,李金魁迟到了。在众目睽睽之下,他匆匆走进教室,把一支蓝杆钢笔放在了"大嘴"的课桌上。"大嘴"拿起笔看了看,有点诧异地道:"我的笔好像……是这一支么?"李金魁说:"是、是。"

不料,刚刚上了两节课,坐在前边座位上的李红叶"呀"了一声,说:"我这儿多了一支笔,这支笔是谁的?"说着,她高高举起那支笔。那正是一支蓝杆钢笔!

> 无意间,红叶助金魁打败"大嘴"。

同学们全都看着那支笔,而后又齐刷刷地回过头去看"大嘴"……"大嘴"大张着嘴愣了一会儿,才说:"我的我的,是我丢的。操!"

此刻,李红叶拍案而起,厉声说:"冯相义,你怎么能这样!你太不像话了!你怎么能乱怀疑哪!"

"大嘴"看了看李红叶,又望望李金魁,嬉皮笑脸地说:"这关你什么事?我又没逼他,是他自己承认的。"

这时,李金魁冷冷地看了"大嘴"一眼,看得"大嘴"身上一寒,竟乖乖地把那支笔给李金魁送过来了。

这天晚上,李红叶突然来到李金魁的寝室门前,有点激动地高声叫道:"李金魁,你出来一下。"

> 再次以柔克刚。
> 感情加深。

已是秋末了,风寡寡的,带着些微的寒意,可人的心却很热。两人一前一后来到了校园后边的操场上。天很高很远,星星碎碎的亮,月光撒下一地银白,周围汪着一片暧暧昧昧的黑,不远处校舍里的灯光亮着一盏一盏红,显得很温馨。李红叶默默地说:"你为什么要承认呢?你不该承认的。"

李金魁一张嘴就噎住了,话一直在喉咙里卡着,他过了一会儿才说:"人、人家、怀怀……疑咱咱咱……"

李红叶说:"他怀疑你,你就承认么?他要怀疑你杀了人,你也敢承认?"

> 穷人的逻辑,奇异的胜利。

李金魁不语。

李红叶说:"那支笔是你在商店里买的,对吧?"

李金魁说:"是。"

李红叶望着他说:"你怎么能这样呢?要是那支笔找不到怎么办?你不就成……偷了么?"

败节草 / 101

李金魁说:"偷偷、偷就偷吧。人家已已、经怀疑了。我、我就是是不承认,他也照、照样怀怀疑……一、一个穷字在我脸上写着,他能……不怀疑么?"

李红叶很惊讶地望着他:"你这人真奇怪,人家一怀疑,你就认了,也不解释?"

李金魁说:"他怎么就不怀疑你……你哪?他怎么就不怀疑别、别人呢?他怀疑就说明他认定是我了,解释有什么用?"

李红叶说:"你怎么能这样想呢?"

李金魁说:"这就是穷人的逻辑。"

李红叶嗔道:"你再这样说,我不理你了。"

李金魁说:"对。你别理我。理我沾你一身穷气,划不来。"

李红叶说:"你再说……"

李金魁说:"我不说了,我走了。"说着,扭头就要走。

李红叶一顿脚说:"你站住!"

李金魁扭过脸来,说:"有话你说吧。别说你让我站住,是个人都能让我站住。"

李红叶气得直跺脚,说:"你你……怎么这么犟啊!"

夜里,李金魁睡不着觉了。他眼前总是晃动着红

> 把自己置于低无可低处是李金魁致胜的法宝。

叶的影子,红叶的发辫、红叶的脖子、红叶的脸儿、红叶的眉儿、红叶的眼儿……那影像是一帧一帧、一片一片地在他眼前出现,而后又是一段一段地放大。一个姑娘在他的脑海里翻来覆去地搅动,整体上看是模糊的,那仅是一个亭亭的白色剪影;局部又是清晰的、逼真的。那颗痦子叫人多想摸一摸呀!往下就出现了"白亮亮"的感觉,不管他怎么想,最后总要落到"白亮亮"上,一片"白亮亮"!接下去又叫他有点后怕。他对自己说,金魁呀,可不敢瞎想啊!你是谁呀?人家又是谁呀?人家可是校长的女儿,人家是金枝玉叶呀!再说,你不能让人家可怜你,她是看不起你才可怜你,你可不能让她可怜哪!收心吧你,收心吧。还是好好退回来,读你的书吧,前程要紧哪!这么思来想去的,他怎么也睡不着。于是,他咬着牙一轱辘从床上爬起来,独自一人在校园里的操场上跑了二十圈,跑出了一身的大汗!

春心萌动。

紧接着,期中段考时,李金魁仅考了第七名,还是班里的。于是,他一下子蒙了!他悄悄地跑到校外的一片杨树林里,狠狠地扇了自己三个耳光!他说:"金魁呀金魁,你完了!"

惊醒。

此后,李金魁开始真正退却了。他不再看她了,也不再想她了,一门心思钻在了书本里。夜里,为了避开她,他常常到那个邻近的废品收购站里去,在那里一边

向上,是李金魁根本的追求。

为歪叔看门,一边读书。

然而,李金魁越冷,李红叶却越热,她越来越感到李金魁的与众不同。那寒寒的目光总让她忍不住地牵挂。校长的女儿,长得又漂亮,学校里有多少小伙想跟她说话呀!可是,却有这么一个黑小子,连看都不看她一眼,这是她无法忍受的!她总想骂他一顿,可一走到他跟前时,她身上的力量就消失了,剩下的只有猜测和柔情。有一段时间,她总是悄悄地给李金魁送吃的,有时候是两个白馍,有时候是一个鸡蛋。偷偷地塞到李金魁的课桌抽屉里,不让任何人知道。而李金魁却总是不动声色地给她退回去。这在两人中间成了一种较量,一种意志的较量,你送,我就退;你越退,我越送。终于有一天,李金魁烦了,他找到李红叶说:"李、李红叶,你你你……别再送了。你你……也别可怜我。我一个乡下人,你可怜我耽误事。"李红叶也冷着脸说:"我为啥要可怜你?谁给你送了?你怎么知道是我给你送的?是你自己心里有鬼吧!"李金魁说:"那那、那好。我给你说,你要再送,我就吃了,我吃了也白吃,吃了也不感谢你!"李红叶说:"你吃不吃关我什么事?谁让你感谢我了?"说完,她扭头就走,走了几步后,她在心里忍不住笑了。

此后,李金魁对自己说,反正我也说过了,贱就贱

> 得不到的总是宝贵的。

> 感情的事不可以道理计。二人奇怪的较量由此开始。

> 这个"给予"有感情在。

到底！我就白吃你,谁让你送的？于是,李红叶再送什么,李金魁就吃,吃了也不理她。他就是要让她知道,我这人说到做到,吃了也白吃！他想,我就这样,"肉包子打狗",她就不会再送了。谁知,这倒给了李红叶一个具有隐蔽性的喜悦,一个姑娘深藏在内心里的小秘密。人一有了秘密,那心气就不一样了,李红叶像是浑身都长了眼睛,时刻关注着他,这反而造成了无形的贴近。她送得更欢了,隔三岔五的,她都要给李金魁送点什么。有时,她实在没什么送了,就上街去买上几块糖。她甚至动员当校长的父亲给李金魁申请到了每月可以补贴六块钱的助学金！可是,在教室里,两个人谁都是冷冷的,一句话也不说,形同陌路。

> 外冷内热。

寒假快到了,临放假前的一天,李红叶在收拾书包的时候,突然在书包里发现了一包软绵绵的东西。她悄悄地打开一看,竟是整整一打手绢！在那时候,她虽然是校长的女儿,也从没一次见过这么多手绢。十二条啊,**整整十二条**！她的脸"噌"地一下就红了,红得发烧发烫,她的心都快要蹦出来了！

> 李金魁的狠劲。有一下子击倒对方的力量。

那种感觉是从未有过的,她真想大喊一声。可是,她仅是匆匆地背上书包,快步走出了教室,她觉得要是再晚一会儿,她就疯了！

李红叶背着书包像游魂似的在街上走着,她不知道自己要干什么，只是走，不停地走……也许是等待太久了，企盼太久了，她虽然并不期望有回报，可在她内心深处，还是有那么一点点怨气的，她也替自己不平。可是，突然来这么一下子，这几乎是给她以摧毁性的打击！她简直不知道自己该怎么办了。走着，走着，她来到了县城最大的一家百货商店。在商店的柜台前，她忍不住问了手绢的价格，她平时买的是两毛五一条的，那已是较好的了，而这种有各种图案的手绢却是五毛钱一条的，是商店里最贵的一种。她喃喃地说："他真敢哪，他真敢！"

> 对李金魁有了不同的认识。服了！

傍晚，在县城边的小桥上，她截住了背着铺盖卷准备回家的李金魁。她一见他，就激动地说："李金魁，你呀你呀……你怎么能这样哪？谁让你给我送手绢了？"李金魁站在那里，连头都没抬，说："你、你……弄错了吧？我我……连饭都吃、吃不饱，我会给你送手绢？"李红叶一怔，说："不是你是谁？你还不承认？"李金魁说："我早就给你说过了，我、我是个吃白食的。我会干那种事？"说着，把铺盖卷往肩头上一撂，径直走了。李红叶没有办法了，喊道："你真无赖呀，李金魁！"李金魁立时勾回头说："城里人，你这话说对了。我就是一个十足的乡下无赖！"

> 少年心事，李佩甫拿捏得准。

整整一个寒假，李红叶都是在心焦火燎中度过的。

她脑海里驱之不去的是那一双寒寒的目光,那目光就像刀子一样刻在了她的心上。她一天到晚都心神不宁的,人像垮了一样。过年的时候,她实在是熬不下去了,就以看二叔的名义骑车跑到乡下去了。可她仅在二婶家待了不到一个时辰,就让三国领他去了李金魁家。进了门,就见一个弓腰老头半仰着身子,扛着一把扫帚,嘴里淌着长长的口涎,痴痴地看她,一边看一边喃喃地说:"这是谁家的闺女?跟画儿一样!"三国忙说:"这是老捆,金魁他爷,你别理他!"可李红叶却迎上去说:"爷爷,我是李志尧家的女儿。跟金魁是同学……"老捆一听,凑得更近些,看了又看,说:"噢,志尧家的。咋跟画儿一样?听说你爹当大官了?"三国抢先大声说:"我大伯是校长!县中的校长!"于是,老捆喊道:"快,金魁,来客了!"李金魁从屋里走出来,倚在门旁站着,说:"来、来了?是、是串亲戚的吧?"李红叶看了他一眼,说:"是,串亲戚的。顺便来看看。"此时,家人们都围上来了,老捆兴奋得一蹿一蹿地说:"看看,志尧家的,真是跟画儿一样啊!是咱金魁的同学。他娘还不烧火打鸡蛋?快烧火!"李红叶忙拦住说:"不麻烦了,别麻烦了,我是顺便来看看,一会儿就走。"李金魁也说:"算了,咱家这样,人家也不会在这儿吃。"老捆转着圈说:"就是,也没啥好吃的。有红柿呀,咱有红柿

少女沦陷。

故作不经意之举。

待贵客之道。

败节草 / 107

呀!"坐了片刻,老捆那一喷一喷的唾沫星子让李红叶受不了了,她终于说:"我走了,我得走了。"李金魁说:"我送送你吧?"李红叶就等这句话呢,她站起就走,一家人送出门,老捆说:"让金魁送,让金魁送吧。"可是,李金魁刚出家门,却又被老捆叫住了,老捆一把把他拽到屋里,瞪着眼压低声音说:"金魁,娃子呀,长胆了没有?"李金魁怔怔地望着爷。只见老捆喘着粗气咬牙切齿地说:"你把她×了!你要敢把她×了,她就是你的媳妇了!"听了这话,李金魁身上的火苗"噌"地一下蹿起来了!

就等这句话呢!

农民的"拔點""市绘"?

五

那个字是从他心里长出来的。

那个字在开始时仅是一个小芽儿,是个模糊不清的概念,是一种颜色和声音,而后经过了时光的浸染,它逐渐长成了一棵树。

"脫"!

当那个字脱唇而出时,连他自己都吓了一跳。他没想到那个字竟然一直在他心里长着。

本来,李金魁送红叶出来,在村路上,两人默默地走着,谁也不说话。等出了村,李红叶说:"我知道你不想送我,嗯?"李金魁笑了笑,不语。李红叶说:"你要不

故为反语。

想送我,你就回去吧。"说着,就独自一人推着车子往前走,李金魁也跟着走。李红叶回头看了他一眼,嗔道:"你呀,你呀……"天很冷,路上一个人也没有,当她看到路边的一个草庵时,就红着脸说:"坐一会儿吧?"说着,便朝着那个孤零零的草庵走去。草庵还是夏天里遗留下的,地上还铺有发黄了的麦草。李红叶大着胆进了草庵,她先从衣兜里掏出一块手绢铺在了麦草上,坐下来,而后又掏出了一块手绢铺在了身边处,说:"坐吧。"李金魁站在那里,呆痴痴地望着她。李红叶的脸"嚯"地就红了,说:"你坐呀,老看着我干什么。"就在这时,李金魁心里陡然起了一股狼烟,那个字像子弹一样迸然射出:"脱!"

"脱"字来得太猛太快,也太突然了,它在李红叶的心上射出了一片红雾!她不由得颤了一下,一时浑身发软,愕然地惊叫道:"你,你……"

李金魁也愣住了。他的头"轰"地一下,像是炸了一样。话已出唇,他不知道该怎么办了,他只是愣愣地站在那里。片刻,还是李红叶先醒过神儿来,她红着脸,用蚊子样的声音呢喃说:"李金魁,你真无赖呀。"

李金魁站在那里默然不语。

李红叶的脸红得像绽开的花一样,她望着他,柔声说:"怎么,你生气了?你呀你呀……"说着,她微微闭

> "大着胆",莫非也有此心?

> 潜藏在内心的欲望喷薄而出。

红叶心甘情愿献上自己。

上眼睛,开始解扣子了,她一边解着扣子,一边呢呢喃喃地说:"你真想看么?你要真想看你就看吧。"说着,她脱去了穿在身上的外衣,勇敢地把贴身衣服一层一层搂起来,顿时,两只白兔一样的乳房"扑噜"一下露了出来,那是多么白呀!在那一片团白的尖尖儿上,弹着两颗晶莹的紫葡萄!

欲望迸发。

李金魁眼前一片"白亮亮"!他猛地扑了上去,先是用两只手捏住了她的两只乳房,那滑软像热油一样一下子满到他心里去了,他急切地埋下头去,下意识用嘴叼住了那弹弹软软的紫葡萄,叼了这只,又去叼那只。两人立时烧成了一团火焰!李红叶紧紧地搂着他,嘴里吐着一串断断续续的燕语:"你呀你呀你呀呀……"到了这时,李金魁已是昏头昏脑了,他又下意识地去解她的腰带,他从小到大从没束过腰带,他不知道怎样才能解开,他只是用力去拽。久久,当他终于把皮带扣弄开的时候,却见李红叶满脸都是泪水。李金魁怔了一下,手慢慢松开了,片刻,李红叶睁开眼来,流着泪说:"你要是真想要,我就给你吧,我什么都可以给你。"说着,她伸手把下身的衣裤也褪去了,把整个身子都裸露在他的眼前。可她这样做的时候,身子却开始抖了,她整个身子都瑟瑟地抖着,抖得像寒风中的树叶,此时此刻,她的身上一片冰凉!

毕竟少年。

李金魁说:"你抖了。"

李红叶说:"我,没抖。"

李金魁定定地望着她,说:"你抖了。"

李红叶垂下头喃喃地说:"我……有点害怕。"

李金魁站起身来,咬着牙说:"我穷,我野。可我不会坏你。你要不愿意,我决不坏你。"

李红叶望着他,小声说:"我只是有一点点怕。"

李金魁把衣服往她身上一扔,说:"穿上衣裳吧。"

李红叶坐在那里,一边穿着衣服一边流着泪:"你坏,你太坏了……"

李金魁朝草庵外边看了一眼,说:"走吧。"

李红叶仍坐在那里,喃喃地说:"我起不来,我起不来了。"李金魁吓了一跳!忙回过头来,说:"你……病了?"李红叶软软地伸出一只手,说:"我软,我身上软。"李金魁又问:"你是不是病了?"

李红叶说:"抱我吧,把我抱起来……"

在回城的路上,李红叶一直在默默地淌眼泪。李金魁说:"你哭什么?我又没咋着你?"可她一声不吭,只是默默地掉泪。到了城边上,李金魁站住了,说:"我不送了,你回吧。"他这样一说,李红叶也站住了。李金魁又说:"天不早了,回吧。"说着,扭头就走。不料,李红叶却返回来跟着他走。又走了一段,李金魁站下了,

> 理智尚在,压制了欲望。

> 心已相许,才有此泪。

> 难舍难分。

败节草 / 111

说:"好,我再送你一段。"两人重又折了回来。就这么翻来覆去的你送我我送你,天很快就黑了。最后,在县城里的一盏路灯下,他说:"我就站在这儿,看着你走。"进了城,李红叶不再流泪了。她站在那里,望着他说:"我看着你走。"李金魁说:"你走。你要不走,我就一直在这儿站着,我在这儿站一夜!"李红叶钩下头去,一声也不吭。过了一会儿,她说:"我问你,你为什么要送我那么多手绢?"李金魁说:"我不知道该送什么。我只是不想欠你太多。"李红叶说:"你已经欠我了,我让你欠我一辈子!"说完,她扭头骑上车疾驶而去。

> "欠"了总是要还的。

在那个寒假里,那个字在李金魁的眼里成了一颗金豆。

那只是一个字哇,一个字的使用竟产生了如此巨大的征服力!那是校长的女儿呀,那是……多么的!有时候,他会兴奋得跳起来,对着一棵树说:"脱!"那个字真是余味无穷啊。他在那个字里读出一种新的东西,那是他还从未体验过的东西。他像重放电影一样回味着草庵里发生的故事,他一点一点地倒着读,在脑海里,那画面一个扣子一个扣子地动着,叫人激动万分!油灯下,在爷住的牲口棚里,当老捆提着裤子问他:"花儿掐了没有?"他觉得他一下子就成熟了,他读懂了爷的这句话。他什么也没有说,只是笑了笑,很自

> 脱!占有、征服、权力的象征,意蕴丰富。

信地笑了。

后怕是见了那个红×之后。开学不久,他在校门口看到了一张布告。在那张布告上,他看到了一串醒目的红×!那红×像炸弹一样矗立在他的眼前。那上边写着"某某某"的名字,名字上打着一串红×,那是一个被枪毙了的强奸犯。他在那张布告前站了很久很久,整个人就像傻了一样,他不知道自己是怎么走回去的,只觉得脊梁骨一阵发凉!他心里说:李金魁呀李金魁,你差一点就毁了你呀!

在一个时期里,李红叶和李金魁又成了陌路人。两人仍坐在一个教室里,还像往常那样,谁也不理谁。可在两人的内心里,却有了微妙的变化。李红叶更多是一种羞涩,她甚至不敢正眼看他,一看他就脸红,一看他就不由得咬一下嘴唇,可她的衣服却换得很勤,她身上开始透出一种成长中的女性姿态。而李金魁却有意地躲避,那躲闪是由后怕而产生的恐惧。那目光仍是寒寒的,但寒意中多了一点"贼"色,多了一点防范。话是更少了,但出人意料的是,他说话磕巴的毛病却好了一些,他只是说第一句话时有点磕巴,往下就自然了。后来,他开始更多地出现在操场上,出现在一群学生的中间,自从他击败了"冯大嘴"之后,他已成为乡下学生的主心骨了。

> 对涉性问题处理得严厉惊醒了李金魁。

> 内心再次成长。

败节草／113

"那个年代"许多人命运忽然改变。

李佩甫生于1953年,他上中学正在这个时代。

天说热就热了。这年夏天,天热得有些异常,空气里弥漫着一股说不出来的气味。突然有一天,睡了一夜之后,早上起来,李金魁发现校园里到处都是大字报!整墙整墙的大字报。更让人吃惊的是,校长李志尧的名字是倒着写的,上面还打着三个刺目的红×!一切都来得十分突兀,叫人都来不及想。这天上午,倒也照常上课了,铃声响过后,校园里出奇的静,老师们一个个都绷着脸,很紧张的样子。在教室里,李金魁发现李红叶是趴在桌子上的,她一直不抬头,就那么无声地趴着。到了第二节课的时候,只听校园里一片哄闹声,同学们纷纷探头往外看,有的甚至跑出了教室。这时,只见一群年轻教师高喊着什么把校长李志尧揪到了教室前边的空地上,校长挣着身子,仍是很严肃地说:"干什么?你们想干什么?"可陡然之间,他的眼镜被打掉了,紧接着是一桶糨糊兜头浇了下来!一向高高在上的校长,顿时一脸惨白,他就这么一下子像落汤鸡一样地勾下了头……从此,校园里的铃声再没有响过。

那是一些既让人激动又叫人不安的日子。学校不上课了,城里的学生一个个兴奋异常!乡下来的学生却一个个沮丧万分。李金魁心里说:完了完了,前程完了!在一片混乱中,有的乡下学生打起铺盖回家去了,留下的也仅是跟着城里的学生瞎起哄。"冯大嘴"在一夜之间竟然成了学生的司令。于是,李金魁毅然卷起铺盖,搬到废品店去住了。

这个决定对李金魁来说,是十分痛苦的。这是他人生的又一次选择。这就是说,他要切断与家乡的联系了,在前程无望之后,他也决不回去了。这是一次精神上的放逐,也是情感上的背叛,他的心与昔日的大李庄村越来越远,前程无望,回头也无望啊!从此以后,他要自我漂流了。他把两瓶好酒摆在了歪叔的面前,说:"歪叔,你说句话吧。"歪叔乜斜着眼,看了看他,说:"学生,你愿意当一个收破烂的?"李金魁说:"只要你要我。"歪叔把酒瓶盖用牙咬开,一人倒了半碗酒,很爽快地说:"喝了这碗酒,我就收下你!"于是,李金魁端起那酒,一下子倒进喉咙里去了,喝了酒,他泪流满面,泣不成声地说:"我亏呀,我太亏呀!我是第一名啊!"

在城里收破烂,在他看来也是没有办法的办法,是破罐破摔。心是痛的,那疼痛烧出了满眼的仇恨。可究竟恨什么,却又是说不清的。每当他走在大街上的时候,就不由得咬着牙,尽量躲着熟人走,一句话也不说。他把仇恨憋得足足的,他几乎把自己憋成了一个沉默的火药罐!与白日相比,他的夜晚却日渐丰富。废品店收的书越来越多了,那大多是"四旧",他就整夜

向上的路断了,又不甘心回去。何去何从?生生不息的精神让李金魁找到了出路。

不忘读书。

败节草 / 115

整夜地在这些"四旧"里泡着……正是这些夜晚,使他那倍受压抑的情绪得到了宣泄。

在以后的日子里,李金魁总是想起那些晚上。那些夜晚对他来说是战栗中的享乐,是蜗牛一样的伸展;又像是生命中的一次小憩,没有目的,也不需特意地记住什么。这是一种精神上的偷窃,是随意地采摘禁果,他就滚在那些收来的"四旧"堆里,蜷着身子,一本一本地翻,那偷来的喜悦不是用言语可以表述的。直到有一天,那上着的门板突然被拍响了,那是个细雨蒙蒙的夜晚,门板"咚咚"响了两下、而后又是两下。在这一刻,他的心已跳到了喉咙眼上,他惊惧地叫道:"谁?"门外没有回答……在匆忙之中,他随手把那本正在看的书"嗖"地一下扔在了废纸堆里,然后跳起来,几步走到门板后,再次叫道:"谁呀?"仍是没人应声。于是,他疑疑惑惑地开了门,就在这时,一个黑影飞快地挤了进来,那影儿哆哆嗦嗦的,带着一股"嗖嗖"的寒气。他很快就明白了,是李红叶!李红叶就像变了个人似的,她的头包着,一脸憔悴,哆嗦着嘴唇说:"李金魁,你救救我爸吧,他就快要被人打死了!"说着,她"呜呜"地哭了起来。李金魁站在那里,身子一下子凉了半截,他木然地说:"怎么……救?"李红叶呜咽着说:"他就关在学校的小楼里。"往下就无话了,谁也不说话,只有目光一点一点地往前探,而后又缩回来。片刻,李金魁说:"你让我想一想,我得想想。"李红叶看了他一眼,说:"你要是怕受牵连……"没等她把话说完,李金魁生硬地打断说:"你……得让我想想!"

李红叶走后,李金魁顺手从地上拾起了一根捆废品用的麻绳。他把那根麻绳拿在手里,翻来覆去地看着,绳子一扣一扣地从他的手上捋过,那感觉麻丝丝的。后来,他把麻绳绾成了一个活扣套在了脖子上,心里说,操,我欠她么?这是把我往火坑里推呢!

第二天夜里,李红叶又来了。她默默地望着他好一会儿,才问:"你想好了么?"李金魁说:"想、想好了。我想了想,我确实欠你。"李红叶说:"你也别这样说。你说吧,你想要什么,我什么都可以给你。"李金魁笑了笑,说:"我、我可是个收破烂……"李红叶流着泪说:"你是想污辱我?到这种时候了,你还要污辱我?"李金魁说:"我不是这意思,你也知道,我不是这意思。"李红叶说:"那你是啥意思,你到底去不去?"他说:"你看,你这是把我往火坑里推呢。"她就那么直直地看着他,良久之后,她说:"我看错人了,我真是看错人了。"说着,她泪流满面,扭头就要走,李金魁上前一把拽住她,就往后边拉。李红叶用力地挣着身子:"你……又想干什么?!"他仍是紧拽着她不放,一边走一边说:"我是个

> 李红叶信任的只有李金魁了。

> 绳。父亲的名字。逼队长的道具,这次有了新用场。

> 什么都可以给!

败节草 / 117

> 李金魁做事总是出人意料。

兔。你也知道,我是个兔……"拐过了废纸堆,在一垛一垛的旧麻袋的缝隙里,李红叶蓦然发现,她爸爸就在一堆旧麻袋片里躺着!李红叶的嘴立时张大了,她悲喜交加地说:"你呀!怎么……"紧接着,李红叶刚叫一声:"爸爸……"李金魁马上说:"他已经睡着了。你就让他睡吧,他说他已经半个月没睡一个囫囵觉了。"李红叶默默地望了望父亲,而后悄没声地退了出来,她望着他,激动地说:"你是怎么……"李金魁把身上的衣服脱下一半,露出了脊梁上勒出的那一道道带血丝的绳痕,说:"我把你爹背出来了。我不欠你了吧?"李红叶默默地看了他一会儿,细声说:"就在这儿么?"李金魁说:"啥?你说啥?"李红叶不语,她开始解扣子了,她把衣服上的扣子一个一个都解开……这时,李金魁走上前去,一把抓住她,定定地说:"现在是你欠我了。"李红叶说:"是。我欠你。"说着,就要往下脱……李金魁果决地说:"别,你可别。我就愿意让你欠着。"李红叶说:"你……怎么这样?"

李金魁说:"我就这样。你欠着吧。"

> 让人"欠"你,他就永远低你一头。

六

欠着真好。

有人欠你,总欠着,这是什么滋味呢?——真好哇!

在废品店的那些日子里,他几乎是越来越自觉地播撒着人情的种子。他最愿意干的事就是让人家"欠着"。在那条街上,甚至是在整个废品回收系统,只要是有人找到他头上,不管让他干什么,他都会一口答应。当然,一个收破烂的,人家也不会求他干什么大事,也就是帮着拉拉煤、修修房、搬搬家什么的。这虽都是些小事,可人情却不论大小,人情就是人情,欠着就是欠着,这是一笔笔记在心灵上的债务。时间一长,口碑就出来了。

> 别人"欠"你,你就主动,就比他高。

李金魁要的就是这样一种感觉,这也是他在心理上保持平衡的一种办法。人已经贱到了这个样子了,剩下的还有什么呢?那就是感觉了。感觉就像是一个储蓄所,存了些什么,只有自己心里知道。那像乱草一样的头颅在人前是低着的,在感觉里却是昂着的,那里写着一个"操"字。

> 地位低贱,但李金魁以更低的姿态改变了一切。

三年后的一天早上,李红叶找他来了。李红叶穿着一件紫红色的风衣,默默地站在他面前,说:"我爸出来了。"他"噢"了一声。李红叶又说:"我爸已经出来了。"他就说:"噢,你爸出来了。"李红叶说:"我爸想见见你。"说着她把一沓钱递到李金魁的手里:"你去洗个

败节草 / 119

> 红叶的姿态有了变化。

> 李金魁仍然放低自己。

> 不忘礼数。

> 姿态还是低。

> 红叶高了。

澡,理个发,换件衣服,我爸要见你。"这句话李红叶说得很平静,可李金魁却受不了了。他说:"校长出、出来了,我应该去看看他。可这……"李红叶说:"我爸已经到市里了……"李金魁说:"那我就不用去了吧?"李红叶说:"你必须去。"李金魁想了想说:"还非去呀?去就去吧。你别给我钱,你给我钱干什么?"李红叶说:"你……怎么还这样?"李金魁重又把那沓钱塞回去,说:"咋也是个收破烂的,还怕人笑话?我有钱。"

  李金魁是穿着一身旧工作服去的。去的时候,他想了想,也不能空着手呀,于是就上街买了两瓶酒、两桶好茶叶,就那么提着去了。到了市委门前,警卫拦住他说:"找谁呢?"他说:"李志尧。"警卫上下打量了他一番,说:"你跟李主任是什么关系?"他说:"老乡。"那人很干脆地说:"李主任不在!"李金魁笑了,说:"不在?不在就算了。"正在这时,李红叶快步从里边走了出来。她说:"小董,这是我表哥,让他进来吧。"李金魁仍是笑着对那警卫说:"啥表哥呀,也就是个老乡吧。"

  进了大门,李红叶一边引着他往前走,一边小声说:"我让你换衣服你为什么不换呢?你那农民习气要改一改了。"他说:"要是改不了呢?"李红叶说:"还是改一改好。"看李红叶说得很严肃,他也就不再说什么了,只默默地跟着走。绕过一个小花园,李红叶领他来到了一座小楼前。那是一座两层的小红楼,墙上长满了绿茵茵的爬山虎,看上去十分的优雅静谧。再往里走,人的脚步就显得重了,心里却很空,李金魁暗暗掐了自己一下,说怕啥呢?不就是见个人么?进了楼,来到了客厅里,李红叶站在那里说:"爸,他来了。"只听沙发里"嗞咛"响了一声,说:"哦,来了,坐吧。"这时,李金魁才看清坐在皮沙发里的李志尧。他的身子稍微直了直,那一头白发看上去梳理得很整齐,却一脸疲倦的神色,人显得很麻木,很冷淡。李金魁把手里提的东西放下,而后他按村里七连八扯的辈分叫道:"七叔……"李志尧摆了摆手,只说:"噢噢。坐吧,坐坐。"对李金魁提来的东西,他连看都没看。待李金魁坐下来,李志尧默默地看了他一眼,用和缓的语气说:"我刚到市里,一时还没顾上去看你,怎么样啊?"他说:"还那样吧,还行。"李志尧挠了一下头上的白发,淡淡地说:"哦。有什么困难么?"他说:"没啥。"李志尧又说:"有啥想法可以提出来嘛。想不想到市里来呀,啊?……"到了这时候,李金魁的牙咬起来了。他沉默了很久,心里的火苗一蹿一蹿的。他心里说,机会来了,你的机会来了呀,你说呀!可是,他望着靠在沙发上的那张脸,那是很乏的一张脸,那张脸上似乎有一种让他感到惊恐不安的东西,他说不清那是什么。就在他发愣时,只听李

幺婵嘴里的"红叶他爹"。此刻姿态又高了。

> 李志尧的姿态让李金魁抵御了诱惑。

志尧问:"听说,你读了很多书?"李金魁含含糊糊地说:"也……没读多少。"接着,李志尧"哦"了一声,慢声慢气地说:"我这里嘛,也需要一个人。你来当秘书怎么样啊?"李金魁猛地一下有点晕乎乎的,他觉得头有些沉,不知道该说什么好了,就吞吞吐吐地说:"怕、怕不行吧?"李志尧直了直身子,微微地笑着说:"……秘书嘛,最重要的一条,就是要可靠哇。"说着,他的眼突然睁大了,目光一下子变得十分锐利!李金魁心里突然"咯噔"一下,像是有什么东西泛上来了,那东西漂漂的,凉凉的,叫人不由得发怵。那是什么呢?李金魁想不明白,他只觉得头更重了。于是,在这最关键的时刻,他居然又结巴起来了:"我、我、我……不不行,怕怕怕……是是真、真不行。"看他说话磕磕巴巴的,李志尧皱了一下眉头,他有些失望地往沙发上一靠,眯着眼看了看他,连声说:"噢,噢,是这样。你是还有别的想法喽?"李金魁怔了怔,心里说,说吧,你得说了,说呀!于是,他正了正身子,喃喃地说:"也没啥想法。要说……想法……我还是……想上学。"李志尧"噢"了一声,那噢声很长,往下就再没有话了。

> 口吃帮了李金魁。

后来,当李金魁离开那栋小楼的时候,他的脸色黄蜡蜡的,人就像害了场大病一样,满身都是虚脱的汗水。他知道他已失去了一个极好的机会,失去了也就永远失去了。

他突然想哭！

李红叶出来送他，竟也有意地跟他拉开了一点距离，两人都默默的。到了分手时，李红叶终于忍不住说："你……怎么又磕巴起来了？"

李红叶恨恨地说："你知道你放弃的是什么吗？"

李金魁默默地说："你已经不欠我了。"

李红叶说："你是说我还欠着你呢，是不是？"

李金魁说："清了。谁也不欠谁。"

李红叶说："你会后悔的。"

李金魁轻轻吐一口气，硬撑着说："我从不后悔。"

李红叶最后看了他一眼，扭头走去了。那一眼哪，叫人……一个月后，李红叶送来了一张表。那是一张上大学的"推荐表"。而后，李红叶说："我再也不欠你什么了。"李金魁望着那张表，很久没有说话。他还能说什么呢？不料，李红叶说："我顺便告诉你，我要结婚了。"李金魁沉默了片刻，说："跟……谁？"李红叶说："军人。是个军人。"李金魁木木地说："好好、事，那是好事。"李红叶说："你不是会送礼么？送我什么？"李金魁刚要说什么，李红叶立时打断他，冷冷地说："你欠着吧，我也让你欠着。"

拿到那张表后，李金魁一天都没说话。他心里说，

"高"起来的红叶为后来埋下伏笔。

彼处失去，此处找回。

"欠"着。两人的较量。

败节草／123

> 有意味的细节。

李红叶要结婚了。李红叶已经是人家的人了。李红叶说,一个军人……他在一张废报纸上一连写了九十九个李红叶,写到三十一个的时候,他心里像是塞了块砖;写到七十一个时,他加了一个"脱"字;写到最后时,他把那张旧报纸团了团,扔了。

> 老杜经典倒装句。

第二天早上,他围着县城一连跑了三圈,一边跑一边气喘吁吁地背道:"碧梧栖老凤凰枝,香稻啄余鹦鹉粒……"

一听说他要上大学,废品店的歪脖眼都瞪大了,说:"城里有好亲戚?"

他说:"没有。"

歪脖说:"有好连手?"

他说:"也……没有。"

歪脖说:"真没有?"

他说:"真没有。"

歪脖说:"那是烧高香了。金魁呀,你是烧高香了!"李金魁默然,他眼里湿湿的。

> 给予的,有了收获。

歪脖说:"别说你高兴,我也高兴。老难,老难。"

按说,推荐上大学,办手续是很困难的,有一个个的公章要盖。可李金魁长期以来送出的"人情"也到了兑付的时候了。市里盖过章的表已经有了,剩下的就是顺水人情了,这是谁都愿意做的。所以,他几乎是没费什么劲,就把手续办了。在临行前,废品回收公司的主任又特意奉送了一份礼物,那就是在上大学期间,工资照发。其实他只是在主任搬家时给他刷过两次墙,主任一句话,工资就照发了。

没工资,毕业时怎么请客呢?

走时,他本意是想去看看李红叶的。他心里说:金魁,不管怎么说,你欠了人家,是你欠了人家呀!可李红叶已经走了,到部队结婚去了。于是,他回了一趟家。老捆一听说孙子要上大学了,就一蹿一蹿地跑出去,到处跟人说:"冒烟了,冒烟了,俺家老坟里冒烟了!"

又是"一蹿一蹿"。

七

上大学的时候,他总是梦见那株草。

在梦中,那株草带着一股苦艾艾的气味。草是那样的小,青麻麻的,带着褐色的斑点,一节一节地散落在他的眼前。而后他就醒了,每到这个时候,他一准醒,一醒就再也睡不着了。这时候,他就会不由得想起李红叶,一想李红叶他的心就乱了。他心乱如麻!有时候,他会一骨碌从床上爬起来,恨不能站起就走。可过一会儿,他就会说,罢了罢了。

童年记忆的草,就像自己。

然而,那件事情却一直在他的脑海里悬着。有时,

> 选择的焦虑带来的遗憾。失去的总是高贵的。

> 人的内心世界其实很复杂。

他会说,你真蠢哪,事到了你头上,你都不敢做?

大学真是一个让人思考的地方。在省城上大学的那几年里,李金魁在省城既没有朋友,也没有熟人,课又不多,于是,他大多时间就窝在寝室里看书,看着看着又不由得想起了那件事情。他说,你是怕么,你怕个鸟啊?你说在那种时候,你磕巴什么,你早不磕巴晚不磕巴,怎么偏偏在那个时候磕巴起来了?你一磕巴不当紧,把一个好前程磕巴掉了,你不光磕巴掉了一个好前程,你还丢掉了一个好女人呀!

那么,你是闻到什么了?你一定是闻到什么了。究竟是什么让你害怕了呢?是小红楼的那种静谧么?是红木地板发出的那种声音么?还是那语气、那声调让你感到不安了?想想,应该说都有一点,可又不全是。人是要往高处走的,对不对?人家已把话说到那种地步了,人家是想让你当秘书的,市里的秘书啊!那是多少人争都争不来的。这里边当然包含着一种暗示、一种允诺、一种让你可以意会的。那是多么的多么!可你却短路了。学了电之后,你知道什么是短路,可后悔已经晚了。你真的不后悔么?

你说,不后悔。可为什么呢?

大学上到第三年的时候,他终于把答案找到了。应该说,这个答案并不是他自己找到的,是李红叶告诉他的。在暑假里,李红叶给了他一个字:"贼!"就这个字,一下子嵌进他的骨头缝里去了。

　　就在那年的暑假里,当他提着礼物去看李志尧时,却发现李志尧已经从那栋小红楼里搬出来了。更让人无法相信的是,曾经高高在上的李志尧居然搬到一个破车库里去住了。当时的情境真是惨不忍睹啊!东西乱七八糟地堆在那间破车库里,书一堆一堆地扔在地上。白发苍苍的李志尧双手捧头,默默地瘫坐在一张破藤椅上……那个鲜艳无比的李红叶,此刻却丑陋无比地挺着一个大肚子在收拾东西。当李金魁走进去时,曾经显赫一时的李主任却慌忙站了起来,佝偻着腰说:"金魁回来了?坐吧,快坐。"说着,四下看了看,发现实在是没地方可坐,就慌忙把那张破藤椅让出来,往前一拉:"你坐,你坐。"他没有坐,他只是惊愕地立在那里,一时不知该说什么才好。李志尧说:"放假了吧?"他说:"放假了。"就在这时,李红叶抬起头,冷冷地看了他一眼,说:"李金魁,我爸已经下台了,你还来干什么?"李志尧赶忙说:"金魁能来看我,我很高兴。不要这样说嘛。"李红叶"哼"了一声,把那张满是蝴蝶斑的脸扭过去了,然后说:"你走,你走吧。"接着,李志尧小声嘟哝着解释说:"……很多事都是集体决定的。这不是我一个人的问题,我要上诉,我还是要上诉的。"李红

鸡贼!

"高"起来的李志尧又"低"了。李金魁的"贼"得到验证。

败节草／127

叶满脸含泪地怒斥说："爸,到这个时候了,你还说这些干什么?"李志尧赶忙说："好,好,不说,不说了。"李金魁十分尴尬地在那里站了很久,那沉默简直让人喘不过气来。最后,当他离开那间车库的时候,李红叶站在车库的门口,用怨恨的语气说："李金魁,你真'贼'呀,想不到你这么'贼'!"

> 见识了李金魁的"贼",李红叶更爱更恨。

李金魁还能说什么呢?他脑海里"轰"地一下,像是天窗开了。

这个字是很伤人的。可这个字用得太准确了,这个字让人顿开茅塞呀!是啊,你"贼",你确实"贼"。这"贼"是与生俱来的。在那样的时候,在要你做出选择的关键时刻,你骨头里的"贼"起作用了。那时你就知道你是一株草,自生自灭的草啊。你一生下来就处于败势,你只是一点一点地生长着,你的身量很小,你的基点也很小,再小的脚印也是你自己的,是你一步步走出来的。你是在小处求生,在败处求存的。当你攀缘而上时,你仅仅是为了借力。可失去自己,你就成了绑在人家身上的一件东西了,一旦绑上去,你就不再是你了,万一……没有了自己,你还怎么活呢?

> "贼"来自与生俱来的"低",向上的路要自己一步一步走。

从这个角度说,"贼"是从土里生出来的。那是一种长在骨头眼儿里的警觉,是先天的防范,是一种生存本能的敏锐。万幸,你磕巴得真是时候啊!

可是,你同时也放弃了一个曾经滋润过你的女人。那时候她是多么美丽呀!那时她对你是一个多么大的诱惑呀!你的心痛过,你甚至几乎要发疯,可你都忍下了,你是能忍的呀。是的,那时候,你已发现了她身上的某种细微的变化,当她的父亲出来之后,她的语气一下就变了。也许她自己并未觉察到,可你感觉到了。也仅仅是过了三年,三年之后,想不到哇,她就成了一个挺着大肚子的"她"了,竟是那样丑的一个"她"!那么,旧日的她呢,鲜艳到哪里去了,那惊人的美丽又到哪里去了?时间真是可怕呀!

就这么一个"贼"字,使李金魁彻底领悟到了退却的艺术,完成了从感性到理性的一次升华。这件事对他来说,是坐了一次精神监狱呀,他煎熬的日子太久了!他记住了那次"磕巴",在后来的日子里,那次"磕巴"在他人生的记忆上画上了一个深深的印痕。一天晚上,当他来到大学校园的操场上,一连跑了十圈之后,他又是独自一人大汗淋漓地站在那里,默默地仰望着省城的夜空,心里说:李红叶,对不住了。

第二天,他跑到邮局给李红叶寄了两百块钱。那时他虽说是带工资上学,可他一月也不过才三十六块钱。寄去这两百,等于他从牙缝里抠去了半年的生活费。然而,时隔不久,那钱又原封不动地退回来了,没

"高"与"低"的辩证法。

狠劲来了!无言的较量。

有附一个字。

李金魁心想,她是想让我欠着她呢,一直欠着。

四年大学一晃就过去了。当毕业临近时,刚好也到了文凭吃香的时候。一时,同学们都开始四下奔波,期望着能在省城里找到一个好的单位。只有李金魁没有动。他知道,动也是白动,因为他在省城里根本就没有门路,不过,按他的成绩,也是有可能留校的。可他想了又想,还是决定回去。

临离校前,李金魁做了一件让全班同学都感到意外的事情。那天,当他们高高兴兴地去照毕业照时,路上,李金魁突然说,同窗一场,就要分手了,我请大伙吃顿饭,咱们最后再聚一次。听他这么一说,同学们都怔住了。平时,他们都知道李金魁是个吃干馍就咸菜的主儿,打菜从来都是一分二分,从未见他动过荤腥,有同学开玩笑叫他"素人"。由于他平时也很少说话,从不跟人开玩笑,于是在大学里,他就又有了一个绰号,叫"素人"。这次毕业分配,应该说,他是最差的,也是最让人同情的。就要分手了,人一走,从此就天各一方了。他怎么会请客呢?这话让人有些感动。于是,就有人说:"吃也不能让你掏。这样吧,要吃就吃好些,咱们大家一块凑个份子吧。"李金魁说:"不用凑份子,说过了,我请。"有人不相信地问:"你真请?"他说:"我真

出人意料,会让人记住,让人欠着。

请。"于是,一班三十六个学生,乱哄哄地进了一家饭馆。吃饭时,班长问:"上酒么?"他说:"上。"班长怔怔地望着他,说:"好家伙,四桌呀!再少一桌也得四五十呀!你……"他说:"放开。"结果,酒一上,就有了很多的感叹。喝着喝着,有人就哭了,说:"李金魁,平时太不了解你了,真够哥们啊!"于是又纷纷留下了地址。走时,李金魁又是最后一个离校的,他帮人扛着行李,把外地的同学一个个都送上车,而后握手告别。把同学们弄得都掉泪了,一个个都对他说:"金魁呀,同学四年,就你这一个真朋友啊!"

然而,在同学们中间,却没有一个人知道他是背着铺盖卷步行回去的。

八

李金魁从省城回来,当他把那一张纸交上去之后,就由不得他了。

他先是从市里放到了县里,县里又把他放到了坟台乡。乡里呢,也好像没地方搁似的,就把他放到了乡农机站。乡农机站紧挨着乡政府,都在一个灶上吃饭。李金魁是学文的,不懂农机,就每天在乡政府院里晃晃悠悠的,举目四望,很孤独啊。他心里想哭,面上却是

回到低处,并继续放低自己。

> 第一个平台。

> 有准备之人哪里都有用场。

> 真正聪明的人从不让人发现自己的聪明,而是让人记住自己的诚恳。

笑着,见人敬支烟。一天,乡长把他叫住了,乡长说:"金那个啥,你过来。"李金魁就过去了。乡长挠了挠头说:"李金魁是吧?"他说:"是。"乡长说:"你那个吧。乡总机生孩子去了,你替她守守电话,如何?"李金魁说:"成、成啊。"乡长拍拍他说:"行,小伙子诚恳。"就这样,他替乡话务员守了一个月的电话。

  那时,在坟台乡,乡总机是唯一对外的通信工具。乡里方方面面如果有什么事,都是瞒不过总机的,因此,总机室也就成了信息中心,乡里的干部们有事没事总喜欢往这里凑。要是谁有了长途,李金魁就跑去叫一叫,这样一来二去的,乡里的情况他就基本摸清了。于是,不到一个月,在乡政府大院里,谁都知道新分来一个叫李金魁的大学生,说起来,都是一个评价:那人诚恳。

  到了这时,李金魁豁然明白了,磕巴是一种诚恳哪!刚守电话时,李金魁对电话还不太熟悉,说话不免有些紧张,他一紧张就打磕,说头两个字时总是磕磕巴巴的。想不到,这反倒换来了为人诚恳的评价。说话稍打磕的人,紧张是免不了的,但紧张造成了一种专注,说话时总不由得要盯着人家的脸,这就给人以认真的感觉,你只要认真听,面部肌肉就跟着生动起来,生动加上磕巴,这就是诚恳了。李金魁得出这个结论后,还偷偷地对着镜子试了几次,就觉得很好。以后,他专门对着镜子练,只练头两个字,他说你只能磕巴这头两个字,可不能再往下磕了,再往下可就毁了。他对着镜子说:"你、来、来了?"心里跟着说,很好哇!

月末,李金魁在总机室里接了一个县上的电话。电话里的口气很随意,也很大气,电话里说:"胖妞么?"李金魁马上说:"胖妞生、生孩子去了。"电话里就说:"你是谁?"李金魁说:"我是新分来的大学生,叫李金魁,是替她的。"电话里"噢"了一声,说:"胖妞还干不干了?"李金魁说:"那我就不知道了。"电话里沉默了片刻,说:"你去把乡长给我叫来。"李金魁顿了一下,说:"你是哪一位?"电话里说:"告诉他,王木贵。"李金魁慌忙找乡长去了。见了乡长,李金魁心里"咯噔"了一下,说:"乡长,王木贵电话。"乡长忽地站了起来,急走。一边走一边回头看了他一眼,说:"你认识王县长?"李金魁说:"不、不认识。"乡长不再问了,匆匆抓起电话,说:"王县长。"只听电话里凶道:"好你个老吴,咋搞的?你真是有人没地方使了?让一个大学生给你守电话!你要是真使不上,给我退回来吧!"乡长一听就慌了,赶忙解释。李金魁一看这情形,悄悄地从总机室里退出去了。

第二个月,乡长就不让他再守电话了。这时刚好

> 机遇不期而至。

> 悄悄退出。有心计。

赶上乡里的计划生育宣传月,乡妇联主任又把他借到了计划生育小分队。乡妇联主任叫王翠花,是个很泼辣的女人,她本就有几分姿色,再加上她丈夫是县银行的行长,这就更增加了她说话的分量。她对乡长说:"那个大学生让我用用。"乡长笑着说:"用吧,别用坏了。"妇联主任说:"老吴,你这话可够粗了,小心我骗了你!"乡长哈哈大笑说:"粗不粗妇联主任知道!你要用我就让你用,你还咋的?"说着,他把李金魁叫过来说:"金那个,你归她使了!可别让她把你用坏了。"妇联主任也笑着说:"当乡长的,没一点正经!金魁,你可别听他的。"李金魁说:"大、大姐,我听、听你的,你让我干啥我就干啥。"乡长说:"听听,你用了童子鸡啊,咋用都行。"妇联主任"咯咯"地笑起来,竟然笑出了眼泪。李金魁这句话使王翠花心里燃起了一丝柔情。她说:"学生,你别听他胡咧咧,你跟着大姐,大姐不会亏你。"就这样,李金魁又成了乡计划生育小分队的一员,跟乡妇联主任到村里搞结扎、流产去了,一搞又是一个多月。在这段时间里,每每进村的时候,王翠花就交代众人说:"紧脸。都给我绷紧脸!"开始李金魁还有点不大适应,慢慢也就适应了。有一次,在半坡村,小分队在村里给妇女们检查的时候,王翠花的喉咙喊肿了。下来的时候,王翠花捂住半边脸,随口说:"谁那儿有小药?

第二个平台。

粗中透着近乎。

王翠花有真诚一面。

绷紧脸。开始学为官之道。

明儿给我捎来点。"立时,李金魁说:"我、我那、那儿有。"王翠花说:"冬凌草吧?"李金魁说:"冬凌草、三黄片都有。"王翠花说:"行,捎几片吧,我牙也疼。"于是,第二天早上,李金魁特意到乡卫生院去了一趟,买了一瓶冬凌草、一瓶三黄片、一瓶草珊瑚,给妇联主任拿去了。王翠花看了看,什么也没有说,就把药收下了。到了小分队要解散的时候,王翠花当着大伙的面一人发了六百块钱的奖金,而后又私下里给了李金魁六百,说:"上头有规定,这钱我当家。大兄弟,咱俩是一千二!"李金魁不要,说:"大姐,这一段跟着你学了不少东西。这钱我不要,我也花不着。"王翠花一嗔脸,说:"拿着!年纪轻轻的,正用钱的时候,叫你拿着你就拿着。"说着,把钱硬往他怀里一塞,又笑着说:"你是大学生,有学问的人,跟我能学个啥呢?"李金魁正色说:"就学了一招,紧脸。"王翠花笑了,说:"这算个啥呢?"李金魁说:"你这'紧脸'学问大了。在基层工作,面对的都是老百姓,也没啥文化,有时候你讲理是讲不通的。但是脸一绷,他先就怵了三分,这首先让他看清了自己的位置,这是告诉他,你是官,他是民。往下的工作就好做了。"王翠花一怔,心里热热的,说:"到底是大学生,说出来一套一套的。不过,在下边工作,也就得这个样儿。"这么一来,两个人就又近了三分。

> 特意去买,可见用心。

> 紧脸,才能不怒自威。

> 感情再近一分。

败节草 / 135

女人是经不得表扬的,尤其是带几分豪气的女性,只要夸对路了,她可以成为你的死士。于是,王翠花又跑去找了乡长,说:"把李金魁调我那儿吧。我看这小伙子诚恳。"乡长道:"咋,用了还想用?"不料,王翠花脸一紧,说:"这可是正经事!"乡长又挠了挠头,说:"研究研究吧。"王翠花就紧接着问:"啥时研究?"乡长就打哈哈说:"真是急着用呢?夜里你就先使着。"这话一说,气得王翠花直跺脚。

> 这一要,抬高了李金魁的身价。

两天后,李金魁却又被借到乡人大去了。乡人大只有一个人,是个老头。这老头原是乡党委副书记,年纪大了,就退到了二线,到乡人大当了主任。乡一级的人大虽说是常设机构,但平时事情并不多,只是到了换届时才忙活一阵。现在离换届时间还有一个多月呢,只是有些表格要填,可郭主任就要借人,乡长也不能不借。就这样,借来借去的,李金魁又成了老郭头的人。跟着郭主任,他只是每天填些表格,再往上头送送表格。老郭头是一个很古板的人,不吸烟、不喝酒,人落了势,牢骚就很多,有时不免骂骂咧咧,李金魁就听着。

> 第三个平台。

有一天,老郭的女人突然病了,送到医院一看,得的竟是癌。女人就落泪了,给老郭说:"回去吧,这不是咱得的病。"这么一说,老郭也掉泪了。两人正伤心呢,李金魁头一个到医院里来了,他手里提着两匣点心,往桌上

> 不忘礼数。

136 / 人面橘

一放,说:"老、老郭,听说婶子病了,我来看看。"说着,他从兜里掏出一千块钱,往床上一放,说:"这钱不是别的,是我搞计划生育那会儿得的奖金。我一个人,也用不着,多多少少的,是个意思,给婶子补补。"老郭忽地站了起来,说:"金魁,你这是?"李金魁说:"郭主任,你已退到二线了,我也犯不上来巴结你。我知道,这点钱也起不上多大作用,是个心意吧。"老郭就默默地站着,竟说不出话来了。待李金魁走后,老郭的女人说:"这人看着眼生,谁呀?"老郭说:"是新来的。"老郭的女人就说:"这人真实诚啊!"后来病一天天重了,老郭就问女人:"还想吃点啥?"女人说:"啥呢,也都吃过了。就是那樱桃,觉着老好。"老郭搓了搓手,说:"眼看入冬了,哪还有樱桃呢?"女人说:"我也就是说说。"这话,老郭上班时就顺嘴说出来了。李金魁听了,一句话也没说,就连夜进了省城,来回跑了三百多里,买回了两瓶樱桃罐头,当时就送过去了。女人也就吃了两颗,临死时,女人还说:"人家待咱恁好,咋还报人家呢?"郭主任送走女人,再上班时,就直接去找了乡长,说:"把金魁给我吧,乡人大缺个秘书。"乡长见老郭头也争着要,就说:"这事得研究,研究研究再说吧。"

　　两个半月后,乡长又把李金魁叫去了。乡长背着手在屋里来回走了几步,突然问:"'省组'也有人?"这

狠,敢花钱,又诚恳,这是李金魁的武器。

再要,身价又高些。

毕业酒没白喝。

句没头没尾的话把李金魁问愣了,他说:"啥、你、说啥?"乡长这才把一摞信拿了出来,说:"你的信。"李金魁接过信看了一眼,他明白了,这都是些同学来信,时间过了两个半月,他们大概一个个都安排好了,这才陆续给他来了信。在这段时间里,信来得很密,他先后收到二三十封。李金魁见放在最上边的那封信,用的是省委组织部的信封,就说:"是一个同、同学。"乡长"噢"了一声,说:"组织部的。"李金魁说:"是。"乡长在屋里走了一圈,有点忸怩地说:"有机会认识认识?"李金魁说:"那可行。"乡长就再没话了。过了几天,乡长当着老郭头和王翠花的面宣布说:"那个啥,我考虑了一下,金魁就留乡里吧,政府也需要人。"老郭说:"我这正忙呢,说话人大就开会了。"乡长说:"人你先用,算借的。"

老郭头发力帮李金魁了。

乡人大将要选举时,事情又出来了,按上头的要求,坟台乡候选班子平均年龄超了三岁。于是老郭头又找了乡长,说:"上头说,年龄超了。"乡长说:"超多少?"老郭头说:"三岁,超了怕人家不批呀。"乡长说:"也就是个形式。"老郭说:"上头有政策。补个年轻的不就降下来了?"乡长说:"都到这时候了,你说补谁?"老郭头说:"咱乡最年轻的就是金魁了。要是给他补个副乡长的名,这年龄就降下来了。"乡长说:"不就是候选人么?一个变成两个。成。"这么一来,李金魁就成了副乡长的候选人。乡长还特意嘱咐说:"给金魁说一声,可是假的。"

夜里,老郭头找了李金魁,说:"金魁,我给你弄上了,你是副乡长候选人了。"李金魁赶忙说:"郭主任,别。你千万别、别弄,我资历太浅,弄不成净让人笑话。"老郭头说:"弄不成?我还非叫弄成不可!你等着吧。"说罢,倔倔地走了。

老江湖要弄假成真了。

结果,在选举的头一天,那个正式的副乡长候选人出事了,他在上八里叫人按住了屁股,于是县上一句话,就取消了选举资格。到了这时候,李金魁才知道,老郭头有个侄儿在县委组织部当干事呢。

事就这样成了。

就这样,三个月零二十一天之后,一纸任命下来,李金魁成了副乡长。

九

那个日子,是让李金魁永远不能忘怀的。

秋天里,李金魁抽空回了一趟家。那时乡里已有了一辆吉普车,他是坐吉普车回去的。回到大李庄时,天已半晌了,在离村不远的一片槐林里,李金魁看见一个球样的东西在地上翻动着,那东西竟还拖着一条长爷爷敬重的是"李乡长",他的尊严全系于此。

长的尾巴。他一时心动,就让车停下来,独自一人走了过去。在一片灿烂的黄叶里,他看见了他的爷。爷的腰已弯到了九十度,看上去人就像皮球一样,一滚一滚的,他手里正拖着一个竹箔,在林子里搂树叶呢!当他走到跟前时,老捆原地转了一个圈,半仰着身子,慢慢地拧着脖子朝上去看他,他赶忙叫道:"爷。"老捆喉咙里"咕噜"了一声,一只手半捂着耳朵,眯着眼看了他一会儿,突然说:"李乡长回来了。"他心里一酸,差点流出泪来,他说:"爷,你别这么说。"不料,老捆却一挪一挪地朝树林里走去了。片刻,老捆又一团一团地走回来,他背在后边的手里拿的是一个四条腿的小木凳,他用袖子在小凳上抹了一下,说:"李乡长,你坐吧,不脏。"李金魁头皮都要炸了,他说:"爷,你别再这么说了。"老捆又拧着脖子往上看了看,说:"是还没'正'呢?"李金魁说:"正是正了。"老捆说:"正了就是官身了。坐吧,别嫌你爷脏。"李金魁仔细地看了看爷,发现爷没有半点儿戏耍的意思,爷说得一本正经,爷眼里甚至洋溢着抑制不住的喜悦。于是,他在爷面前坐了下来,爷颤颤地伸出手,在他脸上抚摸了一阵。爷的手很粗,摸上去涩辣辣的,爷说:"李乡长,当官就是不一样哇,看这脸也润展了。"李金魁说:"爷,别这么说了,人家笑话。"老捆说:"真真白白的,笑话啥?"李金魁叹口气说:"这一年多了,我没往家拿过一分钱。"老捆说:"啥钱不钱的,你给爷长脸了!这比啥都强哇。像铜锤家,老表亲,十多年都不走动了,头前会儿上又来了,提两匣点心!你娘要给你留着,我说咱李乡长还缺这一口?"接着,老捆又说:"你还记不记得,你上学走时,一家伙给爷买了两盘肉包,两碗胡辣汤,把爷撑得呀!……"说着,老捆很幸福地笑了。

听爷这么一说,李金魁掉了两滴眼泪。到了这时候,李金魁才撕心裂肺地体会到,生活是一种关系呀!活在什么样的关系层里面,你就有什么样的人生。爷的话让他觉得遥远,甚至觉得可笑。可爷的感受是真切的,真切得让人心痛!他觉得他跟爷的距离越来越远了,已远到了无话可说的地步……

爷当然不会知道,他的乡长是怎么当上的。

那也是一场战斗啊!

严格地说,吴乡长几乎是被挤走的。两人最早的较量是在酒场上。"斗酒"是吴乡长最乐意干的。在坟台乡,都知道吴乡长酒量大,他也好斗。只要一上酒场,他非要喝倒一个不行,这是他的嗜好,也是他的毛病。那时候,乡干部的威望大多是在酒场上立起来的,有很多事也是在酒场上定的。常常是喝到七八分的时候,乡长说:"那事就这样定了啊?"众人就说:"定了!"

> 老捆以自己的低贱成就孙子的高贵。他如愿了。

> 中原是酒文化盛行之地。事都是酒桌上办成的。

> 喝酒也要先放低自己。

所以,在乡里干事,假如你不会喝酒,就等于不会工作。李金魁初当副乡长的时候,每逢酒场,吴乡长总喜欢开他的玩笑,说:"金那个啥,你不会喝可不行啊!来,来,喝一盅,好好练练。"于是,李金魁就替他喝了一盅又一盅,而后就说:"我不行了,真不行了。"吴乡长也斜着眼说:"投降了?"李金魁就说:"投、投降了。"吴乡长就说:"举双手投降!"于是,李金魁就站起来,举起双手说:"我投降了。"吴乡长就哈哈大笑说:"好!算了,投降就算了。"以后,每逢酒场,吴乡长就故伎重演,一

> 事不过三,李金魁出其不意地出手了。

次次地戏耍他。到了第四次,李金魁一上来就抢先说:"吴、吴乡长,你、你是老同志,我得跟你好好学学。"吴乡长乐了,说:"年轻人有长进!可有一样,我是搭手十盘!"这时,妇联主任王翠花忙拦住他说:"大兄弟,少来两盘吧,他是想灌你哪!十个你也不是他的对手。输得多了我替你。"吴乡长立马说:"那可不行!你俩要是一家,我就让你替。"王翠花就"啐"道:"老吴,又说臊话哩!"李金魁就说:"大姐,不要紧,我谁也不让替,我跟吴乡长学学。"接着他又说,"吴乡长,我也知道我不是你的对手,有一样,你得让我喝水。我不喝水可不

> 有先前的示弱,才有喝水的自然要求。

行。"吴乡长很大气地说:"行,搭手吧。"于是一上手就来了十盘,一盘是十满盅,一斤酒就下去了。坟台乡的规矩是酒干亮瓷器(亮酒盅),李金魁是输一个"嗞"一

142 / 人面橘

个,喝了酒之后,还要把酒盅高高扬起来,让众人看看。吴乡长喝得痛快,是输十个一块"嗞",瓷器也亮得痛快!众人都替李金魁捏一把汗,怕他喝倒了。可李金魁是喝一口酒再喝一口水,倒也从容。这样,喝到第二瓶时,吴乡长就有些红头涨脸了,他大着舌头说:"今儿手背,不划拳了,老虎杠子!"李金魁就跟着他来"老虎杠子"等第二瓶喝干时,吴乡长的脸就有些发紫,可他仍然说:"我没事,我一点事也没有!金、金魁……你呢?"李金魁说:"我是不行了,可我得舍命陪君子,今儿我得跟吴乡长好好学学。"再往下,吴乡长又要"押指头",于是李金魁就跟他比画指头,到第三瓶完了的时候,李金魁仍挺挺地坐在那里,不时地喝上一口水。吴乡长竟出溜到桌子底下去了……当天晚上,醉如烂泥的吴乡长竟对着乡政府的大门尿了一泡!而后,他就躺在乡政府大院里,又哭又骂的,谁去拉他也不起来,他哭喊着说:"我在乡里干了十八年哪!"

一口酒,一口水,其中有讲究。

从此以后,吴乡长就再也不跟李金魁"斗酒"了。可他永远不会知道,李金魁喝的酒有一半都吐到茶杯里去了。

十八年英雄毁于一旦。

第二是"讲话"。李金魁没当副乡长时,是没有讲话权利的;当了副乡长之后,讲话的机会就渐渐多了。他很快就发现,讲话是一门艺术啊!讲话是占领会场,

> 能讲话是权力的标志，会讲话是水平的体现。

征服人心的最好方法。讲话可以说是体现领导水平的活广告，话讲好了，实在是可以当钱使的！它不仅可以当钱使，那其实也就是一种权力的表达方式。语言在这里成了一种空间，一次次地占有空间，也就等于占有了乡政府的发言权。乡下人说，这人说话"占地方"不就是这个意思么？李金魁开初讲话时，还不是很适应，有时不免磕巴，在会场上也让人笑过。他发现吴乡长的讲话方法就很不一般，吴乡长讲话也没什么技巧，就是嗓门大些，带着一股霸气，他往那儿一站，就没人敢说话了，会场上总是很静。但他讲话带着一股训人的口吻，气派很大，不时带一些"啊、啊、操、操"的土语，却没什么东西，往下也就是文件上的一些内容了。李金魁一旦明白过来之后，就下死劲去练。只要一有讲话的机会，他就精心地做好准备。于是，每一次讲话，对他来说都是一次机遇，他决不放过任何讲话的机会。

> 先放低自己，再小露峥嵘。

初时，他讲话时总是拿上几页纸，先是磕磕巴巴地念上两行，故意念得声音低一些，让人听不大清，也让人轻视他。可他念出了一种诚恳，念出了一种态度，会让人觉得这人是实心实意的。接着，当人们开始注意他时，他就把那两页纸折起来，突然把声音提高，这样会使人们吃上一惊，就会很注意地听他讲了，往下他就说得生动了。他把声音当成磁石来使用，他要紧紧地吸住人们,该带手势他就带上手势;声音该低下来的时候,他就把声音低下来;该骂的时候,他就放开喉咙骂上两句,接着又会引用两句唐诗什么的,逗上一两个笑话;有时候,他会用本乡本土的粗话俚语先讲上一阵,接着又忽而变成高层面的话语,甚至把美国、日本也拉来大讲一通,讲得人们似懂非懂的时候,再把话头拉回来,落到一些很浅白的事体上。讲着讲着,就有笑声逗出来了;接着是引来了掌声,再往后逢他一讲话,就是掌声不断了。有时候,他不讲,就有人主动要求说,让李乡长也讲讲噢!

　　此后,在一段时间内,他的讲话成了对吴乡长的一种无形的压迫。当乡长总要讲话的,吴乡长的讲话机会更多。但一次一次,在众人面前,吴乡长总没他讲得好,吴乡长心里就很憋气。过去没有这种比较也就罢了,现在人家一讲话就有掌声,吴乡长怎能不生气呢?吴乡长心里生气却又没法说,你总不能因为人家比你讲得好你就批评人家吧?于是,作为坟台乡第一行政长官的吴乡长总是感到很压抑。很压抑呀!本来吴乡长的文化水平就不高,他也想讲得好一点,可他已经吼惯了,改不过来了,有时想说得生动些,可他又常常记不清要说的那个词儿,就时常挠着头说:"那个、那个啊?那个什么呀?啊、这个、这个啊……"这么"啊"来

<small>暗自较量。</small>

<small>感到压迫,心生怯意。</small>

"啊"去的,就越发显得没有水平了。在一些会议上,一般都是由乡长最后做总结的,可吴乡长听李金魁讲得那么好,就气得什么也不想说了,剩下的只有两个气嘟嘟的字:散会!

就这样,渐渐地,吴乡长不大爱讲话了。他几乎把公开讲话的空间让了出来,有时候他常常是一个人关在屋子里喝闷酒,心情很坏。

由怯到退。

至于人缘,那就更不用说了。在坟台乡三年不到的时间里,乡政府的干部们都已多多少少地欠了李金魁的人情。那些事说起来似乎很小,可搁在个人身上就是大事了。他们一个个都是想回报他的,可他从不给他们回报的机会。于是,总有干部找到李金魁说:"李乡长,有事没有?"李金魁就说:"没事。"而后是那些村长支书们,坟台乡一共有三十五个行政村,每个村都会有大大小小的求人事,只要是找到李金魁,他都是满口承当,从不搪塞推诿。这样,时间一长,那些村长们也都先后一个个地欠了他的情分。这些事情都是在心里记着的,各人心里都有一本账。他们再见李金魁的时候,就不由得更热情一些,说:"李乡长缺啥不缺?你要缺啥就言一声。"李金魁就说:"不缺,啥都不缺。"

"欠"字诀显出威力。

"低"成就了"高"。

久了,李金魁说话就越来越"占地方"了。

吴乡长感到事情严重了。有一天,他把李金魁叫过去,乜着眼看了他一会儿,说:"李乡长,我小看你了。"李金魁马上说:"吴乡长,我……我……我是你带出来的。有啥不对的地方,你多批评。"吴乡长背过身去,挠着头默默地说:"我真是轻看你了。"李金魁说:"我可是你培养的……"吴乡长叹口气说:"看来我是该走了。"李金魁说:"吴乡长,你可千万不敢这么说。这话言重了,我怎么能跟吴乡长比呢?"吴乡长说:"咱打开窗户说亮话吧,一山不存二虎啊!不是你走就是我走。"李金魁沉默了一会儿,说:"吴乡长,你这是让我走呢,要走也是我走。"吴乡长很久不说一句话,过了一会儿,他挠了挠头说:"你走什么,还是我走。"

话虽这样说了,可两人都没有动。夏天的时候,坟台乡出了一件事。有八个村的村民把乡政府围了!那是因为乡里弄来的玉米种子不出苗。这件事是吴乡长的一个亲戚承办的,亲戚跑了,于是,事就落到了吴乡长的头上。那时候,八个村的村民乱哄哄地围在乡政府的门前,一个个骂声不绝,要求赔偿损失。吴乡长没有办法了,只好躲在屋里不出来。就在这时,李金魁出面了。他把八个村的支书叫到一起,说:"吴乡长在咱乡干了十八年,给咱乡办过不少好事,没有功劳也有苦劳吧?他现在遇到难事了,咱咋也得帮他一把。听我一句话,你们做做工作,把人撤回去,余下的事我来

> 见出胜负。

> 最后一击,不失温情。

败节草 / 147

办。"支书们都是欠过情的,碍于脸面,也就不好再说什么了。有一个支书问:"这萝卜不小啊!秋苗不等人。李乡长,你咋办了呢?"李金魁说:"还有七八天的时间,现在补苗还来得及。种子由我亲自解决,我去省农科所找人弄最好的种子!钱由你们村里凑。"说完这话,李金魁的脸就黑下来了,他再也不说一个字,就那么绷紧脸望着那些支书们。支书们你看看我,我看看你,终于,有人说:"李乡长从来没让我们办过事,这事哪,难是难,我们认了!"李金魁说:"好。你们算给我个脸面,我记下了。办去吧!"

事情就这样化解了。

事后,李金魁仍像往常一样,并没有再给吴乡长说什么。可全乡的干部们都知道,是李金魁给吴乡长擦的"屁股"。乡妇联主任王翠花更是逢人就说他的好话。这样一来,吴乡长觉得他实在是没法再待下去了,于是,就到上边活动了一番,很快挪动到县里去了。老吴这么一挪,李金魁自然就"正"了。走时,李金魁又亲自去送他,一直把他送到县城。两人临分手,老吴感慨地说:"金魁,你是个慢毒药呀!"李金魁面不改色地笑笑说:"还得学习,我还得向老领导学习呢。"

就在那次送老吴上任的路上,李金魁突然发现了一个熟悉的身影。

胜而不骄。

又设一扣。

148 / 人面橘

十

　　李金魁怎么也想不到,他会再见到李红叶。

　　当他再次跟李红叶重逢的时候,已是五年以后的事了。在这五年时间里,李金魁先是不显山不露水地把自己挪动到了县里,当了一任副县长,而后又调到了市里。当他进市之后,已是市长的候选人了。那时,虽然县、市是平级的,可市长毕竟是市长啊!

　　李金魁是在人大开会期间巧遇李红叶的。那是在一次联欢会上,联欢会是在一个豪华舞厅里举办的。作为市长,李金魁自然要去看望一下,跟人握握手,说说话,以示他对代表们的尊重。就在他要离开那个舞厅时,李金魁不小心碰碎了一只茶杯,那里的服务小姐并不知道他是谁,就说:"先生,这是要赔偿的。"李金魁马上说:"好好,多少钱,我赔。"于是,那服务小姐很有礼貌地说:"先生请你到这边来吧。"当那小姐把他领到吧台时,只觉眼前一亮,一个鲜艳无比的女子从吧台后边走了出来。这女人亭亭玉立,浓妆艳抹,粗一看就像外国女人,可细一看,李金魁简直不敢相信自己的眼睛,这个女子竟然就是李红叶!李金魁怔怔地望着她。这时,那服务小姐刚说了一句,只见那女子的嘴唇微微

官场之路,大同小异,故略写。

意外重逢,新的较量开始。

败节草 / 149

地动了一下,示意说:"你去吧。"之后,李红叶说:"欢迎市长大人光临。"李金魁有点吃惊地问:"你、你怎么在这里?"李红叶反问道:"我怎么不能在这里?"李金魁语无伦次地说:"你、你好吗?"李红叶冷冷一笑说:"还行吧。这家舞厅就是我开的。"往下,李金魁不知道该说什么好了,他站在那里,有点不好意思地回头望了望,李红叶马上说:"要不忙的话,上去坐坐?"李金魁迟疑了一下,说:"好吧。"

> 不知所措,也许心里有鬼?

上得楼来,李红叶把他领到一个带有套间的办公室里。办公室布置得十分雅致,房间里洋溢着一股粉红色的温馨。李金魁坐在那圈橘黄色的皮沙发上,四下打量了一番,笑着说:"不错么。"李红叶把一杯滚烫的热咖啡放在他的面前,说:"人呢?"李金魁随口说:"不错不错,人也不错。"李红叶身子靠在桌上,双手一抱,问:"仅仅是不错?"李金魁赶忙说:"简直是太漂亮了,漂亮得我都不敢认了。"

> "人也不错",带着暧昧,有点挑逗意味。李红叶正面接住了。

她望着他,他也望着她,两人久久不说一句话。

短暂的沉默之后,李红叶问:"成家了吧?"李金魁很勉强地点了点头,说:"成家了。"她又问:"你那位好么?"李金魁含含糊糊地说:"还、凑合吧。"接着,他说:"你呢?"李红叶用戏谑的口吻说:"我么,也就那样,过过一段不是人的日子。结了两次婚,离了两次;又结了

150 / 人面橘

一次……你也许认识,是你们大李庄的,叫李二狗,做生意的。"李金魁想了想说:"好像是三队的吧?听说发了大财?"李红叶说:"也就那样。我们两个是谁也不干涉谁。"李金魁望着李红叶说:"你变化不小哇。"李红叶说:"是么?人都是会变的。你不也在变么,市长都当上了。"李金魁笑了笑,说:"我还欠着你呢。"李红叶说:"你欠我么?你还记得你欠我?"李金魁说:"那时候……"李红叶说:"你不只欠我一次吧?五年前,你刚当乡长时,咱们见过一面,还记得不?"李金魁抬起头说:"噢,当时你坐在一辆伏尔加里,一晃过去了,那就是你呀?!"李红叶又说:"三年前,你任副县长时,我的前任丈夫是地委组织部的;现在你当市长了,你知道又是谁替你说了话么?"李金魁说:"这是组织上安排的。"李红叶说:"是,你的事我都知道。这些年来,我一直注意着你呢……我知道你一直想超过我父亲,那时候,你眼里就有一句话,你要超过我父亲,现在你终于实现你的愿望了。"李金魁双手捧着头,说:"我明白了,我欠你很多。"李红叶点上一支烟,先是吐了一口烟圈,然后说:"是么?"李金魁有点惊讶地望着她,李红叶接着说:"你是不是觉得我放荡了?"李金魁笑了笑,什么也没有说。过了一会儿,李红叶目光直视着他:"说吧,有一个字你还没说呢。"李金魁抬起头,问:"什么?"李红叶说:

> 李红叶之变岂与金魁无关?

> 记得送吴乡长时熟悉的身影吗?李红叶暗中还在帮他。

败节草 / 151

"你最喜欢说的那个字。"李金魁说:"哪个字?"李红叶愤愤地说:"就那个字,那个毁掉我整个青春的字!我等着你说那个字呢。"李金魁的心"怦"了一下,他像被枪打中了似的!是呀,他想起来了,是那个字。可他只是呆呆地望着她,她实在是太漂亮了,这么多年没见,她竟然变得那么漂亮!她的嘴,她的眼,她的眉,她的服饰……都让他心猿意马!可是,那个字,他却说不出口了。就在这时,李红叶伸出她那抹了亮指甲油的纤纤玉手,一把把他从沙发上拽了起来,她把他拉进了内室,媚媚地望着他:"你说吧。"可李金魁再也吐不出那个字了。他说:"你……"李红叶马上说:"你也变了。"而后,她十分干脆地说:"脱吧,脱!"此刻,李金魁倒像是傻了一样,木木地站着,他怎么也想不到,那个字会从李红叶的嘴里说出来!那个字,在他的童年里,那个字就诱惑过他,在他的梦境中,那个字又一次次地出现过,那个铿锵有力的字啊!现在却出现在女人的嘴里,他是多么羞愧呀!在这一刹那间,他简直是无地自容!李红叶就站在他的面前,她开始给他解扣子了,她一边解他衣服上的扣子一边说:"你不就等着这一天么?!"一丝自尊突然十分顽强地从李金魁的心底冒出来,他咬咬牙,推开李红叶的手,默默地走了出去。

回到市政府的小招待所里,李金魁躺在浴盆里好

> 脱!一个字改变了李红叶的命运。

> 脱!发话人的易位。

好地泡了一个澡。水很热,热浪一波一波地环绕着他,这时他想,我变了么?是我变了还是她变了?不然,我为什么吐不出那个字了呢?真奇怪!那个字实在是应该他说的,可他竟然说不出口了。女人哪,女人一旦变起来,可真不得了啊!

躺在床上,李金魁默默地对自己说,你不能再见她了。

> 原文二人是做了好事的。此版本改得好。

十一

在市政府大院里,走路也是一门学问哪。

李金魁到任不久,最先发现的就是走路问题。他平时大步走惯了,进了市里之后,他才知道,在这里,作为一市之长,他不能走得太快了。你是一把手啊,你一走快,就显得你急,人毛躁,火烧屁股似的,缺乏一把手应有的稳重和大气。这话当然没有人会告诉他,这是他从众人眼里看出来的,别看他是市长,但人们的目光照样会把你剥光。走路不能快,但也不能太慢。太慢了显得疲沓,显得暮气,也显得人软弱。这也是大忌!这样一来,人们就会发现,你交办的事情是可以拖一拖的,时间长了,你的话就没人听了。那又该怎么走呢?头当然要抬起来,你不能低着头走路,低着头走,人显

> 官场学问处处有。

得犹豫、胆怯;你也不能扬着脸走,太扬脸就傲气了,就目中无人了;目光要平视,可以稍稍上扬,扬到一定的程度最好,这样既扬出了尊严,也保持了平易,这是要火候的。走路时,身子既不能太硬,也不能太软,硬了,显得你有架子、人霸道;软了,显得人松气、窝囊。更不能扭,一扭人就女气了,女人带态是千娇百媚;男人一女气,人就贱了。看来,每一块土地上都生长着各种不同的官气,那官气是百姓、土壤、气候共同养出来的,这也是一种综合效应啊。要是你学得不像,那你是坐不住的。从这个角度说,走路实在是一种官气的体现,走好了,人就有了三分威。

说话方式就更有学问了。

在政府院里,按惯常说,市长的话就是第一声音。但第一声音也是要人们逐渐认可的,不能因为你当了市长,就成了第一声音了。那你就大错特错了。职位是很重要,但职位仅是一个硬条件,这还需要许多软条件来配合。在这里,首要的,是你要学会说假话。这种假话不是一般意义上的假话,这种假话是一门艺术,是一种在不同场合的表述方式。比如说,你个人的好恶,在这里是不能真实体现的,你也不能因为你个人喜欢什么就说什么好。你应该把个人好恶隐藏起来,对什么都一视同仁。那个女打字员很漂亮,你不能一看见

当官要有威。

说话的艺术。

她就眉开眼笑,问长问短;那个主任长着一张倭瓜脸,你不能一看见他就板起面孔,训斥一顿,对不对?你要说一些你不想说的话,你要说一些跟你的本意彻底相违背的话,在特殊的场合,你还要说一些狗扯连环的话。你一个人不可能把所有的事情都干了,你要用人,就得会容人,包括那些你根本看不上的人,你也得用,还得不断地表扬他们,有时候明明不合你的意,明明是扯淡,可你该表扬还得表扬。你要在你的周围形成一个"场",这个场以你为核心来运作他们,你的表述就是你调动他们的最重要的方法,你要把假话使用到极致,使他们运动起来,以你为磁场旋转……这些对你来说都是必要的。但运用这门"艺术"时,你也要掌握好分寸,也要四六开,说假话也是要讲比例的,假的成分不能太多,太多了就成了彻头彻尾的假话了,假话里必须含有真的成分,就像是裹着糖衣的药丸一样,好让他舒舒服服地吃下去。环境就是这样一个环境,你要在这样的环境里逐渐培养出一种氛围,氛围养好了,核心也就形成了。到了那时候,这第一声音才能真正成为第一声音。

场,有点神秘,又真实地存在。

李金魁把这些都想明白了。可明白是一回事,做起来又是一回事。上任一个月来,他的工作却遇到了重重的阻力。市里不是县、乡,县里的干部大多是土生新矛盾，新较量。

土长的，而且文化程度偏低，好对付；而市里的人事关系要复杂得多，文化水准也高得多。那关系是一层一层的，那势力也是一股一股的，那些个人物一个个都是通天的。如果细究，就连市府大院看大门的老头都是有来头的。在这里，小小的给予几乎不起任何作用。他觉得他一下子就陷进去了。首先，政府办公室的那个倭瓜脸主任就不那么听话，在倭瓜脸的语汇里，总是出现这样一个概念，"西院"如何如何，"西院"是怎么说的……西院是市委，东院是政府，那就是说，他的声音是归"西院"支配的。当然，他的话很婉转，哪怕是很小一件事，他也会说，是不是给"西院"通通气？这话让李金魁心里很不舒服，甚至有些恼火，可他又不能说什么。他时时感到有一种压迫，那压迫又是看不见摸不着的，就像是空气一样，使你根本无法下手。在常委会上，李金魁也是孤单的。干什么事情人家都一个个画圈了，他也只好跟着画圈……他心里有气，他不想就这么跟着画圈，他总想找机会爆发一下。可他一时又没有机会。

他只有等待。

人在没有兴奋点的时候是很寂寞的。他很孤独！有时候，他就忍不住想去见李红叶。可他又知道他是不应该去的。

当他实在忍不住的时候,他还是去了。他每次都是直接上楼,尽量不引起人们的注意。在李红叶那里,他也从不谈市里的事情,他只说,我来看看你。她会给他倒上红酒,再摆上几个小菜,两人就那么喝着说着,总是李红叶说得多,她不停地给他说一些生意上的事,他只是听着。

有次,李红叶问他:"当市长的感觉如何?"

李金魁说:"不好。"

李红叶说:"总系着那么一条领带,你不嫌勒么?"

李金魁说:"勒。"

李红叶说:"你其实不是系领带的人,你别系领带。"

李金魁说:"你是说我不像城里人吧?"

李红叶说:"不。我是觉得你活得越来越像城里人了。"

李金魁说:"是么?"

李红叶说:"你是越来越好了。"

李金魁说:"你呢?"

李红叶说:"我早就坏了,我是被你那个字最先弄坏的。那些个日子,我不想再说了……"

李金魁笑笑说:"我怎么就好了?"

李红叶说:"你这种好是做出来的,是刻意的好。

> 当官久了的李金魁会装了,事实是他一直会装,可李红叶偏要撕开他。

败节草 / 157

你是想的不说，说的不想。你身上有贼性。"

李金魁说："这我知道。"

李红叶说："所以你更坏。"

李金魁说："你是要我坏还是要我好？"

李红叶"吞儿"地笑了……

这个版本中，李佩甫绝不让二人突破最后那道线。

十二

入秋的一天，李金魁突然接到了一个电话，那电话是李红叶打来的。李红叶在电话里说，她这里出事了，是急事，让他务必去一趟。

李金魁心里"咯噔"一下，对着话筒沉默了很久，可他还是去了。他是晚上去的，上楼之后，他发现李红叶独自一人在窗口立着，脸色阴郁，手里夹着一支燃了一半的香烟。她看了他一眼，说："坐吧。"

又有事了。

李金魁坐下后，问："出什么事了？"

李红叶说："他被抓了。"

李金魁问："谁？"

李红叶低下头说："我丈夫。"

李金魁看了她一眼："……"

李红叶沉默了一会儿，说："他的公司破产了……"

往下，两人都不吭声了。沉默了很久之后，李红叶说:"我写了一封信,你看看吧,你一看就明白了。"

李金魁低头一看,茶几上果然放着一封信。他把那封信拿起来,看着,看着,就那么盯住不动了。然后,他伸出手来,掏烟来吸,这是他思考问题时的下意识动作,烟掏出来了,在手上夹着,他却没有吸。这是一封揭发信。信里还包着一个蓝皮记事本,旧的,是经常喝酒的人兜里揣的那种小本本,上边有很浓的烟味和淡淡的酒香。就在这个蓝皮记事本里,清清楚楚地记着市委某主要领导人受贿索贿的记录,总金额高达五十七万八千元之多!其中有个受贿记录是:茅台酒三十六瓶,彩电、照相机各一部!

> 李红叶之难都是李金魁的机会。

真有此事?

不会吧?

假如真有此事,那就太、太……李金魁把烟点着,默默地吸了一口。

片刻,李金魁抬起头来,说:"他被抓之后,没有交代么?"李红叶摇摇头,说:"他说,他死也不说。"

李金魁问:"为啥?"

李红叶说:"他还抱着一线希望,他,怕报复……"

李金魁又一次仔仔细细地看了揭发信。渐渐地,他有点冲动了,这冲动使他口渴。他抓起茶几上的凉茶喝了一气,而后背着双手在屋子里踱起步来。踱着,

败节草 / 159

踱着,他的牙咬起来了,一腔热血在胸腔里激荡着。接着,他的步子慢慢地缓了下来,越走越慢……机会来了!

且慢,证人呢?没有证人。索贿、受贿都是单独进行的,一对一,没有第三者在场。这些人也太精明了!但从记事本上墨水的颜色和记录时间来看,又不像是伪造的。

"贼"性又出来了。

然而,没有证人。

李金魁回身望了李红叶一眼,说:"你没有参与?"

李红叶摇了摇头。

李金魁再次问道:"你真的没有参与么?"

李红叶冷冷地说:"你是怕我连累你吧?"

片刻,李红叶又说:"如果我参与了,我就会直接站出来告他们,那就用不着找你了。虽然我跟他……可他有恩于我。在这种时候,我不能不管。"说着,她掉泪了。

李金魁想,这是一件棘手的事,他不能轻易表态。可他却明显地感觉到了李红叶那求救的目光,那目光像芒刺儿一样扎在他的背上!终于,李金魁说:"你让我想想。"

回到招待所的房间里,李金魁一连吸了三支烟……

这算什么呢？你怎么跟下边说呢？就这么直接批下去？一封匿名信。批下去之后呢，这不等于直接交给他们了么？

假如把这个蓝皮记事本交给法院，那么，很快就会有人对在押的李二狗施加压力。这是完全可以办到的。在强大的压力下，李二狗会一口咬定没有这回事，他会这样的。那样，这就是诬告。李二狗如果不承认，光凭这个小本本，又能说明什么呢？到了这一步，事情就会慢慢拖下来，拖也是战术。拖久了，事情就会发生变化。那时，有人会反咬一口，说他跟李红叶有关系，说他作风不正派，这样一来，各种谣言会满天飞！很快就会传到地委、省委，把他搞得臭不可闻！使他无法在这里工作。这个蓝本本已经交出去了，他纵有一千张嘴也说不清楚。他完了，一切还可以照旧。

更深的思量。犹豫，难以决断。

这是一场注定要失败的战斗。他在脑海里的预演中看到了自己的下场。从此以后，无论他走到哪里，舆论就会跟到哪里，假话重复一千遍就是真理。一个连自己都保不住的人还能改变社会吗？香烟烧到了他的手指头，他哆嗦了一下，又续上一支……

假如，他把这封揭发信和那个蓝本复印一份存底，然后再交给中纪委，让他们派调查组来。他们也许来，也许会让省里出面。如果让省里来人，风声也会透出

败节草 / 161

去的。那么，在省里来人之前，该做的手脚都可以做得干干净净，所有受贿、索贿的东西可以"吐"出来，悄悄地"吐"出来。这等于打了一个平手，不分胜负。从原则上讲，他做得光明正大，无懈可击；可又查无实据，顶多是"借"了又还了，仅此而已。面上会笑笑，私下里就有你好看的。

> 上边可信吗？
> 众怒能犯吗？

假如，他亲自去找那在押的犯人谈次话，给他进一步交代政策，让他看看这个蓝皮本，让他知道李红叶已经揭发了，进一步打消他的顾虑和幻想。他会交代么？如果他能交代，再专门组织班子去一笔笔地清查账目、现金的支出情况，逐项和李二狗对质。这可行吗？这需要冒怎样的风险？他必须做最坏的准备，准备丢掉一切。他能做到么？

此刻，李金魁像决战的将军一样在屋子里踱来踱去。他觉得这是一次机会，也等于有了一个改变市府现状的突破口，可他一次一次地变换各种不同的打法，思索各种不同的棋路。越思索，就觉得成功的把握越小……

金魁，你想放弃这次机会？

谁说放弃了？

那你就干！把这个本子送到地委去，让地委派人来查。

地委也不是铁板一块。

找报社记者。记者会有办法。

记者怎么干都行,干完拍拍屁股走了。可你还要在这里生活。你还怎么工作下去?你的日子好过么?

那你就听之任之了?

这时,电话铃响了。李金魁看了看表,已是午夜时分了。他知道这个电话是李红叶打来的,可他没有去接,他不知道该给她说什么……

电话铃一直不停地响着……

凌晨四点,李金魁已经在烟灰缸里插上了第三十九个烟蒂。他的嘴吸得很干很苦,但他还是把最后一支烟也点上,吸了两口之后,又烦躁不安地摁进了烟灰缸。此刻,他从兜里掏出了一枚硬币,在掌心里抛了抛,放在桌上。片刻,他又把那枚硬币拿起来,接连几次后,他默默地说:"好吧,假如这枚硬币抛下去,如果'国徽'朝上,我就干!假如是'麦穗'朝上,就随他们好了。"

于是,在凌晨四时三十六分,光荣诞生在大李庄村的本市市长李金魁把一枚硬币从手心里抛了出去!随着"当啷"一声脆响,一道银光闪过,那枚负有重大使命的硬币从桌上滚落到地上去了……

> 机会来了,可万全之策在哪里?

> 李佩甫选择了开放性结尾,留下了悬念。这种做法当年很流行。

败节草／163

画匠王

> 画匠王是河南省许昌市长葛县后河镇的一个村子。李佩甫的老家在许昌县北部,紧邻长葛。李佩甫早年所写基本都是这一带的农村。此作创作较早,李佩甫尚未到长葛挂职。

一九八八

画匠王,一个小小的村庄。百十户人家,被一段细细的颍河绕着。人是很善的,水也很清。秋红柿叶,夏绿芦苇,那沾了水音儿的棒槌响得很遥远。很久很久了,人们像是活在梦里。

这里曾经有过庙,后来庙去了。

这里曾经垒过"请示台",后来"请示台"也去了。

还有五爷,五爷是村里的神汉。生死祸福、添丁加口亦可问他。

> 语言简朴而富美感。

不料,在四月一个晴朗的早晨,"吃杯茶"叫着,一向早起的五爷围着村子走了一圈之后,突然向人们宣布说他要去了。五爷果然去了……

黑孩儿

村西有个篷布厂,是村人们白手起家建起来的。

五年了,生意很好。厂里大多是女工,本村外村的都有,一律的厂装,很有些颜色。厂长呢,也就是村长,大身量的汉子,有棱有角的满是胡楂子的脸,披的自然也是很挺的西装,手甩甩地走,哼得很有气派,只是不要醉。

> 当年红火的乡镇企业。

小小的一个篷布厂,销路是不愁的,原料也不愁,自然日日红火。于是乡里县上常有人来参观指导,顺便讨些致富的经验回去推广。厂里呢,就有了一屋子锦旗鲜亮。人来了,定然是要吃酒的。鸡鸭鱼肉,猴头燕窝,分级别招待。人多时就吃流水席,八个厨师日夜候着。来了体面人物,厂长陪着,负些责任的汉子也陪着;若是规格更高些,便叫一两位有"颜色"的女工端菜斟酒,来来去去的,柳柳儿一闪,柳柳儿一闪,场面就热闹些。

> 喝酒是企业兴盛的表现。

每逢吃酒,厂长身边总坐着一个五岁的娃儿。这娃儿叫黑孩儿。名儿黑,脸儿却不黑,白白的,一身洋装,两眼儿活鱼儿一般,灵灵动动,看了叫人遥想那做母亲的秀丽。无论怎样的席面,纵是省长来了,这娃儿也是要坐的。来了人,便去叫娃子,娃子来了才能开席,像是厂规。在席面上,那当厂长的汉子竟先给这叫黑孩儿的娃子布菜,点了什么便夹什么,夹得很温柔。这黑孩儿长得虽秀,却没教养,吃急了就伸手去盘里

> 黑孩竟如此出场。

画匠王 / 165

抓。厂长见了笑笑,也不指责,任他胡来。客人总是要问的:"这娃儿是谁家的孩子?"便说是村里的外甥。话语淡淡的,那脸先就严肃了三分,分明不容客人多问。于是不再问了,就纷纷夸赞这娃儿长得好,有灵气。越夸,厂长的脸越绿,堂堂的一条汉子,像坐歪了似的,笑也苦苦的,只道:"吃菜、吃菜。"

平日里,厂长最主要的工作就是陪酒。他喝酒是极豪爽的,举杯前总是一拍大腿:"宋书记教导我们说:'喝酒看工作,喝死去!干!!'"说罢,便把满满一杯扔进喉咙里去了。客人们不晓得这宋书记是哪位大爷,也不便去问,只被这轰轰烈烈的"语录"念出了豪气,纷纷与厂长碰杯,干得很痛快。但这披西装的厂长只能喝到七成,往下就不敢让他喝了。再喝就眼红了,就恨恨地瞪那娃儿,瞪得眼里喷血!野野地吐一口酒气,接着就骂:"×你祖宗!"那娃儿在席面上昂然地与他对骂:"×你祖宗!""×你十八代祖宗!!""×你十八代祖宗!!"再往下,这大身量的车轴汉子就哭,就扇自己的脸,就砸东西……把一桌好好的席面弄得杯盘狼藉!逢了这时候,劝是劝不下的,劝了便驴似的躺在地上打滚哭;或是一双眼锥子样地盯着人×骂,从天上×到地下,×遍全球!最后还得让黑孩儿出面,才解了尴尬。那娃儿只要上去喊声"舅",厂长默默……于是,每喝到

> 黑孩儿的身世成谜。

> "扔进喉咙",这个"扔"极妙。

> 黑孩与厂长对骂?他们到底什么关系?

七成,便有些负责任的汉子抢上去替他喝,生怕他醉了。

也有不醉的时候,叫他介绍经验,自然说些很报纸的话:如何如何地白手起家……开始是说不好的,说着说着脸就红了,浑身的不自在,嘴里"吭吭哧哧"地寻词儿,人显得很朴实。慢慢就熟了,说起来一套一套的,也生动。经验是很好的,可细细品了,却没有经验,似隐了些什么。就有记者下村去采访,想弄出活经验去宣传,竟也问不出什么,只觉得一张张脸都有些泛绿。

正因为总结不出经验,县乡两级干部也就一趟一趟地来总结。个个都是很认真的,来了就吃酒,脸喝得红红的,说一些鼓励性的话,再松一松裤带,去了。而后再来总结。日子不是很长么?

其实,那隐了的也极简单。画匠王原是个很穷的小村,没有什么门路。后来省里一位很负些责任的人物(多年前,他在村里驻过队)需要一位保姆,村里就派了模样好的勤快的妞去给人家当保姆。后来那当保姆的半道里跑回来不干了,村长就动员她再去。那边是给一份工资的,村里再给一份,给了也不去。那时,办篷布厂正白手起家呢,村长就给妞下跪了,村长流着泪说:"妞,去吧。"妞就又去了。此后又换了一个,又换了一个……这都是看得见的,别的也没什么。再后来,慢

"很报纸的话",妙。佩甫常有如此语言。

经验中藏着秘密。

保姆究竟干了些什么?又是谜。

画匠王 / 167

慢,慢慢,凡是在篷布厂做事的村人都有了些钱,大瓦房一座一座地盖起来了,红红的一片,像血。

……就有了黑孩儿。

这是个只有姨没有娘的孩子,也是个只有舅没有爹的孩子,没有籍贯没有户口没有身份,就在厂里养着。

平时,黑孩儿由一名女工领着,村里村外地跑着玩。他在前边跑,女工在后边跟,寸步不离。饿了,走到哪家吃哪家。见了男人统统喊舅,见了女人便喊姨,没有分别。篷布厂那"咔咔咔……"的机器声就像是他生命的钟点,机器一响,他就现了,小精灵一样的。厂里的女工们既护他又怕他。不知为什么,想溜号的女工一看见他就退回去了,而后拼命地做。上夜班也是一样的,门口总有他的影子在晃。

看护黑孩儿是很要紧的。有时,看见别的娃儿都有娘,黑孩儿也哭着要娘,闹得女工没办法了,就去找厂长。那当厂长的汉子即刻放下别的事出来哄黑孩儿,常常趴在厂门口的地上让他当马骑,说:"上来吧,小祖宗!""小祖宗"就上去了,骑一圈骑两圈,也就不闹了。还有一次,那照看黑孩儿的女工匆忙间办了点私事,回来突然发现黑孩儿不见了,便慌慌地告知厂长。厂长的脸立时变了,抖手给了那女工一巴掌!马上吩咐全厂停工,派人四下去找。整整找了一晌,却发现黑孩儿在二里外的碾满车辙的大路上站着,很忧郁很惆怅地站着,荡了满身的黄尘……厂长听到信儿,亲自跑去把他背了回来。于是又增派一名照看黑孩儿的女工,两人日夜监护。

偶尔,原料愁销路也愁的时候,厂长就带着黑孩儿到省城里去一趟,回来就不愁了。便有一辆辆卡车运了原料来,便有一辆辆卡车拉了篷布去。厂长就扯了黑孩儿站在厂门口看着,听轰鸣声在窄窄的村街里震动、喧嚣。这时候厂长的脸相很木,两眼像狼一样地狠着。黑孩儿呢,每去省城一趟,回来便高兴一阵子。逢人便说,他上大高楼了,一坎台一坎台一坎台,好高好高!又说舅领他逛商店了,见啥买啥,衣服全换了新的……过后,又是被两个女工带着,村里村外地走,晃着小小的忧郁……

> 为什么带黑孩去省城?去了就能成事?

篷布厂生意好,就常常出钱给村人们放电影,一放放俩片子,四乡的人都来沾光。放电影时,最好的位置总给黑孩儿留着,自然由两个女工带他去看。乡村里演电影像是赶庙会,趁着天黑人杂,外村的青皮后生常结伙在场子里耍流氓、滋事打架。这么一闹腾,挤挤搡搡的,场子就乱了……可只要听见黑孩儿一哭,女工们

画匠王 / 169

就纷纷围上来,在黑孩儿周围圈一个圈儿,用身子把他护住。这工夫,要是哪个有"颜色"的女工被无赖们抓了奶子,摸了屁股,也不吭,忍住,紧护黑孩儿。厂长呢,就给女工们奖励,叫"爱厂如家",送上红封包一百元。

私下里,厂长跟黑孩儿默默相望,眼里都有些异样的东西。久久,厂长说:"孬种!"黑孩儿问:"谁?"厂长说:"我,我孬种!"往下无话。不过,厂长还是醉酒。醉了就哭,就骂,就砸东西。可来了人还是喝,还是介绍经验,还是参加农民企业家的啥子会,领回更多的奖状和锦旗,也就更豪爽地背那"喝死去!"的语录。

一天,邻村的一位村长来厂里吃酒,吃到兴处,笑嘻嘻地说:"老哥,你一个厂办得恁红火,有啥绝招?"厂长喝酒未到七成,没醉。听了这话,脸很黑,鼻头很亮,就说:"叨菜,叨菜。"那人不识趣,又催道:"说说,说说。"话是没有的,只把满满一盅酒灌进肚里去了。喝了,厂长那酒熏的鼻子像血染一般,鲜艳得叫人不敢看。那人不知深浅,趁着酒热,指着黑孩儿胡吣道:"老哥,咱知哩,这娃子就是经验!"立时,一个大酒瓶砸了过去,砸了他满脸血!

此后,再没人敢说这话。

> 黑孩儿就是经验。为什么?

> 谜面。等谜底。

狗剩

六叔家的狗死了。

六叔一向是德高望重的。他当了二十多年支书，一直活得很体面，很有威仪，也很有滋味。他叫王殿臣，却没人叫王殿臣，都叫六叔。活人不就活个分量么？这就够了。六叔很自信。六叔的自信是有根据的，多少年来，他召集开会从来不敲钟。早些年，他拿着手电筒在村街里晃晃，人们就知道六叔出来了，慌忙往会场里跑。再后来，不论什么事，只要把六叔的皮袄往那儿一放，人们就如同见了六叔一样规矩。这会儿，眼看着年纪大了，上头叫下，也就下了。人有了威望，还要什么呢？

然而，他刚刚下台没几天，院子里拴的狼狗便被药死了一对。

这是天亮时才发现的。狗死得很惨，七窍出血瘫卧在地上，长伸着很优秀的黑舌头。

叹人情太薄，一家人都很气愤。六叔的女人气盛惯了，"嗵嗵嗵"跑出门去，站在门街里跳脚大骂！把个肉屁股都拍红了，细喉咙也敲成了破锣，却没人理，没人应。看看天，还是有日头的，恍惚间竟不信有人敢药

> 上来就是个有意味的事件。

> 传神。

画匠王 / 171

> 狗剩出场。卑躬屈膝的他会毒死狗吗？

死她家的狗。跑回去再看看，真的，竟然是真的！

只六叔一个人黑着脸不吃。那脑子轮盘一样转着，思谋是谁下的毒手。当干部这么多年了，得罪人是不会少的，究竟是哪一个呢？慢慢就想起狗剩前天来帮忙的事。这座新屋落成，就狗剩来了。狗剩来帮忙搬家，招呼着抬了抬东西，别的没人来。于是就疑心狗剩。十多年前，为一个南瓜，他当众扇了狗剩一个耳光……狗剩平日里点头哈腰，身子抖抖的，可狗日的记着呢。

人下台了，管事的朋友还是有几个的，就请了乡派出所的朋友来吃酒。酒喝到脸上飘红，便说了狗剩。乡派出所的人有警服穿着，本就心躁，听了六叔的话，嘴里日骂着站起来，当下去把狗剩捆了。而后，用手铐把他铐在槐树上，叫他交代毒死狼狗的事。

狗剩是个鳖货，见了干公事的人身子就抖，就想尿。绑的时候，人已哆嗦成小偷样儿，也不敢问是犯了啥罪，叫去就去了。一直到上了铐子，还是迷迷糊糊的，只巴望着孙子四下去哀求："哎，爷儿们，同、同志……"同志说："老实点儿！"他就弓弓腰，很听话。等听清了他的罪过，这才苦着倭瓜脸喊冤枉。那喊声仍是小小怯怯，很不理直气壮。待屁股上结结实实挨了一脚，再不敢吭了。继而，又试试巴巴地去送那巴结讨

172 / 人面橘

饶的目光。到了送不出去的时候,终于看清黑风风的六叔也在旁边坐着。

看见六叔,狗剩打了个尿颤儿,目光一点一点地短了回去,有泪慢慢地流出来。那身子忽地软在了槐树上,闭了眼去,任泪水小溪样地在脸上流。平素,他本是该咧着大嘴哭的,这次没有,只是无声地流,泪水流湿了裤腿,流湿了那本来是很宽阔的胸膛。上边流了,下边也流,已是没什么指望了,流得很净。

天不似往常了,人也不似往常了。就听见村西篷布厂那"咔咔咔……"的机器声,就听见九香家的带子锯那刺耳的尖叫,就听见六指开着小拖"嗵嗵嗵嗵"从村街里过,就听见小片家的榨油机那"嗡嗡"的响声,就听见"卖豆腐——哟!"那大嗓的吆喝……

> 这些都是能人。

慢慢,他睁了眼,目光一点一点地探出去。先是瞅着六叔的脚,接着惶然地升到了六叔那曾经拴过公章的腰窝处,而后躲躲闪闪地移到六叔的制服兜兜上,终还是不敢看六叔的脸。

片刻,狗剩转口说:"六叔,我错了。"

这一声叫六叔轻松了许多。他重重地"哼"了一声,这狗日的终还是认了。

> 就这么认了?

派出所的人厉声喝道:"老实交代!"

狗剩便说:"我不是人,我不是人……"

画匠王 / 173

就叫他交代怎样的不是人。狗剩叹一声,晃晃头,眨巴着眼里的泪,望着六叔说:"六叔下台了,没人来巴结六叔了,就我还想着巴结六叔,贱叽叽地跑来给六叔搬家。我不是人,我是个狗!我不是人,我是个狗……"说着,人已痛到了极处,就抱着树往地上出溜,挣着身子往下跪。手在树上铐着,跪也很艰难,可他居然跪下了,跪在地上"汪汪"地学狗叫!一边叫一边爬,爬着叫着,叫着爬着,就那么围着树转了一圈又一圈……

> 学狗叫。让人想到《羊的门》。

六叔默然,心里竟酸酸的。那话他听出来了,平日里多少人巴结,一下台就没人来了。狗剩还来,这就不易。怎能再疑心人家呢?

定然不是狗剩。

不是狗剩,又是谁呢?六叔的方寸乱了,脑海里成了一团乱麻。想想,撑了几十年的架子内里竟空空的,不觉中少了自信。六叔拍拍头,又拍拍头,终于叹口气说:"狗剩侄子,委屈你了。"就叫人放了狗剩。

> 竟不是狗剩?

狗剩连声说:"不亏,不亏。"说着,就打自己的脸,手脖儿已经铐肿了,巴掌打在脸上木辣辣的!

六叔很是无趣,又赶忙拉狗剩上屋吃酒。狗剩弓着腰说:"不敢,不敢。"竟挣着身子去了。

狗剩回到家,躺在床上,两眼瞪瞪地望着房顶,人就像傻了一样,心说:咋就不是人呢?咋就不是人呢?

脑筋憋在"不是人"上死钻。他钻了整整一天,把一生一世都钻了,仍觉得不是人!就往人上想。想想,流流泪。想想,流流泪。渐渐,一颗紧缩的心就泡大了。

二天,风很臭,村街里更臭。忽听见六叔家炸了营一般,大人小孩齐哭乱叫。村人们纷纷跑出来看,才晓得六叔家那新漆的大门上被人摔了一罐子屎尿!

村街里人来人往,自然都看见了。看了,咂咂嘴,目光各有些讲究。

六叔没想到他已是这么平凡,平凡到竟有人敢往他门上摔屎的地步!当下就气晕了,吐了一口浓浓的血,被人急急地送进了城里的医院。六叔的女人也没了着落,只是哭。这下子,六叔一家再也出不得门,抬不起头了。

村街里臭了三天。

狗剩就坐在家等了三天。

他等人再来铐他。按说,捆也捆过了,铐也铐过了,还趴在地上学了狗叫,人已贱到了底,就不该怕了。他也是这么想的,可他还是怕。怕了,就想尿。他说:"别尿,别尿。"憋急了,就打自己的脸,嘴里喊着:"我叫你不是人,我叫你不是人!"终于没尿,干了一回裤子。

却没人来。

> 摔屎罐子,谁干的?

> "干了一回裤子"有意思。

狗剩呢，就撑大胆子在六叔门前过了两趟。知道那红漆大门是捧过屎的，便看得低了。就觉得六叔也是人，也有湿裤子的时候。于是，平添了一些豪气。

> 六叔也不过如此。

此后，狗剩挺挺地在村街里走，说话不看人的脸了。想好了就说，说了也不看人的脸。做事呢，也有了些板眼。也有怯的时候。怯一回，他就打一回脸，嘴里喊着："我叫你贱，我叫你贱！"渐渐就不怯了。常常跟匠人搭帮去做泥水活，做得很认真。钱是花力气挣的，就往宽处使，不怵。又专门去城里剃了头，人显得出亮了，就不觉得比哪个矮。

六叔病好回村。狗剩见六叔病恹恹的，人瘦了，脸色很黄。不觉就生出些怜悯，那眼光竟也是怜悯的。就款款地走上去，拉住六叔的手说：

"六叔，病好了？"

六叔很虚弱地应一声，说："好了。"

"六叔，多养养吧，多养养。"

"唉，老了……"这一声长叹，叫人觉出日月的悠长。

六叔呢，也不禁落了两滴老泪。

> "言一声"，角色互换。

"六叔，自己爷儿们，缺啥少啥言一声……"

四目相望，六叔无话，只默默地点了点头。

天光冉冉，话语淡淡的，心仿佛都很宽，似没了计较。但不知不觉中，都觉得流去了很多时光。

时光哇……

捉奸

已是四更天了，夜依旧很燥。九香家那尖厉的带子锯的嘶叫像刺在人心上的一片瓦碴；村西篷布厂久碎着"嗒嗒嗒嗒"；大路上常有"嗵嗵嗵"的小拖从人心上轧过；狗也癫狂地叫；而月光总像偷了人家似的，模模糊糊地在云层里躲闪；连猪圈里也睡了人（村里又丢了两头猪），稍有动静，便有黑黑的一条从铺了干草的猪窝里爬出来，惊慌地问："谁?!"

铜锤、铁锤两兄弟缩缩地蹲在明堂的窗下，谛听着一片黑暗。夜很凉，心里却很热。有些日子了，铜锤家女人说是夜里去圈里看猪，就不在屋里睡了。有天半夜，铜锤想干那事儿，就摸到圈里，却没摸到女人，只有猪。想想置一个女人不容易，又掖了裤腰出去找，找来找去，却又见女人在自家的猪圈里睡着。很纳闷，自然是不敢问女人。女人很白，洋种马一样高大。铜锤却很矮，很黑，狗样瘦。要不是早早定了娃娃儿媒，女人不会嫁他。此后这种事儿时有发生，铜锤咽不下这口气，夜里就悄悄盯着女人。女人猫样的精灵，跟着跟着

兄弟蹲猪圈捉奸。有意思。

画匠王 / 177

就不见了。也听过几家的墙根儿,始终摸不着头绪。渐渐,疑心是睡到明堂铺上去了,只是没有见证,就约了兄弟来捉。

两人是后半夜伏下来的,似听着屋里有些动静,贸然又不敢下手。舔了窗纸独眼看,只觉黑洞洞一片,分不清鼻眼儿。虽然心里火烧火燎地难受,也只能明了究竟再说。

估摸有两个时辰了,就听见黑洞洞里有了柔柔的一声:"嗯?"另一声却十分地浊重:"嗯。"接着是一阵"窸窣"的穿衣声。"啪!"灯终于亮了,铜锤家女人果然坐在明堂的铺上,脸儿红红的,扭着腰儿说:"俺走了。"床上躺着一条野野的汉子,亮一身肉,那自然是明堂。明堂伸伸懒腰,说:"哩,慌啥?"说着,翻个身儿,从枕头下摸出一捆钱来,随手一扔,说,"拿去吧。"铜锤家女人愣了,手高高地扬起,脸上怒嗔嗔的,像是要打人,却慢慢松了下来,只说:"你看你,你看你,这么多年了……"明堂打了个呵欠,依旧懒懒的:"这是一千块,拿去吧。"铜锤家女人看了看扔在床边的钱,又瞅瞅明堂,没了别的话说,又喃喃道:"你看你,这么多年了……"明堂不吭,眼斜斜地瞅着她。铜锤家女人突然羞羞地低了头,在床边摸摸索索地找鞋穿。心慌,忙了好一阵还没穿上;穿上了,又磨磨蹭蹭地坐在床边夹卡

从感情到金钱的交换。

子,竭力不去看那钱。女人的眼神儿是很游移的,既飘动着多年的纯情,又漫散着日子的宽余,一时竟有了很多的遐想。终于,她的手抖抖地碰到了钱,便慌慌地说:"那俺走了。"

屋外,窗台上探着两颗黑黑的人头,眼里都蹿动着腾腾的绿火。铁锤猫了猫身子,瞪着眼小声说:"哥,下手吧?!"铜锤咬咬牙,喘一口粗气,说:"别、别慌……"

屋里,当铜锤家女人走到门口时,明堂折了折身子,说:"琴……"铜锤家女人转过脸儿,心跳跳地望着明堂,又下意识地看了看拿在手里的钱,忽然觉得失了什么。明堂把目光放到屋顶上,淡淡地说:"琴,明儿,你别来了。"

铜锤家女人眼巴巴地望着明堂,身子瑟瑟地抖着,像是明白了,又像是什么也不明白。手心湿湿的,心里却很凉。一时,那很多个夜晚的美好就变得很低贱。她默默地流着泪问:"你……有了人了?"明堂不吭。她又说:"你真狠,你有了人了。"明堂还是不吭,那意思是很明了的。在篷布厂做业务员的明堂这两年有钱了,再也不是穷光蛋了。铜锤家女人再次举起了手里的钱,狠狠心,像是要砸过去,砸在那负心人的脸上!那一定是很解气的。可她的手慢慢、慢慢又缓了下来,失了片刻的辉煌,留住了日子的宽余。是了,在一个个偷

本是美好的情事,却被金钱了结。

画匠王 / 179

情的夜晚,她说过蜜样的甜话:"俺甚也不求哩,求个像样的男人,求个心儿。"野汉子也说过很多疼人的话,一次又一次,恨不得把她暖化了。铜锤家女人幽幽地站着,似很想挽住那昔日的美好,却又无话可说,只重复说:"你真狠!"

屋外,铁锤急辣辣地说:"哥,还等啥?下手吧!"铜锤两眼蹿动着绿火,呼吸声越来越短促,人却慢慢地蹲下去了。他的头抵蹭在砖墙上,很泄气地哑声说:"算、算啦。"

"屌哩,这……就算啦?!"

"狗日的说,不……不来往了。"铜锤满脸淌汗,头在砖墙上狠狠地碰着。

"咣"一声,铜锤家女人风一样地跑出来了。

夜浓浓的,风很腥。鸡子全在树上卧着,墨一团绿一团。月儿在云中游移,一时明了,一时又暗了,更显得夜花。两兄弟蔫蔫地勾着头,深一脚浅一脚地往回走,那粗粗的喘声就像伏天里的狗。夜虽遮了脸儿,那羞还是随着心跳。铜锤知道这事儿太屈辱了,死勾着头,不敢看兄弟的脸。他知道他是想要那一千块钱,那一千块钱对他太重要了。他早就想和人搭伙儿买辆小拖,可钱差一些,有了这一千块,就差不多少了,可他也

> 钱的力量?李佩甫从《城的灯》开始批判贫穷对人的伤害的思想是否由此萌芽。

180 / 人面橘

想要女人的清白。女人虽然已经不清白了,他还要脸面,脸面是活人的招牌呀!他心里是很矛盾的:一时看见白花花的票子在眼前飘,一时又看见女人那白白的长腿伸在人家的铺上,一晃一晃地扎人眼。他恨哪!恨天,恨地,恨女人,恨野汉子明堂,也恨自己!

走着,走着,铁锤一跺脚,粗粗地喘口气说:"哥……"铜锤身子晃了一下,就势矮下来,很小的身量缩缩地蹲在了地上,亮着一脸汗:"兄弟,你骂吧,骂吧。恁哥不是人,是畜生!"

铁锤的两眼像着了火似的,身子瑟瑟地抖着,牙关也"咯咯咯"地响。他干干地咽了口唾沫,就把要说的话咽回去了。他跺跺脚,站着愣了一会儿,还是忍不住,就突兀地说:"叫我也×一回!"

铜锤忽一下弹了起来,狠狠地揪住铁锤的脖领子:"你说啥?狗日的,你说啥?!……"

铁锤勾下头,嗫嚅了半晌,才说:"人家、人家都日了咱……"

铜锤一下子像垮了,脸上的汗像雨一样淌下来。他慢慢地转过脸去,闷闷地往家走。

铁锤赶上去求道:"哥,反正、反正是破罐子了。我、我也给……咱亲兄弟明算账,说多少就多少。"

两股绿火相撞了,亲兄弟一下子变得很陌生。铁

> 自家的,别人用得,兄弟用不得?奇怪的逻辑。

画匠王 / 181

锤浑身像着了火一样,他三十了还没说下媳妇,太馋女人了!如果没这回事,他还能忍住。可他看见了,都看见了。他扑通往地上一跪,说:"哥,人家……咱就不能么?!"铜锤恨不得上去把兄弟捏死!却又无话可说,只后悔不该带他来。他慢慢地勾下头,说:"她……不依。"

"你别管,你别管。"铁锤慌慌地说。

铜锤的目光游移了一下,就又往前走,慢吞吞的,一下子像老了十岁。

铁锤赶忙追着屁股说:"哥,自家人,就五十吧?"

铜锤走了几步,"咝咝"地从牙缝儿里迸出两个字来:

竟然搞起价来。

"六十。"

"五十吧?"

"六十!"

"六十就六十。"

"不管她愿不愿……"

铁锤急猴似的喘着气说:"哥,你去村头转会儿吧,多转会儿。"说着,野野地赶走了。

无边的夜色把铜锤淹了。铜锤对自己说,去菜地看看吧,别让人偷了菜,就去了菜地。可他感觉不到自己在走,只觉得有一副躯壳在游动,那仿佛与自己是不相干的。当他的头撞在树上的时候,才猛然地醒了过来,就火烧火燎地往家赶,嘴里念着:"杀!杀!杀!……"

第二天早上,铜锤家女人不见了。

> 女人该走。

捏蛋儿

桌上放着一只碗,碗里滚着三个小纸蛋儿。

碗很大,蛋儿很小,但蛋儿裹着一个漫长的用碾棍推出来的岁月。

大黑蹲着,二黑蹲着,三黑也蹲着。大黑在篷布厂做事,负一点小小的责任,因此穿得很体面,也郑重。在厂里有了一些陪上边人喝酒的机会,就觉得晓了很多事,脸上不免带些矜持的傲气。二黑在窑上做事,终于不再下死力脱泥坯了,负了一点责任,就吸上了很好的烟。脸上呢,很自觉地带出了监工应有的表情。三黑显得躁一些,出门做了几趟生意,并没有挣什么钱,只穿得花哨了,也仿佛见识很广。手里摆弄着一只很名贵的空烟盒,就有了一副离土地很遥远的样子。女人们却紧张得实惠,三房媳妇或坐或站,眉眼儿像枪口一样瞄在蛋儿上。

> 兄弟分家,捏过蛋儿。这次捏蛋儿分什么?

椅上坐着公人。公人是特意请来的,是位很有人缘又很公平的主儿,决不会徇私。那蛋儿自然也是公人监制的,各道程序都很齐备。

那么,按着规矩,下一步就该是捏蛋儿了。

"蛋儿"斜靠在门槛上,头勾着,眼闭着,像只沉睡中的老狗。日影儿慢慢地爬到了门口处,斜照着他那半边浑浊的脸。人已是很老了,脸自然很木,枯枯的老皱网着一条条岁月的沟壑。沟壑的底部是土黑色的,端沿儿却是灰黄,杂染着庄稼的汁液和泥土的微尘。天光在这张脸上爬出了一片混沌,混沌里透着迟滞的宁静。仅有的活气是挂在嘴边的那滴口水,那口水极缓极缓地在枯干的嘴边上流着,流出了一片极小的湿润。那湿润爬出了嘴角,似要滴下去而未滴下去,仿佛很沉重地悬着。于是老人的嘴边就有了一片光亮,那光亮书写着他那漫长而悠远的一生,书写着一个小小的生养了三个孩子的世界。那世界是用一根碾棍推出来的……

> 细腻而有内涵的描写。这是李佩甫小说的一个特点。

公人轻轻地咳嗽了一声,那暗示是很明显的。该说的都说了,时光已是不早,还等什么呢?

沉默中,大黑郑重地说:"捏吧。"

二黑说:"捏吧。"

三黑也说:"捏吧。"

于是,三房媳妇都盯着碗里的小纸蛋儿。这纸蛋儿实在是已不陌生。往日里,他们曾用这纸蛋儿分过粮食,分过牲口,分过土地。

阳光慢慢地爬到了门里,送来了一片晃眼的暖意,把裹在破棉絮里的"蛋儿"映得很陈旧。老人的眼依旧闭着,头勾着,蜷着一把老骨头。渐渐有牛粪的气味从他身上散出来,随爬行的阳光游动。继而有一队庄严的虱子从破袄的污垢处探出来,缓慢地顺着衣褶蠕动。于是,在臭烘烘的阳光里,立时就有了甜甜的泥土的腥味。虱队像犁样地分散开去,亮亮的虱头像犁铧一样地扎进了一沟一沟的袄缝,重又播种去了。

莫非是分爹?

大黑看着"蛋儿",二黑看着"蛋儿",三黑也看着"蛋儿",看那摇摇下坠的口水。那滴口涎慢慢地从干瘪的嘴角处扯下来,扯出一条长长的线。那线垂在七彩的阳光里,悬得让人发急,却依然不坠。这沉重似乎越过了时光的限制,把人生高高地吊着……

三黑皱皱眉,似有些不耐烦了,说:"大哥,你先捏。"

大黑很沉稳地说:"老二,你捏。"

二黑摆摆手,说:"老三,你捏。"

三兄弟都是明事理的人,自然都很客气。在这一刻,往日那些小小的不愉快顿时烟消云散了。你谦让了,我也谦让,互送着一片和解的诚挚。媳妇们即刻做明事理人的小心思。

出很懂规矩的样子,松了那紧着的目光,身子抒出了一片温柔。

公人笑笑说:"自家兄弟,都一样的,谁先捏都一样。"

大黑叹口气,说:"唉,要不是厂里事太多,我又经常出差……"

三黑马上接口说:"跑生意,一天一个样儿,说走就得走……"

二黑鼻子哼了哼:"话不能这么说……"说着,看了看媳妇的脸,手一摆,"算了。"

"蛋儿"臭不可闻地蜷缩在阳光里。在阳光的引逗下,屋里的气味愈加地杂乱无序。"蛋儿"身上的血汗味经过了七十六年的酝酿,成功地与虱子屎臭虫尿蚊子的口液勾兑在一起,经过了四时的变化,风霜雨雪的浸染,就有了千浓烈横的风格。媳妇们抹的那点劣质雪花膏是不堪一击的。于是各自掩着鼻子,不停地往地上吐唾沫。"蛋儿"依然不觉,就把身子更舒服地往阳光里蜷。那滴长长的口涎垂垂地落在了屈着的干柴腿上,跨越了蛇盘样痉挛的黑色血管,摇摇地悬在离地有一寸高的地方。

公人催促道:"捏吧,捏吧。"

大黑似乎还想说一点什么,很理论的什么,以示他在篷布厂是负一点责任的。可他仅仅是扯了扯披在身上的很皱的西装,就站起来说:"捏吧。"说罢,很从容地从碗里捏出一个蛋儿来。大媳妇立即凑上去,战战兢兢地看了,不吭,又把身子扭了过去,缓身坐了。

二黑手一伸,也从碗里捏出一个来。二媳妇很神秘地探头去看,那蛋儿就在男人手里摊着,女人慌忙抢过来,小心翼翼地展在手里。

三黑刚要去捏,手被媳妇重重地打了一下,就慌忙抬头,诧异地望着女人。片刻,倏地明了,去读老大老二的脸。一刻,都不说话了。众人默默地瞧着公人。碗里还有一个蛋儿,那自然是老三的。

三黑在老大老二的脸上没"读"出什么,按捺不住,终于把碗里最后一个蛋儿捏了,紧攥在手里,像抓住心似的,脸上沁出了一层汗。

倏尔,女人们"呀"地叫了一声!众人的目光全移到了"蛋儿"的身上。奇了,只见那老袄的破处,七彩的阳光下,渐渐长出一棵小小的绿芽儿来,一个芽头儿,两个芽瓣儿……大媳妇说:"麦芽!"

二媳妇说:"麦芽!"

三媳妇说:"麦芽!"

这当儿,"蛋儿"那悬在嘴边的一线口水终于落在了地上,湿出了一个小小的圆。与此同时,"蛋儿"像刚

> 大媳妇本分。二媳妇两口子和谐。三媳妇这女人是精明角色。

> 神秘象征。"人面橘"更奇。

画匠王 / 187

从梦中醒来一般,"吞儿"声笑了。

大黑愣了。

二黑愣了。

三黑也愣了。

国家教师李明玉

村东头有所学校,二亩半大,错错落落十几座旧房子。院墙是土夯的,被孩子们的屁股磨得豁豁牙牙。若是放假的日子,很像是断了香火的破落庙院。

学校原是三个村联办的,常常为摊份儿不公闹气,你出钱多了,我出钱少了;这村派了一名民办教师,那村也得派一名,弄得很伤和气。后来那两个村干脆不管了,一摊子撂给了画匠王。所以,学生多是本村的娃子。老师呢,自然有公办和民办的分别。"公办"是国家教师,端的是铁饭碗;"民办"是代课教师,端的是泥饭碗,也就凑合着教。学校里原有两名国家教师,一名是本村的,一名是外村的。那外村的年龄大些,一九五七年犯了错误才回来教书的,很有些怨言。他平反后艰苦卓绝地奋斗了七年,终于在胡子白了的时候杀回城里,带着一家老小吃商品粮去了。另一位原也是代课教师,字是识一些的,人很聪明,会一手好木匠活儿。

> 学校的破落暗示了老师的地位。

> 民办教师是一个时期的特殊现象,曾很普遍。

于是每逢假期便到县教育局去给人家免费奉献手艺，从局长家做到股长家，就这么做着做着转成"公办"了，就这么做着做着走了，很让人羡慕。现在，学校里挂国家教师牌子的就剩下李明玉了。

李明玉家在画匠王是单门独户，性孤，人缘就好。李明玉自小也在这所乡村学校里上过学，后来就成了这所学校的骄傲。他考上大学了，是师范专科生。这让村民们很是荣耀了一阵。都说他文采好，将来定是要做大官的。可他毕业后却又分回来了。依旧是背着被子，提着破洗脸盆，还有一捆书……这很让人失望。回来那天，就有人跑到街上问，明玉是不是犯了啥错误？

错误是没有的，成绩还是优等。就是人太腼腆，读了几年大学却没读出做人的门道，不回来又能到哪里去呢？开始，李明玉并不觉得太委屈。毕业了，没后门没关系的，能弄个国家教师的牌子扛着回村教书，也就够了。再说，人年轻，热情还是有的。于是一回来就找校长联系工作。校长是村支部副书记兼的，指示也就那么几句："弄吧。都是村里娃子，好日哄。不听话脱了鞋打屁股……"李明玉本来把教书看得很神圣，被校长几句话说得很不痛快，一是"弄吧"，二是"日哄"，就没了一点点儿神圣味儿。接着，他第一次上课就淋

性孤。原因在此。

神圣的消解。

画匠王／189

了雨。学校本来就很简陋,教室漏雨,教师们阴天上课都披一块破塑料布,时刻准备着。李明玉没有经验,头天上课穿了一身新衣裳,头发也梳得油亮,却不料赶到雨肚里去了。一进教室,屋顶上掉下一块烂泥,刚好砸在他的头上,引得学生娃儿们哄堂大笑!往下,他讲几句看看房顶,讲几句看看房顶,像蹦猴似的在讲台上来回动……一堂课下来就有了"蹦猴"的绰号,弄得十分尴尬。

> 印证学校的破落。

　　更可笑的是,在这所乡村学校里,他怎么也严肃不起来。学生娃儿全是本村的,亲戚撂亲戚,多少都有些牵连。下了课就叫哥、叫叔、叫爷,叫着叫着就没了老师的尊严。有一次,一个学生在课堂上玩麻雀,他就严肃地批评了几句。不料,那学生突然张口骂道:"×你妈蹦猴!"他的脸一下子涨红了,愣愣地望着那学生,好半天才缓过来,就忆起按辈分他该叫这娃子一声叔的,很觉得荒唐,也只好伸伸脖子咽了。

> 家族伦理遇到师道尊严。

　　渐渐,这课就上得没有滋味了。学生隔几天走一个,隔几天走一个,问了,都是做生意去了。教室里坐得稀稀拉拉,自然没了心情去好好讲。还有的学生吸着高级烟回学校来,大咧咧地敬他一支,把他兜里装的三毛五一盒的许昌烟衬得很猥琐,后来见人连烟也不敢掏了。

> 商品经济之风日盛,读书无用论出现。

在村里，办什么事也没有往常顺了，有时候连东西都借不出来，人显得很落价。有一回浇地，捏蛋儿时李明玉捏了第一名，可浇的时候电工却把他排到了最后。电工的眼就是"人秤"，李明玉一下子就明白了自己的分量，晓得国家教师这牌牌很不值钱。此后，心越来越灰。气憋在肚里，有话无处说，那日子就显得难熬。

人秤。形象！

就有人出主意说："跑跑吧，跑跑。"

于是就跑跑。一"跑"才知道，这"跑"是极有讲究的，那也是一门很高深的学问。听了村里爷儿们教给他的"跑"法，李明玉更觉得自己浅薄。读了那么多年书，原是读傻了。就诚惶诚恐地跟村人学那"跑"的学问，把那舍不得吃的花生、香油一趟一趟地往县教育局的头头家送……

关系学也是学问。

就这么"跑"了两趟，村人们都知道了。一听说李明玉要走，大伙儿立时变得热情起来。他在村街里过，就有人很主动地跟他打招呼，送他一脸的笑："中，你娃子中，早看出你娃子是块大料！"弄得李明玉哭笑不得。电工见了他大老远就喊："明玉，需要啥言一声！"村长拍拍他的肩膀："明玉，上头关系重，别惜乎钱……"连捡破烂的么叔见了也关切地问："明玉，活动得咋样了？赶明儿我给你弄两瓶好酒摔摔。"

走出土地不只是个人的事。

隔天，么叔果然提来了两瓶好酒，一进门就说："娃

画匠王／191

子,上头礼重,轻了不办事。这两瓶酒你拿去,准叫鳖儿给你办了!"明玉一看是"茅台酒",眼都瞪直了,结结巴巴地问:"么、么叔,这这这得多少钱呢?!"

么叔眨眨眼,笑了:"假哩,日哄鳖儿哩!"

李明玉吓了一跳!怔怔地望着么叔,就觉得这"跑"的学问越来越深刻了。

么叔赶忙说:"哩,没事儿。假哩跟真哩一样,不信你尝尝。"

李明玉疑疑惑惑地打开酒瓶盖儿,立时闻到了一股浓香,那香味的确与众不同。他心怯,不放心地问:"么叔,看不出来吧?"

么叔一拍胸脯说:"娃子,请放心了,喝到底也喝不出来!"说着,"嘿嘿"笑了,"实话给你说,这俩酒瓶是我收破烂收来的。酒是一点儿不假,散酒。不过,我有法叫它变……"

李明玉当然不放心。给人送礼,送些假货,万一喝出来怎么办?!就问他到底使的啥办法。么叔这才小声说:"娃子,这法儿可不能说出去呀!实给你说,我往酒里滴了一滴'敌敌畏'……别怕,没事,一滴没事儿。咱日哄鳖儿哩,咱日哄鳖儿把事儿给咱办了。咱不坏良心。我尝了多少遍了,跟真的一样,香哩!"

传说。

虽然么叔一再保证,李明玉还是不敢送,那酒里掺的是"敌敌畏"呀!

日子一天天过去了,调令终不见来。李明玉眼看着事儿不成,又跑了两趟,人家总说"研究研究"……无奈,他硬着头皮把两瓶假茅台送去了。

终是老实人。

酒送去了。有几日明玉很慌,生怕喝出事来,公安局来找他的麻烦。可没过几日,调令就下来了……

于是,李明玉又成了全村人的骄傲。在他办手续那几天里,村里天天有人请他吃酒。有时一天几场,排都排不过来。当然,请他的都是头面人物,在酒宴上都多多少少地教他些做人的"学问",以备他进城干大事用。明玉很虚心地听着,默默地点头,再也不敢小觑乡里爷儿们。临了,都会恳切地说上一句:"娃子,做了大事,可别忘了爷儿们哪!"

从此得"背着土地行走"了。

么叔也觉得很体面,在村里逢人就讲,是他用两瓶"茅台"把李明玉"日弄"出去了……

走的那天,校长带领全校师生列队在村西头欢送他,还特意借了两面破鼓敲着,场面很热烈。学生娃儿们也都不喊他"蹦猴"了,一个个亲亲地喊老师,那目光是极羡慕的……李明玉却哭了。

村口停着一辆吉普车。

李明玉走了,这所乡村学校里再也没有国家教

画匠王 / 193

师了。

香叶

男人跪在她的面前,男人说:"完了。"

那时候,男人还是很风光的。常常坐着卧车回来,喇叭鸣得很响。村里人都以为男人发财了,男人说:"钱算啥?三十万五十万小菜一碟!"于是就穿得特别崭括,西装一套一套地换,吸最好的烟,喝最好的酒,见了人头昂得很高,把揣在兜里的小片片亮给人看,说上边有"洋文"。后来家里的饭一口也吃不下去了。烙了油馍,说不香;给他摊煎饼,又说没味儿。接着就夸城里女人的手巧,做的饭有滋有味的。有一段时间,男人嘴里渐渐露出了一点口风:两个孩子不要了,男人不想要她了。城里女人映花了男人的眼。男人一回来就发脾气,就找碴儿。她是个柔弱的女人,为了孩子,她都忍了。地里的活儿男人从来没干过。农忙时,她想让男人帮帮她,男人说:"收收打打也就是几百块,撂了算啦!"男人说了大话,可从不见捎钱回来,她只好一个人死做。在土里扑腾的女人是很见老的,而男人的日子却日见喧闹,她成了男人的拖车。可是,男人突然回来了,没有坐卧车,也没有了往日的张狂。在半夜三更的

> "高""低"关系是李佩甫小说表现的重点。

> 高调之人必遇挫折。

时候,男人贼儿样地敲响了家门,进来就"扑通"一声跪下说:"完了。"

到了这时候,男人才告诉她,他托人贷了一些款,加上合伙人摊的股份,还有一些邻人托他买化肥、农药的钱,全都被人骗了! 他本意是要做大生意的,然而,却被广东蛮子骗了。

出事了!

夜有些凉,她抖着身子问:"多少?"

男人抓着自己的头发,泪流满面,神色十分惊恐。他吞吞吐吐地说:"有……有……好几万。"

男人说得很含糊,言语间躲躲闪闪的,到了这般境地,男人还想瞒她。这一次,她不敢再相信男人了:"到底多少?"男人喘口气,结结巴巴地说:"八、八万……"

老天哪,八万! 她娘儿仨在家省吃俭用,喂猪喂鸡,加上卖粮食的钱,紧紧巴巴一年才能挣七八百块。而男人一下子就欠了八万。

男人擂着头说:"我作孽呀! 我对不起恁娘儿仨,让我死了吧。"

男人不想死。男人要想死,就不会在她面前下跪了。可男人的方寸已经乱了,男人扶不起来了。多年来她一直是靠男人拿主意的,现在男人成了一堆泥。她一个妇道人家又有什么办法呢?

高调的男人低下去了。

画匠王／195

> 李佩甫笔下的女性总是博大、浑厚、有力,也许来自母亲持家的印象。

两个孩子在床上睡着,男人在她眼前跪着。她看看孩子,看看男人;看看男人,又看看孩子。末了,她叹口气说:"你走吧。"

男人慢慢抬起头,嘴张了张,却什么话也没有说出来,只眼巴巴地望着她。

她心里很乱,却不得不撑住架子说:"你走吧,出去躲一躲。三年、五年。"

男人紧抓住她的手,抖抖地说:"家里……"

她说:"家里你别管了,天塌下来有俺娘们顶着。"

男人哭了,男人像孩子样地偎在她怀里,一声一声地喊着她的名字说:"香叶,香叶,我挣了钱就回来。"

八万元,怎么去挣呢?她不敢往下想,也不让自己往下想,就说:"天快亮了,收拾收拾走吧。"说着,她站起身来,从破衣柜里摸出五十块钱递给男人。男人哭着不要,她把钱塞到男人的兜里。男人又抓住她的手说:"香叶、香叶,我对不起你。"男人的手很湿,很凉,哆哆嗦嗦的。她心里突然有了一丝快感,很沉重的快感。只有在这时候,男人才彻底地属于她。

男人去了。男人是从后院翻墙走的,男人连从大门走出去的勇气都没有了。当男人的脚步声消失之后,香叶一屁股瘫坐在地上,再也站不起来了。

第二天,讨债的便拥上门了。三教九流的各路债主闹嚷嚷站了一院子。有的人进门就喊:"五大喷,今天你就是砸锅卖铁也得还老子的钱!"一问当家的不在,便知道那"鳖儿"跑了。顷刻间,院子里像炸了似的,债主们全都红了眼,有吆喝着扒房子的,有抢牲口的,有跳猪圈里赶猪的,也有冲进屋里拾掇值钱东西的,屋里屋外闹成了一窝蜂!

香叶从没经历过这阵势,看见人腿就软了。可男人已经跑了,孩子还小,她只有撑着。开初,人们知道一个妇道人家不支事,她说话也没人理她。香叶就默默地去灶房烧水,任人骂翻天也不开腔。水烧开了,她就一碗一碗地往外端,家里的碗全拿出来了,在地上摆了一片。这当儿,两个孩子吓得扑到她怀里哭起来。她给孩子擦擦泪,轻声说:"去吧,上学去吧。叔们逗你们玩哩。"一时,债主们被这媳妇的沉静镇了,又乱哄哄地围上来向她要债。香叶随手搬只小凳在当院坐下来,挺住身子说:"爷儿们,都走了恁远的路,喝口水,有话慢慢说吧。"

平原人总是在苦难中成长,并愈加坚强。

债主们像没王蜂似的,团团围住她,一个个躁躁地骂着,有的干脆张大嘴哭起来。

香叶软声说:"男人在外头的事,俺也不清楚。可话说回来,跑了和尚跑不了庙。既然欠了人家,总是要还的。爷儿们消消气,慢慢说。"

> 香叶是李佩甫心中理想的平原女性,沉稳,处乱不惊。

乡信贷员老马挤上来,一跺脚说:"哎呀祖奶奶!五万哪,我给他贷了五万。"

香叶心里打了个冷战儿,眼前一黑,就觉得那数字像山一样压过来。她两手抓着凳沿儿,坐稳了才说:"大哥,你是国家的人,懂政策。有句话我不该说,他是个没星秤,这款当初你就不该贷给他。这会儿闹出事来了,这个账俺应了。你知道,五万元不是小数,俺眼下也还不起。你要当紧逼俺还账,大哥,你看看这院里、屋里,东西全折上,值不值那些钱?"老马一时急火攻心,炸着喉咙喊道:"没、没钱……我上法院告他鳖儿!"

香叶慢声慢语地说:"大哥,你告到法院,就是找着把他抓起来,这账还是要还的。你说是不是?给他一条路,他兴许能挣些钱来,慢慢把账还上。要是他挣不来那么多,家里俺也认这个账,早早晚晚给你堵上这窟窿。"

老马一拍屁股,说:"现今上头就催着要款!哪怕先还个一万两万呢,也不能叫我背黑锅呀!"

香叶端起一碗水递给老马:"大哥,你别急,先喝口水。我又跑不了。"待老马接了水碗,她又说,"大哥,事到了这一步,责任你也担一些。听说贷款时你也得了些好处?这样吧,你先把那一万元好处费还上,这四万我认了,慢慢还。只要我手里有钱,都是你的。挣一块还一块,啥时要啥时给,决不赖账。要是还不行,大哥,你搬东西吧,啥值钱拿啥。"老马傻愣愣地捧着水碗,人慢慢地蹲下去了。

余下的债主七嘴八舌地嚷着要账。有三千两千的,也有三百五百的,一个个都像疯了似的,手指头点在香叶的脸上!唾沫星子溅在香叶的脸上!香叶不仰头也不低头,就直着身子跟人说好话。那些有借据的,急着用的,香叶指指院里的牛、圈里的猪,又指指屋里的东西,说:"大哥,钱是欠了。当家的虽然不在,这账俺认。你看看这院里屋里,凡值钱的,请挑了。你说个数,把账抵上。不够呢,说个日子,俺慢慢还。知道恁挣钱不容易,话也不能说到别处。"

人们蜂拥而去,屋里屋外看了,家里值钱东西的确不多。就有人挑了牲口,有人赶了猪,有人抬了桌子、柜子……香叶眼含着泪看人挑东西,那都是自己多年辛劳挣下的呀!可她还不得不笑着说:"大哥,弄到这一步,真是对不住了,恁多担待吧。"

债主们知道她男人在外边花天酒地,女人却不曾享过半天的福,如今担下了天大的窟窿,心里都酸酸的,那噎人的话再也说不出口了。

还有一群没有凭据的,也都嚷嚷着要债。香叶说:

> 认账,承话。有此已不易。这是中国的传统。

画匠王 / 199

"老少爷儿们，按说，借钱是该还的。没有钱，也得说个时候。各位都说明心欠了钱，到底欠了没有？欠了多少？该是有个凭据的。想各位都不是外人，人到难处了，也不会坑俺。可明心不在家，叫我怎么说？这样行不行，一是等明心回来，他只要说借了，会还的；要是明心不回来了，只要能说出几个证人，公道的证人，我也认。你们都看见了，这个家是败了。人都有落难的时候，再宽些日子吧。"

众人默默的，也都觉得这女人说得是理。有的就日骂着去了，有的还留下来死缠。

就这样，从早到晚，要债的来了一拨又一拨，她就一遍一遍地给人说好话。她是个没出过门的女人，一生都没说过这么多的话，也没作过这么大的难。有时候，人们拽她、搡她，叫骂声、嚷吵声几乎把她淹了！她就觉得熬不住了，再也熬不下去了，就想疯，想死。她恨男人，却又不得不护住男人。男人是她的。在这种时候，男人是她的。她用心中的"男人"支撑着这实在难以支撑的局面。

月上柳梢儿的时候，屋里屋外的东西已经光光净净了，只差房子没有扒。

香叶还在院里坐着。她哭了，哭了整整一夜……

绝境呀！

第二天早上,人们见香叶从街上赊了一百个鸡娃。

生生不息的坚忍。

二拐子

二拐子,小头,眼斜斜的,走路画圈。人是很聪明的,就是好赌。赌起来能一连三天三夜不吃不喝不尿,精瘦一个小人儿,那膀胱像是铁做的。赢的时候,就大堆往怀里搂钱,看都不看;点烟用十元票,奢侈得像百万富翁。输的时候,也不塞脸儿。钱输光了,就押家什,押裤子,光着屁股也干。有一回,他输了钱,出门碰见儿子。儿子七岁了,大名叫王国栋,小名儿叫丢儿。他看见儿子就喊:"国栋,过来,过来。"儿子刚放学回来,就问:"爹,啥事?"他说:"用用。"说着,就把儿子拽到赌场上去了。进门一声:"押上!"就把儿子押上了。女人听说信儿,风一样赶来,抓住他又打又骂!二拐子连声说:"用用,用用。"说话间就和了一盘。女人一气之下,扯着儿子回娘家去了。二拐子三天后才晓得女人走了,也不去找,就一个人过。田里的活儿是不做的,终日夹一个破兜,兜里装一副麻将,手里练练地捏俩骰子,走着抛着,屁股一坐下来就没明儿没夜了。那一日刚败下阵来,就被一位本家叔叫住了:"拐子,你那麦地该锄了!"二拐子一愣,接口就说:"四叔,二亩麦不

连儿子都押,真赌徒。

画匠王 / 201

值啥,我把青苗押给你算了。"本家叔听了这话,胡子都气炸了:"鳖儿!你、你……毁了,毁了!"庄稼人卖青苗,就等于剜心头肉。老人再也不搭理他了。

村里人都觉得这个家是败了,却不料二拐子竟练了一手绝活儿,渐渐发起来了。赢了钱,吃喝用不说,还宽宽地盖了六间大瓦房。房子盖起,二拐子就接女人去了。女人在娘家过得很苦,看见他眼圈儿就红了,问:"改了么?"二拐子不吭,就说:"国栋他娘,回去吧。"女人又问:"改了么?"二拐子还是不吭,又说:"国栋他娘,回去吧。"女人哭了,女人默默地流着泪,不再理他。二拐子在屋里颠了一圈儿,说:"我见见国栋。"女人说:"丢儿不见你,丢儿没你这个爹!"二拐子很想儿子,四下瞅瞅,见儿子不在,问:"啥时能见?"女人狠狠心,很坚决地说:"改了见。"二拐子再不吭了,就从兜里掏出一沓钱放下,荡荡地出门去。女人从屋里赶出来,把钱给他扔出去。二拐子也不捡,就夹着那个破兜又走了。任女人追着屁股骂。

依旧是一个人独过,夜夜鏖战……

> 怎么就一下子发了?什么绝招儿?

去年腊月,工商税务联合大检查的时候,县里派了一个检查组到画匠王来了,主查篷布厂的账。大凡乡镇企业都有两本账,这是明的,也是暗的,多多少少都有些毛病,不敢细究。篷布厂这些年已把各级工商税务部门的主管人"喂"熟了,不料这次却换了人。厂长生怕查出事儿来,很慌。人已来了,明着送礼是不敢的。厂长急中生智,就想到了二拐子。于是派人把二拐子请来,说:"拐哥,请你帮个忙!"二拐子眼斜斜地说:"啥事儿?"厂长说:"检查组来人查账,想请你陪他们摸两圈儿。"二拐子笑了:"小菜一碟。"厂长压低声音说:"拐哥,咱村篷布厂能不能保住就看你了!我知道你能赢,可不知你会输不会。"二拐子一听就明白了。明着送礼不敢,打麻将输钱,这叫暗送。二拐子不动声色地问:"多少?"厂长把装钱的提兜往他怀里一扔:"这个数儿。"当天晚上,二拐子就陪检查组的人玩麻将。二拐子一坐到牌桌上两眼就放光,玩得十分认真。二拐子出牌很刁,客人们就赢得分外"艰难"。玩到天亮的时候,二拐子说:"罢了。"说完,站起就走。客人们余兴未尽,各自回去偷偷地数了钱,竟然都赢了三百块!第二天傍晚,检查大员们早早地就说:"叫二拐子,玩玩。"于是就玩玩。一连三晚上,检查组的人玩得十分痛快,把查账的劲头全转移到玩牌上了。查账么,也就走了走过程。

送走了检查组的人,厂长很感激地说:"拐哥,中,活儿干得漂亮!"

隔了两天,厂长亲自给二拐子送来了大红聘书,执

真有绝招。

意要聘他做篷布厂的业务员。二拐子笑了："我能做啥？要嘴没嘴，要腿没腿。"厂长说："用你一技之长！拐哥，生产上的事不让你费心。上头来了人，你陪陪就是了。"就用了他的"一技之长"。

从此，二拐子就成了篷布厂的业务员。每逢上头来了人，就让二拐子陪他们"玩玩"。人分等级，"玩"也分等级。二拐子很会"玩"，"玩"得上上下下都很满意，也就替篷布厂做了不少的事情。有时候也派二拐子到外边去"玩"。二拐子出门很随便，就夹一个破兜，兜里装一副麻将，竟然吃遍天下。篷布厂新买的面包车就是二拐子玩着玩着弄出来的。渐渐，二拐子就"玩"出影响来了。四乡里都知道篷布厂有个响当当的业务员，很能做。

乡政府出资办了几个工厂，总是很不景气，常常不是缺原料，就是货销不出去。乡里就时常派人来"借"二拐子，用他的"一技之长"。县乡镇企业局遇上了麻烦事，局长就说："派车，请二拐子来。"这时候的二拐子已经"玩"到了出神入化的境地，活儿做得十分漂亮。一百四十四张麻将牌就像在眼里放着，两个骰子掷得溜溜转，要几点儿有几点儿，输赢是尽在心中的。出门时"行头"也变了，一身西装穿着，夹一黑皮包，皮包里自然还是一副麻将。还印了中英文的名片在兜里，上

> 信陵君门客，鸡鸣狗盗之徒各有其用。

边赫然地印了一串头衔。

二拐子贡献大,厂长(也就是村长)十分器重,就想奖励他。二拐子说:"别奖,我有钱。爷儿们,能不能叫我见见国栋。"厂长愣了,好半天才想起国栋是他娃儿。就知道二拐子是想女人了。厂长一拍腿说:"拐哥,放心吧。村里出面,给你接回来。"于是,村长就带了很重的礼物去给二拐子接女人。到了女人的娘家,女人还是那句话:"改了么?"村长说:"嗨,早改了。现今是咱篷布厂的业务员,能干哩!县上领导都夸他……"这么三说两说,就把女人孩子接回来了。

女人回到家,见了二拐子就嘻嘻地问:"你学会做生意了?"二拐子随口说:"跟着跑(麻将术语)。"女人又问:"你腿不好,能联系业务?"二拐子说:"门前清(麻将术语)。"女人关切地问:"生意咋样?""发财(麻将术语)。"女人看了院里屋里,又问地里的庄稼:"今年麦打了多少?""一万(麻将术语)。"女人愣了,疑他是吹牛。又说:"吃啥饭?""烧饼(麻将术语)。"……往下,女人越听越不对味,就怯怯地问:"你……不是改了么?"二拐子不吭了。

女人性硬,一气之下,扯着孩子就走。二拐子在后边追着屁股喊:"国栋,国栋,你看爹给你买啥哩?"孩子说:"俺娘说了,你要不改,金山银山俺都不稀罕。"

传统段子!

画匠王 / 205

后来，乡里也派干部去动员二拐子女人回来，说了很多的好话。女人就这一句话："改了么？"

女人明白大道理。

　　二拐子只好独过。

　　春三月，二拐子被县乡镇企业局借出去"玩"业务，一连陪人玩了三夜，竟突发脑溢血，死在了牌桌上。临死时，二拐子嘴里还念着两个字："白板（麻将术语）。"

　　二拐子死后，村里为他开了很隆重的追悼会。乡里县上都送了花圈。挽联上赫然地写着：

　　　　以身殉职
　　　　鞠躬尽瘁

国栋走了正路。

　　二拐子女人却以为耻。她虽然也让孩子为他爹上了坟，烧了纸，却把孩子的姓改了，随母，叫杨国栋。杨国栋八岁了，上小学二年级，很用功。

菜园风波

　　菜园不大，七八亩的样子，是上水好地。每户人家也就分得一分二分，各种各的。乡下人吃菜不讲究，种什么就吃什么，种多吃多，种少吃少。平日里，你薅我一棵葱，我拿你两棵韭，没人计较。菜多时也分些给众人,全个情面。但终究是分了,日久情薄,渐渐就生出些嫌隙,由嫌隙而发生口角,于是各家都扎了篱笆,你一片我一片,把菜地隔起来。

篱笆是挡不住人的,却挡出了很多的怨恨。这年四月的一天,老笨家菜地里的葱被人薅了一沟儿。他家总共才种了两沟葱,葱长势很好,本指望细水长流地吃下去,却被人薅去了整整一沟儿!老笨家女人就在村街里骂,两手拍着屁股,一蹦一蹦的。骂了半日,没人应,也就不骂了。

二天,海子家菜地里的芫荽也被人薅了,薅得很残酷,一棵不留!海子家女人是个难惹的主儿,辣货。她敲着洗脸盆在村里骂!从村东到村西,骂得响亮而又热烈,把坟地里的先人都抬出来了,引逗得一村娃儿跟着看。可她骂着骂着也不骂了。

三天,旺家菜地里的油菜又被人薅了。这主儿更狠,是用铲子铲的,一溜儿一溜儿地铲……旺家女人柔弱,老实,不会骂。不会骂也学着骂,天上一句地上一句,头上一句脚上一句……慢慢也不骂了。

此后,各家的菜都有被人薅的,很随意很无赖地薅,薅得匆忙而又散乱,整块菜地像被猪啃了似的,薅出了"去你×的!"的意思。一时,大家都互相防着,一个个脸绿得紧。

> 嫌隙是隔出来的。

> 不是薅棵菜吃吃的问题了。

画匠王／207

于是,各家都出去卖菜,悄悄的。有到东乡,有去西乡,也有到镇上、城里去的。那菜的品种都很散乱,一把葱一把韭一把芫荽一把蒜……卖得自然便宜些。

于是,各家都派人到菜园里来看菜。你家搭一个巷,他家搭一个棚,还有的把床抬到地里,用塑料布扎一个顶……各家的人手有限,有的是男人来看,有的是女人来看,有的是小伙,有的是闺女,一入夜就扛着被子来了,菜地里显得很热闹。夜里,隔着一层篱笆,你尿了,他也尿,这边"哗啦啦",那边"哗啦啦";你咳嗽了,他也咳嗽,东边"咳咳",西边也"吭吭",平添了许多野趣。睡不着的时候,就互相串,你到我篱笆里坐坐,我到你的篱笆里坐坐,心里防着,面上还是笑的。夜静时,只要听到脚步声,就探出头来齐声问:"谁?!"

> 男女夜宿菜园,心有故事。

应声也很响亮:"我!"

"咋?!"

"尿!"

于是又一片笑声。

> 侯宝林相声。

天已是不冷了,也不太热。在家里憋久了,来菜地里睡,屋宇显得十分阔大。空气自然鲜,月色朦朦胧胧的,远处颍河的水琴儿一般细淌,地下的虫蚁们私语喃喃,撩人想些非分的事体,便有些滋滋润润的念头生出来。一家一户的日子,本就有着许多愁绪,许多的不美满,心憋久了,放出来就是野马。一天半夜,迷迷糊糊的,海子摸到旺家女人看菜的草庵里去了。旺家女人正拧着细柔身量在月色里"翻煎饼"。突有野黑一条压下来,初时还挣扎了一阵,又怕人听见,也就半推半就了,做那肉肉贴肉肉的事情,竟然很入港。九香家的大娃保柱夜里睡不着,跑到老笨家看菜的闺女顺妞那里编闲话。先是低声说笑,渐渐就有了不规矩。你抓我一把,我抓你一把,抓着抓着,保柱就捉住了顺妞的手。顺妞慌慌地说:"你……我喊了。"保柱松了手,看了顺妞,继而又捉住,手里湿湿的,握得更紧,顺妞说:"我喊了,我喊了,我喊了,我喊了我……"终也没喊。

有故事了。偷菜改偷人了。

　　渐渐有风声传出来了。旺家两口子打了一架,海子家两口子也打了一架。海子家女人又堵住旺家女人骂,两个女人撕撕扯扯地到村长家评理,村长各打五十大板,狠狠地把她(他)们曰骂一顿了事。九香家也跟老笨家骂翻了天,从偷菜骂到偷人,一说妞儿匪气勾人,一说娃儿流氓成性,闹成了一锅粥!继而各家都生了疑惑,男人关上门审女人,女人开着门审男人,越审疑心越大。整个村子像火药桶似的,天天有人干架!究竟为着什么呢,那又是说不清的。于是又换人去菜园里看菜。换了男人的,就有女人去盯梢儿;换了女人的,就有男人去暗查。一时,人都像疯了一样,生出了

昔日为偷菜吵而今为偷人骂。

画匠王 / 209

许多事端……

　　接着,事情越闹越大了。先是顺妞跟保柱趁人不防双双私奔了。海子呢,大天白日里竟又跟旺家女人在北沟里干事。就有人捎话给旺,旺一气之下掂了粪叉去找海子拼命!旺在前边跑,一村人在后边跟,嗷嗷叫着看热闹。等黑压压的人群跑进北沟儿,海子已带着旺家女人逃走了。旺气昏了头,半夜里跑到海子家,要干海子女人。海子女人性烈,自然不让,撕扯中又扎了旺一剪子!旺呢,觉得太亏,就跑到县法院告了海子一状。

　　月余,公安局的人先是抓了海子,后又抓了旺家女人,说是重婚罪。没过多久,竟又把旺也抓走了,说是强奸未遂。

伦理让位于法律。

　　都是不服的。海子、旺们觉得亏,人们也觉得亏。只怨菜被人薅了。

画匠玉村的一组人物和故事,写法含蓄,质朴而有味道,叙事语言也好,值得反复品读。

人 面 橘

> 李佩甫曾讲过他初次找南丁时大谈魔幻现实主义的往事。此作大约就是他沉浸在那种妄想里的作品。这是个极短的短篇,较少被人提起。

那时老徐年轻,在市文教局干事,很体面。老徐的女人在工厂上班,富态。老徐嫌女人胖,很想跟女人离婚,女人就是不离。于是老徐经常打女人,还罚女人下跪。女人很怕老徐,跪就跪,就是不离。有时,已到了下半夜了,邻居们夜起,看见老徐屋里灯亮着,探头一看,老徐女人还在灯下跪着。邻人就喊:"老徐,老徐,算了……"老徐醒了,从床上坐起,揉揉眼,没好气地说:"起来吧。"女人这才起来,洗洗,重给老徐睡。

> 还是"高""低"易位的故事。

老徐自然有些事。那时,整个文教局才三五个人,一二局长,三干事,统管文化、教育、卫生,权力很大。老徐分管文化,文化管着电影院、剧院、剧团、图书馆……所以,剧团的女演员们很热乎老徐,见了老徐嗲嗲的,加上有色有貌,老徐很吃木。不过,老徐谨慎,并不曾干出舆论来。由于谨慎,就带来很多的压抑。老徐的脸一回家就苦着,对女人打得越发仔细。有一次,老徐抓住女人的头发往水缸上撞,一连撞了十几下,女人竟一滴血都没流。越打人越坚韧;越打,女人越适应;

人面橘 / 211

越打,女人伺候得越周到,端茶递水、洗衣做饭,接着就有孩子生出来了。这就像做活一样,做着做着就没了兴致。老徐很无奈。渐渐,老徐也断了念想,只是隔三岔五地偷偷嘴罢了。

> 以德报怨的女人。

在文教局,老徐要做的事情并不多,也就是开开会、传达传达上头的精神什么的。余下的一大片日子,喝喝茶、看看报、打打瞌睡,很无趣。当然也有些很重要的工作,那就是逢年过节的时候分发戏票、电影票。每逢过节的时候,好票由文教局统管,也就是由老徐统管。这时,老徐就显得非常滋润。在大街上,每走上三五步,就有人亲热地跟老徐打招呼。市直机关的干部见了老徐就像见了爷一样,亲切得让老徐感动。老徐的中山服的六个兜,外边四个,里边两个,票也分了六种,一个兜里装一种。一等一的好票是给市委领导的,那要送到家里。一等二的好票是给直属领导的,分场合送。余下的就看关系了。于是每到这个时候,老徐非常忙碌,男男女女都围着老徐转,老徐很有面子。人一有面子就有了些身份,老徐走路的时候,中山服就架起来了,有点撑。

> 小权力让老徐"高"起来了。

有了给领导送票的机会,也有了想当局长的念头。老徐已是老干事了,这念头一起就非常强烈。在这方面,女人跟他空前一致。每逢过节,夫妻双双一起到领导家,不但送票,也送礼品。这时,女人打扮出来,也算有几分颜色,手儿肉肉的,甜着对领导笑。领导轻轻拍着老徐女人的肉手,眼望着老徐,说些很含蓄的话:"好好工作吧,啊!"回到家,两人会温存一小会儿。对女人,老徐打还是要打的,不过,不常打。

> 还想更"高"。

日子很碎。而耐心就像水一样,流着流着就枯竭了。这中间似有很多机会,文化、教育分家一次;局长调走一次;一次又一次……老徐每一次很有希望,可每一次当希望来临的时候,却又黄了。老徐很生气,一生气就打女人。女人绵羊似的,就把肉摊开,任老徐打。打归打,送票送礼依然持之以恒。在这中间,女人悄没声地把关系办到了剧院,成了老徐的下属。老徐不问。可女人又悄没声地成了剧院管票的。自此,老徐再不去送票了,送票的事交给了女人。女人每一次送票回来都捎一些话给老徐,使老徐看到希望的亮光。比如,"刘书记说:老徐该解决了……"

> 女人一个人去送票的故事。

年数委实不少了。可事情呢,却常常出现意外。有些领导,送着送着,人调走了,一切又得重新开始。终于有一日,冯书记把老徐叫去,亲切地说:"老徐,该解决了。组织上已经研究了。老同志了,就留在局里吧……"老徐自然说些感激的话。回家的路上,心里像扇儿扇。

> 终于看到曙光。

人面橘 / 213

> 乐极生悲，风云突变。

似乎三五日，任命就下来了。局里人见了老徐，也都喊徐局长。老徐笑笑，算是默认。这时老徐已算是有年份有肚子，态势早厚了，缺的是一张薄纸。然而，就在任命要下的那天，老徐出了事情。那天下午，纪委的人先一步来了，纪委的人关上门跟老徐谈了半日，出门的时候，老徐像傻了一样。

七天之后，老徐被抓进了监狱。是局里有人把老徐告了，老徐前一段抓过平反落实政策的事，自然有不少人上门求他。一查，就查出了受贿的事。落实下来，有四千之多，一下子就判了七年。

> 久病床前无孝子，何况当了经理的女人。

老徐没有住够七年。他是一年半之后被女人接回来的。老徐在监狱里得了脑血栓，老徐瘫痪了。老徐回来的时候连话都不会说，半边身子像木了一样，成了个半死人。开初女人对他还好，也给他治过两次。渐渐就不行了，女人这会已当上了剧院的经理，女人忙，也没了那么多的耐性。女人就想跟他离婚。可和一个不会说话的半死人没法离婚。女人就说，你死吧。于是常常三两天不给他饭吃。老徐在床上躺着，不会说话，就眼睁睁地看着女人。女人下班回来，第一件事就是赏他一口唾沫！唾沫吐在老徐的脸上，老徐也不擦，他不会擦。于是有一层层的唾沫擩在脸上……孩子们开始还可怜老徐，隔三岔五地给他端碗饭。日子久了，看他一身屎一身尿的,嫌脏,也烦了。于是就把老徐弄到一个人们看不到的小屋里,想起了,给他碗饭;想不起就让他饿着。女人还是坚持不懈地赏他一口唾沫!有时恨了,就"呸呸呸"吐两三口,说:"你咋还不死呢?"

老徐活得很有韧性,却也不死。每日里静睁着一双眼,显得很深刻。

在想昔日"高"吗?

时间长了,老徐躺的小黑屋里臭烘烘的,一推门就能看到一片白花花的亮光,那是干了的唾沫。有一日,老徐的女人端着半碗剩饭给老徐,嘴里还嚼着一瓣橘子,一推门闻到一股子臭气,便"呸"一口把嚼了一半的橘子吐到了老徐脸上,连核儿带匣儿黏糊糊的一片。不料,没几日,老徐脸上长出了一棵嫩芽儿。那芽儿慢慢长,慢慢长,竟然长成了一棵小树,那是一棵小橘树,叶儿七八片,绿油油的……

让人想起画匠王村"蛋儿"身上的麦芽。

半年后,老徐脸上的橘树结了一个小金橘,先绿,渐渐鹅黄……

不知怎的,这事儿竟被本市一个搞盆景的知道了。经多处察访找到了老徐家,非要看看。家人自然不让。此人倒有个缠劲,硬是在门前转悠了三天,瞅个人不注意的时候,进了那小黑屋。一看,惊得这人倒吸了一口气。二日,此人专程来找老徐的女人,说要买那棵橘

佩甫多次写过这种奇异的盆景。

人面橘 / 215

树,张口就给十万元。女人愣了,心里湿湿的。女人问:"你给十万?"那人说:"十万,不过,有个条件,我要活的,得带土……"女人不解:"带土?培点土不就行了。"那人解释说:"这棵橘树主贵处就在这里。它是血肉喂出来的。你把它拔下来它就死了,必须带血带肉……你考虑考虑吧。"老徐的女人一怔,那人掂下五千块钱,说这是订钱。说完站起走了。

> 李佩甫长篇中的梅花盆景大盖源于此。

三日后,那人又来。看了,两眼放光,说那根须已扎进血管里了,缠在了脑骨上,光带血肉取怕是不行了。不过,如果带头卖,可值百万。主贵就在一棵橘树长在骷髅上……家人商量半日,终怕落下罪孽,不敢下手。老徐女人还专门到法院去问,说已是植物人了,可不可让他早走?法院的人答复,目前法律还没有这条规定,也只好等着。

> 魔幻!

老徐竟热不死,依旧睁着两眼。那棵橘树慢慢长着,结下的小金橘红艳无比……

圆 圈

> 外一篇。

上小学的时候,恨一个老师,爱一个女同学。

老师姓陈,名庭中。高鼻梁,聚光绿豆眼,戴瓶底厚的近视镜。冬日里常围一驼色围巾,不时甩一下,很神气。揩鼻涕也揩得极有特点,远远地擤一下,教室里立即噤声,说四眼来了。

在槐树街小学,陈庭中老师治学有方,严厉是出了名的。上课的时候,陈老师的讲台上备一粉笔盒,里边放的全是用过的粉笔头,注意力稍不集中,便听见"嗖"的一声,粉笔头子弹一般射过来,正中脑门!准头很见功夫。若再不注意,便疾风一样走下讲台,趁你不备,一手托脖子,一手扳住你的头,恶狠狠地说:"看,看,洋鬼子看戏,你傻脸了吧?!"没人敢笑。常常,一堂课下来,班里同学一脸白点,奸臣一样。老师的处罚很有创造性。有时来晚了,让你站在门口,称为"庄子";有时没完成作业,让你站在教室后面,面墙而立,谓之"达摩";若是下课跳桌子让老师撞见,也不让动,就让你骑在桌子上,让全班同学看着你,叫作"张果老"……也有例外,班里有一叫冯小美的女同学,陈老师见了她总是笑眯眯的,从未受过处罚。冯小美不但学习好,长得也好,简直是瓷娃娃一个。老师常说:"看看人家冯小美……"全班都看冯小美。那时,她穿一花格裙,站在队前打拍子领我们唱歌,"戴花要戴大红花,骑马要骑千里马……"真是阳光灿烂呀!

冯小美就在我前边坐,我天天看冯小美的脖子。她的脖子细瓷瓶一样,白乳乳的,似乎敲一敲会响,禁

> 早年的小学总有这样的老师。

> 与众不同的冯小美。

人面橘 / 217

不住想摸一摸,却又不敢。偷眼去看那粉粉的小手,眼里也就生出一只小手来,慢慢地慢慢地往前探……这时一声霹雳:"往哪儿看往哪儿看?!"老师的教鞭已重重地劈在课桌上,一双绿豆眼怒冲冲地对着我。我吓坏了,小声辩解说:"我看苍蝇……"课桌边上的确趴着一只苍蝇。老师气冲冲地说:"上课不看黑板,看苍蝇……我让你好好看看苍蝇……"说着,两手捧住我的头,往那只苍蝇跟前推。苍蝇飞向东,老师就把我的头扳向东;苍蝇飞向西,老师就把我的头扳向西。我的身子随着头转,头随着苍蝇转,转着转着,我哭了……

> 眼里生手。多少人如此,有心无胆。

又有一次,记得是全班在操场上集合的时候,我说话了。老师便喝令我站出来,而后用粉笔在我周围画了一个圆圈,又吩咐班干部冯小美:"看着他。他要敢出圈一步,你告诉我……"于是全班同学都迈着整齐的步伐劳动去了,只有我孤零零地在操场上站着。老师的圈儿画得并不圆,有一个很大的豁门,可我仍在圈里站着,不敢动。当然还有冯小美,冯小美是留下来监视我的。我沮丧地站在圈里,不敢看冯小美,却想看冯小美。偷偷地瞥一眼,却发现冯小美并没有看我,她在看书,看一本很厚的书。我很失望。看着冯小美,我并不觉得太委屈。我很喜欢冯小美,我曾经在放学之后背着书包在榆树街转来转去,目的就是期望能看到冯小

> 竟如此有了和冯小美独处的机会。

美。那时冯小美就住在榆树街的市委机关家属院里。然而我却从未跟冯小美说过话,我是坏学生,那时好学生是不与坏学生说话的。现在,我终于有了跟冯小美单独相处的机会,这是我有生以来第一次和冯小美单独相处,我很狼狈。我真的很想跟她说一点什么。可站着站着,我想尿,却又不好意思张口,就拼命地夹紧双腿……我浑身抖起来,浑身像筛糠似的抖着,可我坚持不开口。有一阵,冯小美抬头看看我,仿佛很吃惊地问:"你是不是病了?"我不吭声,我一声不吭,我知道一张嘴就会哭出来。那时,我觉得整个世界都不存在了,整个世界就是一个冯小美……我得坚持住。然而我的身子太不争气,两个小时之后,我觉得腿上有湿热的一股在缓缓流淌。那一刻,我真想钻进地缝里。

夏天来了,在那年的夏天里我度日如年。自从在冯小美面前湿了裤子,我的头就再也抬不起来了。我越发仇恨老师,也越发恐惧老师。那是五月的一天,我又迟到了。我刚走进学校,便看见老师慌慌地从教导处走出来。一夜之间,学校里贴了一院子大字报。我没注意这些大字报,我注意的是老师。我一看见老师便六神无主。我结结巴巴地问:"今天不上课么?"老师看了我一眼,便匆匆从我身边走过去了,我仍是惶恐不安地望着老师的背影,不明白他为什么不批评我。就

市委机关家属院。难怪老师对她好,看来不只因她学习好。

看来有事。

在这当儿，一群戴红袖标的大学生从校门口拥进来，都是些从槐树街毕业的学生，他们杀回来了。他们把老师围在校门口，不容分说，把满满一桶糨糊兜头盖脸地浇在老师的身上！老师站在那儿，一头一脸一身全是糨糊，老师的眼镜被糨糊冲掉在地上，一脸的愕然。许多年后，当我从梦里醒来，老师愕然的神情历历在目，老师身上的糨糊沥沥啦啦地往下滴着，一脸愕然。

> 造反了。

老师那至高无上的权威就这样被一桶糨糊冲刷掉了。此后，当老师又站在讲台上的时候，总是战战兢兢、唠唠叨叨地重复着一句话："同学们，我有罪，同学们……"在老师"行动"的鼓励下，我们班的"大嘴"率先造反了。在班里，"大嘴"学习最差，是受老师惩罚最多的学生。那时"大嘴"总是张着大嘴哭。他组织了一

> 以其人之道还治其人之身。可只为报复吗？

个只有三个人的战斗队，命令老师每天向他报到。老师就向他报到。他是老师的学生，也没有什么新招，就每天在校园里用粉笔画一个圆圈，让老师在圈里站着。老师就在圈里站着。"大嘴"画的圈很小，只容下一双脚。"大嘴"说："老实点，不能蹲，一蹲屁股就出圈了，出圈我收拾你！"老师就不蹲。那会儿，我实在是很羡慕"大嘴"！

夏天很快过去了，我们异常轻松地进入了中学（那一年没有考试），而后是下乡。在乡村的许多个没有灯

光的夜晚,常常梦见老师,梦见那狠嘟嘟的四眼,不由得打一激灵,便有句子流出来了,"一二得二,二二得四;三七二十一,四四一十六""一三五七八十腊,三十一天永不差,四六九冬三十日,只有二月二十八""一只乌鸦口渴了,到处找水喝……工欲善其事,必先利其器""千里之行始于足下,九层之台起于垒土""王婆卖瓜,自卖自夸;他山之石,可以攻玉……"这都是老师狠出来的。我知道我完了,我永远是个小学生。再没有人这样逼我了,从一年级到六年级,他虐待我们六年哪!

> 念出好来。

重回小城,已近不惑。忽然想去看看老师,就去了槐树街小学。学校还在,人却不在了。问遍所有的人,竟不知陈庭中是谁。学生摇头,老师也摇头,没见过,也没听说过。我嚅嚅的,不禁惶然。

看望老同学"大嘴",再问冯小美。"大嘴"说:"前年已死于轮下。你知道冯书记么?'文革'中自杀了,那是她爸。"后来,冯小美神经了,终日披头散发在街上唱,身后跟一群小孩子。走着走着,还用粉笔画一圆圈,就在圈里站着。"大嘴"说:"多好的一个小瓷人呀!"

> 时代改变了多少人的命运。

说话间,"大嘴"的女人回来了,进门就问:"今儿'跑'了多少?""大嘴"说:"叫我算算,三七二十一,四七二十八……小打油儿,一百四十八。"

"大嘴"是出租汽车司机。

人面橘 / 221

乡村蒙太奇
——一九九二

> 当年参军是农民青年走出去的几乎唯一的方式。嫁给军人是女性面上光鲜心里苦的事。

镜头一

凤芝要进城接男人了。

吃早饭的时候,凤芝就跟人说男人要回来了。村人们就打趣说:"你看凤芝急哩。你看凤芝急哩。"一说说得凤芝脸红了。凤芝扭捏说:"他啥主贵,老稀罕?"可说归说,凤芝还是要去接男人。男人不容易,男人在部队上也不容易。可自己容易么?男人在队伍上干了那么多年,自己一个人在家,送老的养小的,还要用肩膀扛住男人往上爬,也是苦辣酸甜哪!人多少年不回来一回,光香油提走多少桶?一桶都是几十斤哪!一点点的,那芝麻是好种的么?这话自然没法说,凤芝对谁都不说。可是后来、后来的时候,男人就有点那个了。男人嫌她手不光,脸上没有颜色。唉,整日在地里,风刮日晒的,人能不老吗?凤芝心里很委屈。

走在村街上的时候,村人们见了凤芝都说:"不赖,不赖。可熬出来了!"凤芝听了,却只想哭。可凤芝不能哭,凤芝笑着说:"不就一个户口?熬上个户口咋着?"

解决户口,吃商品粮是大事。

镜头二

村长想去河申的饭铺里吃碗烩面。村长嘴苦,想去饭铺里弄碗烩面辣辣,就一趔一趔地趔到饭铺里去了。村长进了饭铺,就对河申女人说:"申家,村里的账有几个月没清了吧?"申家女人说:"可不,好几个月了,一堆白条儿,都在那儿压着哩。"村长郑重其事地说:"你算算。你算算看有多少,一事给你清了。"河申女人拿出单子看了看,说:"两千三百七十四块。"村长愣愣的,吓了一跳。村长黑愁着脸说:"咋恁些?恁些?错了吧?不对劲吧?没吃几回呀,你再算算……"申家女人气了,埋怨说:"看看,我说不赊账吧,你回回往这儿领人,吃了拍拍屁股就走,弄一堆白条儿,临了,还不认账。这生意没法做了!……"村长很尴尬地笑着说:"你看,有账不怕算么。该咋是咋,该咋是咋……"申家女人把记账的小本本拿了出来,举到村长的脸上,一笔一笔地指着说:"你看看,县上精神文明大检查,一桌八个,是你领来的不是?啥子治安工作大检查,两桌十四

"嘴苦"说明常吃。几天不吃感觉不舒服。

乡村蒙太奇 / 223

个,是你领来的不是?县水利上的老吴在这儿吃了五顿;计划生育小分队在这儿住了八天,是你吩咐哩,顿顿四个菜;烟叶大检查来了二十六个,开了三桌;啥子小康村建设来了一群,开四桌;包队的乡干部随来随吃,这也是你交代过的。啥子达标大检查,来了……"村长苦着脸说:"两千多就两千多吧。上头老来人,我啥法哩?×他娘,真是管不起呀……"河申女人说:"你行行好,把账给俺清了吧。小本生意,赊不起呀。这些日子肉都割不回来……"村长忙说:"清,清,立马叫会计给你清。"河申女人紧追着问:"啥时清?你说个时候。"村长一边往后退,一边说:"村里一时没钱,缓缓,缓缓。"河申家女人追着屁股说:"啥时给,总有个日子吧?都这样这生意一天也不能做了。"

村长嘴苦,村长想吃碗烩面。村长回头看看那热腾腾的羊肉锅,很无奈地摇了摇头。

镜头三

广臣家的拖拉机从镇上开回来了。

那拖拉机原是三家合伙买的。买了三年,撞坏了三回,没挣啥钱,反而赔了不少。于是那两家不干了,就一块堆作价给了广臣。广臣一时没钱,说好三年还

旁注:
- 当年基层单位流行到饭店记账。如果记来记去还不上,便把饭店拖垮了。
- 还算好村长。
- 当时家里能买得起拖拉机,很厉害了。

债,广臣也认下了。广臣当然高兴。三家凑的,现在全归一家,他当然高兴。不管怎么说,车是自家的了。广臣狠狠心,再紧紧裤腰带凑些钱,就又修修上路了。然而没跑几天,接连被查了几次,只好开回来了。这年月,路也不好上啊。一是查得厉害,路路有卡,动不动就罚。二是路上不平静,赖人老多。广臣在村里也算是体面人,一出门上路就成了孙子了。广臣的车修好后仅仅运了两趟煤,就被查了八次。一辆破拖拉机,光上路的证就十几样。不是少这了就是没那了,查一回罚一回,少的几十,多的上百,拉一趟才挣多少钱?广臣没办法,狠狠心,又请客又送礼的,一下把所有的证都办齐了。谁料,一上路,刚上许禹路口,小旗一摆,又查上了。那交通上人戴着大盖帽,耀武扬威地说:"把驾驶执照拿出来。"广臣赔着笑,赶忙把执照拿出来,那人翻了翻,又说:"准运证呢?"广臣又赶忙把准运证递上去。那人又接过来翻了翻,再问:"行车证呢?"广臣又把行车证送上去。那人接过来看得很细,看了,挠挠头,还问:"养路费呢?养路费交了没有?"广臣又把交养路费的证递上去。往下,那人仍不甘心,一样儿一样儿地挨着查……待查到第十四项的时候,那人抬起头来,目光定定地打量着广臣,广臣满身是汗,一脸煤灰,仍赔着小心说:"同志,你看,我都齐了,叫我走吧。"那

雁过拔毛。

人立时大怒:"你慌什么?你慌什么?看你脸上脏哩?去,去站上洗洗脸!洗脸费五块!"广臣的脸的确很脏。运煤的,脸能不脏吗?洗洗也没啥。再说,罚了五块,也不算多。可广臣哭了,广臣去洗脸的时候哭了。路上,广臣走一路哭了一路,广臣心说:"我不拉了。×他娘,我不拉了。"回到村里,女人迎上来说:"天早着呢,你咋回来了?"广臣破口大骂:"×他娘!我×他娘!……"

> 贼不走空。检查的人比贼还狠。

镜头四

天半晌的时候,狗旦蹲在墙根晒太阳。狗旦很烦,天晴得很好,很好也烦,烦得牙一咬一咬的,不知道该干些什么。狗在地上卧着,懒懒地晒暖,狗眼里有他,他眼里有狗,狗眼里的他很残,狗仿佛也怕那残,猫样的温柔,讨好地望着他。狗旦先是捏了捏狗的耳朵,而后朝狗身上踢了一脚,狗尖叫一声,夹着尾巴跑了。于是就觉得十分无聊。狗旦站起身,伸一伸懒腰,漫无目的地朝四处看了看,心说,上哪儿去弄点钱呢?

> 好细节!

镜头五

妞妞在河边洗衣裳。河水很清,人影儿在水面上映着,动动的,画儿一样。小红手甩甩的,随衣裳在水面上漂,有白色的泡沫从手边溢出来,水面上浮着圆圆的晶亮的小泡,小泡随着流水荡去了,妞妞的心也随着流水漂去了。妞妞心里像猫抓一样,可还是咬牙挺着。挺一日说一日,挺一时说一时,脸上还能叫人看不出来。妞妞心说,你真是长了天胆了。妞妞望着远去的泡沫,心里很愁,怅怅的,仿佛日子也流去了似的,就说:"狗都不来——"

> 无聊。等什么呢?

镜头六

　　石磙卧在场边上,很久很久了,没人想起要用它,石磙很受冷落。石磙很渴望去亲吻麦粒,在碾轧中获得快感。在夏日里,跟在老牛屁股后的滚动很让它怀恋,那温热中的跳跃能激起它青春的回忆。然而,如今却不再用它了。它被扔在了场边上。原来四季中还有两季能用到它,现在一季也不用了。它闲在那儿,被阳光照着,显得很无聊。有时候,人也在它身上蹲一蹲,蹲一蹲它心里好受些,就觉得人还记着它呢:也许有一天还会用到它。然而,人在它身上掐灭了一个烟头,就又去侍弄那喝油的铁家伙去了。石磙想:人怎么这样无情呢?

> 视角独特。

镜头七

洪昌的女人去代销点买酱油,手里掂着一个空瓶,浪浪地走着,那笑里带着日子的滋润。男人的体面和力量都写在她的脸上,叫人觉得那夜晚也是很好的。她穿一件米黄色的洋衫(自然是从大城市里买来的),大城市的衣裳不知怎的穿身上就是好看;裤子也是城里人做的,屁股兜得很紧;高跟鞋在脚下拧着,拧出一串韵儿。脸自然白,也抹了"永芳",就浪浪走。见了人说:"成天歇着也累……"

> 显摆!

镜头八

满仓家的门半掩着。满仓把手插在女人的裤兜里,女人竭力往外挣着,满仓的脸猫一会儿狗一会儿,一时笑着:"一回,就一回。"女人恨恨地说:"一回也不中! 一回一回多少一回了?"满仓的脸顿时又黑下来:"你想找死哩?"女人说:"就是想找死哩,你打死我算了!"两人在屋里陀螺一样转着,你撕着我我揪着你,打得难解难分,"呼哧呼哧"直喘气。满仓打不过女人,女人是下力人,劲比他大,两人就僵持在那里,对着骂。

> 小两口。

骂着骂着,满仓的声音小下来了,满仓小声说:"娘在院里坐着呢,娘在院里坐着呢。"女人说:"坐着就坐着,就是叫她听哩。"

镜头九

国正家一窝六口在窑上忙活。刚出了窑,一个个像刚从锅灶里钻出来一样,黑花脸,浑身上下的衣裳都烂着,看上去像叫花子一样。然而村里人谁都知道国正家有钱。国正爹靠砖堆坐着,乏得像抽了筋似的,手抖抖地拧烟油。国正在地上躺着,头枕着一块砖,伸筋似的,躺出一个大字。国正的女人本是有些样子的,好脸被砖灰蒙着,头发被汗水塌得一缕一缕的,却硬着腰鸭行着去点数。国正的妞七岁了,污着一张小花脸,也在地上坐着。只有国正的娃儿穿得周正些,远远地站在窑场边上望风。一时,国正娘提着茶瓶慌慌走来,黄着脸说:"税上来人了。"于是就眼紧,互相望了,心悬悬的。良久,国正爹把烟掐灭,低着头说:"还是国正家去吧。"国正娘也低着头说:"去吧。"国正爹又说:"跟人好好说。"国正娘低声低气地说:"洗洗脸儿,衣裳换换。"国正的女人就望着国正。国正不吭,始终不吭。

工商税务,吃掌队伍。

女人当家,女人担事。

镜头十

临着公路的地边上站了一群人,领头的是乡长,一行明晃晃的自行车。省里要来人检查工作,乡长慌得领人四下串。乡长对村长说:"会说的叫来了吗?"村长头点得像尿不净:"叫来了,叫来了。"于是就喊:"狗日的,过来过来,乡长叫你呢。""狗日的"小跑着上前来,赔着笑说:"乡里领导都来了? 上家吧,上家……"乡长用审视的目光望着他:"会说话么?""狗日的"忙说:"会,会……"乡秘书在一旁严厉地说:"可好好说! 说砸了可饶不了你。""狗日的"说:"赌放心了,咱啥时也没往领导脸上抹过黑。"乡长客气地笑着说:"不要这样么,不要这样。"这时,乡秘书手里的传呼机响了,乡秘书忙说:"来了来了。"于是一行人骑上车就走。车骑出很远,乡长又勾回头来嘱咐:"好好说,好好说。"不一会儿,明亮耀眼的车队就过来了。车队开到麦地边上停下来,有戴眼镜的男男女女从车上跳下来,围住站在地边上锄麦的村人叽叽喳喳地说话。村人个个脸儿灰白,结结巴巴,不知如何才好。独有"狗日的"不卑不亢,从容应对。一个很有些身份的人问:"对乡里领导有没有啥意见哪?""狗日的"说:"有。还不少哩。"就

> 赌放心了! 会说话。

有人忙掏出本来鼓励他:"说吧,大胆讲,不要怕。""狗日的"说:"我不怕,有领导撑腰,我怕啥?!我怕个锤!"众人笑说:"你讲你讲……""狗日的"说:"过去那干部,人家,就不咋来。现在那干部,哼,成天在村里串……"众人催道:"往下说,往下说。""狗日的"说:"见人就问,化肥够不够啊?柴油够不够啊?农药有没有啊?还有啥困难没有……"说得众人点头。一时,众人上车,车队日日开走了。又一时,躲在小树林里的乡干部们又骑车日回来。乡长拍着"狗日的"肩膀说:"中,说哩中!叫啥名呀?""狗日的"点着头说:"保国,王保国……"乡长又拍拍他的肩膀说:"中,保国,我记着呢……"说着,从兜里掏出一包烟塞进保国的兜里,而后,又急急地追赶来检查的车队去了。王保国喜滋滋地扬着乡长给的那包烟说:"这回我可给乡里露脸了!"村长走过来一把夺过那包烟说:"烧屎哩,散散。"王保国急白脸说:"屎,一包烟,说了一嘴黏沫子,乡长给包烟,还散?"说着又把烟抢了回去。村长照他屁股上踢一脚:"散散!"王保国无奈:"散散就散散。"

正话反说,好嘴!

镜头十一

午后,日光晃晃的,村里的汉子们三三两两往老德家走去。老德家是个牌场,这是个明场。谁都来。来的都是些没成色货,玩也是小玩。一分二分的,高说,一毛两毛。来的人多是看家,看得心痒了,补个小场,也就一泡尿的工夫。也有屁股刚亲住凳子,又被女人拧住耳朵拽回去的。很大众化。有时也赢烟卷,都是赖烟。老德是个光棍,五十多了,没女人,日子熬煎,是老庄,常坐。其余自然是流水席。老德上地干活的时候,门也大敞,反正屋里没什么值钱东西,来了人就坐,老德回来接着坐。这会儿,老德正在庄上坐着,赢了,数那一分一分的钢镚儿。坐在一旁的二娃输躁了,说:"来野的,咱来野的!一分二分没意思。"坐在对面老吹说:"干啥呢?干啥呢娃子?都是急辣辣的。"老德说:"野的就野的,五分?!"老吹急白脸说:"不叫干算了,不叫干算了。"又小声求告,"一分吧,一分吧,小玩,咱小玩。"围看的众人起哄说:"起,起,怕老婆货,没钱起。"这时,满仓刚踩进门,便抢上来说:"我上,我上。"人们哄地笑了:"又一个怕老婆货,又一个怕老婆货!"满仓举着从老婆兜里抢来的两毛钱说:"有钱,有钱。"

小赌怡情,更见性情。

镜头十二

夜静的时候,就能听到一些轻微的"哗哗啦啦"的响动,那响声是洪昌家发出来的。洪昌家也是个牌场,暗场。村里知道的人很少,来的也都是些有头脸的人。洪昌家盖的是两层小楼,院墙很高,院里还拴着一条狼狗,夜深时,听见狗叫,就是又有一拨人来了。乡干部是常来的(在乡干部眼里,这是个明场)。乡里干部靠工资吃饭,日子很寡,洪昌是大户,不吃白不吃,来他这里玩玩,也是该的。县上也有人来,工商的、税务的、公安的……都是熟人,来了就坐。也有生意上的人来,都是关系户。洪昌的场面大,开着纸厂、窑厂,花销自然也大。洪昌的女人就每日里在家候着。来了人,就打扮出好脸,香香迎出去,倒茶递水,做些酒菜,而后扭扭地一盘一盘送上,偶尔有男人假借酒醉在她屁股上拧一把,捏就捏了,都是有头脸的人,她不吭。酒后自然玩玩,牌桌摆在内室,玩得也大,一般"硬一"(十元),也玩"硬五加翻"。洪昌是个能人。一般在牌桌上就把生意做了;出了什么事,打个招呼,就有了照应。纵是体面人,自然也分轻重。一般的,玩输了,走就走了,洪昌不拦;有赖着不走的,厚着脸问洪昌借,洪昌就甩出三十五十,让他捞,再输就不管了。很有权力的,赢了自然归自己,若是输了,不管输多少,都是洪昌会账。特别有用的,一是要他玩得高兴,二是要他赢得痛快,这就要动用很多智慧。洪昌有智慧,就不动声色地让

> 难怪洪昌家女人如此显摆。

> 交际场。

他赢,一晚上说送多少就是多少。这就不用涎着脸去巴结,很体面不是?对方自然心知。于是,每到夜半,听见狗叫,洪昌的女人就慌慌迎出去,说:"来了来了……"

镜头十三

太阳一竿高的时候,在邻近的乡村里,会晃出一个骑破自行车的人。车很旧,车胎不知已补了多少回了;人也很旧,叫花子似的,头上常戴一顶吓老鸹草帽,车后架上绑着两只很大的土筐。没有人不认得他,他叫老蚰,是收破烂的。老蚰只要往村口一蹲,人们就会说,收破烂的来了。收破烂的老蚰满脸皱纹也满脸喜悦,那喜悦深镶在皱褶里,像半卷的旗帜一样掩着内心那稍稍有了一点高贵的滋润。每当有卖破烂的到他跟前来的时候,老蚰自然也客客气气,也讨价还价,生意做得很死,却没有贱气,骨子里仿佛有什么撑着似的。上点岁数的人,总爱问些家常,人家问了,他也应,脸上淡淡的,应着应着就应出了很多高贵。于是那卖破烂的也就不敢小看这收破烂的脏老头了。于是那问话就一遍一遍在乡野里重复:"日子咋样?"

"差不多……"

"娃们都大了?"

"大了。"

"都站住步了吧?"

"没有哩。老大在北京上大学呢,老二在省里读大学,老三是个没材料货,读个中专。"

"呀嗨,呀嗨嗨,你咋恁有福哩?!"

"啥福呀!将将就就吧。"

纵是收破烂的,脸上也写着尊贵。那尊贵像纸一样,很薄。只有跟前没人的时候,老蚰才偷偷地从兜里摸出一块干馍。慢慢塞进嘴里,像老牛反刍一样一点一点吞咽,喉咙老了,咽也很吃力,噎得他喘不过气来,他心里说:有口水就好。

心苦。

镜头十四

半晌午的时候,援朝家来了两个城里人。城里人很横,进门来径直往椅子上一坐,问王经理呢,王老板呢,王骗子呢……

援朝家女人看了看城里人,又看了看盘腿坐在床上的娘,勾着头说:"援朝没回来,谁知道他死哪儿去了。"

城里人说:"不说是不是?不说是不是?跑了和尚

跑不了寺,我叫恁一家人都绳儿起来!"

援朝家女人说:"绳儿起吧,这种日子我一天也不想过了。"

> 捋住了。

城里人互相看了看,就掏烟来吸,再不说狠话了。

屋里很静,也很闷。援朝的娘依然盘腿坐着,嘴里嚼着一块干馍,嘴很老了,牙也不剩几颗了,就那么一点一点磨着,把时光都磨碎了。她不看人,她谁也不看,就那么无休无止地磨。

城里人软下来了,说话的声音也小了,愁着脸说:"嫂子,你别嫌我说话不好听。我也是被逼到这一步的。"说着,那城里人哭了,两手捂着脸,吸溜着鼻子。而后,他从兜里掏出手绢擦了擦脸,又求告说:"嫂子,你给我说说他在哪儿,你给我说说地方,我去找他……你看我一趟一趟往这儿跑,鞋底都磨烂了,这人咋是这样呢?……"

> 王佳理是个什么货色?

援朝家女人什么话也没有说,也捂着脸哭了。

援朝娘仍旧盘腿坐着,木然地坐着,坐出木鱼样。那苍凉遍布木鱼样的脸上,皱褶随嘴角的牵动一扯一扯,仿佛要扯起一张网来;没有门牙的老嘴像是那盘在网里的蜘蛛,蜘蛛迟缓而又忙碌地动着,动出一片陈旧的地图一般的温热。

镜头十五

凤芝要随军了。

广臣家的拖拉机在门口停着,该装的东西都已装上。听说要走,邻里们都来了,说些热话,搭手帮着装车。保根在队伍上干了十三年,喂了七年猪,一年连部文书,二年排长,一年半司务长,一年连长,干着干着就混上了少校营长。部队上的事情村人们不晓得,只知道保根混上大干部了。大干部可以带家小,这很好,很叫人羡慕。然而,却没人知道,那一台儿一台儿爬得是多么艰难。庄稼人,家里破烂东西太多,该卖的卖了,该送人的都送人了,还有些东西是舍不得扔的,是拿也不好,扔也不好,送人又显薄气,都在屋里地上放着,看了让人心里难受。

十三年,换一个随军,凤芝心里本该是高兴的,可她就是高兴不起来。为了什么呢?那又是说不清的。有多少日子,她盼男人盼得都快疯了,这回就要跟男人去了,跟男人永久在一起了,可她却像掉了魂儿似的,心里很空。该搬的东西都已搬净了,她还屋里屋外地来回跑着,不知道要拿什么。

保根在门外的拖拉机旁站着,一圈一圈地给人散

> 接上前面镜头了。

> 毕竟不舍。

烟,顺便说些感谢的话。体面话是不经说的,说着说着就有些口干,词儿好像不够用了,也不想再啰唆了,还是笑着散烟,那笑容已被风刮干了,蔫头倭瓜似的,很皱。他看见女人像没头苍蝇一样屋里屋外来回跑,一股火就蹿到了脑门上,他厉声喝道:"干啥都磨磨蹭蹭的,你瞎跑个啥?!"

凤芝一怔,一屁股蹲坐在地上,放声大哭,哭得昏天黑地。

> 各人有各人的苦。

保根愣了,跑上去说:"这是干啥呢?你这是干啥呢?也不怕人家笑话。"

凤芝哭着说:"我不去了,我不去了。"说着站起身来,一扭一扭地去车上搬东西。

众人忙拦住说:"凤芝,凤芝,这是多好的事,大喜事!保根给你挣个户口容易吗?多少人争还争不来呢,别傻了。"

保根也气了,保根说:"别理她!不去也成,娘那个卵子,不去咱离婚!娘那个卵子!"

凤芝一听,哭得更厉害了,呜咽着说:"离婚就离婚。"

众人忙拉住说:"干啥呢!这是干啥呢!"众人把两人拽到屋里,屋里的东西已搬空了,看上去很凄凉。凤芝往地上一坐,保根脸黑着,无话。

一把老锄在墙上挂着,旧日的襻绳也在墙上挂着,还有一包一包的陈年旧报纸包着的菜籽,发不出芽芽儿的菜籽。众人都不晓得说什么好,劝两句,就知趣地往外走,一边走,一边心里骂着:×他娘,×他娘耶!……

镜头十六

来喜又掂着提包上路了。

来喜的提包里装的是药丸。来喜不种庄稼了,农民不种庄稼就去卖药。来喜卖的不是药,是一张嘴。可来喜却说不好话,他是个结巴,一说话就打结,结结巴巴的,说不成句。说不成句的人显得很诚恳,来喜靠的就是这结巴出来的诚恳。提包里装的药丸名叫"金不换",六代祖传,主治腰疼、腿疼、跌打损伤。药是很好的,也有证明。证明是大机关里开出来的,盖着红霞霞的公章。包装也很好,很讲究的。村里人都知道这是假家伙:药丸是红薯面、掺高粱面豆面拌蜂蜜团成的,证明也是假的,公章也是假的,包装更是假的,来喜不瞒村里人。然而却没人知道来喜制造这种假家伙究竟用了多少心思。来喜是精明人,按说不管干什么,精明人都是可以发财的,可来喜偏偏喜欢造假药。那公

李金魁的结巴与此有关吗?

乡村蒙太奇 / 239

章、那大机关的证明是怎样造出来的呢?这很让人纳闷。来喜自然不说。这也是一门艺术,造假的艺术。来喜终日钻研这门艺术。村里人好奇,常问:"城里人就那么好哄吗?"来喜说:"好好好……好哄。"人们不信,却又不得不信。是呀,要是日哄不住人,他吃什么呢?来喜大部分日子是在路上度过的,从一个城市到另一个城市,很散漫也很惊险。回来的时候,来喜就躲在屋里开始新的制造。似乎也有日哄不出去的时候,来喜把剩下的药丸送给邻居喂猪。邻居笑说:"这可是金不换呢!"来喜郑重地说:"药药药……霉霉了。"偶尔,来喜会突然领回来一个女人。女人穿漂亮裙,一晃一晃地跟来喜进村了,过不了两日,又突然不见了,就像根本没来过一样。村里人问:"来喜,这是你拐来的女人吧?"来喜很生气地说:"哪哪哪哪哪……跟哪哪呀!人人人家是是来学学技术哩。"来喜有自己的宣言,来喜常对村里人说:"这这人干干啥都行,就就就是不不能坏坏良良……心,咱不不不坏坏良良心,咱这这药药药吃吃不死人人……"

卖大力丸的。

　　来喜又掂着提包上路了,路是很漫长的,来喜走得很有信心……

　　村里人看见来喜,就说:"这一趟又上哪儿日哄去?"

来喜就说:"北北北……北京。"

村里人很高兴,就说:"对,上大地方,坑死鳖孙儿们!"不知怎的,村人们越来越恨城里人了。

镜头十七

月琴家盖房今天扎根脚。

为盖这所新房,月琴家跟广臣家先后打了一年六个月零七天的官司。官司打得很艰难,也很执着。月琴家先后扎过七次根脚,都被广臣家扒掉了。争执原本是很小的,也就一尺来宽,但广臣家就是不让。广臣家住的是老宅。月琴家是村里规划的新宅,村里把房子划到广臣家的老宅上,也就占了一尺。按说这责任在村里,可村里面对广臣的时候,也就不好说什么了。广臣家有拖拉机,村里干部们办事没少用广臣家的拖拉机,当然广臣也算是场面上的人。这样,月琴家盖房的事就很不好办。月琴爹是个死鳖货,月琴娘是个病秧子,月琴的弟弟还小,月琴呢,又是个闺女家,正上高中。这样,月琴家盖房根脚扎了七次,广臣娘就去扒了七次。乡下人盖房不容易,人召集来了,钱也花了,房却盖不成,广臣娘就躺在工地上,匠人们谁也不敢上前垒。事就这样耽误下来了,一天一天的,耽误的都是血

宅基地是农村常见的纠纷起因。

汗钱呢！开初的时候,月琴娘曾去求过广臣,广臣很体面很大度地说:"盖吧,知道恁难,赇盖了,老太太糊涂了,别理她。"于是月琴家就重新请匠人,买烟买酒割肉备菜。又是人召集来了,广臣娘又是往工地上一躺,要死要活的,匠人们又是只好蹲在一旁吸烟,谁敢垒呢?那是广臣他娘啊。于是月琴一家抱头大哭。月琴气不过,月琴说:"没王法了吗?咱去告他!"先是告到村里,村里干部说:"也知道恁难,可这是民事纠纷,事稠,不是一句话两句话能解决的,研究研究吧……"一研究就研究到麦罢了,房子还是盖不成。于是又告到乡里。开初乡里判他们有理,说宅已是乡里统一规划的,谁也无权干涉,赇盖了,乡里给恁撑腰。过几日,又去找,那话又变了,说是这事也不能光听一面之词,得调查调查再说。风说变就变了。广臣就站在村里的高埂上说:"还告我呢!让她告去吧。"村里晓事的人说,送送人事吧,现在都兴送人事……于是就给乡里管民事的送礼。礼也送了,盖房的事还是遥遥无期。月琴娘总是哭着去又哭着回。又有晓事的人说:"礼太薄了,人家广臣家送酒,一送就是一箱。"可是,礼重了送不起呀,那日子只好在泪水里泡着。

今天,月琴家又要扎根脚了。匠人们来得很齐,夯声也打得很响:"石磙圆周周哟,抬高猛一丢哟!抬高再抬高哟,抬高不弯腰哟……"广臣娘没有出来,广臣家门关着,院里静悄悄的,一点声音也没有。

月琴就在工地上站着,默默地站着,眼前的一切都很陌生。事情一下子变得非常简单,简单得叫人不能相信。那仅仅是一张纸,一张很薄的纸。月琴收到了一张纸,这张纸是从很远很远的地方飘来的。月琴考上大学了,月琴考上了省城的医学院。这张纸是邮递员送来的,月琴收到这张纸的时候并没有给村里人说,可村里人还是知道了。于是村里干部就有人递话说:"盖吧,赌盖了,村里给你做主!广臣家也太不像话了。"广臣也托人递话说:"多年的邻居,不能为这一尺坏了情分。盖吧,赌盖了,缺啥少啥言一声。老人糊涂了,别跟她一样。"

匠人们就在眼前,村庄就在眼前,更远的地方是田野,可月琴什么也没有看见,她眼里只有仇恨,很多的仇恨。在她的心底深处,仿佛有什么东西一下子被摧毁了,彻底干净地被摧毁了。如果事情仍然不能解决,她心里也许还会留存一点什么,她会尽力寻找说理的地方;恨也只恨一个人,还有着期望,还有着承担苦难的屈辱,还有一点点念想……现在什么都没有了。月琴很恶毒地笑了,月琴心里说:这人披上狼皮是狼,披上羊皮是羊,要是披上一张老虎皮就可以吃狼了。月

原来月琴有身份了。

人性之变。

乡村蒙太奇 / 243

琴禁不住大声说:"这人就是一张皮呀!……"

镜头十八

保松在果园里打药。

保松三年前承包了村里的苹果园,承包期是十五年。当时村里人谁都不愿承包,一是树苗还小,得几年恩养;二是果成了怕偷怕抢;三是怕得罪人,果下来了不让谁吃呢?于是承包基数定得很低:三年不交钱,第四年头上一亩交二百块钱。当时就保松愿包,保松就包了。村人们曾私下议论说,保松是冤大头,白尽三年义务,今后还不定咋样呢……保松说,管他挣钱不挣钱呢,园子里怪静,他就喜欢静。就此,保松一家就搬到果园里去住了。一天到晚剪枝呀、打药呀、松土呀,挺忙活。保松的女人娃子也都在果园里的草庵里住着,衣裳挂得烂花花的,夏天里蚊子咬一脸疙瘩。人们又说,图啥呢?人不像人鬼不像鬼的。保松终是不吭。

三年后,果树齐刷刷地长起来了,也开始挂果了,果园里飘荡着一股清香气,人们才看出来,保松是真能啊!三十亩苹果园,一亩才两百块钱,那简直就是白给呀!村人们很生气,看见那果园眼黑。然而却一点办法也没有。保松听见有人说闲话也很生气,心里说,早

事不成遭耻笑;事成遭嫉妒。

些时候,让谁包谁不包,这边没明没夜地折腾了几年,刚说见点沫儿,可眼红了,以后再见面话就少了。

  保松已经迷上这个果园了,可以说他已把自己种在这个果园里了。三十亩大的果园,他竟然有能力把它圈起来。临村的这面他用废铁丝结了一道五尺高的网,其他三面种上了蒺藜;在一千多个日日夜夜里,他都在入迷地干着这样的活计。无论白天黑夜,他只要一醒来,就目不转睛地望着那片果树,一遍又一遍地巡查那花儿那果儿,每棵树上每个果儿的微小变化他都能看出来,果儿一点一点在长,果儿的生长给他带来了无限的喜悦。他把自己圈在这个果园里与果儿一起生长,有时候他觉得自己也变成了一棵树。当他发现果儿生虫的时候,除了打药之外,还到处找些废报纸废塑料布一个一个把果儿包起来。有风的日子,远远看上去,那树就像长疯了一样,白花花的,晃着一头帽子。

  这会儿,保松正背着喷雾器给果树打药。他站在梯子上,侧仰着身子,一片一片地给树打药,雾状的药液落了他一身一脸。三十亩大的园子,打一遍需要许多日子,可他不急不躁的,一边打一边看树上的果儿。打着打着,他突然觉得眼有点痒,就用手背去揉眼,轻轻地揉了两下,眼前突然一黑,他身子摇晃了一下,喃喃说:"我看不见了,我怎么看不见了呢?……"他紧抓

> 理是不错,可这么一来,隔断了乡情。

> 中毒?不像。

住梯子,心里说,别慌别慌,就用脚探着梯子,一台一台往下挪。然而,他一脚没踩好,就一头栽下来了。保松从地上爬起来,揉着眼大声喊:"叶她娘,我看不见了,我咋看不见了呢?"

> 李佩甫的很多小说细节都常有神秘倾向。

镜头十九

一到天塌黑的时候,锯家就骑车回村了,车上载着两只空空的大筐。

锯家是个贩儿,菜贩,每日里骑着辆破车进城卖菜。菜是从大棚里批的,并不零卖,只是转转手,再批给城里的摊贩,挣个差价和脚力钱。锯家骑车进城卖菜时曾惊动过不少城里人:一个白发苍苍的老太太能骑车不说,车上竟然还绑着两只看上去足有一二百斤重的大筐!四十多里路,她是怎么蹬来的呢?……锯家满脸枯树皮,嘴里的牙已掉光了,看上去像岁月一样苍老,其实还不到六十岁,她五十八了。五十八岁的老女人,已成了这个样子,这是很让人心酸的,可锯家并不觉得苦。她也有伤心的事,那是因为儿子,她可怜儿子。男人是个匠人,很能挣钱的匠人,可男人瘫痪了,很早就瘫痪了,男人在床上躺了二十多年,家里的许多日子是她撑过来的,她还养大了三个儿子,一个个都养

> 又是个女人执家的故事。

得很壮。儿子养大了,媳妇娶下了,可儿子却不争气,很不争气呀。大儿子叫大锛,看上去精爽爽的,就是不成料。也成天张罗着要做大生意,只是赔了一谷堆儿又一谷堆儿,最后赔得把老娘的肉都快卖了;二儿子叫二锛,肉头,是个怕老婆货,人也窝囊,总也看不住媳妇,倘有俩钱儿也花到找媳妇的路途上了;老三哪,三锛子,中学光一年级就上了三年。有什么办法呢?只有每日里蹬车卖脚力了。天已黑下来了,土路上有很多车辙,很不好走,眼也不济事了,她只好推着车走。人老了,奔波一天,身上的肉很乏,只想把肉卸下来好好歇一歇,却又不能歇,一坐下来就再也站不起来了。就慢慢走吧,一点一点拧,总会拧回家的。月亮升上来了,夜变得很朦胧,村路看上去花嗒嗒的。远远地,她看见路边有一黑影儿,坟头一样,慢慢近了,就觉得那温黑像是身上掉下来的东西,味儿很近。蓦地,那黑影儿叫一声:"娘。"锯家吓了一跳,锯家说:"大锛,黑灯瞎火的,你蹲这儿干啥?"大锛说:"娘,我等你呢。"锯家没好气地说:"等我干啥?"大锛嗫嚅说:"娘,那计划生育又罚款哩,我想出去躲躲。"锯家说:"咋又罚哩?罚赌罚了,你蹲这儿干啥?"大锛就不吭了,久久,大锛吞吞吐吐地:"我……我想弄俩钱儿。"锯家望着蹲在黑影中的儿子,好一会儿才说:"锛儿,恁娘老了,恁娘也没栽

原来,当年就有啃老族了。

乡村蒙太奇 / 247

摇钱树啊……"

镜头二十

妞妞在坟地里等洪恩。

坟地里很黑,萤火一闪一闪的,柏树上的老鸦扑扑棱棱的,妞妞却不害怕。妞妞在等洪恩。

洪恩跟妞妞那个很长时间了。两人是在石固会上认识的。去年,妞妞去石固的姨家赶会,会上人多,一挤一搡的,妞妞被挤到石桥边上,差点掉下河去,洪恩伸手拉了她一把,洪恩说:"串亲戚呢?"妞妞说:"串亲戚呢。"两人就认识了。而后,两人在镇上交粮时又见了一面,妞妞便知道洪恩是八柳树的了。交了粮,洪恩领妞妞在镇上的饭馆里吃了一碗烩面。吃饭时,洪恩说,他爹是在县上工作的,他不久也要到县城去了。妞妞心里就潮潮的,羞羞地抬头看了洪恩两眼。吃了烩面洪恩要去送她。一送送到河坡里,洪恩香了她,一香把她香成了一摊泥。往下就有点把持不住了,天天想见面,一见面就那个。后来妞妞也怕了,催他赶紧托人提亲,洪恩一声声应着,口甜得像抹了蜜。妞妞想,也就早早晚晚的事,就一次一次遂了。妞妞遂一回后悔一回,遂一回后悔一回,而洪恩说的话一样也没兑现。

等待的妞妞、显摆的女人、可恶的洪恩。

很快,妞妞身上就有些感觉了,想吐,想吃酸的。妞妞吓坏了,见了面就央告洪恩,说:"洪恩洪恩你可不能骗我呀!你要骗我我就死给你看!"洪恩说:"我不骗你,我骗你干啥?"妞妞说:"你可来呀,你要不来就把我坑死了!"洪恩说:"我来我来我一定来。"洪恩解释说:"主要是俺娘不愿,俺娘原先给我说了个河西周庄的,我不愿,就这么一直拖着,等那边的事了了,这边就好说了。"妞妞问:"真的?"洪恩说:"真的。"妞妞说:"你不骗我?"洪恩说:"我骗你干啥?"妞妞说:"洪恩我不能等了,我不能再等了!……"洪恩说:"七天,七天我一准给你信儿。"妞妞说:"我就等你七天,这七天我夜夜来坟地里等。"说着说着,妞妞哭了。哭着哭着,妞妞躺在了洪恩的身上,妞妞柔声说:"你听,他动呢,他动呢。"洪恩很烦,烦着烦着就又想那个了,妞妞不让,妞妞说:"不,我不。"撕撕扯扯的,妞妞说:"你真敢哪,你真敢哪……"就又那个了。事了,妞妞又哭,洪恩又哄。

  妞妞坐在坟地里等洪恩,今天已是第八天了,洪恩还是没有来。妞妞眼里已没有泪了,只木然地坐着,像坟头一样地坐着。

  妞妞在等洪恩,怀里揣着一把刀……

痴情的女子,智商为零。

由爱生恨。

镜头二十一

树人站在屋门口,望着树上的老鸹窝发愣。

树人一心一意想当作家,树人当作家当成个傻子了。村里人都说他傻。他高中毕业,先是好好的在村里小学当民师呢,却不好好教书,狂想着当作家,红着脖筋跟校长吵了两架,校长不让他教了,于是就回家当作家。先是在稿纸上写,稿纸一分钱两张,他写一摞子,而后背着手,高擎着头,一蹿一蹿在村里走,见人也不理,嘴里还念念有词,河边望望、地头望望,一副贵人派头。一直到女人喊他吃饭的时候,才又背着手走回去。一时村里人谁也不敢小瞧,看样子不时就可成气候了。自此,树人就整天带着那摞子稿纸往外跑。先是借国正家的自行车,骑着到郑州去送稿,车上还带着一布袋黄豆,就这么死蹬活蹬地蹬到郑州去了,回来把国正家自行车的脚蹬都踩坏了,气得国正家女人大骂。而后,有一张盖着红霞霞大章的笺儿飘回来,树人就拿着这笺儿四下张扬,说是省里来信了,作品马上就要发表了,一发表钱就汇来了,就是作家了!据说上头还给乡里发了信,说树人是人才,要乡里重用哩。树人就更狂,更闲人不理半个,走路肩膀一斜一斜的,拧着分头,

又是"一蹿一蹿"。

又"一斜一斜"了。

眼看着立马就成气候了。又写,一年一年地写,终也不见有个屁放出来。开始,树人家女人还好言好语说说,后就骂起来了,无休止地骂,树人也不吭,只管闷着头写,稿纸使不起了,就用烟纸写,写了又四下邮,就这么写着写着把个好好的女人写跑了。爹骂娘骂,四邻乱戳脊梁骨,树人一概不理,只是像囚犯似的把自己关在屋里。树人不相信自己写不出来,他觉得自己就差那么一点点,省城的编辑也说他差那么一点点,可那一点点就是突不破。有人给他出主意说,送点"人事儿"吧,这年头都兴。于是就到处借钱送礼。第一次很蠢,他把好不容易凑来的二百块钱夹在寄稿件的信封里,把钱夹在稿纸的第二页,还自做聪明地用糨糊加上几根头发把钱粘上,又写上了许多恳求的话。然而,一个月后,熬了许许多多个夜晚,修改了无数遍的稿件还是退回来了,信封里却没有钱。他急了,那钱是他好不容易借来的,他不能当这样的冤大头,就再一次地来到省城的编辑部,转弯抹角地说了钱的事,可他没想到,却当头挨了一棒:没有人承认这件事,谁也不承认拿了他的钱。还有一个编辑竟当众教训了他一顿,说他不好好写稿,把心思用歪了。这是个好编辑,他知道这是个好编辑,他无话可说,他只恨自己。回到家里,他哭了,他用头往墙上撞。又是许多个日日夜夜,等他写到脸发

> 从自觉怀才不遇到送礼求人,是很多写作者走过的路。

绿的时候，他又拿出了一篇稿子，这一次他吸取了前几次的教训，把家里东西能卖的都卖了，而后夹着稿子再闯郑州。可万万想不到的是，那位好编辑却生病住医院了。他匆忙赶到医院，把门的又不让进，万般无奈，他又闯进那编辑的家里，给那编辑的妻子说明来意，匆忙从兜里掏出四百块钱放在桌上。不料，那城里女人的脸却变了，一把把钱塞在他手里，说："这是干什么？这是干什么？"说着，不容辩解，竟一下子把他从门里推出去了，门"咚"的一声又关上了。

有梦想的写作者众，成作家者毕竟寥寥。

现在，树人在家门口站着，愣愣地站着。女人没有了，孩子没有了，家里空空的，只有那一堆钢笔尖磨出来的废纸……

树人心说，放把火吧，我真想放把火。

镜头二十二

坤江在小磨面房门前蹲着，槐也蹲着，两人脸儿对脸儿，都不说话。槐吸着烟，坤江也吸着烟。槐吸的是"阿诗玛"，坤江吸的是"一头拧"。坤江跟前还放着一包"许昌"，那是给槐准备的，槐没吸。槐不吸坤江心里很愁。

坤江很想让槐吸他一根烟，可槐就是不吸，槐不吸他没有办法,槐不吸他的烟他一点办法也没有。坤江很无奈,勾着头拿烟烧地上的蚂蚁。很久,坤江说:"兄弟,你咋老停我的电呢?你停我的电,我还咋磨面呢?"

槐七斜着眼说:"我不停你的停谁的?你不交电费叫我咋办?恁都不交电费,人家电业局还捣闸呢!"

坤江说:"兄弟,我不是不交,是没挣住钱呢。挣住钱能不交吗?恁哥是那兑赖的人吗?宽宽,再宽宽吧,挣住钱一准给。你看,你老停我的电,没人来磨面,我上哪儿给你弄钱呢?"

槐说:"哥,你哄谁呢?一个多月了,开门一个多月了,你没挣住钱?你哄谁呢?"坤江说:"兄弟,我给你赌咒吧?几十几的人了,我能哄你?一个多月不假,开初是机子没安好,老出毛病。今这儿了,明那儿了,一项活也没做成。后半月光夜里来电,你说这半夜三更的谁来磨?你说说。这话越往下说越丑,兄弟,都是一样的人,你咋不一样待承呢?你对洪昌家啥样?你对国正家啥样?你对广臣家又是啥样?人家有钱,人家都是大户,可你也不能就这样阴报恁哥呀?恁哥给你烟你都不吸?你是嫌恁哥的烟赖呀?兄弟,咱是近门,没出五服呢,打断骨头连着筋呢……"

槐说:"哥,你中,你敢骂恁兄弟。你人物!你头圆!不错,我没掐过他们的电。人家月月交电费,我凭

乡村亲情让位于经济利益。

乡村蒙太奇 / 253

啥掐人家的电？这年头你也别说出五服不出五服，近门不近门，近门你也没把磨面机抬俺家？我当个鸟电工，黑天白日熬，也没少落骂，我图啥？还是那句话，你交电费我就送电，你不交电费我就掐电。我也不管你三叔二大爷，这年头情面不值钱……"

坤江说："兄弟，我骂你了吗？我就是长天胆也不敢骂你呀。兄弟呀，你抬抬手我就过去了。你能眼看着恁三奶奶点油灯？"槐把烟碎了，抬身站了起来，说："我管不了那么多了……"

坤江也慢慢站起身，望着槐，说："兄弟，你真不叫恁哥过了？你是看恁哥没成色，你欺负恁哥哩？他们电费真的都交了？真的就恁哥一个没交电费吗？洪昌家昨个还说，她家差着一千多块电费钱哪！"

槐又乜斜着眼说："不错。可人家跟你不一样，人家是大户，一张支票就拨过来了。"

坤江盯着槐，吐一口气，说："兄弟，你欺负我呢！……"

亲情演变成恨。

槐傲傲地说："随你说，我就是欺负你呢……"

坤江说："你不叫人过了？"

槐说："不叫人过了……"

四目相望，眼很毒。

254 / 人面橘

镜头二十三

快晌午的时候,狗旦被五花大绑地捆进了乡联防队。

乡联防队归乡派出所领导,人都是各村抽来的,平时协助派出所管管治安,也协助乡政府收收罚款什么的,"形势"来了,就是"小分队"。也都是发一身绿衣裳,一个个走出去横横的。一般人见了派出所的人不怕,那总还是讲理的地方,有法律管着呢。怕的就是这些"二爷",惹上了二话不说,先捆一绳。

狗旦是在镇上惹上乡联防队的。开初狗旦只是在镇街上闲逛,没干啥坏事。后来一晃晃到打台球的几只破桌前,看台球桌的小伙说:"咋,来一盘吧?"狗旦说:"来一盘就来一盘。"说着,就上去接过杆子。那小伙给他摆好球,说:"先说好,一盘五毛。"狗旦也想耍耍大爷,两手伸在兜里晃晃说:"爷儿们,没钱,一分钱都没有……"那小伙气了,说:"没钱出来'胖'什么?一边去。"狗旦心说,你算个鸟啊!毛孩子一个!就很气派地笑看着这毛孩子,一把抓起球托,甩手扔了出去。那小伙一愣,也不去捡那甩在粪堆上的球托,就说:"你等着,有种你等着!"说着,扭身跑去了。狗旦很大胆,

城管的前辈。

装浪浪儿。

乡村蒙太奇 / 255

就站在那儿等着。狗旦心说,我怕谁呢?然而,等他想跑的时候已经晚了。

狗旦栽了,狗旦没想到那家伙跟联防队的人有亲戚。现在狗旦被铐在树上,屁股上也挨了几脚,踢得狗旦想尿。联防队的人说:"又是你,又是你,×你妈!又出来捣蛋了不是?先罚款二百!"狗旦说:"该咋请咋了,我没钱……"联防队的人说:"日你妈还嘴硬?!"于是又照狗旦的屁股上"亲"了几脚。后来狗旦娘就来了,狗旦娘拧着小脚见人就央告,举着买来的一包好烟四下敬。联防队的人说:"回去拿钱吧,罚款二百。啥时钱凑齐了,啥时放人……"一时,抱树而立的狗旦就觉得身上的血很热,喊道:"娘,你别管我,别去借钱。看他能咋我?"娘看看他,眼里的泪下来了,娘说:"鳖孙,还嘴硬呢,你不就是吃嘴上的亏了吗?在家好好的,你出来干啥?"娘数叨了他几句,又去求告联防队的人:"同志,同志,你看,日子紧巴,家里也没啥进项,错是犯下了,能不能少罚点?少罚点吧?"一个人说:"不行,二百。一分也不能少!"另一个说:"看你态度不赖,一百五,不能再少了。"这个说:"你干啥?二百,我说了,二百,一分也不能少!这回谁说也不中!"狗旦娘"扑通"一声就跪下了,说:"同志,求求你了,家里确实没进项。"另一个就说:"算啦算啦,看这老婆子怪可怜

还在横。

的,一百五就一百五吧,不能再少了。去吧去吧,去凑钱吧。"

阳光很好,阳光下的狗旦在榆树上铐着。狗旦对着阳光高声喊道:"娘,你别管我,你走吧,你走啊!"说着,狗旦竟嗷嗷地哭起来了。

> 一哭,见出内心的虚弱来,毕竟不是混混儿。

镜头二十四

晌午时分,村长领着几个村干部在村街里走,一个懵头倭瓜似的,走得很散漫,后边还跟着两个乡联防队的人。村长头勾着,腰一磨一磨的,像是别了扁担,身后的影儿拉得很长。村长走得很慢很沉闷,鞋"踢哒踢哒"的,一副很无奈的样子。

村长是出来收款的。趁晌午人都在,村长领人出来收款。款是县里派的,县里要修一条公路,叫作"致富路"。县里没钱,只好集资修。全县按人头摊,一人摊三块。乡里呢,干部们也都急辣辣的,顺势加了两块,这就五块了。村里干部也得活呀,上头来人检查工作,总得管人家吃顿饭吧?来人还一拨一拨的,又总是赶到饭时,酒赖了人家还不喝。村里不敢多加,只加了一块,这就六块了。上头千条线,下边一根针,针眼儿小,穿不进也得穿哪。那就收吧。

> 当年村干部的工作就是收钱。

乡村蒙太奇 / 257

走着,会计问:"先收哪家?"村长闷闷地想了好一时,说:"楼院? 就楼院吧。"一行人就往楼院走,仍是慢腾腾的,走得很愁。

楼院是洪昌家。一行人来到洪昌家,人还没开口,狗先叫了。洪昌家喂了一条大狼狗,狗像虎犊子一样,站起来一人多高! 狗汪汪叫着,吓得人不敢往前走。村长就远远地叫:"洪昌,洪昌……"

这时,大铁门吱扭一声开了,洪昌家女人探出头来,问:"谁呀?"

村长说:"洪昌家,你看恁家玛丽(狼狗),咋不拴住它,老吓人! 洪昌呢?"

洪昌家女人说:"有啥事儿?"说着,倚在门框上,也不让人往里进。

村长知道这女人不当家,也不与她多说,只管趄着身子往里走,一边走一边赔着笑说:"县上派下的事儿,见见洪昌,见见洪昌。"

女人很不情愿地开了门,嘴里嘟哝说:"事儿都找俺洪昌,俺家也不是栽着摇钱树哩。"

女人也太不给情面了,说得干部们十分尴尬。村长硬着头皮往里走,人们也跟着走,个个小偷似的。一行人进了院子,又怯怯站住。村长说:"来吧,玛丽(狼狗)不咬,进了院玛丽就不咬了。洪昌家这狗是洋种,

大户洪昌不当冤大头。

起了个洋名。人家家弄哩老得劲哪!"又喊:"洪昌,洪昌在家吗?"

洪昌这才从客厅的沙发上欠了欠身子,问:"谁呀?上屋吧。"

村长领人进了门,便赔着笑说:"洪昌在家呢,知道你老忙,有点小事,不多耽搁。"

洪昌笑笑说:"看老叔说哪儿了,坐吧,坐。有烟,抽烟。"

众人欠着半个屁股坐下,村长拿起茶几上放的半包"红塔山",四下散:"洪昌这儿有好烟,都吸都吸。"说着,很自觉地自己也叼上一支。

洪昌笑笑说:"有啥事吗,老叔?"

村长笑着说:"小事儿。小事儿。搁你身上是九牛一毛。是这样,上头闹腾着修路哩,款派下来了,论人头摊,也没几个钱儿,我想着跟你商量商量,要是……"

洪昌皱了皱眉头说:"老叔,这事儿还用着你说么?别说了,该多少是多少,我摊。五口人,该摊多少?咪咪她娘,给老叔拿钱。"

一时,村长的脸像霜打了一样,结结巴巴地说:"是是是这,我想着数也不大,要是……"

洪昌摆摆手说:"老叔,我明白你的心思。你看我这一摊子怪大,可大有大的难处。市里县里乡里轮番

只认自己这一份。

乡村蒙太奇 / 259

来,这儿也要钱,那儿也要钱,集资哩、办学哩、扶贫哩、办电哩……锅再大也搁不住窟窿多。"

洪昌家女人插嘴说:"我就知道是来要钱的,来了就没好事!这也叫俺出那也叫俺出,不给,一分不给……"

洪昌瞪了女人一眼,说:"瞎吵啥?哪儿有你说的话!"一语未了,女人立时不吭了。洪昌很客气地说:"这样吧,老叔,各位跑跑颠颠的,也老不容易,我拿五十块钱,不用找了,余下的不用找了,各位弄包烟抽……"

听了这话,村长像吃了个蝇子似的,吐又吐不出,嘿嘿笑了笑,讪讪地站起来说:"不了,不了,该咋咋吧。"

洪昌站起身说:"那好,就不多留各位了。"说着,又看了乡联防队的小伙一眼:"二位是乡联防的吧?回去跟你们王所长带个好,老王和县局的刘局长是我这儿的常客。" *暗暗警告。*

当几个人重新回到村街上的时候,就对着日光骂起来了。骂一阵,待肚里憋的那口恶气出了,几个人又慢慢往前走。这回村长走在最后,村长一边走一边嘟哝说:"日他娘,如今这事儿老难办。这事儿,本想着叫洪昌兜了算了,他是大户,不在乎这几个。日他娘,弄

260 / 人面橘

个长脸!这干部是老难当啊,成天跟要狗肉账样儿。"接着,又说,"往下,看我的眼色行事。唉……"

村长领人进的第二家是保国家。进门时保国正捧着老海碗吃饭呢,村长上去照他头上捋一把,说:"鳖儿,你还老美哩!"会计也跟着上前捋一把,跟着说:"鳖儿,美哩,可吃上了。"

保国一边躲闪着,一边赔笑说:"爷儿们,干啥那?不到二月二哩,摸啥摸?等龙抬头那一天儿再摸吧。"

村长说:"鳖儿,没工夫跟你哩嘻,掏吧?"

保国眨眨眼说:"啥钱哪?又叫掏哩。"村长照他屁股上踢了一脚,说:"掏吧,鳖儿,不亏你。上头派下来的修路款,好事儿。"

保国嘟哝说:"多少呀?"

村长说:"三口人不是,三口人十八块。掏吧。"

保国捧着碗,抬头看看村长,说:"不能缓缓?手老紧。"

村长说:"鳖儿,就你的事多,那恁些废话。"

保国把碗往地上一放,说:"中中,恁等着,我去给恁拿。"

村长感叹地说:"你看难不难,这还是好说的,要是遇上那碴子,遇上那二杆子货,你算没法儿。"

当一行人站到满仓家门前的时候,村长的喉咙都

> 在洪昌那弄个长脸,在保国家要有尊严。

乡村蒙太奇 / 261

喊哑了,就是没人开门。院里很静,鸡们在悠闲地觅食,一些碗筷还在院里的石块上放着,人却没影了。

村长站在门前日骂道:"满仓,日你娘,出律的没影了!你他妈是兔子?钻老鼠窟窿里了?你知道找你干啥?给你送钱哩。鳖儿,给你送钱你也不要?你不要俺可走啦。"

院子里仍然没有动静。村长仍旧站在院门口不动,只说:"俺走了,你不要俺可走了……"片刻,只见屋后的厕所里慢慢探出一个头来,他一手提着裤子,一手端着面条碗,正是满仓那小舅!村长厉声喝道:"满仓,藏吧,看你还往哪藏?你躲了初一躲不了十五,娘那脚,你吃面条吃到厕所里了?!"满仓一怔,知道躲不过,就势往地上一出律,说:"我没钱,反正我没钱。恁把我捆走吧,恁法办我吧。"

> 反正我就这堆肉。

两个乡联防队员刚要上前,村长拦住了。村长拍拍二位的肩膀,小声说:"算了。我知道他是真没钱,你把他捆走还得管他小舅饭呢,算了。这是个没成色货,挣不住啥钱,还好玩。这鳖儿头日从他女人兜里掏两毛钱,想玩玩(小玩),女人死活不给,两人祖南三北地骂,厮打到街上……"村长又大声对满仓说:"鳖儿听着,县上修路呢,伸头一份,谁也少不了。知道你一时手紧,我给你三天时间,三天必须凑齐!"

满仓一听,知道躲过去了,忙满口应承:"行啊行啊,凑齐我给你送去,一准送去。"

村长小声嘟哝说:"送你娘那脚!"而后招呼人说,"走吧爷儿们,走吧。"

一行人又进了两个门,拍拍,没有人,只好退出来。日光斜斜的,再走。村长一边走一边埋怨:"老难,如今办啥事儿老难。上头光会说。"

国正家一窝正蹲在窑场上吃罐饭,村长领着一干人来了。村长打招呼说:"吃饭呢,国正。窑上咋样?"国正愁着脸说:"唉,费用老大,顾不住本儿……"村长说:"慢慢就中了,刚扎摊……是这,国正,上头修路款派下来了,催得老紧。你看……"国正家女人立马接口说:"没钱,俺没钱……"国正娘说:"税上人刚走,收拾得净光光的……"国正娘看了村长一眼,又说:"老歪,早先你咋说哩?你不是说能免就免。"村长赶忙截住话头(村长盖房时来窑上拉过砖,那时村长说过话,说以后上头有啥事,能免都给你免)说:"大娘,这,这回不比往常……你看,上头催的老紧。"国正家女人说:"歪哥,税上人才把钱弄走,真没钱,你请看着办吧。"村长看看国正,国正却一声不吭。村长为难地说:"你看,县上领导都在这儿呢(说着,村长偷偷地跟乡联防队的两个人挤挤眼),这回不比往常,要有一点办法,我也……"这

掌人家的手软。

时,国正开口了,说:"歪哥,真没钱。拉砖吧,你还拉砖吧。"村长尴尬地说:"国正,看你说哪儿去了?这话都不够一句儿。要不这样吧,缓缓,也没多少,等过两天有钱再说,有砖还怕变不成钱吗?"村长又看众人,众人看着村长,都不说话。看样子都不想得罪国正。村长只好说:"那,忙吧,俺走了。"国正依旧坐着,也不说话,就这么看着村长来了又去了。村长一边走一边心里骂着,日他娘,不就拉了你两车砖吗?

当村长领着一行人转到村口的时候,刚好碰上收破烂的老蚰。看见老蚰,村长招呼说:"蚰哥,忙哪?"

老蚰淡漠地应道:"忙啥,穷忙。"

村长像孙子似的赔着笑说:"蚰哥,上头修路呢,款按人头下来了,数不大……"村长本不想这样,可这个收破烂的老蚰养了三个好儿子,三个儿子现在都在外头上大学呢,将来有一日万一哪个做了大官也就说不定。

老蚰自然知道三个儿子在外上大学的分量,说话也就不怵:"老歪,咋又收钱哪?那集资款不是才收过?"

村长说:"蚰哥,不是一码事。那是那,这是这。你一口人,六块钱。要不,我给你垫上算啦。"

老蚰很固执,竟然一点情面也不给。老蚰说:"六块钱是不多,这情我欠不起,我不能塌你的亏欠。这政策我也懂,你把那'政策'拿来我看看?"

村长自然拿不出"政策"。县上的确下的有文儿,可那文儿上写的是三块。村长笑着说:"蚰哥,这还有假吗?县里……乡里领导跟着哪。县上有文儿,可那文也到不了咱手里呀?你说是不是?"

老蚰翻翻眼说:"官凭文书私凭印。我不管你咋说,只要你拿出'政策',一百我也拿,别看我是个收破烂的,我砸锅卖铁也给你凑。要是没'政策',一分我也不掏……"

层层加码,老子门清。

两个联防队员先就躁了。跑了一晌午,口干舌燥的,心里窝了一肚子火,就日骂说:"这老头熊事儿不少!推他的车子,车儿给他下了!叫他去乡政府交钱领车子,烧尿哩?!"

老蚰翻眼看了两人一眼,慢吞吞地说:"推吧,把车推走吧,我不拦恁。一个收破烂的,谁想咋欺负咋欺负……"

村长忙拦住说:"算了蚰哥,算了。咋也不会弄到这份上。年轻人不晓事儿,你别计较。钱的事儿不急……"村长心想,说来老蚰也不算啥,老蚰算个尿,可人家有仨好儿,人家那儿子说不定哪天就站住步了,就当上大官了,三十年河东,三十年河西,可不能为这事

乡村蒙太奇 / 265

成了仇家。

于是,又走。

在狗旦家,狗旦娘说:"歪哥,家里真是没钱。我也不嫌丢人了,狗旦不成器,在镇上叫联防队弄住了。一家伙罚两百,不交钱捆住不让回来。好说歹说才减到一百五,亲戚邻里都借过了,刚把钱给人家凑上。我要说一句假话叫龙抓我!"

村长挠挠头说:"你看,你看这。"

一个联防队的小伙瞪着眼说:"那不行!罚是该罚。这是修路款,不一码事儿。该交就交了,交得晚了还得罚哩。"

狗旦娘说:"真没钱哪,他哥,他叔,真没钱。"

村长蹲在地上,眼塌蒙着,一声不吭。

吃了亏,还横。

这时,狗旦从屋里跑出来,气冲冲地说:"干啥?又要钱哩?要钱没有,要命一条!"

两个联防队的小伙更冲,日奔儿就蹿上去了,手里晃着绳子,日骂道:"好啊,又是你!捆起!再捆他一绳,看他鳖孙儿还犟不犟了?"

狗旦娘慌忙上前拉住,求告说:"同志,干啥哪?这是干啥哪?俺又没犯法。有啥恁说么,咋动不动就绳儿人哪。"

联防队的小伙说:"你没犯法他犯法了。扰乱治安,对抗政策!"

狗旦娘看拦不住,又转脸儿求告说:"他叔、他叔,你说句话吧。你说句话。"

村长这才把烟拧了,站起来说:"这样吧,他家确实没钱,捆他一绳也是没钱。这娃儿犟,恁别跟他一样。"

狗旦背着手一蹿一蹿地喊:"来吧,来捆吧!我今儿不活了。"

村长眼一瞪,日骂道:"还犟哩?人家乡领导不敢捆你?瞎扎实,站一边吧!"

狗旦娘也劝道:"孩儿呀,别犟了,哪儿有咱说话的地方?你别坑了,听恁叔哩。"村长说:"是这,款哩,上头催得老紧。他家也真没钱。借哩,怕是一时半会儿也是真借不来。那吧,这院里挂的有玉米,恁把这玉米拾掇拾掇拉走算了。"

两个联防队员本来不想拉玉米,互相看了看,迟疑着没动。不料,狗旦娘竟往地上一坐,呜呜地哭起来了:"拉吧,赌拉了。"

狗旦娘的哭声竟把两个"乡领导"激恼了,说:"拉,非拉不中!"说着,就上去拾掇玉米。

村长在一旁劝道:"狗旦他娘,你也别难过。该多少是多少,你赌放心了,不叫亏你。我也是没法呀。"

炎炎的中午,已过了饭时了,村长仍领人在村街里

挖到篮里是菜,让你横!

乡村蒙太奇 / 267

走着。路看似很短,却又很长,有好说的,有歹说的;有善对的,有恶对的……得信儿的人都纷纷躲起来了,那款却还得收下去。村长的腰弯得更低了,走得也更慢了,就这么一户一户串下去,何时是个了呢?

结尾或者开头

那是一个燠热难耐的夜晚。

秋了,天一日一日放凉了。在有风的夜晚,常能闻到村外园子里飘来的果香,那甜香一缕缕随风飘来,很馋人也很醉人。人们就私下说,保松的果子快熟了,快熟了,好家伙,三十亩啊!保松立马就发了……也就说说。

然而,保松却遭了难了。自那日从园子里回来,保松的眼就看不见了。乡里也看过,县里也看过,竟看不出得了啥病。后来又去了省里大医院,才查出来,说是啥视网膜脱落,一只眼裂了八个洞,一只眼裂了三个洞,光押金就要一千。保松只好回来了,他没有钱,果儿还没长成呢,光跑这几趟就欠了很多债了。女人执意要借钱给他看,女人说:"咱砸锅卖铁也要看。"保松不让,保松说:"等果下来再说吧,既然能治也不在这一半天,要是不能治,花再多钱也无用。"女人安慰他说:

平白无故,祸从天降。

"就是治不好,也别愁。园子长成了,孩儿们也大了,有吃有喝的,天好时叫孩儿们扶你上园子里坐坐,千里风一刮,兴许就刮好了……"只有保松心里清楚,他废了,他成了废人了。女人难哪!眼看果儿长成了,园里的活太多,女人身小力薄的。保松心有泪,却对女人说:"没啥,我没啥。园里活儿你紧招呼吧。"

天也有胡来的时候,是不是呢?秋深了,天本就凉了,早起已有些寒意,却忽然又热起来,湿热,热得人身上潮叽叽的,似要长出毛来。没有风,一点风也没有,夜像锅底一样燠着,压得人喘不过气来。人是管不住天的,就任它胡来吧。保松一个人独自坐在家里,这样想着。但他心里很躁,似乎有一种说不出来的急躁。女人和孩子都在园子里,他一个人在家里坐着,突然很急,急得想发疯!仿佛有什么不好的预感似的。他又慢慢地宽慰自己,别急,你急什么?急也没用,你又帮不上什么忙。这天可能是想下雨呢,所以闷得慌。一时他又急了,要是下暴雨会落果的,老天哪,那可咋办呢?!他摸摸索索地下了床,摸摸索索地走了两步,又站住了,天也许不下呢?但愿它不下,不下就好了,这老天爷呀。他摸索着在屋里转了两圈,心里仍然很躁,浑身上下像着了火似的,说不清究竟是为了什么。于是,他又摸索着走出门外,坐在院里的地上。

烦躁。

盲人的体验是一种新鲜的经验。

天很低,他感觉到天很低。天像锅底一样把人扣着,天是想把人压死么?夜也很躁,周围仿佛有许多动静,这里有响声,那里也有响声,狗不时地叫几声,还有人在村街里说话,天已很晚了,还有人在村街里说话,夜太闷了,怕也是睡不着吧?还有人在村街上走,"脱脱"一趟,"脱脱脱"一趟,干什么呢?一时就静下来了,死静死静的,那静像个物件似的倏忽就跑来了,人一下就像是在棺材里坐着,那静死沉死沉地压着你,压得人喘不过气来……倏地就又有了动静,先是有零星散乱的脚步声,像是有人急迫地走,又有人慌慌地跟上来;继而似有人在招呼什么,嗓门压得很低,东一声西一声的;后来就有狗叫了,狗叫得很奇怪,"汪汪"声先从村街中间传出,接着是村东村西叫成一片。很快就有了人的奔跑声,那奔跑声急切而杂乱,踏踏踏一群,踏踏踏又一群,马队一样!紧接着,人的呼喊声突然高起来了,还有"咣咣当当"的架子车声,"呼哧呼哧"的喘气声,女人埋怨男人、男人呵斥女人的日骂声,人和扁担的碰撞声,一时,"嗵嗵嗵、嗵嗵嗵、踢哒、踢哒踢哒……"连大马车和拖拉机都开出来了!那纷乱嘈杂的人声就像五八年搞夜战一样。

保松两眼什么也看不见,眼前只是一片黑暗。什么也看不见的保松十分诧异,他觉得不对劲。他心里说,这是怎么了? 是人都疯了吗? 深更半夜的,出什么事了? 一定是出什么大事儿了。他忍不住朝隔墙喊一声:"嫂子,出啥事了? 深更半夜的,咋恁些人?"隔壁没人吭声。保松又摸摸索索地来到院门口,对着村街大声喊:"咋啦? 这是咋啦? 出啥事啦?!"

村街上的嘈杂立时就静下来了。先是有脚步声,那脚步声明明很近,保松听见人们纷乱地四散开去,小声嘀咕着,像是在躲避什么。片刻,保松脑海里"嗡"地响了一下,他一下子明白了,他明白出什么事了。

保松意识到,祸不单行。

这是个躁动不安的夜呀! 正当保松在家里心绪烦乱的时候,那花了保松三年心血的苹果园也正危机四伏。

谁也闹不清事儿是怎样开始的,什么时候开始的。也许那藏在心中的预谋已是很久了,也许仅仅是一刹那的念头。是呀,苹果熟了,苹果就要熟了,三十亩啊,那是三十亩啊! 保松眼看就要发大财了,在收秋的时候,人们见了面就这样说,也仅是说说呀,谁又能怎样哪? 可是,秋凉之后,天又突然热起来,热得人心焦! 这个闷热的夜晚给村人的心理暴露提供了很好的契机。秋凉了,天不该这么热是不是? 更不该闷热。在闷热的九月的夜晚,蚊虫一群一群飞着,当人们睡不着觉的时候,又该想些什么哪?

乡村蒙太奇 / 271

可以肯定地说,有偷苹果的。一连几天都有偷苹果的。苹果熟了,村里年轻人嘴馋,偷偷地去园子里摘两个也不算什么。因此,一开始的时候,这事儿又不能完全怪在狗旦身上。这天夜里,最先去园子里偷苹果的的确是狗旦。天黑透的时候,保松家女人亲眼看见狗旦蹑手蹑脚地跳进园子里来了。那时,保松家女人正在一棵苹果树下蹲着,离他跳进来的地方并不太远。

又是狗旦!

女人见他是光身进来的,穿的是白汗衫,没掂口袋什么的,女人就没有吭声。女人想,年轻人,乡里乡亲的,嘴馋,摘两个就摘两个吧。虽说是承包了,不让谁吃呢?也不能把人都得罪了。若是把人都得罪了,还怎么在村里混呢?虽说费劲巴力地操持园子不容易,还有个人情是不是?再说,只要不糟践,光吃能吃几个呢?女人眼看着他在树上摘了八个苹果,眼看着他把苹果一个个塞进束在腰里的白汗衫里,这时,女人才站起来吆喝了一声,女人说:"那是谁呀?"一声吆喝,狗旦失急慌忙地日奔儿跳墙跑了。

那么,又该怪谁呢?夜很黑很闷,天阴着,有雨不下。蚊子嗡嗡叫,人睡不着觉,弄得人急辣辣、汗淋淋的,难道不该出来走走么?走走有什么错?这晚出来走走的人的确很多,人们就像失魂了一样,在村街上四处游走,破扇子忽闪忽闪,咳嗽声连绵不断。也许是有人看见狗旦偷苹果了,还是看见别的年轻人偷苹果了?

要是天气凉爽些,早早来阵风或下场雨,把人们心中的火气浇一浇,还会不会出现这样的事情哪?那谁又能说得清呢。然而,午夜时分,当双目失明的保松在家里心烦意乱的时候,当保松家女人躺在果园的茅草庵里从梦中醒来的时候,三只看园子的狗已经死在园子门口了!狗死了,狗死得一点声音也没有。

一切就像在梦中一样,园子门口一下子来了那么多人,黑黑的夜,黑压压的人。人太多了,多得她看不清人脸。脸一层一层的,高高低低的,像墙一样,很厚。她已经来不及注意身后了,身后也有动静,身后的园子里像开锅下饺子一样,全是"扑通扑通"的声音!她像傻了一样站在那儿,面对着那黑黑的沉在夜幕中的墙一样的人脸,就那么呆呆地愣着。突然,她像疯了一样高声吼道:"干啥?你们这是干啥?来抢来了?没王法了?!"

随着一声吼叫,那沉在黑夜中的墙一样的人脸却迅速地四散开去,像决堤的洪水一样冲进了园子!仿佛人们早就等着这一声。在这汹涌澎湃的人流中,身小力薄的保松家女人像根木头似的被人挤来搡去。阻挡是不可能的,她甚至连站住的力量都没有,她先后被人踩倒三次又爬起三次。她没有一点点办法,她只有

乡村蒙太奇 / 273

哭的份儿了。那么多人哪,那么多的人!她从来没见过那么多的人。

那铁丝网是保松全家花了一年多时间围起来的,一道道都拴得很牢,可顷刻间就被夷为平地了!园子里人声鼎沸,呼喊声、脚步声、挤挤搡搡的碰撞声、切齿的咒骂声乱作一团。人们全都红了眼了,红了眼的人们在果园里像没头苍蝇似的四下乱窜,几百道手电筒的亮光把沉沉夜空下的果园照得斑斓狰狞;一时间,整个园子里的果树也全都像疯了一样,"哗哗哗"一齐摇头,一树一树带"白帽儿"的苹果像雨点似的落下来……到处都是攒动的人头,树上树下全是人头;到处都有折断果枝的"咔嚓咔嚓"声。虽然都是庄稼人,在这一时刻里却显得非常残忍,为了尽快地抢走苹果,他们把果枝全都折断了,果园里一片青气,那是果树的血气呀!树在淌血,树哭了。人们还是源源不断地拥进果园,这已经不是本村人了,邻近村庄的人也拥来了。人们从四面八方奔向果园,一个个嗷嗷叫着,简直像从地里钻出来的鬼魂一样……

在这种时候,看园子的保松家女人已经成了局外人了。她独自一人在园子边的地上躺着,眼睁睁地看着人们肆无忌惮地捣毁她一家老小花了多年心血培育的园子。天哪,老天哪!她怎么给男人交代呢?男人

法不责众,凡事不能开头。

为这个园子眼都看不见了,她怎么跟男人说呢?有一刻,她想冲上去,冲上去跟他们拼了!可她知道,这没有用,一点用也没有。那么多的人,她一个妇道人家又能挡得住谁呢?再说,他们是一群疯子呀!慌乱中,她想,她得记住他们,牢牢地记住他们,记住都是谁毁了她家的园子。在这一刻,她的听觉变得异常灵敏,在一片乱哄哄的喧嚣里,她仔细辨着往日熟悉的声音。渐渐,她听出来了,她听见河申家女人说:"人咋都跟土匪样?这人咋都跟土匪样。"她听见满仓对他女人说:"够不够?四个口袋够不够?"她听见她的兄弟媳妇在骂她的婆家兄弟:"你咋恁笨哩?笨死你了,你是个猪,你都不会爬上去?!"天啊,这可是亲兄弟呀,一脉相连的血亲哪!连、连亲兄弟都来抢他哥的园子来了。她听见锯家那如狼似虎的三兄弟嗷嗷叫着爬到树上喊道:"占住这棵!先占住这棵!……"她听见小拖拉机"嗵嗵嗵——嗵嗵嗵——"响着,这自然是广臣家的小拖,广臣家把拖拉机都开来了。她听见村长家女人嘟嘟囔囔地对人说:"俺那老鳖孙还扭捏哩,说当着干部哩,不好意思来。说法不治众,你去吧你去吧,不弄白不弄。一家伙给了我俩麻袋!……"她听见老德气喘吁吁地说:"×他娘,都老强梁呀!二娃家都弄回去三麻袋了。咱也没人手。"她听见坤江对他那刚上小学的小儿子说:

性格不同,占便宜之心无异。

"咋还吆怔哩？睁睁眼。爬，往树上爬，摘那大哩！……"她听见国正家女人说："你看看，都来了。俺婆子还不让来哩……"她听见老蚰嘟囔说："看看这社会成啥了？也不讲政策。不来白不来，来了也争不过那人手多哩。俺那仨儿要都在家，抢也抢过恁了……"她听见槐说："没有个好女人不中。说起来是个电工，啥也没人家弄哩多。俺那鳖孙女人是个病秧儿，成天哼哼叽叽，啥也干不了。看看人家援朝那女人多能干，一家伙扛一桩……"人们四下攒动，像老鼠一样乱纷纷地吞噬着果园，一边抢劫一边吞噬，果园里一片"咯喳咯喳"的磨牙声！保松家女人再也听不下去了，她知道村里人几乎都来了，亲兄亲弟、亲戚朋友都来了，何况旁人呢？……到了这时候，她才猛然想起报案的事。她心里说，不能让保松知道，千万不能让保松知道！他知道了会气死的。报案吧，赶紧报案吧。女人想到这儿，立时变聪明了。她悄悄地从地上爬起来，扭头往村外跑去。乡派出所在镇上，离这儿有十多里路哪。女人跑着哭着，哭着跑着……

那异常的喧闹声使保松终于明白了。他知道那喧闹是冲着他的果园来的。人们抢他的果园来了！一股热血猛地涌到了他的脑门上，他说："我跟他们拼了，我去跟他们拼了！"他激动得伸手在门旁摸了一根扁担，

知道不对，都只恨抢得少。

跌跌撞撞地奔了出去。自从眼看不见后,他很久没有出门了,刚一出门就撞在了墙上。他又挣扎着爬起来,寻着人声追去……追着追着,突然他什么也听不见了,周围静静的,一点声音也没有了。他两手举着扁担,怔怔地站了一会儿,又听见那喧闹嘈杂声是从另一个方向传来的,他又转身朝另一个方向追去。眼看不见的人心急呀!他一次一次地跌倒,又一次一次地爬起来,栽了一脸的血。就这么追来追去,到后来他一点声音也听不到了,他迷路了,他竟然找不到他的果园了,他丢失了他用多年心血培育的果园。他悲怆地站在旷野里,面对一片沉寂,放声大哭,那哭声像狼嚎一样!在黑漆漆的夜里,那绝望的悲鸣在游动的鬼火中显得分外凄厉:"我是王保松,来骑住我的脖子尿尿吧!来呀,都来呀……我是王保松,来骑住我的脖子尿尿吧!来呀,都来呀……我是王保松,来骑住我的脖子尿尿吧!来呀,都来呀……"

四周寂无人声。没有人回答他,也没有人站出来和他吵架,人们都在远处的果园里忙呢……这时,风悄悄地来了。先是突兀地有了一丝沁人的凉意,只觉得身上一紧,继而狂风大作,飞尘四起,天空中亮起一道闪电,像锅底上裂了一道缝儿似的,紧接着动天彻地的"咔嚓"一雷!狂暴的雨水铺天盖地而来……

> 安排保松,眼瞎,原来为这一幕铺垫。

失迷了的保松怔怔地站在那儿,一任雨水劈头盖脸浇。他一动不动地站在那里,甚至当他听到远处传来喧嚣声时,也仍然一动不动。是的,他听到了人们四下奔跑时的呼喊和杂乱的脚步声,听到了人们负重的喘气声,可他却慢慢地蹲下来了,他木然地在雨地里蹲着,又一次伤心地哭了。这时,他似乎已不很看重人们抢去的果实,他伤心的是他竟然找不到自己的果园了。那么熟的路,他竟找不到自己的果园……

> 保松摸回果园,会干什么?

很久很久之后,雨渐渐小了,凉风从远处刮来,风里挟裹着一丝果香。闻到果香,被雨水浇得像落汤鸡一样的保松才慢慢站起来。到了这时候,他才找到了他的果园。他寻着香气一步步地朝果园摸去。他心里说,我得找到它,我一定得找到它,把它交给女人……

黎明时分,当保松家女人领着乡政府、乡派出所的人匆匆赶来的时候,果园像睡去了一样,异常的宁静……

人们看见一滴水珠缓慢地从树叶上落下来。晨风轻摇着果树,圆润的水珠儿先是那么一豆儿一豆儿地回缩,而后猛地一长,就落在地上了。这时,人们突兀地站住了。人们就看到了那个东西,那个吊在树上的很大很大的东西,开初人们都以为那是晾晒的什么东西,像稻草人一样,轻轻地随风摆动。很快,人们的眼一下子就瞪大了——

天哪,那是人,那就是一个人呀!那是保松,保松在树上挂着……

保松家女人一下子就瘫坐在地上了。乡派出所的人赶忙上前搀她,可女人站不起来了,女人成了一堆泥了。女人哭喊着说:"老天哪,我的天哪……"女人一边哭一边往前爬,女人是一步一步爬到保松跟前的。女人爬到保松跟前,慢慢地站了起来……

保松在树上挂着,脖子上吊着一根红腰带。那腰带是女人给他缝的,自然结实,是用来避邪的。现在却在他的脖子里挂着。吊在树上的保松身子伸得很展,脸上竟然带着笑!那笑布在这张抽搐狰狞的脸上,布在那已稍稍有些歪的嘴角上,带着让人心悸的恐怖……在吊着保松的这棵树下,还有两堆苹果,那显然是从地上捡来的苹果,苹果上带了许多泥土,还有的是村人咬一口又随手丢掉的。看到这些,女人更加伤心。男人死时是很从容的。男人很清楚他要干什么。男人的眼看不见了,可男人竟还去捡那些人们抢园子时掉下的果子,三十亩大的果园,男人爬了多少个来回呢?男人把人们慌乱中掉在地上的苹果一个个捡起来,而后才把自己挂在树上……

这时,一个乡派出所的民警从一个装苹果的筐上

以死让众人的人性暴露出来。

乡村蒙太奇 / 279

发现了一张纸,纸上写有歪歪斜斜的两行字:果园被抢,我不要村人赔偿损失。我唯一的要求,是让村人来看看我。

那民警把这张纸递到保松女人眼前,问:"这是你男人写的么?"

女人接过来看了看,眼里的泪流下来了。男人也是高中毕业,男人的字写得很好,可男人的眼看不见了。女人默默地点了点头,而后女人又抬起头,望着挂在树上的男人。派出所的人在忙着给男人拍照,拍了之后要把男人卸下来。这时,女人突然扑上去拦住说:"不……"

民警们愣住了。民警说:"你干什么?你有啥要求你说。"

女人很坚决地说:"男人死了,就照男人说的……"

吃早饭的时候,全村人都集合到果园来了。人们黑压压地站着,虽然有些不安,但人多势众,也并不害怕。一个个打着哈欠,揉着困倦的睡眼,相互之间还会意地笑笑。但顷刻之间,人们的神态一下子就变了。

果园很沉静,被人们糟蹋过的果园虽一片狼藉却默默无语。人们首先看到的是一只苹果,一只金红色的苹果,那苹果孤零零地挂在树上,在晨光中显得五彩缤纷,又大又圆。继而,人们才看到那挂在树上的人。

保松之死会唤醒大家吗?

老天爷！那是保松。保松在他们眼前的树上吊着,保松看着他们,保松定定地看着他们,保松在晨风中轻轻荡着,脸上带着令人魂飞魄散的笑……

批判的态度贯彻全篇,结尾更惊心动魄。

田　园

> 这是篇意识流小说，对以现实主义创作闻名的李佩甫来说，似乎非常难得。

一

站在豆地里，他突然觉得人很小很小。

天是极阔的，润着无边的蓝。那蓝静着，静得没有一丝皱纹，静得高远。淡淡中有鸟儿划过一弧儿，没有痕。秋日安谧地钉在天上，泊一圆泗泗的明亮。光呢，肉肉的，像婴儿的小手儿。风也平和，偶有一缕，梳儿一样，凉凉，凉凉。

秋熟了，空气里弥漫着浓浓涩涩的腥甜。高粱地里，一排排红枪倒下了，又一排排竖着。在秋阳挑着的一抹抹红锈里，有乡人在劳作，却不见人的影儿。玉米田里有沙沙声响过来，那掰过棒子的和没有掰过的一样茂密。刈过的谷地里，一个个谷捆兀自立着，有雀儿打着旋儿飞，去啄那新熟的籽。草人呢，雀儿似已不怕，就轻轻地落在旧草帽上嬉戏。红薯秧慢慢地扯开去，爬出一片片绿的灿烂。芝麻花早已谢了，干干的秆

> 田园描写像优美的散文。语言讲究，是李佩甫作品的特色。

上缀着一嘟一嘟的紫褐色小屉。远远的河堤上,"鬼拍手"闪着一树树铜钱大的亮光,那亮光风铃似的晃动,不见响。颍河蜿蜒,树也蜿蜒,一行行东去。河滩里,是一荡一荡芦苇,芦花白白的软软的,有"叫吱吱"在软白中点墨。坡东是柿林了,柿叶红了,秋阳燃着一片斑斓的霞血。坡下是黄黄的村路,村路上鞭儿悠悠,一辆辆载着秋庄稼的牛车缓缓动着,自然也有粉红一抹,那粉红扭扭地过了小桥。秋光里,村庄在一片宁静中沉沉地卧着,明亮而朦胧。瓦屋的兽头隐隐现着,兽头上飘绕着一缕缕炊烟……

他弯下腰,默默地对自己说:"割豆吧。"

豆炸了,豆荚一个个咧着小嘴儿。他听到了"噗噗"的爆炸声,很细微的爆炸,豆粒没有跳出壳,只是炸了。有青涩的香气从豆荚里溢出来,一丝丝散漫。于是有许多吃炒豆的日子从香气里飘出来,久远而温馨。可他没有抓住,他抓住的是豆稞。他的手刚一抓住豆稞,便有了焦焦刺刺的感觉,那感觉一下子刺到了心里,刺出了烧豆的焦煳味。他抓紧豆稞,用镰割下来,放在地上,而后一镰一镰割下去。很快,那感觉消失了,只有麻。慢慢,他的手湿了,手上很润,那润叫人喜悦。很多年没有割过豆了,割豆是很重的活路,女人的活路,得一直蹲着,是腰上见功夫的。他还会这活路。

> 他与豆的血肉关系。

> 在土地上成长,全赖豆糊的养育。

他笑了,继而他闻到了腥味。甜甜的腥味。是血,豆秆上有血。那是他的血。他的手被豆稞刺破了。血艳艳地红着,顺着手上的纹路漫散开去,润成了小小的溪流,那溪流孕汇成饱饱的一滴,"噗",豆儿一般滚落在脚下的土上,润成了一个小小的让人激动的凹圆。在小凹里,他看见一个穿红袄的小儿在豆地里爬。那是一个很小很小的土娃儿。娘跟一群女人割豆去了,就把他撂在豆地边上,捉三两只豆虫让他玩。他害怕豆虫,豆虫毛茸茸的。于是他爬,把小小的指纹印在土地上。爬着爬着他就站起来了,摇摇地在豆地里站着。豆地里散着女人的脊背,那花颜色的腰扭扭地动着,他认定其中的一个是娘。娘的脊背上有湿湿的一块,那块汗湿慢慢地洇开去,洇成了一朵七彩汗花。这时,娘回过头来,望着他笑了。他看见娘笑了,那笑脸灿灿如秋阳。倏地,娘就不见了,那些花颜色的脊背也不见了,只有他独独地站着。久久,久久,有脚步声响过来,他看见了娘的手指头,娘的指头伸在他的嘴边上,把一团糊状的东西塞进他的小嘴里。那东西有一股焦燎的气味,却很香很香。那是娘嚼过的烧豆的气味。烧豆糊糊,娘用牙一点点磨碎的烧豆糊糊,混拌着娘的汗水娘的唾液娘的牙痕的烧豆糊糊,带有秋风秋光秋之气味的烧豆糊糊,他是闭着眼一点一点吮的。太香了,太馋人了！吮着吮着，他的小牙吮到了娘的指头肚儿上，在娘的指头上留下了一排细碎的牙痕。没有了么，就没有了么？他睁开眼望着娘，娘笑着去了。他的牙缝儿里还残留着一点烧豆糊糊的沫沫，他细细地品味这点沫沫，用很多唾液去泡它。直到睡去了，他的小嘴还动着，拖很长很长的口涎。

他常常就这样躺在田野里睡去了，头枕着豆秆，身上盖着娘的破袄。豆秆不扎，豆秆很温和。娘的破袄热烘烘的，有一股浓浓的汗腥，很好闻。可醒来的时候，他却发现他竟在棉田里躺着，身上盖着一堆白白灿灿的棉花。是在梦里么？也许。摘棉花也是女人的活路。他看娘在棉田里摘棉花。雪白的棉花在娘的手里跳，一絮一絮地跳。娘的手像蜂儿似的动着，东一下，西一下，高一下，低一下，仿佛有音儿响儿扯出来，倏地就是一抱。娘走回来倒花的时候，总喜欢把他扔在棉花堆上，一次一次地扔。他就在棉花里滚。棉花很软很软，他挣扎着往外爬。娘笑着，婶婶嫂嫂们也都笑着，一片花嗒嗒的脸。

那笑里藏着什么，叫人愉快什么。他看见娘的十个指头红沤沤的。花棵上刺很多，娘的手红沤沤的，可娘笑着。

娘做活路时总是笑着。夜里，小油灯昏昏的，光

> 娘，能干，宽厚的女性。

> 本文开篇此段全是当年流行的意识流写法。全文物理时间只有一天,心理时间有几十年。

呢,只有一豆,多暖人的一豆哇。油灯亮着,墙花花的。墙上有纺车的影儿,有娘的影儿,有点心匣子的影儿,有老镰的影儿,有吊着的馍馍篮子的影儿……影儿绰绰地晃着,一会儿猫样,一会儿狗样,黑得亲人。纺车小曲似的唱着,"嗡儿,嗡儿",就有一条细细长长的棉线从娘的手里牵出来。墙上呢,晃晃就有了一头老牛,老牛的鼻角拖一根长长的绳儿,仿佛就是雨天了,披蓑衣的人儿缓缓牵着老牛,一踏一踏地走。偶尔,娘抬头看他,影儿就先笑了,影儿墨着一团慈祥,影儿说:"娃,睡吧。""嗡儿,嗡儿",墙上就又牵出什么来了。有时,半夜醒来,屋子里有"哐"声响着,墙上跑着一条灰灰的小鼠,小鼠随"哐"声窜动,一下西了,又一下东。有猫儿去捉那小鼠,总也捉不住。娘呢,在织机前坐着……早晨,上工的钟声响了的时候,他就有了一件红袄、一双虎头鞋。

三婶说:"这娃儿官相。"

四婶也说:"这娃儿官相。"

娘也就笑笑。

现在,他没有了红袄,也没有了虎头鞋。没有了。

天,多静啊,多静。在远远的天的那一边,有缥缥缈缈的声音在唤:

"金令,杨金令,你来呀……"

二

他死过。

一个多月前,在省城的一家医院里。爹流着泪把他拉了回来。爹拉回的是一摊肉。在城市,一个乡下娃子读了四年大学,又读了三年研究生之后,他成了一摊肉。见了他,爹已说不成话了,爹只说:"咱回家,咱回家。"

一近热土,乡人们就围上来了。乡人纷纷撂下活计,从田野里奔出来,一个个焦焦地问:"咋啦?咱娃咋啦?"爹泣不成声,就拉着他往家走。乡人也跟着走。乡人还以为他是"人才",柿树坡的"人才"。他走时乡人送过他,这会儿乡下又接下了这摊肉。乡人厚道哇,乡人都在院里站着,默默地站着,没有人进屋去,乡人怕羞了他。只有辈分长的老人才进来坐一坐,说些宽心的话。

他一句话都没有说,他已无话可说,就那么木木地在床上躺着。五天,一连五天,娘给他擀酸汤面叶儿,给他烙油馍,给他炸焦花儿,这些都是他爱吃的,可他看都不看。爹杀了老母鸡,在瓦罐里炖了鸡汤端给他,他尝都不尝。爹问他,娘问他,他一声不吭。

> 让人惊异的开头一句。

> 为什么成了"一摊肉"?

乡人给他送来了红枣、柿饼、鸡蛋,也说了许许多多安慰他的话。可他一句都没听见,他听不见。娘的头发都急白了,不住地淌眼泪。爹搓着两只手,人像傻了似的。最后,娘给他下跪了,娘跪在他的床前,流着泪说:"金令,你吃一口,哪怕吃一口哩。娘求你了……"

他还是不理。

他觉得他应该有死的权利。死就是解脱。一个人连死的权利都没么?他要死,还要死,任何人都不能阻挡他去死。一切都已成为过去,一切都很遥远。他要这摊肉干什么?五天来,他眼前一直晃动着一个女人的影子。女人冷冰冰的,像一座冰雕的城堡。七年哪,七年的奋斗,七年的熬煎,七年的出卖,城门关闭了……

因为女人?什么样的女人?

他死过一次了,仅仅是又多活了五天。时间使他空明。他觉得这摊肉已不再属于他。他很轻,轻如鸿毛。看着那女人的影子,他愿意轻如鸿毛。

第六天头上,七爷来了。八十高龄的七爷拄着拐杖来了。七爷重重地咳嗽了一声,来探望他的乡人纷纷让开路,让七爷进来。七爷默默地站在床前,一句话也不说,举起拐杖就打!拐杖"咚咚"地响着,一下一下打在他的身上,那声音很空。已是一摊烂肉了。可打

着打着,屋子里突兀地响起了一声炸雷般的吼叫:

"狗剩儿,给我滚起来!"

那一声仿佛来自天庭,来自旷野,来自沉沉的大地。而后有什么倒塌了,他听到了房倒屋塌般的轰鸣,空中升起了一个巨大的烟柱!继而是一片寂静,在寂静中有嘈杂的乡音飘过来。娘站在黑黑的磨道里,举着笤帚疙瘩说:"狗剩儿,推吧,恁爹借驴去了。"队长站在菜园里,脚踢着分成一堆一堆的南瓜:"这是狗剩儿家的,这是绳头儿家的,这是驴蛋儿家的,那一堆是歪家的!"三叔扛着锄边走边说:"狗剩儿,驴日的!一大晌儿就割恁多草?还不够恁娘烧锅呢!"换糖豆的老八说:"狗剩儿,去吧,上家找两对破鞋,破鞋换糖豆,甜甜你那狗舌头。"豌豆蜷在麦秸窝里,悄悄说:"狗剩儿,狗剩儿,咱去偷歪家的杏吧,麦黄杏。"妞妞说:"狗剩哥,我给俺娘说了,上俺家捋榆钱儿吧,回去叫俺婶给你蒸蒸,香哩。"骡子说:"杨叶黄黄,狗剩儿藏藏。"四婶说:"狗剩儿,娘那脚!就那俩青蛋子枣儿,天天来偷!"

狗剩儿……

狗剩儿……

狗剩儿……

杨金令没有了。女人的影子模糊了。颍河水白亮亮地漫过来。躺在床上的那摊肉蓦然一惊,继而抽搐、

这是个养育了杨金令的富有亲情的乡村。

回想七爷。

颤抖,一点点缩,一点点缩,缩成了一个小小的肉干样的东西,很腥很腥的东西……他看见七爷了,七爷在河堤下的瓜园里坐着,泥胎似的坐着。七爷的脸是土色的,身子也是土色的,深深浅浅的土色使七爷跟瓜埯完全融合了。瓜园草屋在阳光下金灿灿的。七爷的脸也是金灿灿的。阳光在七爷的脸上涂了一层金红色的釉,那釉里盘绕着一曲曲土红色的蚯蚓,蚯蚓犁动着一沟沟紫黑色的土地。在土地的边缘,在阳光能照到的地方,又亮着暴晒的泛黄。七爷正眯着眼儿打瞌睡,七爷的鼾声像夏日的干风一样吹动着小小的瓜埯。小狗剩儿摇摇地走来了,手里提着盛水的瓦罐。七爷没有睁眼,可他听见七爷说话了。七爷闷闷地说:"狗剩儿,过来。"狗剩儿走过去了,把瓦罐递给七爷,等着七爷给他摘瓜吃。七爷不接瓦罐,七爷说:"叉开腿。"他就叉开腿。七爷说:"撅起肚儿。"他就撅起肚儿。七爷说:"叫我捏捏命根。"他就鼓起身子,让七爷捏小鸡鸡儿。每次来,七爷都要捏小鸡鸡儿,捏了小鸡鸡儿七爷才去给他摘瓜吃。一看见小鸡鸡儿,七爷脸上的纹儿就化了,一圈圈地舒展开去,漫散着慈祥的光。而后有庄重、肃穆的紫气从宽宽的额头上升起来,仿佛在干一桩很神圣的事体。七爷勾下头前,总是先净手。他的手在田里是当小铲用的,很大,很粗,手骨节像老树的根一样,一节节变形地凸着。那手是很脏的,杂染着各种农作物的颜色,也杂染着各种农作物的气味。于是七爷反复在腿上摩擦那双手,一遍又一遍地摩擦,而后才慢慢伸过来。七爷下手很轻,那老手在小鸡鸡儿上一纹一纹地动着,涩涩凉凉地动着,可以感觉到纹的粗糙,铁的柔软。而这时,七爷手背上暴亮出一条条河流样的血管,那血管是紫黑色的,经络的纠结处有蛇样的挛动。在阳光下,那血脉随着手纹的律动活起来了,紫黑淡化成透明的青绿,脉管呢,活泼泼地跳着,仿佛一条条盘蜷的蛇舒展开去,曲曲长长地游动。七爷一点一点地把小鸡鸡儿扯到眼前来看,看着看着,那深凹着的鹰一样的老眼里就有了一束柔和的光,那光亲亲地贴在小鸡鸡儿上,久久不动。渐渐,小鸡鸡儿热了,一股胀胀的热流充盈在小鸡鸡儿上。身上也热了,体内仿佛有小鹿一样的东西在奔涌窜动。风热辣辣的,阳光热辣辣的,七爷的手也热辣辣的。瓜棚外有绿色的燃烧,一坡一坡的燃烧,在燃烧中他闻到了阳光的气味、大地的气味、五谷的气味、牛屎马尿的气味。那气味经过七爷老手的传导,一浪一浪地进入他的体内……

　　热了,命根处热了。有电一样的东西流向四肢,在肉里化成了一股精血。那是狗剩儿的精血。狗剩儿的

> 命根是个重要象征。

狗剩儿复活。

精血融成了一个小小的洁净的没有被玷污过的魂灵。那是一个在田野里翻跟头、在颍河里撒尿、在麦场上捉迷藏的魂灵。那魂灵用一个小小的红兜肚儿护体,摇摇穿行在乡村的从不关门的农家小院里,那魂灵骑在老牛的背上,在荡荡的村路上撒欢,那魂灵在野地里高唱"日头落狼下坡"!

慢慢,慢慢,他眼里流出了两行热泪,继而抱头痛哭!

狗剩儿哇……

三

狗剩儿,他还是狗剩儿么?

回家一个多月了,虽然他已不再有死的念头,可他还是羞于出门。他怕见乡人,没有勇气面对乡人。见了乡人,他能说什么呢?

乡下的日子很缓,温馨的缓。狗叫了一两声,而后住了。猪又叫起来,有一股发酵饲料的气味酸酸甜甜地弥漫。母鸡下蛋后"咯咯"地唱着。阳光呢,在土墙上缓慢地移动,很闲适地移动,映着灰灰的隔年雨痕的亮光。有风时,院里的树摇一摇,漏下一地碎碎的影儿。从矮矮的土墙上望出去,是邻家瓦屋的兽头,瓦一棱一棱地亮着,有蒿草在瓦缝里摇动。屋门自然是大敞,玉米一堆一堆地在院里摊着,门搭在门框上悠悠晃着。或许有人走进来,从容地拿了簸箕出去。一时主人要用簸箕了,就站在门前亮喊:"谁使俺家的簸箕了?"于是就有人应上来:"二嫂,我使了。"你笑笑,我笑笑,隔墙扯起闲话来。间或,有这家那家的风箱时而"吧嗒",时而"叭咯",梦一般响着。常常是娘端着饭走进屋来,他才知道天晌了。

> 屋门大敞,说明民风纯朴。

夜里,蛐蛐一声声叫着,那叫声短而润。鼠儿这儿"吱吱",那儿"吱吱",有尖尖的小脑袋探出来,在墙角处骚动。土桌上敬的是先人的牌位,牌位黑着,泻一团狰狞的温和。土桌上方贴着一张挂拐杖的寿老,寿佬花彩彩的,笑也淡泊。墙上挂着各样的家什,家什模糊了,独一把老镰在夜气中黑亮着,像一弯醒着的黑蛇。那黑蛇曲得极为生动,看上去滋滋味味的。罩了塑料布的窗户上有一块小白,月光透得模糊,似有水样的月影儿印在地上,泛着狭小的旖旎。夜常常就静下来了,四周听不到一点声响,很闲很闲地静,静得像一碗墨汁,静得匀和。而后又慢慢地化出动来,轻轻地,轻轻地,这儿,那儿,润生着和光同尘般的呢喃。

> 连老鼠也成了亲切可爱的东西。

耳房里,爹的咳嗽声哑哑的,已很陈旧。娘小心地给爹捶着背,娘说:"豆炸了,西坡的豆快炸了。"爹说:

田园 / 293

"要娃还是要豆?"娘不吭了,而后是一声声叹息。

第二天早上,他突然说:"我割豆去。"

> 照应开头。

娘喜了,眼里有泪。她转过身悄悄地对爹说:"娃想过来了。"爹的手抖抖的,慌忙磨镰去了。

秋阳挂树梢了,枝头上挑着一个橘红的圆。出门时娘说:"别累着。不指望你干活,出去散散心吧。"

走在村路上,他生怕碰见乡人,就头勾勾的,什么也不看。只感觉到脚下的土很软,碾满车辙的乡村土路面面汤汤的,踏下去就是一个窝儿,很舒服。这时,他听见有人叫他,那声音怯怯的。

"金令,你……好啦?"

他抬起头来,眼前站着一个鸡窝样的女人。女人蓬头垢面,身上背着一大捆红薯秧。红薯秧湿漉漉的,女人身上也湿漉漉的。女人大概已干了一早上活计了,一只裤角高挽着,裸露着沾满泥土的竿子腿。女人脸庞上似还隐隐藏着昔日的姣好,只是老相了,纹路很密,汗渍一道道污着。女人就那么站着,腰弓弓的,脸上带着笑。

他认出来了,那是六婶。六婶嫁过来时年轻漂亮,人也爽快。他还听过六婶的房呢!记得六婶年轻时是村里唯一敢与队长对骂的女人。在豆地里,队长骂声:"驴×的!"六婶就叉腰站在田埂上,一蹿一蹿地唱声回

294 / 人面橘

骂:"你狗戳哩马操哩碓碓榷哩羊锡焊哩牛鞭摔哩锅耳朵片哩猪尿泡灌哩葫芦瓢涮哩……"六婶骂得五彩缤纷,节奏明快,骂了一天豆雨!骂得队长一愣一愣的。骂着骂着,六婶"咯咯"地笑起来……现在六婶老了,老了的六婶站在他面前,很卑微地说:"金令,你……好啦?"

他想叫声"六婶",可喉咙干干的。六婶赶忙说:"赶明儿上家吧,上家吧。"说着,狼拉窝似的拖着红薯秧去了,走得依然有劲。

在六婶身后,是五叔。五叔拉着一车玉米,很吃力地往前拽。车很重,五叔头上像蒸笼一样冒着热汗。五叔的制服褂子扔在满载的玉米车上,身上只穿着一件土布汗褂儿。看见他,五叔远远就站下了,那汗脸上骤然堆满了笑,笑里竟有了一丝巴结的意味!五叔看见他很想说一点什么,很亲热的什么,一时却没了词儿,很窘地站着。他的手搭在车杆上,反复地摩挲着车杆上镶的旧铁皮,好一会儿才说:"金令,你下地呢?"

他一直是很害怕五叔的。五叔当过多年队长。那时候,五叔站在大碾盘上讲话,腰叉着,裤腿捋着,日日地骂说,总是很严厉。五叔常年披着那件制服褂子,在县城做的四个兜的制服褂子。敲钟时披着,干活时也披着。天热时,那件制服褂子就搭在肩头上,光脊梁搭

> 骂人出彩的六婶、当过队长的五叔,在杨金令面前都保持着谦恭。

田园 / 295

着制服褂子,甩着手走。下雪了,那件制服褂子又套罩在老袄的外面,扣自然系不上了,就敞着怀,荡荡地走。有时,那件制服褂子撂在场院里的大石磙上;有时,又挂在炕屋门口,村人见了会说:"队长在呢!"在许多个秋风萧瑟的黄昏,五叔站在村口的夕阳下,身披洒满霞辉的制服褂子,挨个检查割草娃子的草篮子,而后去摸女人的裤腰。女人"咯咯"笑着骂道:"老五,火棍头!手恁凉,咋不叫恁媳妇给你暖哩?"五叔严肃地说:"驴×的! 上头说了,要肚见(防微杜渐)哩。乡里乡亲的,今儿个就不'肚见'了,老实!"

回忆与现实交替。

他叫了一声"五叔",五叔却慌忙去披那件撂在玉米车上的制服褂子。褂子很烂,皱巴巴的。五叔把褂子披在身上,又很"行政"地拍拍土,凑凑地望着他说:"金令,别累着,别叫累着。广播碗儿里说了,恁是'文物'哩,金身子儿。"

他望着五叔,很想笑一笑,可他笑不出来。

再走就碰上了豌豆,他童年的好友豌豆。豌豆坐在一辆手扶拖拉机上,"嗵嗵、嗵嗵"开过来。拖拉机上装着新割的芝麻,芝麻上趴着俩娃儿。娃儿有七八岁的样子,颠动着红扑扑的小脸儿。瞅见他,豌豆熄火了。豌豆从手扶拖拉机上跳下来,带着一身芝麻的清香。他觉得豌豆会冲过来。会骂一声"屌"! 然而,豌豆没有冲过来,豌豆走了两步,又返身走回去了,扭身去抓一件衣裳,从衣裳里掏出一包烟来,匆忙忙拧出一支,举着说:"吸着,金令,你吸着。"

小时候,豌豆常带他去地里捉"搬藏",从"搬藏"洞里掏花生吃;领他上树掏麻雀窝,掏了麻雀糊了屁眼儿烤着吃;割草时,也总匀给他一些,让他不挨娘的骂。豌豆有灵性,上学时也是学校最聪明的学生。后来就不上了,去学木匠手艺……这次回来,听说豌豆曾守了他三天三夜。豌豆没有进门,就在院里守着他。可见了面,豌豆却举着烟说:"金令,你吸着。烟不好,你吸着。"

> 发小情感依旧,却见生疏。

他热热地叫了一声:"豆哥。"豌豆张了张嘴,扭脸朝孩子喊道:"柱儿、花儿,叫叔哩,叫叔。"俩娃儿眨动着小豌豆眼儿,齐声叫叔。

往下,在蜿蜒的乡村土路上,乡人每每见了他,都要站下来,说:

"金令,歇歇吧。"

"金令,多养养。"

"金令,别伤着身子……"

金令……

金令……

金令……

田园 / 297

什么样的女人？

倏地,他闻到了狐狸的气味,那是一种很高贵的香水的气味。女人的影子出现了,带着狐臊味的女人……

四

豆炸了,豆"砰"一声跳出来,滴溜溜转着,亮一条圆圆的小弧儿。那弧儿在阳光下先是有青青黄黄的一闪,继而绿黑,弹出时又成了灿灿金红,坠儿一样,忽儿就不见了。豆稞上只剩下了空空的一刀豆荚,豆荚仍硬硬刺刺的,却仅仅是一个壳了,散着青气的壳。

在一片"嚓嚓"声中,爹的腰像弯弓一样在豆地里弹着。爹来得很晚,爹拾掇完玉米才来的,一会儿就赶到前边去了。爹平日里话很少,脸总是瓮着,吃饭时就蹲在墙根处,很无趣的样子。然而,一进地里,爹就活了。那身腰杀下去就跟弹簧似的,活泼泼地动。脸呢,慢慢现出红来,汗儿一珠一珠亮,皱纹深深浅浅地紧着,舒展自然。那是怎样的专注啊,眼到了,镰也到了。在镰一吐一吐的亮光里,豆稞贴着地皮飞起来,而后一片片倒下;地上又会旋起小风一样的尘烟,在尘烟荡起的一瞬,另一只手就接下了那豆稞,随即一个扎好的豆捆就躺在地上了。爹用的是短把儿镰,那镰把儿是一截榆木棍做的,爹的粗手把它磨光滑了,看上去黑亮。这把镰很有些年头了,是爷爷辈用过的,爹说爷用这把镰扛活时挣过头份口粮。如今镰刃已很薄了,只有窄窄的一溜儿,爹还是不舍得丢它。这把镰不用时就在墙上挂着,于是一面墙都很腥。这次回来,他曾长久地看着那面墙,他在斑驳的泥墙上看到了一幅图画,关于镰的图画。后来他对爹说,那镰很腥。爹拿起闻了闻,说不腥,一点也不腥。

家族传承。

  天边滑过一片云,软白的云,云朵儿静得飘逸,淡淡远远的飘逸。云朵下有铃儿脆响,那像是车铃声,糖葫芦一样的,一串一串。他看见了,在黄黄的大路上,在刈倒的和没有刈倒的秋庄稼的缝隙里,游动着一行车队。在秋阳的映照下,车铃的反光一闪一闪,晃着刺目的亮光。骑在自行车上的乡人像过年一样穿着新衣,一抹鲜红在车把上飘荡,而车后架上花匝匝的。那定然是乡村里的点心了,捆成一匣一匣的,贴有花印封儿的点心。他知道这是相亲的队伍。相亲,在乡村里是很隆重的。

  九岁那年,村里来了一个穿士林蓝布衫的女人。女人身后跟着一个怯生生的小妞,扭扭地进了三婶家。接着,豌豆爹押着豌豆也朝三婶家走去。豌豆穿了一身新,只是嘴噘着,头梗梗的,很不情愿的样子。豌豆

田园 / 299

娃娃相亲。

娘出来得稍晚些,打扮得青菜儿一样,喜恰恰地朝三婶家跑。大约有一顿饭的工夫,豌豆跑出来了。临出门时,在大人的监督下,豌豆塞给那小妞一块花格格手绢,手绢里鼓鼓囊囊的,像是包着什么。小妞抖手接过手绢,又在士林蓝女人的示意下把一块蓝格格手绢塞给豌豆,豌豆拿住就跑。豌豆跑到村街上对他说:"我不要,娘硬让要。还给她五十块钱!"他问:"谁?"豌豆说:"榆钱儿。"他又问:"谁是榆钱儿?"豌豆不吭了,脸红红的。迟了一会儿,豌豆说:"扁担杨的,扁担杨尽罗锅。"半晌的时候,豌豆爹赶出了一挂大车,车上坐着三婶、豌豆娘、士林蓝女人,还有那狗尾巴样的小妞。豌豆说:"他们要去县城给榆钱扯衣裳,还吃油煎包哩。"他问豌豆:"你咋不去?"豌豆气嘟嘟地说:"我不去。"后来他才知道,豌豆定亲了,订的是"娃娃媒"。村里人都说豌豆有福,九岁就娶上媳妇了。从那以后,每逢节气,豌豆都要提着点心匣子到扁担杨串亲戚。扁担杨离村七里路,头次是豌豆爹押着豌豆去的,把他送到村口,后来就让豌豆自己去。有一回,割草的时候,豌豆问他:"你吃过点心没?"他说:"没。"豌豆说:"我也没吃过。你想吃不想?"他望着豌豆,吞吞吐吐地说:"娘说……是串亲戚用的。"豌豆眨眨眼儿,说:"后晌你在桥头上等我。"于是他就去桥头上等豌豆,等得驴叫唤

300 / 人面橘

了,豌豆才走过来。豌豆穿着一身新,脸儿也洗得很净,手里提着四匣点心。豌豆来到桥头上,四下看了看,就蹲下来了。豌豆解开捆点心匣的扎绳,说:"都说点心好吃,你尝一块,我尝一块。"他问:"敢吗?"豌豆说:"一匣子,只尝一块,看不出来。"豌豆先捏了一块,他也捏了一块,惊兔似的塞进嘴里,就觉得甜。过了一会儿,豌豆咂咂嘴,说:"再尝一块吧。"于是就你一块我一块"尝"下去了,"尝"得野快,一"尝"就"尝"了两匣!"尝"得肚子里沉甸甸的,发渴。他跟豌豆又轮换着去桥下喝水,喝得肚子翻浆。喝了水,才知道害怕了。他小声问豌豆:"豆哥,咋办呢?"豌豆眼骨碌骨碌转着,说:"不怕,我有办法。"说着,豌豆去路上捡了些晒干的驴粪蛋,然后一颗颗摆在点心匣里。摆好了,又把装着点心的匣子放到上面,用绳子扎起来。他怯怯地望着豌豆,豌豆提着点心匣子晃了晃,说:"不吃看不出来。"于是豌豆就提着驴粪蛋"点心"串亲戚去了。在整整半年的时间里,一放学回来,他就去"读"豌豆娘的脸,看看她发现了没有。可半年过去了,驴粪蛋"点心"杳无音信,豌豆娘的柿饼脸也很平和。然而,当他觉得事情已经过去的时候,一日,豌豆娘却掂着笤帚疙瘩满街撵豌豆!撵着骂着:"你个猴精!你个馋猫!你个偷嘴驴!你个王八孙!……"原来,扁担杨榆钱儿她娘头天

经典细节。

田园 / 301

自立自强。《生命册》中梁五方式的人物。

提着驴粪蛋点心去集上卖,被人家日骂了一顿。豌豆娘自然撑不上豌豆,就转回头骂豌豆爹,豌豆爹却乐呵呵的,不管。豌豆定亲后,豌豆爹一直乐呵呵的。先是每天放工拉一车土,日不错影地拉。豌豆爹拉土是垫房基用的。亲事一定下,他就张罗着给豌豆划了一片宅基,那片宅基是个大坑,就每日里拉土垫。村里人见豌豆爹哼着小曲儿拉土,就说:"哟,赇等着使媳妇了!"听了这话,豌豆爹像喝了蜜一样,眼细眯眯地眨巴着。这个大坑,豌豆爹垫了两年,风天拉,雨天也拉。坑垫好了,背也驼了,可豌豆爹还是乐呵呵的。就又每日里往木匠堆儿里凑,拧根土烟递上去,问人家一座房得多少檩条、多少椽子、多少洋钉,而后念念有词地盘算。在许多个烟化了的日子里,有时,他见豌豆爹在坯场上站着,光着热热的汗脊梁摔坯子;有时,见豌豆爹拉着石灰车从通往禹县的大路上走来,车上捆着被子,拴着小锅,还有盛水的铁桶;有时,见豌豆爹在屋后的宅院里站着,手叉把着去量杨树的直径,喜滋滋地对隔墙的五婶说:"两把粗了!"有时,又见豌豆爹兜着鸡蛋去代销点换洋钉。他对代销点的老八说:"孩儿他小舅,要八分钉。"老八回道:"鳖儿,仨鸡蛋只能换六个。"豌豆爹说:"六个就六个吧。老婆纺花,慢慢上劲。"老八说:"快亲住儿媳妇的脚趾头了吧?"豌豆爹郑重地说:"明

302 / 人面橘

年扎根基！三五年房得盖起哩，不耽误办喜事。"

后来豌豆爹病了，病得很重，只一口气悬着。七爷说："不中了，人是不中了，赶紧安排后事吧！"就在那天早上，榆钱儿来了，没过门的儿媳妇看老公公来了。豌豆精灵，串了几年亲戚，就把榆钱儿的心串过来了。几年不见，榆钱儿已经出脱成大姑娘了。榆钱儿站在豌豆爹的病床前，脆脆地叫了声："爹。"就那一声"爹"，只见豌豆爹两眼白瞪白瞪，喉咙里"咕噜咕噜咕噜噜噜"一串响，一口浓痰咯出来了。慢慢，人醒了，眼里也有光了，张嘴就要吃的。二日，放学的时候，他看见村街的朝阳处蹲着一个黑石磙。细看不是石磙，是豌豆爹。豌豆爹竟然能下床了！豌豆爹的腰已弯成了九十度，头在脚上，腰在头上，身子像满弓似的折着。那情形不像是晒暖儿，而像是背日头。阳光照在豌豆爹的腰上，仿佛阳光里也浸透了血汗的腥味，一浪浪播散。背日头的豌豆爹看不见人的脸儿，跟人说话就像推碾似的，磨身子转着圈儿说："俺儿媳妇昨儿个来了，俺儿媳妇进门就喊爹！……"依然是乐呵呵的。

> 这个描写妙。

父亲极羡慕豌豆爹。豌豆的新房盖起后，父亲有很长一段日子不到饭场里去了，常常在院里的槐树下蹲着，脸相木木的，很羞愧的样子。日后，当他考上大学的时候，父亲才重又到饭场里去了，很是荣耀。

> 乡村是重脸面、要尊严的。

田园／303

父亲望着相亲的车队,先是一喜,又很快闷下来,勾下头不看了,弯腰去割豆。他也对自己说:"割豆吧,割豆。"

什么样的女人?

"嘚嘚、嘚嘚、嘚嘚……"有践踏声响过来,那是高跟皮鞋的践踏声,红色的践踏声。影儿像火焰一样燃烧着……

五

天晌了,正午的秋阳白而亮,地上开始有了一股股燥热的气浪。风依然沁人,时而一缕,甜丝丝的,淡了身上的汗。在刈过的谷地或高粱地里,土地露出来了,秋乏的土地一块块舒展开去,阔大着无边的慵倦,仿佛那该收的已经收获,地力尽了,也就默默的,无语。在田埂上,有老人安详地坐着,斜披着一件老袄,"吧嗒、吧嗒"地吸旱烟。阳光下,蓝蓝的烟雾在老人的头顶上盘绕,絮絮绵散。极远处有牛儿哞叫,声声细长。

从开始至此,割完了豆。

割了一晌豆,手像鸡爪一样,握不住,也伸不展,很麻。腰呢,灌了铅一样,沉沉的。他躺下来了,伸开四肢,头枕着一捆豆秆。一时就觉得很舒服,莫名地舒服。身下的土刚贴上是干的,而后就软,越蹭越软;温温烫烫的软,软得叫人惬意。秋阳暖烘烘的,像被子一样罩在身上。天蓝得博大,人呢,又在狭小的一隅,无人知晓的一隅,只有静环绕着你,淡淡的静,闲适的静,静得宽容。他细眯着眼,觉得眼前花花晃晃的,有阳光在眼皮上游走,柔缓地游走。这时候,人仿佛烟化了,化成了一缕阳光,一抹细土,一只小小的蚂蚁……

爹背上豆捆头前走了。爹不让他背。爹说:"你身子还虚呢。"小时候,爹说,力是奴才,不使不出来。这会儿爹说:"你别背。给你五叔说了,明儿用他的架子车拉。"在他上大学的头一年里,爹就把架子车卖了,为给他交学费。

> 父爱。

他从地上爬起来,拍拍身上的土,扛起一捆豆就走。当豆捆压在肩上的时候,他觉得脖子上像着了火一样难受。可他还是背起来了,咬着牙一步一步往前走。渐渐,人仿佛走丢了。他觉得不是人在走,而是那一小块在走,脖子处那一小块,很辣的一小块。后来连那一小块也木了,人反而空明。小时候,他常赤脚在这条田间小路上走,背着草筐,掂着小铲,"吧唧、吧唧"地走。下小雨的日子,黄土是不沾脚的,小路上清晰地印着五个蒜瓣儿样的脚趾。四个"斗",六个"簸箕",娘说的。他踩着四"斗"六"簸箕"走,走出了一大半"簸箕"一小半"斗"。天干的时候,土扑腾腾的,面一样细,踩上去很软。就一路尿过去,尿一路麻坑。而后伙伴

> 又忆从前。

们高喊:"回家呀!"他也高喊:"回家呀!"蹚出一路狼烟回家。

下了沟,过了坎,就上了回村的大路了。村路像黄汤一样,泛着许多车辙的印痕,有拖拉机的,有架子车的,还有木拖车的。木拖车的印痕很平展,曲着两条平行的轨迹,永远不相交的轨迹。在平滑的轨迹中间,散着花瓣儿一样的牛蹄印。那时候他曾专门踩着牛蹄印走,一个一个碎那"花瓣儿",总也碎不完。冬天就不行了,冬天里那蹄印被冰冻住了,那半圆的蹄窝是透明的,很硬。化雪的日子,那蹄窝宛如砚台,"砚台"里注着一小团墨迹,阳光下黑渍渍的,一点点融。

记得在小桥上丢失过什么,他记不起来了。这是一座石板铺成的小桥,小桥的石板被磨得凸凸凹凹的,像老人的脸。桥面上散着一片片谷粒,又像是老人的脸——过去卖糖豆,现在开代销点卖烟酒杂货的老八的脸。他听见"咯噔"一声,仿佛是架子车在桥上打住了。哦,他记起来了,他在桥上丢过一支铅笔,才买的铅笔。娘用一个鸡蛋在老八那儿换了一支铅笔,给他不到一天就丢了。那是夏天的时候,他跟豌豆一块来桥下扎猛子,把书包扔在桥上,那铅笔就滚丢了。回到家,娘按住他打屁股,娘说:"咋不丢你哩?!"现在他真的丢了,他弄不清他到底是狗剩儿还是杨金令……

那时的一切都很美好,甚至娘的责骂。

是龙,还是麒麟,龙麒麟。村里娃子长到八九岁,大人拍拍屁股说,去"龙麒麟"上学吧,看看能不能长个四不像!

"龙麒麟"是七爷一手造的。

那时候,学校是跟岗庄一块办的,原是一座破庙。下雨天,庙院坍塌了。上头拨了些款子,两个村就商量着重建学校。自然是人力物力分摊。于是这边出一班木匠,岗村也出一班木匠。木匠见木匠眼红,两班人马就对着垒起来了。这边是七爷"把作",七爷是村里的木匠头。七爷腰里束一根麻绳,袖手而立,脸沉沉的,板子一样。那边是张黑吞"把作",张黑吞是岗村的木匠头。张黑吞手里拎根长尺,眼斜斜的,脸上凛着一团黑气。一排房子,两边要紧的房角上站着各自的大徒弟。这边站的是杨洪元,那边站的是张铁锤。两人光脊梁拎瓦刀,遥遥相望,十分威风。往下是二徒弟三徒弟四徒弟,各把一方,谁也不看谁,就见"砰砰叭叭"一片瓦刀响!张黑吞斜着吊墙眼,骂徒弟骂得很凶。看到哪儿不顺,木尺一挑,"呔"一声,立时就得拆了重垒。七爷一句话也不说,七爷就在那儿立着,目光撒到哪里,哪里紧。起房那天,七爷晚来了一会儿。七爷来时,看见另一边房脊上的龙头已经扬起来了,张牙舞爪的。那是岗庄大徒弟张铁锤的手艺,活儿做得很漂亮。

看看那时的工匠精神。

而这边的龙头还没起来,活儿也没人家弄得好。七爷恼了。七爷大吼一声:"滚下来!"大徒弟杨洪元红着脸退了下来。七爷老袄一抡,"腾腾腾"爬了上去,一瓦刀就把那还没弄好的房脊头砸了!

这时,天已苍苍地黑了,岗庄的匠人已经收拾家什走了,独七爷还在房脊上蹲着。七爷光着脊梁,像兽头一样蹲着。徒弟们全都默默地站在那儿,谁也不敢吭声。天黑下来了,只听七爷长叹一声。七爷说:"回去吧,都回去吧,这是我的错。"而后七爷一步步从房上走下来,一声不吭地走回去了。徒弟们也都慢慢地散了。可杨洪元没有走,杨洪元一直在房前站着。

半夜的时候,七爷提着马灯来了。七爷闷闷地朝黑影里问一声:"是洪元?"杨洪元哽咽着应了一声。七爷说:"提上马灯。"杨洪元默默地接了七爷手里的马灯,师徒二人重又爬到房顶上去了。两人在房顶上一直蹲到天明……

天亮的时候,房上没人了。这时,人们才看清,房上两个脊头是不一样的。西边是龙,张牙舞爪的龙。东边的却是麒麟,有头有角有身子的麒麟。更叫人惊异的是,那麒麟的眼跟活的一样,你站在任何地方看,那麒麟都是对着你的,仿佛有灵性似的。

岗庄的张黑吞围着房子转了一圈,而后一抱拳,领着人走了,连起房酒都没有喝。

就这样,二龙盘成了"龙麒麟"。村人们提起学校都说"龙麒麟"。也有人说,这不合规矩,龙就是龙,麒麟就是麒麟,咋能弄成"龙麒麟"呢?

七爷说这是天意。

后来他考上了大学。村人们都说,"龙麒麟"出人才了!"龙麒麟"出人才了!"龙麒麟"不合规矩,不合规矩才出"四不像"呢。

过了小桥,就是乡村的学校了。那就是"龙麒麟",他在那儿上过六年学的"龙麒麟"。学校的土院墙依旧,那豁豁牙牙的土院墙是他当年用小屁股磨过的。院里的篮球栏依旧,那是木匠用木板钉的,仍很歪。学校的房顶灰蒙蒙的,瓦上长着一蓬一蓬的枯草,看不见"龙",也看不见"麒麟",只看到了两只很丑的小兽头。兽头斑驳了,已分不清鼻眼。校园的墙壁上,仍像往常那样书写着许多大大小小的粉笔字,那字像树枝一样叉叉巴巴的,带着很阳壮的小公牛的气味。乡村学校里到处都弥漫着这种小公牛的气味。学校已经放学了,校园里静静的。教室的窗户上也仍糊着隔年的旧报纸,报纸烂了,透过报纸的缝隙可以看到一排排泥桌,泥桌上是不是还有他画的"边界"呢?他记得那时候,学校里只有一名国家教师,剩下的全是泥腿子耕读

象征之物。

不懂事的少年时代。

教师。国家教师姓白,是个右派,同学们私下里都叫他"白眼狼"。冬天里,白老师脖子里总围着一条驼色围巾。那条驼色围巾使白老师显得很有学问,连甩围巾的动作都是很有学问的。白老师有糖尿病,那时候同学们曾坚定不移地认为白老师是吃白糖吃多了才得糖尿病的,病得很富贵。所以白老师常吃麸气馍。在许多个寒风凛冽的夜晚,下罢晚自习,总见白老师一趟一趟地往厕所跑,坚决不要尿罐。白老师先后换过七个尿罐,都被豌豆用弹弓打烂了。豌豆躲在土院墙的豁口处,瞄准尿罐射击,把尿罐打得粉碎!白老师站在土垒的讲台上说:"同学们,我有病呀!"同学们大笑。

"狗剩儿哥,该上晚自习了。"

他听到了柔柔脆脆的格巴皮草样的声音,那是妞妞的声音。妞妞跟他同桌五年。那时候他总是欺负妞妞,在泥课桌上给妞妞画"边界",常把妞妞气哭。妞妞长得很瘦,干柴样瘦,扎两条朝天的羊角辫儿,俩眼儿灵灵的,水儿多。一到晚上,妞妞就提着一盏小油灯喊他来了,喊他一块去学校上晚自习。路黑,妞妞的小油灯在他头前举着,让他省自家的油,他的油灯却不让妞妞使。油灯多亮呵,那时村路上总亮着一豆一豆的灯光,灯光像鬼火一样,一飘一飘地向学校游去,闪着逗人的温热。进了教室,就见泥桌上摆着一片小油灯,油灯后是一片黑黑的小脑袋。脸映得花嗒嗒的,你也鬼脸,我也鬼脸,一屋子小鬼脸。上罢晚自习,两个小鼻孔总是被熏得像烟囱一样,黑洞洞的。妞妞看看他,笑了。他看看妞妞,也笑了。妞妞说:"狗剩儿哥,我给你擦擦吧?"于是妞妞就撩起衣裳给他擦。妞妞个儿低,妞妞给他擦鼻孔时脚尖踮着,小脸仰着,身子贴得很近。他闻见妞妞身上有股沁人的草香气,那草香气很好闻,使他怦然心动。妞妞给他擦了,却不让给她擦,妞妞怕痒痒,妞妞扭头就跑,"咯咯"笑着。忽儿灯灭,夜黑得像锅底一样。他看不见妞妞,妞妞也看不见他,就听见心儿跳。他眼前出现了一片一片的马齿菜,灿若繁星的马齿菜,长在野地里的马齿菜开花了,绿灿灿的。他听见妞妞说:"狗剩儿哥,你在哪儿呀?"

学校旁边是一片柿树林。柿叶红了,柿子黄了,秋阳下亮着一片红染,红染深处有一颗颗黄灯闪烁。

女人的影儿又出现了,黄色的舞动着的女人,女人飘逸的秀发像金针一样闪闪发光……

> 谜一样的女人。

六

在谷场上,当他把豆捆撂在地上的时候,人一下子轻了。汗水像蚯蚓一样在身上爬,爬得很畅。

谷场会有怎样的故事？

谷场很大，在一个圆圆的垛上，有雀儿在跳跃。雀儿伸探着灰褐色的小头，东啄一下，西啄一下，而后飞起来，跃跃地立在更高的垛上。日影儿金灿灿地照在垛上，蒸出一片葡萄般的气浪，气浪里裹着醉人的熟香。场摊得很花，一片一片的，用破鞋和扫帚隔开。这片是谷子，那片是豆稞，还有垒成堆的芝麻……在摊得厚厚的谷稞上，有老牛拖着石磙一踏一踏地走。老牛的毛色皱皱的，缎儿亮，草肚儿仿佛很瘪，一只角断着，嘴边溢着倒嚼的白沫。路看似很短，又仿佛很长，就像日子一样，知道无尽，就慢慢走，不急。石磙呢，在谷稞上软软弹弹地跳着，连缀着一小块晃晃的日影儿。日影儿温热，石磙也温热，一圈一圈碾在谷稞上，也仿佛亲亲切切的。在场的另一边，站着一个穿红袄的小娃。小娃身边是六婶，六婶坐在场边上用棒槌捶豆，头勾勾的。

爹在谷垛旁蹲着，爹在等他呢。爹说："金令，该吃晌饭了，回吧。"

他有些乏，就说："爹，你先回吧。"

爹很惶然，望望他，就默默地走了。

自从他考上大学，爹在他面前总是无话。

他身子一倦，又躺下来了，懒懒地靠在谷垛上。而后他像儿时那样把鞋远远地甩出去，两只脚放在光溜溜的场地上。凉凉的,他感觉到脚上凉凉的。于是他闭上眼,慢慢地体味这舒心的凉意。他的脚在场地上慢慢蹭着,就觉得那凉光溜溜的,又仿佛是一丝儿一丝儿的,带着痒意,蜂儿似的往心里钻。身上呢,有暖暖的阳光照着,一浪一浪地热。场那边有捶豆的棒槌声响过来,棒槌一下一下响着,响出了一个场光地净的日子。在场光地净的日子里,他看见他跟一群十几岁的光脚娃在场里玩"中状元"。"中状元"是乡下孩子独有的游戏。娃们在场里脱下一只破鞋,然后鞋尖对鞋尖竖起来,垒一个小小的宝塔。于是孩子们就提着另一只破鞋站在场边上去砸那"宝塔",看谁砸得准。每砸倒一次,娃子们就喊:"中了!中了!"接着重新垒,垒了再砸。那破鞋如箭一样甩出去,甩出一股子脚臭气。在翻飞着脚臭气的场院里,娃子们齐声高喊:"中、中、中状元,骑白马,戴金冠!"

"狗剩子,中了么?你要是能中个状元,娶个城里的花嘎嘎,恁爹娘赌跟着享福啦!"

这话是六婶说的。那时,六婶正站在场院里的石碌上碾箅子。他曾拼命忍住不去看六婶,却还是想看六婶。六婶高高地站在大石碌上,两手背着,脚一动一动地碾箅子。六婶穿件枣花布衫,脸儿像满月一样,脸蛋上润着两小块儿红,那红像桃花瓣一样洇着,粉扑扑

> 中状元,亘古不变的期盼。

田园/313

心灵手巧的六婶。

的。眼亮亮的。嘴唇呢,就像开合的花蕊。六婶脚下的石磙骨碌骨碌转着,六婶的腰就柳柳儿扭。石磙转得快,脚也动得快,人就像在水上打漂儿似的,颤颤的,摇摇的,眼看就要掉下来了,却还稳稳地在石磙上站着,煞是好看。

这是六婶的绝活儿,六婶编一手好苇席。秋天里,常见六婶从苇荡里砍一捆苇子回来,拖到场里破开,用石磙碾平了,编出一领芦花样的好席。六婶编的席篾儿匀,也光净,看上去一道道像墨线绷出来似的。六婶还能在苇席上编出许多好看的图案,鸟儿鱼儿都活脱脱的。六婶很喜欢编席,村里人谁求她她都编。六婶编席时常哼着小曲儿,篾子在场院里铺开了,六婶的手就像鱼儿似的在席篾上跳,跳着跳着就跳出图案来了,或是"五朵莲花",或是"鸳鸯戏水"。这时候六婶就像也跳进图案里去了,小曲儿不由得音高。

他记得很清楚,那会儿六婶还在石磙上站着呢,花花眼儿不见了。他中了一回"状元",等他跑过去把破鞋重新垒起来的时候,六婶就不见了。石磙还晃晃地动着,石磙上没人了。伙伴们一个个冷雀似的站着,一时就觉得"中状元"很无趣。豌豆说:"不玩了,不玩了。"

后来又玩"摸瞎儿"。他跟豌豆藏到谷草垛里去了。为了不让人找见,他和豌豆拼命朝谷垛里钻。可钻着钻着,就搜到了人的腿,那腿软软的。继而听到了窸窸窣窣的声音,那声音像兔子垫窝一样忙乱!只听见六婶说:"娃儿,别吭。娃儿,你别吭。"他不敢动了,豌豆在后头用劲顶他,他还是不动。黑暗中,他听到了一粗一细的呼吸声,很憋闷的呼吸声,那呼吸里弥漫着浓浓的汗腥气。片刻,那模糊的黑慢慢化开了,他看见两个人在草窝深处偎着,那是六婶和五叔,搂抱在一起的六婶和五叔。不一会儿,六婶带着一头草慌慌地钻出来了。六婶头勾着,脸红得像染缸里的布。临走时,六婶给他和豌豆一人一个红柿,红柿很大,鲜亮亮的。那时各家的柿子都在谷草垛里漤。六婶抖着手把红柿塞给他,轻声说:"娃儿,可别给人说呀!"他说:"不说。"豌豆也说:"不说。"五叔很晚才钻出来,出来时脸黑风风的。他什么也没有说,只威严地咳嗽了一声。

当队长的五叔和人尖儿六婶。

那天傍晚,他和豌豆再也没兴致玩了,就各自抱着那个红柿,谁也不舍得吃。回到家,他悄悄地对娘说:"六婶跟五叔藏在谷垛里偷偷喝红柿呢。"娘说:"娃,别说,可不敢说。"他说:"我不说。"

他还是说了,给骡子说了。骡子是村里的光棍汉,二十七八没老婆,整日在村里闲逛。他从地里割草回来碰上了骡子,骡子问他:"见徐巧云了么?"他不知道谁是徐巧云,就觉得名儿秀气。骡子说:"你六婶,就是你六婶。见了么?"他不想说。他知道六婶在哪儿,可他不想说。骡子看出来了,骡子说:"你说,你说。你说了我给你买块糖。"于是他说了。骡子没有给他买糖,骡子诳他呢。骡子脸上生了许多疙瘩,那疙瘩一时红亮,阳壮得叫人不敢看。骡子用手挤了挤脸上的疙瘩,野野地日骂了一句,就匆匆走了。

> 荷尔蒙旺盛的单身汉。

骡子没有找到六婶,可骡子在谷草垛里搜出了一条红腰带。那条红腰带缀着两枚铜钱,还有很好看的红线穗子。骡子很兴奋,骡子用桑杈挑着那条红腰带,满街跑着吆喝:"谁的腰带丢了!谁的腰带丢了!"

后来六婶被捆到了场里。谷草垛掀翻了,在掀翻的谷草垛旁边,六叔领着一群人逼问六婶。六叔光着脊梁横着一条扁担,恶狠狠地喊道:"说,你说!"六婶勾着头,脸粉粉地红着,不说。七爷沉着脸在场上站着,

> 六婶有骨气!

七爷说:"给我打!"于是就有一群人上去打六婶。场院里骂声一片,响声一片,扁担都打折了!六叔边打边喊:"你说不说?你说不说?"六婶还是不说。那晚六婶的眼格外明亮,望出去一片燃烧。可六婶谁也不看,始终盯着那掀翻的谷草垛,桑杈在谷垛上斜插着,上边飘着那条红腰带。六叔气急败坏,跳着脚喊:"你死!你死!你给我去死!!"喊着,六叔却猛地朝地上一蹲,擂

着头嗷嗷哭起来了。

　　月亮升起来的时候,六叔被人劝走了,场上的人也慢慢地散了。骡子没有走,骡子在场上一圈一圈转着,转着转着就转到六婶跟前来了。骡子从六婶的身前转到身后,又从身后转到身前,小声叫着:"巧云,巧云。"六婶不理,骡子又去给六婶松绑,绳解开了,六婶还是不理。骡子讪讪地说:"你看,你看,要是狗剩儿不说,也没人知道。"

　　他一直在谷垛旁边的暗处趴着。他恨骡子,也生怕六婶真的去死。这时,他看见五叔悄没声地从场后边转出来,站着一个黑黑的影儿……

　　一钩弯月在天上摇着,摇一地水白的朦胧。那水白一时清晰,一时又模糊。谷垛灰下来了,一个个在场边兀自立着,发出"籁籁"的响声。骡子还围着六婶转,转出一场火星子。见六婶始终不理他,骡子就叹口气,讪讪地去了。

　　久久,立在场边的黑影儿不见了,那条红腰带也不见了。

　　他一直注视着六婶。六婶默默地坐着,不动。月光照在六婶的身上,照出一坨素素的剪影儿。那剪影儿像是水墨泼出来的,在月色中混凝着泅泅淡淡的静。

　　半夜的时候,他看见六婶慢慢站起来了,而后一步

看错了六婶。

田园 / 317

步向场边走去。他心里一惊,就悄悄地跟着六婶。可他万万没有想到,六婶走到一个大石碌跟前就站下了,然后一迈腿上了石碌。六婶站在石碌上,静立片刻,接着脚动了,石碌也动了。就见石碌在六婶的脚下骨碌骨碌转着,而后越转越快,越转越快,忽儿到了场这边,忽儿又到了场那边。这时候石碌已不显得沉重,一飘一飘地向前滚动。六婶呢,两脚飞快地动着,摇摇而立⋯⋯

> 心有定力的六婶,令人生敬。

他看愣了。他不明白,在受了那样的屈辱之后,六婶还有心去蹬石碌?

在夜半时刻,六婶披头散发,一个人在场里蹬石碌?

六婶是疯了么?

六婶没疯。

十个月后,六婶生了一个粉团团的小娃。六叔喜傻了,扎着篮子挨家送喜面。满月的时候,七爷竟也去贺了。七爷那会儿指使人打六婶,这会儿却坐在堂屋里,让人把娃儿抱出来给他看。七爷笑眯眯地扯起娃儿的小鸡鸡儿,娃儿尿了他一手!七爷大笑。七爷把沾了尿液的手指放到眼前看,看了,竟还用舌头尝了尝,嘴呱呱地说:"咸。长大了,有力!"

> 孩子身上有秘密。

许多年过去了,他仍然不明白⋯⋯

日过午了,秋阳斜斜,地上的影儿也斜斜,一坨一坨地斜。老牛还在走,拖着石磙一踏一踏走。他把手伸进谷垛里,试图摸出一个溇好的红柿来,很大很亮的红柿。可垛里没有红柿。

他听见那红袄小娃儿在远处叫:"奶奶,奶奶。"六婶摇摇地站起来,抱着那娃儿去了,晃着一头苍苍白发。

孩子的孩子。

蓦地,那白色的影儿现了。白衣白裙白鞋白袜,晃着一个白色的袅袅婷婷的影儿。在那白色的柔软里有"嗞啦啦"的锯齿声……

还是这个女人。

七

在靠墙根的最温和的地方,在灿灿的阳光下,他看到了一片碗,蓝边粗瓷大碗。碗的后边是人脸,瓮一样的人脸,人脸上动着一张张大嘴巴。乡人们蹲在阳光里,举着碗,也举着嘴巴。这就是乡村的饭场了,乡村里最热闹的地方。

乡村饭场是信息中心,也是政治中心。

他很久没在乡村饭场里吃饭了。回到家,娘给他盛了碗酸汤面叶儿,面叶儿上还卧了两只荷包蛋。娘说:"端出去吃吧,饭场里热闹。"他明白娘的苦心,于是就端着碗出来了。

看见他,乡人们纷纷放下碗来,招呼说:"金令,乡下也没啥稀罕物,你愿尝啥,就斗(吃)吧。"

他笑了笑说:"一样,都一样。"说着,就也找块地方蹲下了。

乡村饭场里没有女人,女人都在灶屋里蹲着呢。可乡村饭场里处处显示着女人的精明和算计。在那些摆在地上的粗瓷大碗里,暄腾着一双双女人过日子的手。手笨的女人,不会过日子的女人,是轻易不让男人到饭场里来吃饭的。饭场是女人的脸面。

三叔端的是一碗蒜面。三婶手儿净,人细格。那蒜面定是头一锅捞的,一筷子能挑起来,利汤利水。面是两掺,一半麦面,一半豆面,切出来也细细长长。只是没有卤,只有葱花、辣椒,一看就知道这是给当家主事的男人格外做的,家里人就锅吃了,汤面。

绳头高蹲在粪堆上大嚼。绳头碗里盛的是蒸红薯。绳头家女人邋遢,但邋遢女人心好,知道男人出力大,蒸出红薯来就拣那块大不坏的往碗里拾,堆儿拢得很大,暄腾腾一大碗!噎得绳头眼里翻白。

四叔端的是一碗玉米面糊糊,糊糊碗里放着一疙瘩咸菜丝儿,咸菜丝儿上经意意地滴着一滴香油。筷子上插的是一串玉米面烙饼,烙饼是在铁鏊子上翻出来的,焦黄。四婶不用说,是很精明的。即使是在困难

> 饭场是舞台,男人是演员,女人是导演。

的日子里,四婶家也会有余粮。

歪叔盛的也是蒜面,但蒜面跟蒜面不一样。歪叔碗里的蒜面是净白面做的,有卤,还是肉卤。肉仅两片,薄薄的两片,搁在白菜豆腐做的卤菜上边。那自然是家里来客了,娘家的客。娘家来的下辈客,男人是不陪的,可碗里有远近。

骡子端的是菜汤带窝头。骡子没女人。骡子娘的眼瞎了。瞎眼的骡子娘做不出好饭食,那窝头蒸出来稀叽叽的。可骡子不管这些,骡子吃得很香。骡子边吃边松裤腰带,吃出一脸大汗。

论饭的改样儿,还要数六叔家。六叔端的是菜包。包子虽是两掺面做的,但看上去倒像是纯白面。细看才会发现,那包皮有两层,一层白面,一层是高粱面,馅是萝卜粉条小碎丁,裹得很精巧,捏得也有棱有角的,摆出一只只宝塔样儿。汤是小米熬的,里边有绿豆,有青豆,闻起来香喷喷的。六婶手巧不必说。许多年来,六婶一直是乡村女人的榜样。她烙的油饼能揭出许多层来,层层光。日子艰难的时候,她用糠和菜叶捏出来的窝窝头曾让许多女人嫉妒。好事的汉子们说,六婶手上的功夫跟腰上的功夫一样。然而六叔的吃相却很闷,话少,脸上木木的,眼半塌蒙着,眼光无边地漫散。嚼得也很无力,一口一口地慢慢吞咽。

一碗饭见出女人的性格与才能。

田园 / 321

饭场里已没有往常热闹了。记得那时候饭场里总是骂声一片，笑声一片。汉子们吃相很恶。吃着吃着就抬起杠来。筷子敲得梆梆响，日天地大骂，而后碗一摔，就头对头顶起来，顶出一脖子青筋！而在这个无风的秋日里，饭场上却徜徉着宁静。狗懒懒地卧着。氤氲的秋光也像是被什么扯住了似的，不动。依墙而蹲的大多是些中老年汉子，吃相不恶，仿佛在吃着一种习惯。

时代在变。

他问五叔，人们说，你五叔不当队长了，承包了队里的磨面房，晌午头儿在磨面房等"电"哩。他又问五叔承包磨面房挣不挣钱。人们说，电不经常有，小孩尿一样，说来一股，也不挣啥钱，是个营生罢了。再问豌豆，人们说，豌豆如今发了，在家吃金屙银哩，不来了。人们说着豌豆，就像是说天外的事情，话语淡淡的，不惊。

阳光很暖，空气中漫散着一股老袄的气味。黄了的槐树叶一片片从树上落下来，落在人们身上，而后跌落在饭碗里。人们把槐树叶从碗里挑出来，头抬也不抬，继续吃。一片牙碰碗沿儿的吸溜声。

三叔吃光了碗，擦一下嘴巴，迟疑疑地问："研究（生）出来……怕是大官吧？"

四叔说："没听戏上唱么？状元。"

绳头停住筷子,眨蒙着眼说:"都研究(生)了,怕是翰林,是翰林。"

骡子郑重其事地说:"国务院,国务院。国务院'扛'大章哩!"

歪叔小心翼翼地问:"那,都吃些啥哩?"

满仓叔说:"啥?包子油馍胡辣汤呗。"

骡子抢着说:"咱见过,半碗油!"

四叔骂道:"去你娘那脚!人家就吃那?光吃油?油才多少钱一斤?胡咧咧!"

骡子红涨着脖子说:"嗨,你不知,你不知哩。人家那油……高、高级。嗨,人家那油……"

三叔慢悠悠地说:"咱庄,学生们出去住了。听保魁他娘说,保魁住南京了。说是也占住事儿了,啥子厂管技术。"

骡子又抢着说:"明州,明州分到许昌了。农业局哩。人家那局里光卧车几十辆!……"

歪叔说:"没见回来过,没见。"

四叔说:"娶个城里媳妇,各自一家了,还回来啥。"

骡子说:"回来也容易,有卧车呢,'日儿'就回来了。"

三叔说:"要是没有'龙麒麟',怕是仨也出不去……"

对外部世界的民间想象。

田园 / 323

天高万里，一碧无云。对面院里的辣椒串着一抹刺目的红光，那红光晃晃的，人们的谈话也恍若隔世。一只蜗牛在土墙上爬，持续不断地爬，爬出一片平和。人们脸上也爬着平和。那是一种安谧得叫人遗忘的平和。仿佛天外的事情说说也罢，不说也罢，日子总是要过下去的。于是就没有了时光的流逝。吃光了碗的老人，从土尘尘的老袄里伸出手来，掏烟来吸，烟一缕缕从满是老皱的嘴边飘出来，缓缓淡去。

可气、可怜的骡子。

骡子撂下碗，展了展腰，腰上有蛇一样的东西甩出来。他看见那是一条腰带。腰带黑不黑灰不灰的，可他看见腰带穗儿上拴着两枚铜钱儿……他脑海里立时飘出了一抹红色，那红色穿越时间的浮尘，摇摇地在傍晚的谷场上飘动。他终于记起来了，这就是那条红腰带，当年给六婶带来一顿毒打的红腰带！经过那个夜晚之后，挂在桑杈上的红腰带就不见了。现在，它却束在骡子的腰上！他望着骡子，骡子脸上已经没有疙瘩了，阳壮的红疙瘩。骡子脸上蒙着一片网状的细皱儿，皱纹里有许多蜂窝样的小孔，看上去像蜘蛛屎。骡子脸上也没有燥气了，话虽依然张狂，眼光却温和了许多。骡子没有女人，骡子娶不下女人，骡子却一直偷偷地束着这条不属于他的红腰带。如今腰带上的红已褪尽，成了黑腻腻的布条条，可骡子仍然束着它。在许多个秋夜像水一样漫过之后,他看见骡子束着这条不红了的腰带,眼里有了温柔。

突然,村街里有了轰鸣声。只见五叔慌慌地站在村西瓦腰高声喊:

"来电了,来电了,磨面赶紧来……"

四叔撇撇嘴说:"看慌哩,拾炮样儿!"

在磨面机的轰鸣声中,他重又看到了那个影儿,紫色的影儿,紫影儿翩翩地跳着狐步舞……

> 五叔也不负当年,还是这个女人。

八

起黄风了。

下午,当他背第三趟的时候,起黄风了。

先是有一股旋风在西边刈过的谷地里旋。旋风很小,陀螺一样转着,有谷草和土尘在陀螺里颠颠地跳,跳着跳着就旋起来了,草叶在旋转的气流中飞起一丈多高,滴溜溜转,忽儿就升起了一股烟柱,黄色的烟柱。那烟柱腾空而起,直刺蓝天!这时候天反而更亮了,芒眼的一刺,西天里像化了似的,就白,就灰,"呼啦啦"半天云动。一霎时烟柱消失了,西天像罩上了一块暗灰色的大幕,铺天盖地裹过来。接着他听到了乌鸦的叫声。黑压压的老呱像机群一样在空中拍打着翅膀,雀

> 从割豆,到背第三趟豆。物理时间的延续。

田园 / 325

儿四下逃飞,秋庄稼"唰唰"地倒过来,地上的草发出"簌簌"的响声,只听得"呜——"一声,就什么也看不见了。

一时,人就像在大锅里扣着,晕腾腾的。四周仿佛有许多手在拉你拽你扯你推你,不由你不走。往哪里走呢?他勉强睁开一道细缝儿,用力地往地上看,只见地像翻了似的,土一窝一窝地飞起来,荡荡地冲向天空。天是黄的,地是黄的,眼前没有了东西南北,也没有了村庄和田野。起初还有人的惊叫声,后来连人声也听不见了,只有铺天盖地的稠糊糊的风!在黄风里裹着,人就像晕头鸡一样,跌跌撞撞的,走也不是,不走也不是,仿佛四面都是黄墙,一重一重的黄墙。他立时感到了沉重,豆捆的沉重。他很想把背上的豆捆扔下来,喘口气,可豆捆紧紧地压在他身上,甩都甩不掉。黄风挟着豆捆,豆捆压着他,就只有走了,闭着眼走。

风刮着他,汗水腌着他,背上的豆稞越来越沉重。很快,他觉得他是被黄土埋了。他像是在黄土里一沟一沟拱,每迈一步都很艰难。天在哪里,地在哪里,村庄又在哪里呢?人在无奈时就剩下记忆了,他凭着记忆走。他看见娘了,娘笑着向他跑来,一脸黄笑。娘说:"娃,你考中了,考中了!"爹也笑着,一脸黄笑,笑着笑着腰就直起来了。村人们也都望着他笑,一村黄墙

> 以前传统小说常有如此经典的描写。

> 改变命运的时刻。

样的笑。村人说:"考中了,你考中了!"五叔笑得很忸怩,灰黄的忸怩。五叔说:"啥时候盖章言声,你是全县第一名,头名状元!"七爷顿着拐杖说:"咱'龙麒麟'考上头名了?我来瞅瞅。"七爷脸上带着苍黄的笑。半夜里,睡着睡着,他穿着裤衩子冷不丁从床上跳下来,问:"娘,我考中了么?"娘正给他套被子呢,娘借了几斤新花,正搭夜给他套被褥。娘说:"娃,你考中了,这回真考中了。睡吧。"过一会儿,他又从床上跳下来,傻乎乎地问:"娘,我真考中了?"娘说:"真考中了,你五叔捎回来的通知,那通知上盖着红匣匣的章,还能有假?睡吧。"七爷又拄着拐杖来了,七爷说:"咱'龙麒麟'出了头名,说啥也得贺贺呀!"娘说:"七叔,不是恁侄媳妇抠唆,学是考上了,可这学费,还有出门的用项,我正犯愁呢。他爹把架子车都卖了……"七爷说:"愁啥愁?喜还喜不过来呢。这事儿你别管了。该贺喜还得贺喜。村里凑个份子,唱台大戏怕来不及,就玩场电影吧!"

　　五叔站在挑着大幕的场院里讲话,五叔说:"咱村,咱'龙麒麟',啊,杨狗剩儿考上了头名……"村人们乱哄哄地说:"金令,金令!都考头名了,还喊人家狗剩儿?"五叔说:"对对对。咱村杨金令考上了头名,咱今黑晌贺喜贺喜!钱是七爷张罗着凑的份子,现在我念念名单:七爷十块,豌豆十块,杨歪八毛,杨满仓一块,

乡村是伦理社会,狗剩儿出息,大家就有了脸面。

杨狗蛋一毛,杨富聚俩鸡蛋折价一毛三,杨欢子五分……"乡政府秘书说:"不吸,不吸。你干啥哩?干啥哩?"爹举着烟说:"办手续哩。王秘书,俺来给俺娃办手续哩。"王秘书矜持地说:"办啥手续?有啥手续可办?"爹说:"俺,俺、娃……"王秘书说:"噢,噢,考上大学了。明儿来吧,今儿没空……算啦,算啦,给你办办算啦,拿过来吧。"乡派出所所长严肃地说:"干什么?干什么?谁让你进来了?出去出去!"爹:"俺来办户口哩,给俺娃办户口哩……"乡派出所所长说:"哟,考上了?柿树坡哩,听说还是头名……小马,办吧,给他办办。"乡粮所司磅员说:"不吸!差半斤,你这粮还差半斤。掂下来,掂下来!回去背吧。"爹说:"俺在家贲了,秤高高的,咋就不够哪?"司磅员说:"叫你背赠回去背了,啰唆啥?"爹说:"你看,俺是柿树坡哩,路远。俺娃考上大学了,日子紧……"司磅员翻翻眼说:"'龙麒麟'屙金蛋了?算了,半斤就算了。今儿个算你烧高香了,办去吧。"背书包的乡下娃子列队站在"龙麒麟"学校门口,两面破鼓"咚咚"地敲着,敲出一片尿罐声。校长说:"榜样啊,这就是榜样!同学们,好好学习吧!"同学们目光朝着村口,脸上带着灿灿的土黄……

他走不动了,实在是走不动了。身上的汗水像小溪样地顺着屁股沟往下淌,豆捆压在身上火烧火燎的,

尊重人才就是铺垫未来。

全身像散了架一样,他一步也不想走了。然而,就在这时候,他突然觉得四周静了,很静很静,静得没有一点声音。当他慢慢睁开眼的时候,天晴朗朗的,仍是一碧如洗。而眼前呢,竟是一片老坟地!

他很诧异,是遇上鬼打墙了么?怎么走着走着走到坟地里来了?

坟地里很静,一丘一丘的土馒头漫漫地排列着,几棵苍老的古柏默默地散在坟地的四周,一片昔日的纸钱无声地在坟头上飘动。这里是村人长久安歇的地方,一代一代的村人都葬在这里。路走完了,就到这里来了,来这里静静地躺下,身上盖着一抔黄土。坟头上的土已很老迈,在时光里失尽了黄色,只剩下了干乏的灰,在灰色里有铁线草的摇曳。那时候他常常一个人蹲在墓地里割草,一割就是一晌,也不晓得害怕。他记得他还站在老祖爷的坟上撒过尿,白白的尿水"哗哗"地撒在老祖爷的坟头上。老祖爷竟没有罚他,也没有给他托梦。后来他知道害怕了,就再也不敢在老祖坟上撒尿了。望着老祖坟,望着那漫漫延伸开去的土坟头,他仿佛听到了响器的奏鸣,那乐曲缓缓地流向天空,把天空染得更蓝。而同时他似乎又听到了土落在棺材上的"噗噗"声,那声音闷闷的,有一种令人窒息的恐怖。太静了,在寂静中他听到了风的絮语,也仿佛是

接续古老的血脉与传统。

田园 / 329

躺着的老人在说话……

拐过坟地,他就看到了阳光下的村舍。村庄在秋阳里燃烧着,亮而明丽。一排排新老瓦屋活脱脱地凸现在眼前,瓦屋的兽头挑着一抹抹芒亮刺眼的光,也仿佛很温和地眨着眼。金黄的玉米棒从房上挂到房下,又扯到树的枝枝梢梢,一串串珠帘儿一般闪耀着七彩神光。在矮矮的土墙上,鸡在悠闲地散步,头儿一探一探,唱出朝天的"咯咯"声。村街里有牛车轱辘,撒欢的狗带起一溜土尘尘的烟。在村街中间,房檐上高挂着代销点的幌子,幌子是红纸褙儿做的,一飘一飘地在空中荡着老红。那就是老八开的代销点,卖油盐酱醋,还有日用杂货。代销点门前蹲着晒暖的老人,有娃儿颠颠地跑进去,也有女人晃晃地走出来。女人手里拿着一拐花线,走得很有色彩。在和煦的秋光下,村街里处处洋溢着生的盎然。仿佛那黄风不曾刮过,遮天的黄尘也不曾有过,一切都像是梦,过去了的梦。这使他想起了童年里摇头唱过的俚语:"东西街,南北走,十字路口人咬狗,拿起狗来砸砖头,反被砖头咬一口……"怎么就溜出这么一段呢?他笑了。

天蓝蓝的,蓝天里幻出了一个蓝色的影儿。蓝影儿纤纤柔柔,媚态万千……

回到眼前现实。

女人之谜仍待解开。

330 / 人面橘

九

在谷场上,他又看到了七爷。七爷坐在谷场边的大石磙上,看着他一步一步走过来,看着他扔下豆捆。他像卸了套的驴一样,歪歪斜斜地立在那儿,很疲惫地望着七爷。夕照下,七爷的脸呈现出古铜色的迷离。阳光在七爷身边游走,走出一片金色的陈旧。远远地,他就闻到了一股气味,七爷身上的气味。他叫了一声:"七爷。"

七爷的眼裂开了一条细缝儿,缝儿里有光,光很亮。七爷说:"金令,你要走了,我知道你要走了。"

他心里一震,没有吭声。

七爷的眼重又眯起来,人像是睡去了。七爷八十二岁了,七爷老了,七爷老成了一堆灰。但这堆灰里仍有亮光射出来,亮光在灰里燃烧着,一堆灰就仍然生动,仍然庄严,仍然威风凛凛。他看不出亮光在哪里,可他感觉到了。七爷的旧毡帽上插了一圈自己卷的烟卷,那烟卷是烧纸裹的,像是一根根土黄色的翎羽。自然还有火柴,还有燃火用的一截麻秆。自他记事起,七爷头上的毡帽就是这样的,如今还是这样。那毡帽已陈旧得没有时间的痕迹了,仿佛摸一摸就要灰散,七爷

> 七爷是家族的象征。

> 七爷身上是乡村的混合味道。

却一直戴着它。七爷坐得很直,七爷八十多岁了仍然坐得很直。往常,七爷腰里总是系着一根草绳,系着草绳的七爷浑身是力。现在七爷不系草绳了,不系草绳的七爷余力犹在,那老袄上仿佛仍有一根看不见的绳子束着,显得很紧凑。离七爷越近,七爷身上的味就越加浓烈。那像是玉米吐缨、谷子抽穗儿、高粱扬花、小麦灌浆、豆子孕荚时混杂在一起的气味,又像是陈酿多年,又经过无数次勾兑的柿子酒的气味,还像是燕子屎、雀儿尿、鹌子蛋、兔子毛杂串的气味。但他觉得这都是不准确的。他说不清那到底是一种什么味。

七爷坐北朝南,那架势很像一座老屋。他很快想到了村里的房子,村里的每一座房子几乎都和七爷有关。七爷是匠人,村里的房子都是七爷或七爷的徒弟造的。村人盖房自然要先问七爷。造屋的日子是七爷定的,地基也是七爷方的,用料自然也要按七爷的安排。房子呢,自然都是坐北朝南向。门是双扇的,门环是双的,门闩也是双的。窗户是一左一右,很对称的两方。七爷说不能多,那是"屋眼",窗户就是"屋眼",马王爷才三只眼呢!房顶是必有屋脊的,脊上必有兽头,一对兽头。记得有一年,豌豆家的新房是请外村人建的。墙已垒了一半了,七爷带着徒弟从外村回来,一看没有屋脚,立即让拆了重垒!豌豆爹怕花钱,弓着腰说:"七叔,你看,墙已垒起来了,人马三集的,就算了吧?"七爷不允,七爷黑着脸说:"你打我脸呢?房子不垒屋脚,你是打我脸呢!"七爷说有屋脚,就得垒屋脚。七爷立时招来徒弟,一分钱不要,一口水不喝,硬是把垒了一半的墙拆了,而后重扎屋基。一连干了三天,到底还是按"规矩"把房盖起来了。当然,七爷也有不按规矩的时候,那在七爷一生中只有一次,那就是"龙麒麟"。

规矩不能坏。

七爷的嘴动了,七爷仿佛在喃喃自语,可他听不清七爷在说什么。他看见七爷的手缓缓伸进了裤腰,七爷的手在裤腰里摸索着,片刻,拈出一只肥大的虱子来。七爷那厚厚黑黑的大指甲在阳光里亮了一下,一翻就扪在了石磙上,"砰"的一声,石磙上溅出了碎碎的红光。七爷的血和虱子的血炸在阳光里,炸出了一小片肥硕圆润的黑红!

七爷要告诉他什么呢?他不知道。在他的记忆里,七爷没有女人,七爷一生都未娶过女人。一生都未娶过女人的七爷却从不害病。他不记得七爷什么时候害过病。记得那年刮黄风的时候,七爷正在房上砌瓦呢。黄风把七爷裹了,黄风过后七爷成了黄土猴子,可光脊梁的七爷仍在房上蹲着砌瓦,砌得很从容。后来天落雨了,雨水在七爷的脊梁上亮着一颗颗圆圆的水

同是单身,七爷和骡子截然不同。

> 泰山崩于前而色不变。

珠,那水珠把七爷荡满黄尘的脊梁砸印出许多铜钱般的麻点,那麻点慢慢化成一条条细流,直到雨水把身上的土尘冲净,七爷还在蹲着砌瓦,连个嚏喷也没打。

他望着七爷,越看越觉得七爷高深莫测。他甚至觉得七爷身上的气味有很强的穿透力,那气味在阳光里播散着,不但把他泡了,把整个村庄都泡了。他似乎感觉到了什么,一时又想不出。在时间的烟雾里,他看见七爷门前放着一个小瓦钵。许多年来,那小瓦钵一直在七爷的窗下放着,他不知道那瓦钵是干什么用的。他记得七爷的窗台上总是放着一些碎木头做的"叫吹"。"叫吹"做得很精致,还用染料染了,看上去花花绿绿的,吹起来很响。七爷闲的时候就做这种一吹就响的"叫吹",做了许多"叫吹"。七爷做的"叫吹"都被村里孩子拿去了,孩子们拿着"叫吹"满街吹,吹出一村哨儿响。吹坏了再来七爷这里拿……于是他脑海里亮了一下,他仿佛听到了"哗哗"的水声,那水声穿过一个个用树叶串起来的日子,明晰地出现在他的眼前:小瓦钵,七爷门前的小瓦钵,瓦钵里有清亮亮的黄水……

> 一度社会上流行"尿疗"。

他明白了,他终于明白了。七爷身上的气味,那说不清的气味,是尿水的气味,童子尿!这是七爷的秘密。七爷做"叫吹"来吸引孩子,让孩子尿到瓦钵里,而后七爷……

334 / 人面橘

七爷从不生病,七爷八十二岁了,七爷八十二岁仍活得很旺。

他听见七爷又说话了,七爷说:"金令,有句话你得记住,不管走到哪里,不管干多大的事儿,你都得记住,你是狗剩儿。啥时候都是狗剩儿。"

七爷说话的声音很低,喃喃的。见他没有吭声,七爷问:"记住了?"

他说:"记住了。"

七爷又问:"记住了?"

他说:"记住了。"

七爷再问:"记住了?"

他说:"记住了。七爷,我记住了。"他望着七爷的手,那手像树枝一样叉巴着,手上皱皮枯枯的,皱皮下凸露着干干的骨节,骨节周围的血管干瘪了,网着一片塌陷下去的黑紫色。可他突然发现七爷的手抖起来了。七爷一开始说话手就抖起来了。七爷的手抖动得十分厉害,那手像得了鸡爪疯一样,颤得让人头皮发麻!就在这当儿,他看见七爷的裤裆湿了,七爷的裤裆处洇出一小片湿黑,很腥很腥的湿黑,那湿黑慢慢润大,而后有水滴下来了,一滴,两滴,三滴……

七爷依旧坐得很直,坐架很硬,只是那颤抖已从手上传遍全身。在颤抖中七爷重复问他,还是那一句话,

"狗剩儿"是家族印记。

还是那三个字,七爷一遍又一遍地问:

"记住了?"

他说:"记住了。"

"记住了?"

他说:"记住了。"

"记住了?"

他说:"记住了。七爷,我记住了。"七爷长长地叹了口气,很惆怅地叹了口气,不再问了。

在他回答七爷的时候,他脑海里却钻出了一个黑色的影儿。那黑影儿一拱一拱地钻出来,像幽灵似的见风就长,突兀地出现在他的眼前:

黑衣黑裙黑鞋黑袜,那黑色的扭动令人心荡神怡,目不暇接……

还是女人。

十

日西的时候,豌豆来了。

豌豆换了一身新西装,像串亲戚一样,浑身上下崭呱呱的,手里呢,还赫然地提了八匣点心!豌豆身后跟着两个孩子,孩子也换了新衣裳,小脸洗得很净。妞妞扎着粉色的蝴蝶结,娃儿理了小平头,看上去像是精心打扮后才来的,并且一人还抱着一只大红公鸡!

豌豆一进门就笑着说:"叔、婶,你看,整日价穷忙,也没工夫常来看恁老人家。今儿个,我把恁孙子孙女领来了……"娘一愣,慌忙迎上去,说:"豌豆,干啥呢?自家人,你这是干啥呢?……"爹也说:"你看,你看……"

豌豆说:"不干啥,来看看恁老人家。俺兄弟呢?"

娘就喊:"金令,金令,你看谁来了?你豆哥来了。老天!还花钱……"

他刚从地里回来,正洗脸呢,也赶忙迎上去说:"豆哥,你这是干啥呢?上屋吧,上屋吧。"

进了屋,豌豆掏出烟来,先给爹敬了一支,又递给他一支;先给爹点了,又给他点。而后吸着烟说:"兄弟,当着咱叔咱婶的面,说一句打脸的话,我今儿个可是高攀了!……柱儿、花儿,快叫'大大'。"两个抱红公鸡的娃儿齐声叫"大大"。

豌豆说:"兄弟,高攀不高攀吧,今儿个我来了。恁这俩侄瓜子都在'龙麒麟'读一年级呢,柱儿八岁,花儿七岁,认给你做干儿干闺女!"

他一听,慌了。原来豆哥是来认干亲呢,要把两个孩子都认给他做干儿!忙说:"豆哥,不行,不行,这可不行……"豌豆吸着烟说:"礼我是备了,娃子也来了。出门时恁嫂子还说,人家愿不愿呢?我说,咋会不愿

此章写实。

田园 / 337

呢？光屁股长大的兄弟。你看着办吧。"说着，就吩咐孩子，"柱儿、花儿，给您大大跪下磕个头。恁大大不应声不能起来——"于是，两个娃儿双双跪在他的面前，恭恭敬敬地磕了两个头，接着仰起小脸儿，一声声叫"大大"。

> 认干亲，是敬重，也是为孩子的未来。

他惊慌失措，一时语塞，竟说不出话来了。他望着孩子的小脸儿，眼前晃晃地出现了一抹粉红。在那抹粉红里，他看见他和童年的豌豆蹲在七婶的窗户下边，悄悄地听七婶的"房"。在满仓叔结婚的那天夜里，他跟豌豆在窗台下整整蹲了半夜，就为了"听房"。那时，两双小眼睛死盯着一个窗洞，那窗洞是豌豆用舌头舔破的，只能轮换着独眼看。开初屋里地面观察还没有声音，蜡吹灭之后就没有声音了，只有一团化不开的墨黑。过了很久很久之后，才有了一声"嗯"。软软柔柔的"嗯"，接着又是一声"嗯"，阳阳壮壮的"嗯"，继而就听到了床的"吱呀"声。那"吱呀"声叫人分外激动，那是一种说不出的激动，那激动一直在他心里藏了许多年。在凉凉的夜气中，豌豆的呼吸粗了，他的呼吸也粗了，就觉得人是很好的东西，很好。那"嗯"声无比好！在"嗯"声里仿佛有什么升起来了，竟有了一丝庄严。在这"庄严"里两人互相看了一眼，没有笑。第二天割草时浑身是劲，草割得很多，背的时候也不觉得重。床的"吱呀"声使他想到了老鼠,可那不是老鼠,那是一抹粉红,人的粉红。后来人们问他俩"听房"听到了什么,他俩都笑了,红着脸笑了。是呀,没有听到什么,但什么都听到了,不说。那回味曾使许多个割草的日子变得有声有色。再后来七婶抱出了一个孩子,那孩子粉粉的红肉儿一下子就让人想起了那么一个夜晚。那是一个粉红的夜晚。在一个粉红色的夜里他们听到了一个粉红色的"嗯"声。那时,豌豆常常无缘无故地"嗯"一声,"嗯"得严肃而又庄重……

现在豆哥来了。豆哥领来了两个孩子,带着重礼,说要把孩子认到他的门下,做他的干儿。他说什么呢?童年的豆哥是很重情义的。这会儿豆哥穿上西装了,穿上西装的豆哥非要把儿子女儿认给他。

他上去拉孩子,孩子不起来。他笑着说:"豆哥,豆哥,这是干啥呢?你饶了我吧。"

娘在一旁打圆场说:"豌豆,不是不认,恁兄弟还没成家呢,按规矩说,不全乎,怕对孩子们不好哇!"

豌豆说:"婶,全不全我不在乎,我也不迷信。说实话,换换主儿我还不让孩子认呢。我认准俺兄弟了,这俩娃儿就认给俺兄弟。认也得认,不认也得认!"他无法推托,也无法应承,只好说:"豆哥,你看我整年不在家,也帮不上啥忙。"

看西装,认干亲。看似不搭,实为郑重。

田园 / 339

豌豆说:"兄弟,咱俩好不好?"他忙说:"好。"

豌豆说:"你放心,我不求你办啥事。这些年恁哥日弄哩也不赖,啥都不缺。孩子认给你,也不图你啥。你常年不在家,娃子认到你门下,这就近一层了。咱叔咱婶有个好好歹歹的,我让娃子们时常来看看,给老人添个乐儿。缺啥少啥我也能过来招呼招呼,家里就不用你操心了。你要是觉得高攀了,我站起就走!"

他再也无话说了。

娘说:"豌豆,你既然不嫌恁兄弟不全乎,我做主了,认下!"娘进耳房里封了两个小红包交给孩子,而后把孩子拉到怀里:"多好俩娃儿!认下了,我做主,认下了。"

豌豆说:"快叫'大大'。"

俩娃儿扭过小脸儿,又喊:"大大。"他摸了摸孩子的头,也就算默认了,说:"豆哥,你出我的洋相呢,还没成家,就俩娃儿了。"

豌豆也喜了,就吩咐娃儿喊"奶奶",喊"爷"。俩娃儿就连声地叫"爷",叫"奶奶",喊得老人们乐滋滋的。

他望着豌豆,豌豆的脸很重,重得叫人看不清。烟雾在豌豆的脸前一缕缕飘散,在烟雾里他看见豌豆的额头上有风割的一道道纹路。虽然穿着崭新的西装,

难怪豌豆能成事,这话说得讲究。

但满脸胡楂子,似有一种说不出的倦乏。豌豆的"豆眼"在童年里是很亮的,一眨就是一个"点子",这会儿他却看不透了,那眼上蒙着烟雾,仿佛很深,井一样深。然而,在深井里却浮游着一种东西,很庄严的一种东西。

娘说:"你豆哥这几年中了,日子是村里头一份。会木匠手艺,还会开小拖。"

豌豆说:"嗨,中啥?给俺兄弟提鞋都提不上。搞了几年运输,领了几天建筑队,又包了个轮窑,糊涂麻缠吧,也弄了俩钱儿,还过得去吧。"

他说:"豆哥,村里人都说你发了。"豌豆说:"发啥?兄弟,要不是为这俩娃儿,光种地好好孬孬也够吃了。咱吃好吃赖都不要紧,娃们路还长呢。"

他突然觉得豌豆说话的口气很像豌豆爹,罗锅了的豌豆爹。豌豆爹当年说话的口气就是这样的,现在豌豆也当爹了。豌豆又坐了一会儿,就领着两个孩子去了。临走时,豌豆又是先给爹敬烟,再给他敬烟,说:"你歇吧,兄弟。晚上咱们好好闹闹!"

一代又一代。

童年的豌豆去了,现在的豌豆也去了,带走了一抹遥远的粉红。他望着静了的院子,院子里多了两只拴着腿的大红公鸡。公鸡的腿被细麻绳捆着,一蹦一蹦地在院子里觅食儿。

豌豆把孩子认到他的门下了,可他的门在哪里呢?

一个高大如城堡的女人的影儿……

这个女人。

十一

天黑了。天黑之后村街里响起了锣声,有人"咣咣"地敲着锣高声喊:

"打平伙喽!打平伙喽!上河滩打平伙喽!……"

随着吆喝,村街里响起了纷乱的脚步声,娃儿们欢呼雀跃,狗也"汪汪"地跟着叫。娘说:"去吧,金令,去热闹热闹。"

怎么忽然"打平伙"了?

"打平伙",在童年的日子里,他天天盼着"打平伙"。那时候,一到收获的季节,就有年轻的光棍汉们在村里挨家串,看哪家的猪长成了,就悄悄地把猪赶到河滩里,杀了之后才告诉主家:"你家的猪打平伙了,黑晌儿去吃吧。"主家听了,也就笑笑,骂一声:"鳖儿!我说咋听不见猪叫呢。"猪杀了,就在沙滩里点上火,在大锅里煮,撒一些盐,再搞些水酒,一村人都去吃,吃一嘴油!那场面是很热闹的。当然不是白吃。每回打平伙,哪怕只吃过一口肉,喝过一口汤的,秋后都要按市价给钱。钱是平摊,人头一份。若是没钱,也要拿去二斗粮食,不让主家吃亏。这风俗很古老,是上辈人传下来的。记得那时候,一听说"打平伙",他中午饭都不吃,早早地就跑到河滩里等着,一直等到太阳落山,篝火点起……

然而,今日已非昔日,他不想去了。这时,就听见院外有人喊:"金令,走哇,七爷请你去呢。今儿个不平摊,是吃大户,豌豆出钱,杀了口三百斤的大猪!快去吧,火都点着了!"

娘说:"去吧,好几年都不兴了。去玩玩,别扫了大伙的兴。"

他迟疑着,没有站起来。

不一会儿,就又有人来叫了:"金令,你得去呀,七爷让你去呢。七爷说,你务必得去。"

他只好应声道:"好,你们头前走,我去。"

他拖延着,一直到村街静了,再听不到脚步声了,他才出了家门。夜已黑得模糊了,村街里一片灰黑色的朦胧。在朦胧里他深一脚浅一脚地走着,踏出老牛的咀嚼和虫儿的鸣叫。瓦屋的兽头黑得狰狞,狰狞里又蕴着几分厚道。土墙灰得斑驳,斑驳里藏着几许温情。树木的枝条在夜空里斜叉着,花黑着一片恬然的宁静。夜空里有星儿碎闪,没有月亮,月亮钻到云层里去了,汪着一块灰灰的苍白。风吹得烫脸,带着一股沁人的烧豆秆的气味。他听见他的心"怦怦"跳着,像兔

豌豆大气,也是敬重杨金令。

田园 / 343

"打平伙"是乡村的节日。

儿一样跳着。在家乡里走夜路,他不知道心为什么会跳得这么厉害。夜的苍穹很大,无边的大。在夜的苍穹里人成了一小团墨黑,很安全的墨黑。夜把你藏了,夜给了你从容和随意。这种墨化了的乡村夜路不由得叫人喜悦!

上了河堤,颍河就在眼前了。颍河缓缓地流着,这是一种没有响声的流动,水已是很小了,泛着淡淡的青色,皱着绸布一样的纹儿。记得童年里他常在这条河里洗澡,夏天水涨得很大,浪花儿总咬他的小屁股,他就一次又一次地从河堤上往下跳,溅碎一河白浪……夜仿佛亮了些,月牙儿在水里漂出一只小小的牙船,牙船荡荡的,一起一伏地在水纹里波动。细看时就什么也没有了,只有一曲暗红的缓流。苇荡里红光四起,芦苇的下半部铁黑,上半部却挑着一片猩红,那猩红随风摇曳,摇出一湾血。苇荡旁边是三堆燃烧着的篝火,火光冲天而起,烧红的豆荚像红色的羽毛一片片飞上夜空。篝火周围是墙一样的人脸,人脸很厚,柿饼一样红着。那就是"打平伙"的村人了。村人们在火光的映照下头挨头、脸贴脸地围着一口大锅,大锅里冒着喧天的热气,猪肉的香气溢向四野。在猪肉的香气里,他听见了村人的笑骂声和汉子们的吼叫!有人唱了,野唱,一声声炸破喉咙:

曰一个昏天黑地,

曰一个小虫叨米,

曰一个四脚爬叉,

曰一个稀里哗啦!

曰一个石磙圆周周,

曰一条扁担九尺九,

曰一张木犁沟沟里走,

曰一块红亮的小肉肉儿!

曰一个花花儿天,

曰一个花花儿地,

曰一个楼瓦雪片万担米,

曰一个龙子龙孙坐龙椅!

野性。

汉子们那阳壮的野吼震动了整个苇荡。在火光中,红色的芦苇随着"曰曰"的唱一浪一浪起伏,仿佛整个河滩都燃烧起来!那憋足气的人脸举着一张张大嘴巴,铺天盖地都是嗷嗷的叫声……

夜也显得亮了,一钩新月挂在天上,星儿齐齐眨眼。他看见七爷了。七爷在火堆旁的空地上坐着。他看不见七爷坐的什么,七爷像是悬空而坐,七爷遍体红光,鹤发童颜,看上去不像人。七爷身子周围游动着一串金光闪闪的火星儿,在火星儿里,七爷仿佛在缓缓上升,神人一般地上升。七爷仍然坐得很直。

他也看见豌豆了。掌锅的是豌豆。豌豆没有穿西装,豌豆穿的土褂儿。穿土布褂子的豌豆站在冒着热气的大锅旁高声叫道:"七爷,肉熟了!"

就听七爷叫道:"酒倒上!"于是开代销点的老八慌忙把酒坛打开,拿出一摞子碗来斟酒。人们也气势汹汹地跟着喊:"倒酒!倒酒!"

在一片嚷嚷声中,七爷又喊:"金令呢?金令来了没有?"

汉子们也炸开喉咙吆喝:"金令,吃头块肉了!……"茫茫四野齐声回应:"吃头块肉了!吃头块肉了……"

吃头块肉,是多大的尊崇和荣耀啊!那头块方肉,一向是德高望重,给村人们办过大事出过大力的人才有资格吃的。他有什么资格吃头块肉呢?他不配吃,他不配呀!他望着墙一样的乡人,望着熊熊燃烧的篝火,不由得一步步退去。

在火光中,他看见簇动拥挤的人头像林子一样竖着;他看见人脸一层一层地红亮;他看见一张张阔大的嘴巴在肉锅前高举,他看见豌豆用长勺一下一下地敲打着人们的头,人们潮水一般地后退,而后又浪花般地

以如此仪式对待金令。

前涌;他听见女人的尖叫声像鸟儿一样飞出,扑棱棱地进了苇荡,继而是一片哄然的大笑!他看见敞着怀的女人在笑声中拥出一束金红,他看见娃子们在娘的怀里悄然长大,长伸着一只只红红的手……

当豌豆把头块方肉挑到木桌上时,他看见人们突然静下来了。没有人再动了,谁也不动。有人飞快地跑上回村的路,一路唤着:"金令,金令……"村人们静静地等候着,一张张脸上都带着庄严、肃穆的神情。

这时候,他忽然抖动起来了,浑身像筛糠似的抖。就在这一瞬间,他明白了,他终究是要走的。他该走了。这一走也许就不再回来了。

乡人哪,乡人!

望着一片诚挚的乡人,望着生他养他的热土,望着再次给予他生命的田野、河流、村庄……他膝盖一软,"扑通"一声跪了下来,在黑暗中,他扑在地上重重地磕了三个头!他已无话可说,只有一行行热泪。

而后,他转身走去。黑夜拥着他,他不由得加快了脚步。

认同乡亲、乡情乡土,重获力量。

那个女人的影子竟没再出现。

田园 / 347

> 这篇小说以第二人称叙事完成。这是一种很少被采用的叙事角度，类似书信体，便于诉说、劝勉等，于情节展开不太方便。

送你一朵苦楝花

一

　　小妹，家里来信说，你又跑了。

　　这已是第七次出逃。天一日日冷了，路又是那样的漫长，你究竟要往哪里去呢？在村里，可怜的父母已为你丢尽了脸。乡下人，脸面是很金贵的。没有钱可以，没有了做人的脸面，叫他们怎么活哪？爹那佝偻的腰再也直不起来了，他的脊梁骨被他的亲生女儿折断了，他在村人面前再也做不起人了。你不会知道，当人们在村街里撇着嘴说"老六家的闺女'匪'了"的时候，老人心里究竟是什么滋味。

　　你是晚上逃走的。临走前你当着六奶奶的面，当着两位老人的面脱去了贴身穿了十八年的红兜肚儿。那红兜肚儿是六奶奶在你三岁时亲手给你缝织的（按乡俗，这红兜肚儿只有出嫁那天才能脱去。脱去后，你就不是杨家的人了）。你脱去了红兜肚儿就脱去了家

> 一看即知是少女出逃，或者说堕落之类的故事。

乡对你的唯一的束缚。你把那旧了的红兜肚儿扔在堂屋的地上,粉碎了老人那最后的希望。你去了,你没有带走家乡的一丝线,你决绝地很残忍地切断了这最后的联系。可是,我的小妹,你生在这块土地上,又怎能逃脱这块土地呢？小妹,在咱们家族的历史上,也曾有过隔代叛逆的记录。上溯到爷爷这一代,三姑奶就是跟人私奔而逃的。据说,三姑奶年轻时长得很漂亮,也很聪明,是家族历史上最秀气的一个女人。她是跟一个唱梆子戏的男人私奔的。在夜深人静的时候,她悄悄跟那男人跑了。七天之后,又被家人捉了回来。于是双双背着大碾盘沉进了南北潭。死的时候,三姑奶并不后悔,只说:"让我们死在一块吧。"可两人却没能死在一块。祖爷爷下令把他俩一个沉在潭南,一个沉在潭北。那结局是很惨烈的,听经历过那场面的老人说,三姑奶背着沉重的大碾盘在水面上折腾了很长时间,她的手像旗一样在水面上悬着,几经挣扎,企图抓到她爱的那个男人的手,可她没有抓到。

　　小妹,在这里,我没有恫吓你的意思,也不想过多地责怪你,可我不能不说,你是幸运的,你赶上了好时候。在你一次又一次出逃之后,虽然心灵上烙下了很重的鞭影儿,虽然身上仍残留着捆绑吊打的印痕,我还要说,相比之下,时光对你是厚爱的。

> 红兜肚儿是一个象征物。

> 三姑奶亦如此,说明传统规矩之压抑人性。

送你一朵苦楝花 / 349

> 父母的驯顺并未能改变叛逆的基因。

我说不清这种隔代叛逆的必然根源是什么,也许刚强会导致软弱,软弱却又孕育了刚强?也许那久远的血脉在极缓慢极迟滞的流动中会突然蹦出一个活跃的血分子来?可是,在这块土地上,本该是什么种子结什么果的。爹的畏缩加上娘的懦弱,怎么就孕育出你这么一个不安分的女儿呢?

三姑奶是为爱情而殉难,应该说她死得很值。她在奔向幸福的过程中受折磨而死,她也就是幸福的。她有过瞬间的辉煌,有过爱的尝试,有过面对蓝天白云的最后一笑。她站在南北潭的边儿上,望着绿得发黑的潭水,很勇敢很惬意地说:"让我们死在一块吧。"

那么,小妹,我要问:你是为了什么?你是在家里盖起了四间瓦房,有了足够吃的粮食之后出逃的;你是在数次出逃之后,终于挣脱了捆在身上的绳索,获得了乡村对你的最大宽容和自由之后又一次出逃的。你走得那样匆忙,纵是逃脱牢狱的人也不会比你更急切。在暗夜里,你把养育你长大成人的村庄扔在身后,甚至不屑再回头看一看。你急急地跨过沟坎,越过小桥,然后像盲点一样消失在更为广阔的天宇。每逢这种时候,你的胆量是惊人的,勇气也是惊人的。一个孤女子在黑暗中行走,你的灯光在哪里?

> 感情的精神的需求大于物质的需求。

从理念上说(原谅你的哥哥,他读了许多年书,理念自然就多一些),每一个企图逃脱苦难的人,得到的必然是更加深重的苦难。小妹,我知道你是在苦难中长大的,你不在乎苦难,你的勇敢就表现在能够承受苦难。你逃脱苦难是为了寻找苦难,这就更使你的哥哥惶惑。

假如是为了爱情,在你背弃了六奶奶的苦心,背弃了父母的安排之后,你已有了充分的选择余地;假如想独立生活,你也已得到了父母的最大限度的允诺。可是,你又跑了。

> 不只是为了爱情和独立,那为了什么?

你走了,你留给家乡的是诉说不尽的耻辱;你留给父母的是洗刷不清的耻辱;你让那个爱过你的男人挂在耻辱的苦楝树上(那树砍了,耻辱却永远挂着);在乡邻们尽情嘲笑你议论你的同时,也替你分担了耻辱;而耻辱本身却没有了耻辱。你把耻辱卸在这块土地上,干干净净地走了。

对你的出走,老人是困惑的。

娘一次又一次地流着泪说:"吃上白馍了,还不够吗?"

爹跺着脚说:"啥都有呀!啥都有。"小妹,你知道天地的宽广,可你知道生存范围的狭小吗?你知道路的漫长,可你知道人的拥挤吗?你自小就很聪明,你有足够的理由嘲弄你那大学毕业后工作多年的哥哥,你甚至不给他解释的机会。可你知道天网恢恢吗?

小妹,我不敢说你是堕落。堕落也是需要勇气的,堕落是对现有生活秩序的一种反叛。你的不堕落的哥哥既然生活得这样平庸,也就没有任何理由去指责他的毅然决然地奔向耻辱的妹妹。我甚至不敢说你是无知的。虽然人海茫茫,在人生的路上还有一个接一个的苦难等待着你,很难说清你的结局。当你的"有知"而无任何行动的哥哥坐在舒适的"牢笼"里一支接一支抽烟的时候,也就失去了在他的一次又一次勇敢背叛的小妹面前夸耀知识的勇气。跳进"火坑"的人与旁观者的心理永远不会一致。品评别人是容易的,这使品评者不自觉地占有了心理上的优势。你的哥哥是坐在温暖的房子里喝着毛尖茶吸着烟凝视着窗外的白雪与他的小妹说悄悄话的(他不敢让那位你该称作嫂嫂的陌生女人听见)。他思念他的小妹,却不知他的小妹现在何处。他知道,这种"对话"是很做作的。

爹娘曾骂我对你不够严厉,眼看着你跳进"火坑"而不顾。而你,我的小妹,对哥哥显然也是不满意的。七次出逃,你一次也没来找过我,这说明你至今看不起你的哥哥。

在有了那么一次软弱之后,你再也看不起你的哥哥了。你觉得他活得没有骨气。你不愿给他带来麻

> 哥哥的理性分析。

> 抽烟、喝毛尖是李佩甫的个人经验。

352 / 人面橘

烦。你可怜他。

"哥,是她吗?"

"是她。"

"二十多年了,你还能认出她?"

"你去见见她。去呀!"

"……不好。"

"你得去。那么多年了,你就不能见见她吗?"

"不好。"

"见见有啥呢? 见见吧。"

"不好。"

"哥,你是人吗?"

雪无声地下着,窗外的世界一定是很冷的。小妹,你在哪里呀?

> 哥哥的懦弱与虚伪。

二

小妹,我至今不能忘怀的是十二年前的那个夏夜,星儿在天空碎闪,月儿摇着一弯小小的船。院中的苦楝树开花了,一树紫紫、白白、淡淡的小花。树下偎着一个九岁的小妞妞,去捡那散落在地上的小小花瓣儿。灿灿月光水一样地泻在地上,碎了捡花的小手,碎了那亮着紫边的小花儿,碎了那梦一般的夜。那宁静那恬

> 捡拾苦楝花的妹妹是美好的回忆。可"送你一朵苦楝花"一句成谶。

然那专注是极动人的。小妞妞痴迷花的清香,苦苦涩涩的香。她静静地立在树下,亮着一双藏有无数甜美小想头的眼睛,微微地撇着小嘴,在那窄小而纯净的心灵里放出了人生的第一只"蝴蝶"……

那会儿,一定是我的脚步声惊扰了你,于是便有甜甜的一笑:

"哥,送你一朵苦楝花。"

小妹,那时的你是多么单纯多么可爱呀。小小的年龄,纯洁而狭小的心灵,倚在月光下放出的"蝴蝶"一定是极美好的。那是未知的美好,向往的美好。我的九岁的小妹,对于人生,你都企盼些什么呢?

那晚,你在院里扭来扭去,一定是想给哥哥说一点什么的,可你没有机会。哥哥要走了,哥哥心不在焉,哥哥被省城大学的通知"烧"得不认识自己了。能考上大学,这对乡村来说是唯一能光耀门庭的事情。乡邻们都说老祖坟里冒烟了,于是争着来看这棵从老祖坟里长出的"蒿子"。他没有机会和你说话。

在你的哥哥临离开乡村的最后一夜,你送了他这么一朵"花"。那时他不知道你是有意还是无意,他收下了这朵"花",没有破译。此后,他忘记了他的小妹,也就失去了再次破译的机会。他知道这花是苦的涩的,但他不知道这就是他人生命运的注解。

他从一览无余的乡村走入城市,有着很宽的马路很高的大楼的城市,海一样深邃的城市,他带着两腿泥跌进了城市的旋涡,在花花绿绿的橱窗前迷失了。于是他被"囚"进了一个上不着天下不着地的"方格",有一个属于城市的陌生女人管着他。那女人是城市的守护者,是城市的"警察",秩序和正常是她手中的鞭子。她常常问他:"洗净了吗?"他说:"洗净了。"那女人有一只很灵的鼻子。"怎么还有股味呢?"他说:"我再洗洗。"他在布满蔑视的"方格"里一次又一次地清洗自己。他知道他洗不净,这气味来自养育他的乡村和田野,已深深地浸入血液之中,他怎么能洗去呢?在这样的"方格"里,他对那八十元一瓶的香水产生了莫名其妙的恐惧,这恐惧依然是来自血脉来自田野的。每当他被裹在"香水"里的时候,他就想粉碎这恐惧,然而他还是被那浓烈的"香水"粉碎了,剩下的依旧是恐惧。城市女人是城市的当然管理者,每一个从乡下走入城市的男人都必须服从城市女人的管理,服从意味着清洗,清洗意味着失去,彻底的清洗意味着彻底的失去。他出了门便消失在人流中,回家便化进了"方格"里,他没有了自己,更没有属于自己的一点点东西。只有那看不见摸不着的气味是属于他的,且正在被清洗。他很想走出"方格",又极害怕失去"方格",在城市,这是

> 城乡对立的观念是当时李佩甫等同时代作家极为批判的,而更多的是对城市的批判。

送你一朵苦楝花 / 355

他唯一的藏身之所。

有一天,那陌生女人突然问他:"你怎么了?"

"怎么了?"他不明白她的意思,一点也不明白。

陌生女人那很好看的鹅蛋脸上露出了惊雀般的神情:

"你笑什么?"

"没笑什么。"

"没笑什么,你笑什么?"她问得很怪。

他郑重地说:"我没笑。"

陌生女人跳起来了。她说:"怎么没笑?你出门就笑。是那种巴结、谄媚的笑。一边笑还一边给人点头。从机关大院门口一直到走进办公室,你总共点了187次头,见人不见人你都点头,你竟然还对着一棵树点头!你不觉得累吗?"

接着,她又说:"即使再下贱,也不能去巴结一个孩子,你给那三岁的孩子笑什么?"

他很茫然。他不知道他笑了没有。他为什么要笑?假如笑了,那仍然是恐惧所至,那来自乡村来自血脉的恐惧。在那陌生女人面前,他每时每刻都感到了乡下人的卑微。他无法逃脱这种卑微。

小妹,这就是你的哥哥。你曾为他付出辛劳有过期望的哥哥。

> 城市女人不能容忍丈夫与生俱来的谦逊或者说卑微。

在他离家之后,你就被迫停学了。我的很小的小妹,为了供养你上大学的哥哥,你含着眼泪离开了学校,接过了本该由哥哥承担的沉重的田间劳作,接过了那本该由哥哥使唤的赶羊鞭。按说你是不该做出这种牺牲的,任何人都没有理由让你做出牺牲,可你还是做了。

> 妹妹为哥哥做出了牺牲。

你每天天不亮就起床,赶着两只小羊羔到坡上去放。那羊羔就是你哥哥的"学费"。在灰蒙蒙的晨曦中,你孤零零一个人赶着"学费"在坡上走,步量那无尽的黄土地。夕阳西下,你又摇摇地背着一个极大的草捆回家,一个极小的人儿,撑着天大的日月,你是很乏累的。可一年又一年,你重复地走着同样的路。你把羊从两只喂到六只,又喂到八只。你把它们从小喂到大,从生养到死,你目睹了羊的生与死的全过程,你目睹了羊作为物质转换为货币的全过程。让一个喂羊的小姑娘去拽着羊腿帮爹宰羊是很残酷的,可为了哥哥,你不得不这样做。在羊的"咩咩"叫声中,你眼睁睁地看着爹把尖刀捅进羊的肚子,看那箭一样飞溅的热血。那羊是你喂大的,你抱过它,亲过它,给它说过很多的悄悄话。可你又眼看着它倒在你的脚前,活睁着一双善良的任人宰割的眼睛,好像在问你:活是为了什么?羊作为"学费"的信号强烈地打入了你的记忆。你无话可说,也不知道该说些什么,而后又默默地跟爹到集上去卖羊肉……假如把你的生活再延长一点,作为家中唯一的识字人,你从喂羊到转换成钱,然后再作为学费寄出,你一定与离家有七里远的乡村邮局有了某种联系。在邮局里,你渐渐明白外面还有一个极大的世界,你知道书信作为传递工具可以飞向世界的任何一个角落。这时候,在你的朦朦胧胧的记忆里,一定是留下了什么……夏天是忙碌的。那时你的小胳膊还很嫩,人还没有长成,腰自然也不是弹簧做的。可家里没有人手,你不得不像大人一样去田里干极笨重的活计。在你一次又一次弯腰割麦的时候,在你蹲在湿热的玉米田里薅草的时候,在你拽着很沉重的粪车吃力地奔向田野的时候,小妹,你都想了些什么?

心中已有远方。

冬日很冷,在带"哨儿"的北风中你仍是起得很早,喂羊、喂猪、喂鸡,然后是担水、做饭,畜生一锅人一锅。这仍旧是重复的,无休无止的重复。那一双终日在冷水里浸泡的小手早已裂得不像样子,血口一道一道的,不比枯树枝更好看。或许在年关的时候,你还得挑上一担红薯到四十里外的镇上去卖,那沉重全凭一口气顶着,一步一步地挨,你有"学费"的信号。小妹,孤零零地蹲在风雪交加的镇上卖红薯,你哭过吗?小妹,多年来,你的上完大学又留在省城工作的哥哥没有给你写过一个字。夏天很热,冬天又很冷,他没有问一问他的小妹:扛得住蚊虫的叮咬吗?手裂了吗?可他却一次又一次地收到了从乡村邮局寄来的钱。那钱是一分一分攒起来的,有时多一些,有时少一些。多的时候一百,少的时候只有三块。他应该从钱上闻到羊屎鸡粪猪尿的气味,他应该知道那是羊的血肉或是一担红薯的价值。他的心为此战栗过,也仅仅是战栗,他做了什么?

没有。

小妹,你的背叛意识的积累是从这里开始的吗?你默默地忍受着这一切,从没抱怨过什么。可是,就在你哥哥带着那个陌生的城市女人回乡的那天夜里,母亲明确地告诉你,让你按乡俗为那称作"花嫂嫂"的女人端洗脸水,并按乡俗替那女人准备了包有五元钱的"红封包"(这"红封包"是要新娘子交给为她端洗脸水的小姑子的)。可你端了洗脸水却拒绝接受那"红封包"。拒绝意味着割断,你要割断什么呢?

小妹,当哥哥思念你的时候,也就是他良心忏悔的时候。他想获得心理上的平衡,得到的却是永远的不平衡。在你九岁那年,你说:"哥,送你一朵苦楝花。"这充满稚气的信号在他的脑海里存放了很久,他一直被这种神秘的信号缠绕着,他认为这充满稚气的语言是

> 妹妹辛辛苦苦为哥哥付出。

> 辛苦付出换来如此不平等。反叛开始。

来自天庭的,是先验的预言的注脚,他无法破译。

于是,他渴望你再来一声"哥"的呼唤,这呼唤能拯救他的灵魂,再来一声吧?!

然而,苦楝树没有了。小妞妞不见了。那九岁的小妞妞。

三

小妹,在你第一次出逃之前,你曾给你的哥哥写过一封信。信上只有一句话,你说:

"哥,我不想活了。"

> 说不想活实际是寄望于哥哥。

那是个灰色的冬天,在灰色的冬天里我的小妹产生了骇人的念头,她给她的嫡亲哥哥写了一封信,她说她不想活了。

小妹,这是你第一次也是最后一次来自心灵的呼救信号。在你走向乡村邮局的路上,你一定是把一切都想好了。你的无畏在很小时就给人留下了很深的印象。记得那年你与人争吵,一气之下竟抓住菜刀剁下了一节手指!然后你把那断了的手指弃在案板上,径直拉人上街评理。当那断了的手指还在案板上脉跳时,你弃之不顾,当街与人言理,那血淋淋的任性与决绝曾使全村人震惊!你的任性是很有名的,你能舍去

> 有性格因素。

手指就能舍去任何东西。从某种意义上说,你舍去的不是手指,而是平庸;你舍去的不是肉体,而是精神的附赘。你甚至不为言理,而是在痛苦中寻找精神的欢愉。这种血脉的超常延续当是冥冥之中的三姑奶给予的。所以,当你产生了轻生的念头时,你就有了很矛盾的"欢乐"。那是精神濒临崩溃之前做最后挣扎时才有的"欢乐",很残酷的"欢乐"。你把这种"欢乐"的体验用信的形式寄给了你的哥哥,向他抛出了信任的长索,呼唤他能回来看看你。

　　小妹,这一天对你来说是至关重要的。在这个阴晦的冬日里,你会去哪里呢?你一定到代销点去了,代销点是男人聚集的地方,烟雾缭绕日爹骂娘的地方,也是乡村里唯一有点乐趣的地方。那里的笑声带有浓重的脚臭味和汗酸气,那里的语言是世界上最下流的,也是最质朴的,那里集中了乡村的智慧,也集中了乡村的浅薄。你仅仅在门口站了一会儿,终还是退出来了。那一张张裹在烟雾里的灰色的脸叫人生厌,那一双双捉虱子的手更叫人生厌,厌便是你对这个阴晦冬日的最初感觉。而后你在寒冷中走向光秃秃的大地,一望无尽的灰,很乏很累的灰。天是灰的,地也是灰的。在灰色的田埂上有灰色的麻雀在跳来跳去,"啾啾"地寻觅那散落在沟壑里的谷粒,很凄凉的灰动。你的脚步

平庸的乡村生活。

> 注定的命运轨迹。

> 不变的生活状态。

载你走了很远,似总也走不出那灰暗的心绪,于是你突然就折回来了,像逃脱什么似的,走得极快。你一定还去了大花家,大花快要出嫁了,家里正忙着置办嫁妆,很乱。大花看见你就哭了,她说她害怕。那男人是个煤矿工,只见过一面,是个很遥远的未知数,她就要去和那未知数过日月了,她说她害怕。你有一点点羡慕她,也有一点点可怜她。你羡慕她的"走",遥远的走,走得无影无踪。你可怜她的软弱,可怜她的顺从。你说:"怕什么,男人有什么好怕的。"可大花要走了,你心里很孤独。从大花家出来,你面对着村街里的大石磙看了很久,那冰冷的大石磙从你一出世就在那儿蹲着,像老人似的蹲着,总板着一副面孔,昨天今天明天都是一样的,没有时间的流逝,只有岁月的无尽。你用脚蹬了蹬它,它纹丝不动。它死了却又活着,活也就是死。看久了,便让人躁,让人急,让人疯。你很想把它抱起来扔出去,扔得远远的,永远不再见它。可你抱不动,于是你心里很凉。无奈,你又顺着村街往前走,一切都是读熟的,看惯的,简直是太熟了。那房舍那院落那土路上的车辙,闭着眼都能清清楚楚地感觉到,连冷风中的气味都是闻惯了的,没有一点点新鲜的东西。你不得不回家,不回家又能到哪里去呢?家里活是永远干不完的。娘在剥玉米,你也坐下来剥玉米。要是拣烟,你也拣烟。那程序是重复过千次万次的,熟得让人生腻。中午了,你问娘吃啥饭?娘说:"面条。""面条?"你又问了一遍,娘说:"面条。"乡下人的午饭永远是面条。于是你去和面,和面时你碎了一只碗,那响声很大!娘问:"咋啦?"你说:"不咋。"你很清楚你在心里骂了些什么,可你没有说,吃了,涮了,又去喂羊、喂猪、喂鸡……

> 碎碗是对沉闷的破坏。

在这个阴郁的冬日里,你的心绪坏透了,烦极也厌极。许多年来,你一直忍着,为你的哥哥忍着。供养哥哥上学的念头压住了一切。你知道事情总会有个了的,等哥哥毕业了,你就会活得松快些。你企盼着这一天的到来,你认为哥哥一毕业,你就松快了。你的长久的忍耐是以哥哥毕业为限度的。然而限度已过,一切都还是老样子。你的生活并没有发生变化,得到的却是更大的失落。

哥哥毕业了,他已不需要家里寄钱了。当"学费"的信号消失之后,你眼前的目标突然也跟着消失了。为人做出牺牲是一种信念,没有了"牺牲",也就没有了信念。你不怕苦难,但那承受苦难的支撑点没有了,接着就是可怕的精神断裂。在一年又一年里,你举着你的"精神"走向邮局,那时你所承受的苦难是充实的、坚忍的、有目标的。可现在你却失去了安置"精神"的地

> 供完哥哥上学,生活并未改变,连"盼头"也没了。

送你一朵苦楝花 / 363

方……

乡村里常常停电，没有电的夜黑得像锅底一样，而你又无处可去。你偎在一盏小小的油灯下，久久地凝视着黑夜。黑夜是无边无际的，油灯又是那样的孤小，一豆之光实在撑不住那网在眼前的黑暗。夜太静了，心里却很空，映在墙上的是令人恐怖的模糊不清的影儿。为了完成最后的挣扎，你终于给你的哥哥写了一封信。你说："哥，我不想活了。"

> 妹妹要的是精神上的出路。

你并不想死，或者说你写这封信的时候并不想死。你对你的哥哥还抱有一线希望，信的目的是企盼他能回来。你哥哥如今是有"学问"的人了，他也许能帮你找一个安置"精神"的地方……

然而，在你去乡村邮局送信的路上，信任的基石滑坡了，你突然对你的哥哥失去了信心。你觉得他是靠不住的，你不可能从他那里得到力量。你知道他二十年前爱过一个小姑娘，那是他在县城上中学的第一天爱上的。那穿花裙子的小姑娘仅仅在他眼前走了一趟，他就爱上了她。而后他尾随这个小姑娘在上学的路上整整走了一个夏天。从此，他知道了什么叫"阳光灿烂"。那小姑娘就是他的"阳光"。二十多年来，这"阳光"一直封存在他的记忆之中。经过了漫长的岁月之后，他见到了这个女人，他一眼就认出了她。他惊喜

> 照应前文。

交加,激动得无法自抑,可他却不敢上前跟她说句话。他没有勇气正视自己,他害怕那个跟在身边的陌生女人,于是就失去了一个极辉煌的美好瞬间。他只剩下了回忆,他还不老,就只剩下了回忆。他仅有的勇气是给小妹讲述了"阳光"的故事。这样的人靠得住吗?

于是,你犹豫了。你向哥哥发出的呼救信号在去乡村邮局的路上就成了毫无意义的形式。你对这封信不抱希望了,只有一点点徒然的企及。在这个时候,你才正视了死的念头。你很快地想到了南北潭(那是三姑奶殉葬的地方),接着又想到荡于梁间的绳子……你想得很飘逸。死吧,你对自己说。

发现远方。

可是,当你走进乡村邮局之后,那坚定之后的思绪却又乱了。在邮局里,你看到了贴着花花绿绿邮票的各地来信,这些来信刺激了你那丰富的想象力,使你通过乡村小邮局的窗口看到了更为广阔的世界。你在很小的时候就放出了人生向往的"蝴蝶",自然有许多关于蓝天白云的美好的遐想。想象的瞬间组接,使你觉得活得太亏了。你才十九岁,你什么也不知道。你在邮局里待了很久,当你把信投进邮筒的时候,已是另一番心境了。

这封信为你的出走做了极好的铺垫。信的内容没有变,但形式完全变了。你把呼唤变成了通牒,你甚至

送你一朵苦楝花 / 365

不再渴望他回来。信成了割断之前的证明,你仅仅想验证一下,验证之后才是割断。应该说,为割断你与土地的联系,你无意中借用了你的哥哥。你投石问路:他能回来,那是你原本渴望的;他不回来,也是你预料中渴望的。在信号发出之后,你不再求救,而是判决。

投石问路的结果是没有回答。没有回答对你来说就是回答。你证明了你至亲哥哥的残酷,正是这残酷冷漠给了你离家出走的勇气。按常理,接到小妹这样的来信,纵是有一千条一万条理由,他也是该回来的,可他没有回来。于是,你在感情上在做人的道德上判处了你哥哥的"死刑"。你甚至不给他"上诉"的权利,以后你接连七次出走,却一次也没找过他。在你的心目中,哥哥已经"死"了。

小妹,假如那是个充满阳光的晴朗的冬日;假如你的哥哥能时常给你些安慰,假如你的哥哥接信后能回来,你会不会离家出走呢?

四

小妹,人海茫茫,你的哥哥在茫茫人海里撑着一张薄脸皮行走,那自然也是很累的。他并不想以此来求得你的宽恕。他只是想告诉你,他也是不容易的。

> 哥哥是因为走进城市才变得冷漠吗?

他上了十四年学,才终于在省城无数个钢筋水泥铸就的一层层"方格"里找到了一个小小的属于自己的"方格",有了一个来自城市的女人(这女人是他大学里的同学)。在这里,他坦白地告诉你,当你在寒冷中赶着"学费"奔向坡地的时候,他却用那"羊血"换取一张张八分的邮票,一次又一次地跑到很远的大街上去寄信。他为她写了很多爱情诗,很多倾慕的废话,却毫不吝惜地以"羊血"作为运载工具,他为她耗费了大量的"羊血"。小妹,在你的面前,他是无法掩饰的。当他坐在温暖的房子里喝着茶吸着烟凝视着窗外的白雪审视自己灵魂的时候,他得说,在这件事情上他是很"具实"很"功利"的。耗费的"羊血"为他换取了精神上物质上的依托。他对城市对人海的恐惧使他不得不为自己寻找一块"雌性跳板"。男人一旦失去了勇气,一旦感到他在这个世界上无能为力,他就会变得非常"功利"。在城市,他看不到活人,他看到的是一个个冰冷的带着面具的"符号"。他害怕这些"符号",就拼命地抓住那块"跳板",他是依附在"跳板"上找到"方格"的。为了得到"方格",他以"羊血"为代价,与那陌生女人玩起了爱的"游戏"。双方都在欺骗自己,于是都做得很认真。671 封信的交换为他向城市"投诚"画了一个生动的句号。临决定的那天晚上,他在她的窗外

> 混合着辩解、忏悔意味的申诉。

踱了整整一夜,高举着灵魂的"白旗"……

应该说他是爱过这女人的,这女人也狂热地爱过他。但一方是赚取,一方是恩赐,这种爱的"交易"本身就是不平等的。况且,一旦落入这钢筋水泥铸就的"方格"之中,落入这爱的牢笼,面对四堵冰冷的白墙,他还能有自己吗?他也成了一个冷冰冰的带有面具的"符号",成了一个躲在"方格"里伪装后才出门的"符号"。那少年时期的"幻影",那"阳光的故事",只能密封在心的深处,连偷看一下也是不敢的。

> 农村走出来的人,想融入城市,付出的是人格、尊严、亲情。

你应该相信,这女人对他很好,在生活上从没亏待过他。她以高贵家族那优厚的物质条件像喂养小白鼠似的供给他营养丰富的高蛋白,给他十分像样的高档衣服穿,时时提醒他养成良好的卫生习惯(因为他是农民的儿子,是在牛屎马粪中熏大的)。施与是高贵的,她时时地保持着高贵;被施与是卑下的,而他又怎能不卑下呢?在城市生存必得有一张"网",他没有自己的"网",也只好依附在人家的"网"上。对那女人和那女人的家庭,他欠下了说不清还不完的感情债务,使他一天天负债累累。于是他便很想逃离,逃离这挤在窄小方格里的温柔之乡。这种逃离仅仅是从一个温柔之乡到另一个温柔之乡的过渡,并非质的叛逆。城市把他软化了,他没有勇气再次经受苦难。然而,所谓的"逃离"也只能是意念性的,念头的产生到念头的扼杀使他得到了在痛苦中自责的"欢愉"。忏悔是心理天平上的添加剂,他靠忏悔来维持心理平衡。你的哥哥能留在省城做事得力于这女人,他能找到一个属于自己的方格也得力于这女人,就连他能撑起破旗样的一张脸挺身行走在一座座钢筋水泥铸就的大楼里也完全得力于这女人。他一无所有,获得了这么多,也就很难丢弃它。人们对苦难是很容易背叛的,对舒适平庸却无法背叛。他能看清这一切,却无法改变这一切。

（在你哥哥工作的机关里曾流传过一则关于"马口铁"的笑话,一则属于知识分子的只有思维没有行动的笑话。中国有很多知识分子都在这个笑话的旋涡里徘徊,你的哥哥也不例外。）

那个陌生的城市女人曾用极其蔑视的口吻嘲笑过你的哥哥,嘲笑他的"永久牌"笑脸。可她不知道（也永远不会知道）,这就是乡下人的"武器"呀！对付恐惧的"武器"！以"笑"来保护自己,这是农民的战斗方式。那韬略自然是卑微的、防范的。它可以没有力量,也可以拥有强大的力量。

> 笑,带有讨好意味的笑,源于内心的卑微感。

"笑"是作为一种商品出售的,它的表面是真诚,底板却是虚伪；它从形式上是卑下的,内容却是高傲的。你哥哥是农民的儿子,在这方面,他更贴近土地,贴近父母。走出来的时候他虽得于"羊血"的滋补,但从乡下茅屋里开始的人生的路,本就是带着"笑"的。为办一个户口,他从村支书开始,到乡政府秘书、乡粮管所所长、县公安局秘书、县粮局管理员……一路扛着"笑"的招牌走来,他已经"笑"习惯了。"笑"成了纯面部肌肉的颤动,成了没有内容的保护方式。微笑加上沉默是农民的质。正是这量的积累加速了质的飞跃,使你的哥哥进一步完全了他的虚伪。

小妹,收到你的来信,那个对你来说永远陌生的女人读了信之后说:"你决定吧,后天是妈妈的生日。"话语是平静的,温和的,那双望着我的眼睛也是十二分体贴的。可你知道"妈妈的生日"意味着什么吗?乡下的终日操劳的母亲没有过过生日,没有见过奶油蛋糕和生日蜡烛,也没有隆重的祝贺。生日对乡下母亲来说,仅仅是苦难的开始。可城里的曾经有过权力和威望的陌生女人的妈妈却极看重她的生日。在数天前,一切都准备好了。作为一个寄人篱下的女婿,作为一个在感情上负债累累的女婿,他又能说什么呢?

他沉默。他一连把信看了七遍,然后脑海里是一片空白……

那个陌生女人在他身边扭来扭去,把那娇好的身段像卖"肉"一样地出售给他。而后说:"你觉得很严

> 城与乡的对峙中,哥哥放弃了乡土。

重吗?"

他依旧沉默。

"要不,打个电话问问?"她偎在他的身边,很"认真"地表示了高贵者的关切。

那陌生女人的冷漠是天然的,她甚至不知道乡村里没有电话。她看信的时候还不自觉地撇了一下嘴,那也是天然的。对她来说,死并不是一种解脱,而是荒诞。优越的人不会想到死,假如想到了,那也是优越太久的"做作"。也许,她把你的来信看成了做作。这是一种没有生命体验的极浅薄的直率。她讨人喜欢的是这种天然的直率,让人恨的也是这种天然的直率。她不明白你哥哥为什么会生在草木灰上,更不明白你哥哥为什么直到二十二岁才在县城里的很脏很臭的澡堂里第一次洗热水澡,这些对她来说都像是"天方夜谭"式的滑稽。她与你哥哥结合的最大理由是"不明白",她说爱就是"不明白"。对她来说,圈子里的贵人她太熟悉了,而你哥哥却是来自另一个世界的。她很直率地说,爱就是探索,爱就是奴役和改造。她毫不隐讳地表示了她对苦难世界的新鲜感,爱在她是一种偷食者的"玩味"和"品尝",正像吃惯了肉的人见了红薯面窝窝头一样。自视高贵的人才有直率的权利,卑微的乡下人是没有这种权利的。乡下人只有虚伪的权利。在

> 理解的欠缺所导致的问题,根还在于哥哥的卑微感和自私心理。

"直率"面前,"虚伪"永远吃败仗,因为"直率"占有心理上的优势。

小妹,在"回不回"的问题上,那个陌生女人并不起主要作用,你的哥哥还不会被一句话挂住。可他放眼望去,到处都是债务啊!一生一世都还不清的感情债务。他来到人世上,欠了父母多少?在上大学的时候,欠了你多少?混进省城,占据了这么一个小小的"方格",欠了那陌生女人和她的亲属多少?在机关里工作,在人世上行走,欠同事们、朋友们的又是多少呢?数不清的债务,让他拿什么去还呢?无法偿还哪,无法偿还!假如他是百万富翁,他可以用金钱去赎这些人情债,可他去哪里弄那么多钱呢?纵是有钱,这种情义上的债务又怎能用金钱去赎呢,赎得了吗?恩重如山,他是这样的微小,实在是难以承受。

> 更进一步的自我剖析。

你的哥哥有一千条回去的理由,也有一千条不能回去的理由。当理由与理由作战的时候,他成了一个阴险的旁观者。每当一个理由打败另一个理由的时候,他便给另一个理由补充弹药,让双方达到力量的均衡,再次投入战斗。他把两个"我"的较量变成了身不由己的"玩味",像操纵木偶戏一样的"玩味"。这种"玩味"渗透着被城市同化后的冷漠,渗透着与那陌生女人交媾后产生的心理裂变。这时候感情已经不存在了,"符号"起着极重要的作用。"符号"把理由纳入序的行列,进入"一二三四……"的轨道,然后分析整理。这种精神分裂式的"归纳"是很疲惫的,疲惫到麻木的时候,他就忘记了"回不回"的决定。结果是吸了十二支烟后,他仍在椅子上坐着。

也许,是那钢筋水泥的冰冷磨去了他淳朴的乡情,冻结了来自同一血脉的热血。城市的楼房把他悬在了半空之中,让他脱离了养育他的大地。而每日里撑着笑脸的行走,又使他的心理感应钝到了极致。在笼子一样的楼房里,他每时每刻都期望着逃离、回归,期望着爆炸。但他从未爆炸过,他是一颗不会爆炸的"臭弹"!

他剩下的只有忏悔,为忏悔而忏悔,连忏悔也成了他寻求慰藉的方式。一个不能拯救自己的人,又怎能去拯救别人呢?他是有罪的。他徒有罪的虚名,却没有恶的果实,因为你没有死。他曾经十分急切十分残酷地等待着你的噩耗,等待着报丧的讯息。他甚至看到了在乡村里飘荡的"引魂幡",看到了撒在乡间土路上的"冥钱",听到了送葬唢呐的热烈吹奏。他看见他站在送葬队伍的最前列,手执"哀杖"为他的小妹为他自己哭泣……那时候,他就成了一个罪人。他只有成为罪人的时候才能解脱。他渴望成为罪人,他不惜用

对人性灰暗地带的深刻揭示。

妹妹的死来证明他是罪人,他是多么卑鄙呀!

可是,你走了。你用你的勇敢再次证明了他的软弱。

小妹,呸他吧。他希望你能面对面地一连呸他十二口唾沫!他回不去了。他虽然可以重新行走在乡村的土路上,可他的心已在那钢筋水泥铸就的笼子一般的方格里冰封。

五

小妹,在你第一次出逃被抓之后,爹用赶羊鞭抽了你。

那是个徜徉着和暖春风的日子,爹在亲戚的帮助下,把你捆在院里的苦楝树上,用赶羊鞭狠狠地抽你。

> 打,永远是农村解决事关脸面问题的基本方式。

爹说:"只要不给皮肉做主,你就跑吧!"

娘说:"朝死处打,看她还跑不跑了?"

你的"皮肉"在带哨儿的鞭影下出现了一道道环状的饰物,那饰物欢快地在你的皮肉上跳动、隆起,一条条一痕痕,逐渐形成了一副维护精神的甲胄。你默默地哭了,泪水点点洒在地上,种在心里的却是叛逆。赶羊鞭的抽打,使你在姑娘特有的羞辱、难堪中得到了解放。你原本是低着头的,是羞于见人的,是那舞动的呼啸着的鞭影使你慢慢地抬起了头。这时候你才第一次正视了自己。你看到了自己那躁动不安的灵魂,听到了皮鞭下来自灵魂的欢呼。一刹那间,你的羞耻感荡然无存。你不怕了,再也不怕了。剩下的只是纯肉体的惩罚。没有羞耻感是对惩罚的蔑视,是对惩罚本身的惩罚。发狠的鞭打使你的叛逆抗体得到了进一步的强化,当惩罚还没结束的时候,你就知道,你还会跑的。

爹很多年没打过人了,正是你的出逃给爹带来了宣泄的机会,带来了他一生都不具备的主人意识。许多年来,爹总是圪蹴在歪脖榆树下捧着一只大碗过日月,他的身子窝着,心也窝着,一年一年地窝着,一直没有伸展的机会。除了苦作,他还有什么呢?他不会喝酒,也没有作恶的勇气,于是就没有宣泄的机会。可人需要宣泄。

爹不会打人,也从未体验过主人的快乐。他自然是很生气,开始打你的时候手一定是发抖的,抖得很厉害,甚至不知道鞭该抽向哪里。最初的鞭打他是有所顾忌的,高扬而轻落,很注意不伤你的脸(他一向是很看重脸面的,他把脸当作生命的招牌,有形的无形的都很看重)。可打着打着他就打出勇气来了。他打出了一个"自己",打出了一个顶天立地的男人,打出了一个男人必备的狠劲。他在抽打的过程中把常年窝着的心

> 对农民心理竟有如此幽深、独特的理解。

一点一点地伸展,把佝偻着的腰伸展,使整个窝憋的人生窝憋的身心得到了尽情的发泄。那翻飞的鞭影使他眼红,唤醒了他作为动物人的恶意。于是一下比一下重,一下比一下快,一下比一下准!这种甩动鞭花的抽打甚至使他想到了驱赶牲口的纯技巧性的乐趣,他没有打过牲口。他在赶牲口时,那鞭儿总是扬在半空之中的(牲口是庄稼人的半个家业,他不舍得打),常年扬空鞭的人总有一种说不出的遗憾。每当鞭抽在你脸上的时候,他就得到了"准确"的快乐!每抽上一次,他就快乐一次,那愉悦就像赶车人一鞭抽转马头一样……

小妹,爹打的是你么?他打的是自己的脸哪!

爹忘却卑微是短暂的,围观的人群使他重新回到卑微之中,这时候鞭打就成了对他自己的折磨。他的腰又佝偻起来了,身量也显得越来越小,那久窝的心刚刚伸展却又重新折叠起来。那赶羊鞭抽在你的身上,却疼在他的脸上。他不能停下来,也无法停下来,围观使惩罚变成了展览,他展览的是自己的脸面,贴有"耻辱"二字的脸面。耻辱既然已尽人皆知,又怎么能停下来呢?于是,他一遍又一遍地问你:"还跑不跑了?你说,还跑不跑了?!"

爹需要一个台阶,让他从耻辱中走出来的台阶,只要你说一声,鞭打就会停止。脸面多金贵呀,他不愿当

> 打在你身痛在我心。

众展览自己的耻辱。

可你不说,不给他台阶。你让他继续鞭打,就在他目光里闪烁着可怜的恳求的时候,你仍是一声不吭。

小妹,你就这样被绑在苦楝树上,在赶羊鞭的抽打下默默地淌眼泪。你的泪眼朝前望去,望见了院里那很矮很矮的猪圈,猪圈里弥漫着一股臭烘烘腥叽叽的气味。你看见了阳光下的满地鸡屎。看见了院墙外面躲躲闪闪的众人,看见了几乎是一模一样的眼睛,一模一样的脸。看见了横躺在门外的大石磙……你企图找一点同情和理解,可你没有找到。在咬耳朵的、指指点点的或蜷着手用眼斜你的人中间,你看到的是卑微和蔑视,蔑视本身的卑微和卑微本身的蔑视。他们在精神上一无所有,所以也不能给你什么。是呀,你有你自己的委屈和愤懑。被抓回之后,没有人问你:为什么要跑?在日子好过之后,为什么要跑?在这种时候,假如能有人站出来推心置腹地说上几句,说出道理来,你也许就不再跑了。可是,没有人说。在正视了现实之后,你闭上了眼睛,不再理会那茫然的令你厌恶的灰色。而生命的蓝色却在鞭打中飘飞,越过村街越过田野越过流淌的小河,而后依傍在桥头的杨树下……

小妹,你是在等待你的哥哥吗?你对他还抱有一线希望。你希望他能回来,回来给你说点什么。他在

为什么跑?始终未有明确交代。

大地方待过,有知识。他的话也许能给你否定自己的力量。在这个春日的呼噜着鞭影和责骂声的傍晚,你的心灵孤独地依傍在小桥头的大杨树下,等待着你童年的哥哥,希望他回来领你去捉泥鳅……

可他还是没有回来。他为了自己的生存正卑劣地赔着别人笑,依然是笑得很认真很努力。那是个星期天,具体的事情已不必再说。他是在别人家坐着的,显然是为求得一点什么。可冥冥之中,他分明接收了来自乡村的信号,那感应十分之强烈。在那一刹那间,他有过片刻的焦灼。他脑海里飞快地滑过一丝不祥的念头:家里是不是出事了?

他知道这感应是准确的,他有过这方面的体验。可焦灼过后,他仍旧安然地坐在椅子上,进行着"笑"的完成式。他在心里一遍又一遍地对自己说:不会吧?不会。他用否定压迫那焦灼,摒弃了你的呼唤信号。当他回到家中的时候,这感应信号的余波仍在他脑海里盘旋,久久不能消失。这来自乡村来自血脉的磁场一再地向他发出"密码电报",可他依旧没有行动。他站起又坐下,坐下又站起,然后点上一支烟,在房间里踱步……

他的天良还没有完全泯灭,他在等待。他觉得如果家里出了什么事,会有人来报信的。他用等待维系

李佩甫对命运等神秘的东西有强烈的兴趣和探索的冲动。

着自己的虚伪,以此来证明自己的天良还没有完全泯灭。

临睡前,他忍不住给那陌生女人讲了他的感应。那陌生女人直率地说他是"神经病",他就舒舒服服地躺在席梦思床上,心静了。

小妹,你失望了。

经过了这么一个春日的血淋淋的傍晚,你的徒然的等待第二次给予了你背叛的勇气。皮肉的痛苦使你夜不能寐,精神的再次失落又使你烦躁不安。黑暗中,你的眼睛里燃烧着盲目的仇恨之火。你不知道应该恨什么,可是你恨。这仇恨遍布你全身的每一个细胞,从带血的鞭痕中四溢。你早在童年里就放出了一只向往的"蝴蝶",那是你的秘密,是别人无法知晓的。但我可以说,那"蝴蝶"是纯洁的,美好的。现在你给这"蝴蝶"换上了仇恨的翅膀,恶的翅膀,你渴望着再次飞翔。

你已没什么顾忌了,也不再留恋。血的印痕强烈地打入了你的记忆,以致你没有眼泪,没有了痛苦的感觉。赶羊鞭驱走了久存心底的善良,驱走了你的淳朴的乡情,也驱走了你的依附心理。

春日里捉不到泥鳅,可你渴望你童年的哥哥回来领你去捉泥鳅。你有过了第一次等待,又有了第二次等待,你在等待中完成了恶的锻造。

无所顾忌,因而决绝。

送你一朵苦楝花 / 379

你是从后窗跳出去的。你等不到黎明了,是黑暗掩护了你,是黑暗悄悄地为你送行。在黑暗中你睁大双眼,步伐放轻,极快地在乡间土路上行进……

你豁出去了。

六

小妹,人都有失迷的时候。

你的失迷表现在行动上,渴望也表现在行动上。我不知道这种"盲目"能不能在行动中得到修正,可你还是走出去了。走,也许就是一种修正。

而你哥哥的失迷却停留在思维之中,停留在想象里。这是知识分子的通病。你曾经过分地相信了你的哥哥。你觉得有知识的人都应该是聪明的,用"羊血"换来的知识应该是包容一切的,起码对人生会有更深一层的了解。可你错了,我的小妹。知识是无限的,生活的含量也是无限的,而人拥有的知识却是有限的。当有限的知识面对现实生活的时候,常常会成为一种锁链,成为一种包袱。从某种意义上说,前人的经验是后人的锁链,前人的智慧是后人的包袱。药方太多就无法治病,选择太多就无法行动。因此,披枷戴锁的前行比无知更容易受困。无知是一种盲目,盲目行动也

> 看得见和看不见的"失迷",其实都是不自知的。

许还有撞对的可能,修正的可能。少得可怜的"有知"却从一开始就被捆住了手脚,那锁链一条一条的,使你无所适从。于是,有知的失迷就显得更加可悲。

小妹,说这些你很难理解。我不知道说没说过"马口铁"的笑话?"马口铁"就是他们的悲哀之处。

在你哥哥的单位里有一位叫孙志铭的中年人。他是很有学问的,他的学问像他的头发一样茂密。他的见解也是很高深的,高深得就像生活本身。不用说他舌头上拴了许多新名词,抛出去就是知识的炸弹。至于他戴的眼镜,自然是既可以对生活做透视般的显微,又可以进行宏观的放大照射。只可惜那眼镜断了一条腿儿,是用铁丝拧着的。他上班时老是提着一个破兜,那破兜俨然就是他的学问。他每天提着"学问"来了,又提着"学问"去了,走得很潇洒。可近些日子他突然变得失常了。上班总是急急忙忙的,高举着那个破兜逢人就问:"有马口铁吗?"进了办公室他仍不放下那个破兜,然后径直举着,一个办公室一个办公室地串,推开门还是那句话:"各位,有马口铁吗?"弄得人莫名其妙。后来,有人见他在马路上也慌慌地拦住人问:"有马口铁吗?"

开初,大家都以为他做生意呢。看那神神秘秘的样子,至少挣个十万八万也说不定。于是,整个机关大

一个关于"失迷"的段子。

院议论纷纷,到处传他做生意的事。先是领导找他谈话,说机关干部按规定是不能做生意的,既然做了,看能不能给机关里提成一部分钱,好给大家办点福利;跟着税务局上门了,来向他征收个人所得税;工商局也来查他的营业执照,说他的"皮包公司"是非法的……结果,查来查去,他什么生意也没做。他根本不是个做生意的人,当然是一分钱也没挣。

> 一度,中国社会人人都想着往高。

孙志铭的失迷在于金钱的诱惑,他是在社会骤变中失迷的。当金钱大潮席卷全国的时候,作为一个知识的库存者,他的失迷是体现在思维之中的。思维的紊乱带来了精神的紊乱,他找不到自己了。那渴望金钱、渴望物质生活丰裕的信号久久封存在他的脑海里,可他在骤变中却脱不去"大褂","大褂"在他眼里是极神圣的,没有了神圣他就是普通人了。他自然是不愿做普通人的。于是那物质的诱惑由量的积累产生了"质"的飞跃,这种飞跃是变形的,荒诞的。是由思维信号到思维信号的转换,是由思维信号到思维信号的爆炸,是意念上的走火入魔。于是便产生了让人哭笑不得的"马口铁症状"。

应该说,这是传统的教育方法结出的果实。程式化的教育制度培育了一大批知识的库存者。他们对生活的评判是残酷苛刻的。他们的牢骚把他们自己淹没了。他们宁肯永远以精神受难者自居,却死也不愿脱去"长衫"。你的哥哥就是这群人中的一个。

客观地说,你哥哥和孙志铭没有什么差别。他仅仅是没有喊出"马口铁"这句话,可他心里也在喊着什么,喊着他不可能办到也没有勇气办到的一句话。"马口铁"只不过是一个代名词,一个象征的句式。它透视的是一种精神上的渴望,面对诱惑的渴望。正如看到街面上高挂着的花花绿绿的衣裙,就会马上想到女人乳房的那种渴望。这种"马口铁症状"对他们来说永远是一种精神的折磨。"有马口铁吗?"——这种由社会骤变而产生的呼唤是多么的微弱和矫情!

小妹,被人们嘲笑的"马口铁症状"毕竟是一种精神渴望的展示,虽然是变形的,可你哥哥连这种"展示"都不曾有过。每当夜深人静时,他眼里的泪水就像断线的珠子一样默默地流淌。流泪也是一种发泄。他只有在夜深人静的时候才能发泄。那个陌生女人就睡在他身边,却一次也没有发现流着眼泪的他。他不让她发现。眼睛是心灵的洗洁剂,他清洗他的心灵,偷偷地清洗。然后用一把无形的手术刀切进心的深处,解剖那无法医治的灵魂。他发现他根本不爱那个陌生的女人,从来也没有爱过她。这种所谓的"自由恋爱"的结合完全是一种利用,是一种攫取。它是以生存条件、物

> 20世纪80年代,文学界也是"理论热",李佩甫的作品虽然带有当时的特点。

质享乐为基础的。人海茫茫,孤舟独行,他需要的是一个"岸"。于是,生活中的爱就变成了一种"做爱",变成了只有爱的形式、没有爱的内容的爱。爱成了一个框架,只有框架的爱必然产生背叛。爱的形式越牢固,心的距离就越远。他悄悄地与那"阳光"交流。你心里早已有了一个关于"阳光"的故事,就不可能有第二个故事。他一边保持"阳光",一边过虚伪的家庭生活。他走不出这框架,却一次又一次地在意念上偷越"国境"做精神上的放飞。"放飞"使他同时"占有"两个女人,物质上的和精神上的。占有本身是对"阳光"的亵渎。他不愿亵渎"阳光",不愿亵渎那久存心底的一片美好,而实质上更彻底地亵渎了"阳光"……

自我解剖。

对自己进一步的解剖,使他发现他从没爱过任何人。他为他可怜的父母做了什么?他为他出逃的小妹妹做了些什么?他为那给了他一切的陌生女人做了些什么?他又为那朝思暮想的"阳光"做了些什么?

他什么也没有做。

他又能做什么呢?

他的解剖从来都是有始无终的。他在黑夜里用眼泪清洗自己的心灵,冲刷心灵上的污垢。可到了天亮之后,他会洗去脸上的泪痕,重又戴上"永久牌"的微笑面具。在吃早饭时他会向那个陌生女人微笑,在上班的路上他会向碰到的每一个熟人微笑,在办公室里他会向他的上级微笑……于是,这种从黑夜开始到黎明结束,从眼泪开始到微笑结束的解剖则变成了徒然的无效劳动,有限制的无效劳动。冲刷后的污垢重又流回到心灵之中,完成了从肮脏到肮脏的解剖式。他从中得到的仅仅是一个过程,灵魂剖解的过程。

他把自己看得很清楚。他渴望得到又害怕丧失。他厌恶自己又同情自己。他为自己设置了一个怪圈,选择的怪圈。他很清楚每一种选择都有错误,于是也就没有了选择。他的优柔寡断正是他灵魂自私的体现。就连解剖自己的时候,他也是为自己的,为自己灵魂的安宁。他只爱他自己。

> 解剖自己是为了灵魂的安宁。此言深刻,差不多是诛心了。

这种停留在黑暗中的"马口铁症状"比阳光下的"马口铁症状"更软弱、更麻木,也更加不可救药。

小妹,就是现在,当你的哥哥用心灵与你悄悄对话的时候,那对剖解的剖解也仍是停留在思维之中的。他把自己的灵魂高挂在自己的眼前,以遥远的想象中的你作为倾诉对象。他向你倾诉灵魂的丑恶,在倾诉中一边肢解灵魂一边组装灵魂,结果是没有抛去任何东西。他仅仅是在假想中的你面前展览了自己的灵魂。一旦你站在他面前的时候,他是什么也不会说的。

"有马口铁吗?"这句话已成为当代知识分子的格

送你一朵苦楝花 / 385

言,失迷的格言。当孙志铭先生呼唤的时候,当你的哥哥仍在无休无止地对自己做自我剖析的时候,小妹,你没有问一声就走出去了。是你勇敢还是你鲁莽?

七

小妹,作为哥哥,我至今不能理解的是:你怎么会为了区区五角钱去卖身?

那是你第三次出逃之后发生的事。你在省城的一家旅馆里被扣住了。车站派出所打电话让爹去领人,而消息又是通过乡政府的秘书转了八个女人的嘴、绕了四十五里路传回去的。可想而知,在家里没得信儿之前,村里已经沸沸扬扬了。

爹没有去。一个清白的务农世家是不该出这种事情的。爹为此暴跳如雷,他觉得这是整个家族的耻辱,你把他的脸卖了! 他听到消息后就没回家,而是躲到最远的一块田里举着老镢锛了一天地。是娘在哭了一天一夜之后,偷偷地央求本家三叔去把你领回来的。善良的母亲没有给她的儿子捎信儿,虽然她的儿子就在省城工作,她宁肯求人也不让儿子知道。这显然是怕影响你哥哥的"前程"。母亲到了这种时候还能想那么多,这是何等博大的虚伪呀!

为五毛钱一碗的面条,是卖身吗?

三叔的拖延使你在派出所里关了四天,使你足地品尝了"铁窗"的风味。可是,你为什么要卖身哪?

据三叔说,那事情原是极简单的,简单得让人无法想象。那晚,你独自一人在车站上转悠,来来回回地走了很久之后,突然有一个生意人走到你的眼前问:"……多少钱?"你没有理他,仍是来回走动。这生意人第二次又嬉皮笑脸地跑到你跟前:"搭伙儿吗?开个价。"你看了看他,还是没有吭声。第三次,当他又凑到跟前问你的时候,你说:"一碗面条。"这生意人以为你在开玩笑,又问了一句:"到底多少钱?"你还是那句话:"一碗面条。"于是那生意人半开玩笑半认真地说:"走吧,到饭馆去。"你竟然跟他去了。吃了一碗热面条后,你什么也没说,站起来就跟他走。你在他住的车站附近的小旅馆里坐了半夜,最后,在那个很脏很简陋的单人房间里,在昏暗的灯光下,你脱去了衣服……

一碗面条,仅仅五角钱的代价呀!

小妹,你多少天没有吃饭了?一天,两天,三天?当你孤立无援的时候,当你饥饿难耐的时候,你宁肯出卖贞操也不去找你那近在咫尺的哥哥,这究竟是为什么?

是的,你不原谅你的哥哥。你曾用心灵呼唤过他,却没有得到他的回应,你就以为你哥哥"死"了。可你

也许是对哥哥、家人的报复?

们毕竟是一母同胞啊!

听三叔说,这事连派出所的民警都感到惊讶。当那很有钱的生意人掏出五十元钱给你时,你连看都没看。你什么也没要他的,就仅仅是一碗面条(在乡村里,面条是女人的象征,你把你自己吃了)。对此你毫无怨言。当民警把那生意人捆起来时,你马上说:"不怪他,是我愿意的。"你才十九岁,你勇于承担责任使派出所的民警没有过多地为难你。虽然你在人们一次又一次地追问下没有做出任何解释,可那鲜血证明了你从清白走向堕落是为了一碗面条。

饥饿是堕落的先决条件但不是必要条件。必要条件是你灵魂的堕落。你的灵魂在熙熙攘攘的车站上游荡的时候,那堕落的邪念就已产生。天晚了,灯光闪烁着迷离,你在人海一样的车站上看不到一点熟悉的东西,你是孤零零的,你感到了离开乡土的可怕。可怕使你产生了恐惧,那恐惧紧紧地攥住了你的心,使你油然地浮出了贴近什么的渴望。饥饿是可以忍受的,精神的孤独却无法忍受。你渴望能出现一点什么,哪怕是被欺凌。于是你便想惩罚自己,堕落是自己对自己的惩罚呀,你一无所有,只有在肉体的惩罚中才能得到精神的拯救。夜已来临,你在车站上来来回回地走动证明了你心的焦灼。这时,你遇上了这样一个男人……

以自我惩罚的方式惩罚亲人。

堕落的先导是一碗面条,自轻自贱的本身说明了你用肉体换取精神的急迫,也说明了你自甘堕落得彻底。你渴望的是精神的痛苦,精神的痛苦也就是精神的充实。你拒绝了肉体交易应付的五十元钱,再次降低了你出卖的规格,以此来保持精神的独立,保持堕落者的"清高"。这又说明你是很矛盾的,你的出卖是有限度的。你自己玩弄了自己。

> 不是为面条,只是要堕落。

可面条毕竟是先导啊!在你的哥哥坐在有暖气的房间里喝牛奶吃夹馅面包的时候,他的妹妹却为了一碗面条走向堕落。他不得不承认,他是有责任的。

况且,在三叔把你接出来之后,他明明知道回到乡村等待你的将是什么,可他竟然没有留你住几天,没有给予你片刻的安慰。近在咫尺啊!不能说他没有这样的想法,而是没有勇气。他的确感到屈辱,但他唯一能说出口的理由是怕那个陌生女人看不起他和他的小妹。他甚至不敢告诉她这件丑事。他每日里在这陌生女人面前塑造自己的形象,以假的高贵来冒充真的卑微,生怕露出半点乡下人的"怯"。他自己绝不承认这一点,而这一点恰恰是他的致命处。当他高喊自己是"乡下人"时,内心深处怕的正是这些。他默默地吞噬着小妹的耻辱,在人前却不敢有半点展露。他对自己说:不让小妹来,是怕小妹受人歧视,怕小妹不能忍受

> 脸面对乡村人来说比什么都重要。

那陌生的城市嫂嫂的高傲目光。以这样的借口,让三叔把为他的前程付出多年辛劳的小妹送回乡下,他已经没有了半点做人的勇气。于是,他自责。为自责而自责。那个陌生女人曾多次追问他:"你怎么了,不舒服吗?"他喃喃地说:"没有。"他不敢抬头,更不敢看她的眼睛。他只是在夜深人静时默默地流泪。

小妹,我后来才知道你回村后在房梁上被吊了一夜!父亲的暴怒自不必说,整个家族的人都拥上去打你……血脉的牵连使他们自认为也承担了耻辱,于是便加倍地在你的肉体上找回来(奴役是人的本性,本性的宣泄是人的最大快乐)。纵然是嫡亲父母,也是不愿承担耻辱的。父亲打断了三根皮带!母亲恨得用头撞你!而被高挂在房梁上的你,默默地承受着一切。

> 毒打,其实是表明一种态度,是对屈辱的洗刷。

爹把他多年的压抑转嫁到你的身上,把他在村支书、乡干部面前的卑微变形地发泄到你的身上。毒打使他得到了淋漓尽致的发泄,得到了他意识中从不具备的阳壮的辉煌。同时他也就显得更加猥琐,更加可怜。他没有脸了,没有脸就无法在人前走动,他找到了自己又丢失了自己,那痛苦更甚你十倍!他声嘶力竭地高喊:"你为什么不死?"

"你咋不去死!"这话是对你吼,也是对他自己吼的。

你曾经想到过死。死对你来说是很容易的,活下去却很艰难。你的肉体在房梁上挂了一夜,你的灵魂也在房梁上挂了一夜。当人们拷打你的肉体的时候,你却在拷问你的灵魂。你重温了省城车站的孤寂,重温了那碗热面条的滋味,重温了那个小旅馆的夜,重温了你出卖贞操的全过程……继而你看到了那被剥光之后的浸染了血污的灵魂。你觉得你已经是个罪人了,再不会有任何人同情你。一碗水泼在地上,已无法挽回。活着是耻辱,背着耻辱活;死了更耻辱,钉在耻辱中死。你的牙咬在你的灵魂上,每一痕都是血,每一痕都是罪……

你在毒打中展览了自己的灵魂。那有罪的灵魂像旗帜一样飘荡在房梁之上,那是耻辱的旗帜,背叛的旗帜。展览使你"再生",展览宣告了你的彻底"解放"。经过了这一晚的灵魂展览之后,你跨出了人生最艰难也是最轻松的一步,从有罪到无罪的一步。为别人活,你是有罪的。为自己活,你是无罪的。世界观的转换使你宣告了你的无罪。从此,任何说教对你都是无用的,你将在骂声中独行。

已经到如此地步了,还能怎样?

你"匪"了。四乡的人都知道你"匪"了(也许人人都具有"匪"的基因,却不具备"匪"的勇气)。既然"匪"了,既然已给家族历史上抹了很重的一笔,你就要

"匪"个样子给人们看看。

小妹,你是这样想的吗?

八

小妹,你知道什么是代价吗?

你一次又一次地出逃,一次又一次地背叛,你在人生的悬崖上行走,踩着毁灭的边缘行走,可你知道什么是代价吗?

小妹,我虽然不能阻止你,但是,请听我说:

在你哥哥的单位里,有一位名叫吴方洲的老人。他今年已活了五十九岁十一个月零七天了。他的一生就是"代价"的最好注解。

吴方洲当年是省直机关有名的"神童"。他十六岁参加工作,曾在中央高级党校受过训(还是为数不多的一期学员)。那时,他才华出众,思路敏捷,是机关里不可多得的人才。他写的论文散见于全国各大报刊,他的每一次发言都得到了暴风雨般的掌声,他的倾慕者可以排成一条长龙般的丽色大队。应该说,他的前程是不可限量的,那本是一条五彩缤纷的路。据说,他当年的同学如今有部长、省长的,还有当大作家大理论家的。而老吴却从1957年就进了监狱,过了近三十年的

荒诞年代的荒诞故事。

劳改犯生活(他是因为一篇文章出事的。他一条道走到黑,固执地坚持了一个现在看来很一般的论点。他曾勇敢地振臂高呼"要为真理而斗争")。就因为他的固执,他的"才华"从1957年就中断了,此后再没有"横溢"过。那时候,他像鳖一样地蹲在监狱的牢房里,没有笔没有纸没有书报杂志,甚至没有任何一片带字迹的东西。纵是"神童",他又有什么办法呢?他说他数过衬衣上的虱子,一共338个。122个母的,216个公的。他曾有过"偶数"与"奇数"的类似"哥德巴赫"式的猜想,可惜没有写出关于虱子生态的论文。他说他在砖缝里寻找过烟蒂儿,一连找了四个小时,就突如其来地萌生了关于"概率"的奇妙意念,可惜他无法记述。他说他曾在牢房里闻到过女性的气味,又像猎犬一样在牢房里追寻这气味,于是寻到了一根头发。可他不能准确地测量这根头发的"直径",也就不能从头发"直径"上研究男女性别的差异。他说他本可以写出关于从头发上破案的水平很高的论著,可惜他徒有思维而没有著作问世……他曾有过许多极其丰富的奇妙遐想,而这难得的想象力——都在饥饿困顿中泯灭了。

他说,三十年来,他曾无数次地跪下来给人磕头,请求"革命"的人们宽恕他,给他一个戴罪立功的机会。可"革命"的人们不宽恕他。他太傲了,太狂了。他天

近乎传奇。

马行空,独往独来,是一个不正常的人。假如没有这非人的三十年,他也许会成为大科学家大思想家,也许会当省长部长,这很有可能。

而后是平反。老吴回来了,"神童"不见了。平反昭雪后的老吴上了不到两年班,在这两年里,"神童"却成了机关里人人嘲笑的对象。他什么也不会,什么也不知道,连走路都被警察罚款五角!老吴成了一个废人。

现在,拄着拐杖走路的老吴,总是像祥林嫂似的反反复复地絮叨着一句话:"那时候我真傻……"

小妹,这就是代价,执着追求的代价。老吴为此失去了最宝贵的三十年。他得到了真理,却丧失了时间。

更为可怕的是,真理是相对的,时间是绝对的。他得到的是局部的相对的发展中的真理,失去的却是完整的永劫不复的时间。对"神童"来说,时间就是创造,时间就是财富,时间就是走向伟大的桥梁;可对老吴来说,真理却是极平常的大实话,是三十年后人人都明白、都不屑一顾的"破铜烂铁",是语言外衣上的几颗过时了的纽扣。那时的"神童"挺身而出,为真理而呼唤;现在的老吴却拄着拐杖,摇着苍苍白发,逢人就讲:"那时候我真傻。"

小妹,在一个秩序化正常化的生活环境里,一个超

小妹所想,显然超越了当时农村的现实。

394 / 人面橘

常的人的结局就是这样。1957年,"神童"的生活方式是不正常的,他被打成了"右派";到了1987年,老吴的生活方式仍然是不正常的,他成了一个废人。这是时代的悲剧,单个人是无能为力的。老吴年轻时曾执着地追求过,可他得到的却是半生平庸;他渴望着人生的辉煌,却失去了最富有创造力的年华。

走出平庸是要付出代价的。"一步迈错,百步难回",对人的影响太大了!数不清的实例告诫人们要平庸,要正常,要过"类"的生活,不要寻求单个人的"自我"。平庸可以给人舒适,给人以安全感,给人以时间的保障。虽然没有辉煌,但也不会毁灭。

但是,秩序化就意味着丧失个性,丧失自我,使单个的有活力的人变成社会运转中的机器零件。人不可能彻底地零件化,肉体的相像代替不了精神的统一。精神是无法统一的,一万个人有一万个搁置精神的地方,那是绝不会相同的。社会秩序化的结果必然产生虚伪,产生千千万万个面具人。这同样是可怕的。

当然,也有人说,活人是活"质量"的。只要瞬间的辉煌,不要平庸的岁月。哪怕有片刻的辉煌,也就够了。可这话对老吴来说,是不是太残酷了?

小妹,你哥哥就是一个面具人。他的面具就是那"永久牌"的微笑。当世界充满面具的时候,为了生存,

> 在服从社会规则和活出个性中间如何把握一个度,如何取得平衡。

他不可能袒露真诚。他在上级面前微笑的时候,心里想的却是何时能分到一套像样的房子;他在同事面前微笑的时候,想的却是五月里天气的燥热;他在朋友面前微笑的时候,想的却是午饭后吃一只苹果的滋味;他在那陌生女人面前微笑的时候,想的却是那久远的粉红色的"阳光"。在这个世界上,真诚也是一种权利。不是任何人都可以随便出售的。出售真诚得到的绝不是真诚,而是虚伪的拳头,是袒出胸膛让人来打。他不愿打人,也不愿让人来打,他只有微笑。

小妹,你哥哥是个平庸的人。他既然选择了平庸,也就不打算为自己辩护。可你呢,你的背叛又换来了什么呢?

> 陌生女人与"阳光"是哥哥境遇的象征。

九

小妹,你曾经爱过一个男人,那男人是你自己寻来的。你为了寻他,在方圆七百里的范围内辗转奔波,吃了说不尽的苦头。可你找到了他却又抛弃了他,这又是为什么呢?

你和那小伙是在车站上结识的。那是京广线上的一个小站,等车的人很少。当时你们并不相识,你在等车,他也在等车,大概是口音相近,就随便地说了几句话。而后，车来了，你们仅仅是互相望了一眼，就先后上车了。上车后也并没有坐在一起，各自在涌动的人流中分开了。这种分离很可能是永久性的。偶然的相遇，应该是不会留下什么的。然而，坐了几站之后，你突然发现那小伙下车了。那是一个没有站台的小站，临近黄昏，你看见那小伙走下火车，在暮色中晃晃地动着，背影镶在夕阳里，眼前是一条漫长的无尽的路……这时候你也许感到了孤寂，分离又使你产生了茫然的贴近。于是你趴在车窗上看了很久，看那人影儿渐渐消失。

偶然相遇。

按说，这仅仅是瞬间的记忆，过去了就过去了，可那晚霞中的背影却烙在了你的心里。许是那落日的雄浑感染了你？许是那走向落日的铁黑背影的高大挺然？当然，那匆匆的一瞥，也许早就产生了心的共振。还有什么呢，那就说不清了。总之，在那个滚动着橘红色落日的黄昏，一个男儿的孤零零的行进，路的漫长使你突然产生了一种相知的渴望。这渴望使你很快地做出了非常的决定，你自己也说不清的决定。在下一个车站，你急匆匆地下了车，竟追那小伙去了。

茫然的生活有了方向。

这寻找是极茫然的。你不知道他从哪里来要到哪里去，不知道他姓什么叫什么，只记住了这么一个人，一个背着铺盖卷奔路的人。他在暮色中走上了一条大

送你一朵苦楝花 / 397

路……

　　为寻这小伙,你来来回回地走了几百里路,四处打听他的下落。开初你以为他是出外打工的手艺人,就到附近的建筑队去查问。你在建筑工地上给人打过小工,也给人做过饭,几乎是每隔两三天换一个地方,可你找遍了所有的建筑队也没找到他。后来你又以为他是出来挖煤的,于是你又找遍了附近的大小煤窑,完全不顾矿工的粗野……有人见你在关山的煤窑上给人拉过坡,那坡很陡,拉一趟只挣三角钱。你是饿着肚子找他的,逢人就问。再后来你以为他是做生意的,就又到城里去寻。你在禹县县城的饭铺里给人刷过碗,又在许昌给人当过保姆……凡是能找的地方都找遍了,可你一次也没有碰上他。在你几近绝望的时候,你又常常到车站上去,来来回回地在京广线上的小站徘徊,希望能偶尔碰上他。你找得很苦很累也很充实。在长达三个月的光景里,你心中只有这个小伙。

　　这一切仿佛都是命定的。在一个雨后的黄昏,你与他在车站上撞了个满怀!这小伙穿得阔了些,可你还是认出了他。当他茫然地看了你一眼,正要离开的时候,你叫住了他:"站住。"他又抬头看了看你,很诧异地问:"干啥?"你说:"你过来,我有话跟你说。"他迟迟疑疑地走过来问:"有事?"你点点头说:"有事。"你把

为心中的希望付出再多也愿意。

他领到没人的地方,上去就给了他一巴掌!而后,你哭了……

这一巴掌打得太猛,太突兀,太霸道!没有人这样干过,世界上任何爱情都不是这样来表示的,唯有你。你一巴掌粉碎了一个男人的灵魂,这是你三个月来寻找的结果。

你跟这小伙共同生活了七天(也算是"混"了七天)。没人知道你们在这七天里究竟干了些什么,"混"是很难说清楚的。据说,这小伙是个锁匠,看来也是很有钱的,你们一同在县城那最好的宾馆里住过。而七天之后,你却悄悄地离开了他。你走时他毫无防备,突然就消失得无影无踪了。依然和来时一样,你没有带走他的任何东西。

你花了那么大的气力去寻他,为寻他你吃了那么多的苦,可一旦找到之后,仅仅才过了七天,你就抛弃了他。他究竟在什么地方让你失望了呢?

失望一定是有的。你在追寻中一天一天地把他"神化"了。你不是在寻找他,而是在寻找中"塑造"他。你在想象中"塑造"了一个男人,"塑造"了一个你心目中的偶像。这偶像在想象中是美好的。你每时每刻都在加重着这美好的分量,完善着这美好的形体。你自己给你自己捏了一个完美无缺的"男人"。然而,

> 终于实现了心中的愿望,发现生活并没有本质的改变,只好继续寻找。

当你真正接近这男人的时候,那心中的偶像就碎了……

严格地说,这不是对男人的失望,而是对追寻本身的失望。你需要的仅仅是追寻的过程,是一个搁置精神的地方。目标的贴近却带来了精神的失落。苦难历程的结束预示着新的苦难历程的开始,你自然是不会停下来的。得到本身就意味着丧失。

可事情一旦开始,就不会很快结束。虽然才短短的七天时间,你却又一次种下了悲剧的种子。

也就在短短七天的时间里,你彻底征服了一个男人,这小伙发疯一般地爱上了你。你走之后,他为找你寻遍了大街小巷,而后就毫不犹豫地追到家乡来了。他给父母带来了丰厚的礼品,也带来了一个男人求爱的勇气。可是,你不在家,你根本就没有回来。父母对这位勾引来的"女婿"显然是不会承认的。他掂来的礼品被爹扔在了村街上,继而又让这小伙饱尝了足够的冷落。家里不接待他,他就睡在场里的麦秸窝里。夜风是凉的,可这小伙却心如火焚。他以为你一定会回来的。他望眼欲穿地在村里等了你七天,每天都在家门前转上几趟,每天都掂着贵重的礼物恳求老人承认他。为了说明他的来意,他一定是给老人讲述了那七天的"野合"。可父母是不会接受耻辱的,耻辱已经够

> 妹妹与小伙子角色易位。

多了。老人肯定辱骂了他,骂他个狗血淋头!

这小伙显然是忍到了最后的地步。他的钱花完了,你仍没有回来。于是,在一天夜里,黎明之前,他越墙而入,跳进了咱家的院子。他一定是在院里站了很久,当眼睛彻底适应黑暗之后,他看见了扔在房角处的一根麻绳……

第二天早上,娘一推门就吓得蹲坐在地上。她看见院中的苦楝树上吊着一个人,那人长伸着舌头。

小妹,你看见血了吗?你是有罪的呀!

你毁掉的不仅仅是个年轻的生命,你压榨了一个男人的灵魂。你给了他火辣辣的七天,然后突然把他抛在冰水里,悄然而去。何必当初呢!

是呀,爱是不能勉强的。对这小伙的死你不负法律责任。不爱,也似乎没有道义上的责任。你没有让他死,也没有逼他死,是他自己要死的。你甚至可以说他的气度太狭,不配做你的男人。可他毕竟是为爱你而死的呀!扪心自问,你的天良何在?

这小伙也是在咱们乡下长大的孩子。据说,他娘死得早,自幼是跟爹长大的,出门回家两根棍,从没尝受过女人的温存。女人在他心中占的位置太重了!二十多年的干渴,一朝得到滋润,那心情是很难形容的。乡下人找女人多难哪,奔一个女人往往要付出两代人

如果真得到了这个女子,在日后漫长而平淡的生活中,又会怎样?

送你一朵苦楝花 / 401

的辛劳。他就是为女人才出外奔生路的。在乡下,这娃儿应该算是聪明了,他学得了一份锁匠的手艺,也定然是有了一份奔女人的小小计划。你给了他爱,填补了他的空白,同时也打乱了他的计划。他本可以靠劳动挣一份爱的。可这爱自天而降,却又抽身而去,你给了他多大的失望啊!

失望本身就是对他的最大蔑视。失望本身就是对一个男人最残酷的冶炼。一个爱人的失望,既是毁灭的榨机,也是再造的熔炉。这小伙无法承受那突如其来的火与冰,他去了。可我再说一句,你何必当初呢!

如果说,对这小伙的死你还可以有所推卸的话,那么,你给父母带来的屈辱和灾难却是无法推卸的。

堕落衍生罪恶。

多么宏大的耻辱啊!四乡的人像过节一样一拨一拨地拥到家里来看热闹;公安局、检察院、法院的人也川流不息地来勘查死尸,询问死因;村人们更是四处张扬,逢人就说。两位老人每日里像罪人一样立在门前,战战兢兢地迎候着各种人的盘问。娘为此昏死过去三次;爹见人就磕头,一次又一次地磕头,头都磕出血来了……

那是夏天哪,我的小妹!在火炉一样的夏天里,父母为你守了七天死人。那七天,你知道他们是怎样熬过来的吗?他们为你的"耻辱"守灵,为那长吐着舌头的"耻辱"赔罪,为你承担了千万人的责骂和唾弃。年过半百的老人,每天像猴子一样地站在门前接受上万人的"观赏",那滋味并不亚于在碱水里泡、在油锅里煎!夜也是难熬的。天热,那死尸放院里怕狗拉,放屋里又怕臭了,可没有法院和对方家人的许可是不能埋的。那真是死不了又活不成的七天七夜呀!

小妹,你罪孽深重呀!你不能忍受的,让父母替你忍受了;你种下了悲剧的种子,让父母来品尝罪孽的果实。

你是在找他吗?你是在找你自己。你找到了自己,却发现已不是原来的自己了。于是你丢弃了"旧我",又一次寻找"新我"。

十

小妹,你是有罪的。你的哥哥也是有罪的。你罪在行动,你的哥哥却罪在思维。

在这里,我将坦白地告诉你,你的哥哥是一个意淫者。

哥哥的坦白。

他得了可怕的精神分裂症。有很久了,几乎每天晚上他都是在失眠中度过的。夜的眼关注着他的每一个行动:他的一半躺在婚床之上,另一半却去追寻那久

> 走进城市却心系乡村。

远的"阳光"。当婚床上的半个我在肉体上做爱的时候,另一半却在精神上与"阳光"交欢。他追逐"阳光"、追逐精神的欢愉几乎达到了发疯的程度。他在暗夜里神行七百里去与那"阳光"汇合,他的神思在"阳光"的门前彳亍独行,徘徊不前。那门铃就在他眼前"亮"着,他一次又一次"勇敢"地冲上去按那门铃,可在最后一刻还是逃窜了。他永远不会按响门铃,可一次又一次地试图去按……他听见门铃响了,听见了那细碎、娇柔的脚步声,继而他看到了粉红的一闪。当那粉红的一闪随着有节奏的脚步声出现在门前时,他却很快地躲开了。"阳光"在半开的门前灿烂,粉红色的笑靥在门前灿烂,灿烂灿烂灿烂……

没有人。

他再次冲上去按门铃,敦促"阳光"再次出现,一次又一次地出现,以此来光照他灵魂的黑暗。

没有"阳光"他是无法生活的。他在暗夜里追寻"阳光",与"阳光"对话。对话就是他的光明。而每一次对话后他的灵魂便沉入更深的黑暗之中,也就越加地渴求"阳光"。他不能自救,只有"阳光"才能救他。于是他追忆"阳光"的每一个细小动作,追忆"阳光"的每一次闪烁,妄图在"阳光"的照耀下通体燃烧。

当白日来临,他又还原成一个地地道道的面具人,还原成一个在钢筋水泥的夹缝里求生存的谨小慎微的符号。依旧是紧闭心的大门,以微笑对人。而心的深处却焦灼地等待着下一个黑暗的来临,他将又一次地在黑暗中触摸"阳光"。

他知道他亵渎了"阳光",亵渎了那神圣的不可替代的精神偶像。可他无法控制自己。他的有罪的"手"每一次触摸"阳光"时都带有极大的不安。他厌恶自己,却又无法摆脱。他是"空气恋爱法"的得益者,又是受害者,精神的痛苦和精神的欢愉同时折磨着他。他欺骗了婚床又欺骗了"阳光",他在分裂中无力地挣扎着,他知道他总有一天要失常的。

> 城乡二元对立时代,从土地上走出来的知识分子,现实中逃离土地,精神上又难以割舍,从而出现精神上的分裂。

这一天终于来到了。

在一天夜里,他喝醉酒之后,竟然走到另一栋楼里去了。那是一个陌生的楼道,他在陌生的楼道里大摇大摆,神情昂奋地走着,肆无忌惮地敲响了整个楼道的屋门。他站在一个又一个门前高喊:"我爱呀!我爱……"在夜深人静的时候,这喊声是很瘆人的。可他不知道,他不知道他自己在干什么。几个穿着裤头的男人从屋门里窜出来,大骂着把他拉出去揍了一顿!可他还在声嘶力竭地高喊:"我爱呀……"

这种失迷已经达到了不可救药的地步。从此,他每天晚上都出去夜游,每天晚上都闯进一座新的陌生

送你一朵苦楝花 / 405

的楼房,在黑暗的楼道里高声喧哗。他曾三次被派出所的民警扣留,可查问之后又把他放了。单位领导替他说了很多好话。因为他白日里是很老实的,老实得像小绵羊一样。他是"第三梯队",又是重点培养对象,没有人敢怀疑他。他的面具是铁做的,他每日里戴着这铁制面具去上班,换来了一身"清白",但伪装还是被揭穿了,他他白天是人,夜里就变成了鬼,四处游荡的鬼。

> 虚伪的现实生活与内心精神需要的冲突。

他毁了,毁就毁在没有当面说出那句话。当他遇见"阳光"的时候没有说出那句藏在心底里的话,就造成了精神上的长久淤积。那淤积逼迫着心的波涛,终于冲决了堤岸。当他因多年的伪装被揭穿,痛心疾首地跪在一个个领导面前忏悔时,当他泪流满面地检查自己时,却进行着更加虚伪的掩饰。他说他不知道他究竟干了什么,当时什么也不知道。可他是知道的,在心的深处,他是知道的。他什么都知道。他的泪水从虚伪的筛子上漏下来,一滴滴洒落在领导的脚下,表演了一幕幕真诚的荒诞。他听到了泪滴的声音,那声音响在灵魂之上,他的灵魂为此而放声大笑,笑得前仰后合!

这淤积还来自生活的假模假式,来自没有真诚的符号化的行走,来自铁制面具的沉重,来自对人的世界的恐惧。一切都程序化了,人变得越来越小,越来越畏缩。畏缩使人无法承受假的附累,于是导致了真的变形:一个意淫者。

这是虚伪造就出来的,是卑劣造就出来的。精神犯罪是不负法律责任的,却永远得不到心灵的安宁。由分裂造成的两个我在一天天地战斗着。白天的我服从于秩序;夜晚的我恢复本原,脱壳而出,去按那"阳光"的门铃。

> 妹妹的现实之罪与哥哥的精神之罪。

小妹,可悲的是,这一切仍是在夜的婚床上进行的,是在纯思维中进行的,是虚妄的。

他在想象中看见自己夜游,在想象中看见自己走进一个个陌生的楼道,在想象中看见自己喊出了那么一句话;在想象中挨了一顿揍;在想象中看见自己被派出所的民警拘留,又在想象中看见自己在上级面前哭泣……他在黑暗中睁大眼睛目睹着正在进行的一切。

你一定认为这很窝囊,他也知道这很窝囊。但人生怎能没有节制呢?没有节制整个世界就会一片混乱,就会出现野蛮和屠杀,就会尸陈遍野血流成河。没有节制就没有安全感。节制产生了虚伪和压抑,同时也带来了和平和安宁。节制是人类社会的平衡木,它困住了单个的人,却解放了整体意义上的人。它消灭了绝对的发展,却保护了相对的稳定。没有节制就没有了人与动物的差别。从这个意义上讲,人是需要虚伪和掩饰的。人的本性的大暴露,结果会是什么呢?

也许,他是太清楚了。清楚本身就是一种错误,两难的错误,无所适从的错误。

不过,他的确闻到了"阳光"的气味,那气味掺杂着苦楝花的清香,整个房间里都充满了苦楝花的清香。他沉醉在苦楝花的清香里去进行一次又一次的"精神夜游"。他常在夜深人静的时候悄悄地去品味那段话:

"哥,是她吗?"

"是她。"

> 重温这段对话,有了不同的体会。

"二十多年了,你还能认出她?"

"你去见见她,去呀!"

"不好。"

"你得去。那么多年了,你就不能见见她吗?"

"不好。"

"见见有啥呢?见见吧。"

"不好。"

"哥,你是人吗?"

小妹,当他想着这一切的时候,他的头还枕在那陌生女人的手臂上。那手臂传导着另一股香气,令人恐惧的香气。他知道这女人也是不爱他的,她爱的是一种高贵,施与的高贵,奴役和改造的高贵。她常常很自然地说:"我给你……我给你……"在她心目中,我是第一性的,你是第二性的,是施与和被施与的关系,是奴役和被奴役的关系。起点就没有互爱,也就没有互知。人对奴役的需要是永久性的,她的"爱"也就是永久性的。在这样的家庭里,任何逃离的企图都是徒然的。它会使你背上沉重的"精神债务",活一天就背一天。因此,他只能是个可鄙的意淫者!

小妹,卑劣的虚伪的我是多么羡慕你呀!羡慕你敢恨敢爱敢生敢死敢夺敢弃,那是多么野气多么酣畅的人生!可冷静的虚伪的我,又不得不谴责你!你太残酷了,你奔向有罪的大路,给社会给家庭带来了多少灾难哪!

而我只有呓语。

也只能呓语。

> 哥哥最大的虚伪与卑劣不只在于对妹妹的态度,更在于对城市女人的态度。既享受女人带来的一切,又在精神上有所背叛。

十一

小妹,你最后一次被捆回村子的时候,招致了全村人的围观。那是去年夏天的事了。在炎热的夏天里,我的小妹被五花大绑地捆在小拖拉机上,在一片"嗵嗵嗵"的轰鸣声中被载回村子。

全村人都出来看你了,满街都是子弹一般的目光。

那攒动的人头就像当年看夜戏一样，涌流着说不出的激动和兴奋。天光一下子变得燥热难耐了，火镜就在人们头上悬着，灼热的气浪随着小拖的轰鸣滚滚而来，烤化了整个村庄。

你被捆着。捆着的你身子挺得很直，头高高地昂着，脸上冻着坚冰一般的高傲。烈烈的火一样的红裙在绳索的捆绑下紧裹着冰雕一般的身躯，把冰与火的极端的两极呈现在这个古老而又窄小的村街里，暴露于光天化日之下的是冰与火的瞬间的美丽。此刻，天静静，地也静静，那情形就像是世界的末日到了！沉寂中仿佛响彻着一声来自天庭的呐喊，叫人觉得那古老瓦屋的兽头时刻都会滚落下来，在地上碎成一片残砾！

> 妹妹是乡村的批判者。

沉默，捆绑着的沉默。当这捆绑着的沉默缓缓驶过村街的时候，天仿佛阴下来了，那坚冰一般的高傲射杀着阳光的炽热，给七月的乡村带来了肃杀的寒气。而那火焰般的红衣裙却又时时灼烧炙烤着人们的心。火样的冰，冰样的火，使村人们承受着这来自两极的痛苦。

这痛苦来自蔑视，昂首挺胸宣告了你对乡村的蔑视。你虽然被捆着，却像凯旋的胜利者一样高傲。你的蔑视是从骨子里透出来的，蔑视里带着怜悯。你怜悯所有的乡人，一代一代在这块窄小的天地里繁衍生

410 / 人面橘

息的乡人。他们大多都是没见过什么世面的,生活的单调,劳作的乏味,人的猥琐,使你有了足够的蔑视他们的理由。你是带着闯荡过世界经历过人生的目光去看待他们的,于是你的蔑视你的怜悯就显得更加刻薄。在你眼里,他们是一群可怜的埋在黄土里的人,没有颜色的人。也仅仅是因为你被捆回来了,他们才有了一次看热闹的机会。人生一世,草木一秋,这也叫活人吗?所以,纵然被捆着,你也在乡人面前表示了足够的优越。

我的没有耻辱没有羞愧没有眼泪的小妹,你就是这样回到村里去的。你让村人们看到了他们一生都没看到过的场面。他们一个个像傻了一般望着"嗵嗵"响的小拖从眼前驶过,肃然地在你面前缓缓后退。

小妹,你给村人的刺激太重了。他们觉得你不应该是这个样子的。在他们眼里,好像什么东西变了,变得叫他们无法承受。他们的愤懑是无法诉说的,就好像突然从天上掉下一个大石磙,正好砸在他们心上!老人们两眼空空地仰望苍天,试图想抓住一点什么,却什么也没有抓到。听说,六奶奶"扑通"一下跪在地上,哭了。

小妹,这时的你已完全变了。你已不再是乡下人了。你的蜕变是迅猛的。衣着的变化仅仅是你脱胎换

妹妹以她对乡村的蔑视,沉重地打击了乡亲。

送你一朵苦楝花 / 411

骨的第一步,而那冷漠的满不在乎的神气才是根本性的变化。你已经没有了乡下人的"怯",骨子里的"怯"。而更重要的则是你对乡村的厌恶。你的厌恶耸动在眉宇之间,诉说了你的无法抑制的排斥心理。你的厌恶已达到了无以复加的地步,这不仅仅是因为村街的狭小,一张张脸相的茫然无知,也不仅仅因为生活的单调,劳作的乏味,而是对区域性生活本身的厌恶,对长年累月的居住的厌恶。夏日里那满眼的绿色没有引起你的一点好感,连村街里的空气你都是厌恶的。

进了家门,解开了那捆绑着的绳索之后,你仍然没有说一句话。虽然屋里院里都站满了看热闹的人,可你眼里却看不到一个人,你眼里只有对熟悉的厌恶。

屋子里很闷。爹彻底蔫了。他在地上死蹲着,失败写在脸上。娘也蹲着,那神情就像在受刑。只有你是坦然的,是一种恶的坦然,随你处置的坦然。好久好久之后,本家的六奶奶站了起来,她曾是待你最亲的老人。老人颤巍巍地走到你跟前,眼里淌着泪,"扑通"一声,竟当众给你跪下了!

娘也默默地跪下了……

爹浑身抖着,长叹一声,忽腾腾也跪到了你的面前……

七十六岁的六奶奶跪在你面前说:"梅妞,我做主

乞求对传统哪怕是表面的认同。

了。只要你不再跑,啥都依你。有中意的人领回来,想咋过咋过,你说句话吧?"爹颤着声说:"梅妞,只要你不跑,啥、啥都依你了……"

娘哭着说:"梅妞,你说句话……"

小妹,世界颠倒了吗?他们打过你,骂过你,撕过你,吊过你。乡村里所有能用的土刑法都用了。可老人们现在给你下跪了。他们一个个跪在你的面前,求你说句话,只要你不再跑,啥都依你。河水倒流也不过如此!哪怕是为了安慰老人,你也该张张嘴呀!

可你没有说,小妹,你没有说。你仍旧冷冰冰地坐着,像死了一般坐着。是的,他们打过你,可你的残酷更甚于一生都生活于乡间的老人。你最终还是惩罚了他们。你的心是铁做的吗?

多么可怕的沉默呀!终于,六奶奶站起来了,爹娘也跟着站起来了,全都默默的。到了这份上,话已说尽,再没什么可说了。乡村对你已仁至义尽。六奶奶缓缓地转过脸去,顿了一下拐杖说:"把兜肚儿脱下来吧,我给你缝的红兜肚儿。"

彻底的决裂。

小妹,你就是在这种时候脱下红兜肚儿的,那棉布做的能避邪的红兜肚儿。这大概是乡村对你的最后的唯一的束缚了。作为一个彻底背叛的女人,作为一个最不知羞耻的女人,你在一片惊呼中当众脱去了红兜肚儿。

　　这时,娘扑上去了,她像狼一样地嚎叫着扑了上去。最软弱最疼爱你的母亲扑在你身上嚎叫着咬下了一块肉,一丝丝带血的肉!

　　小妹,娘咬的是你的肉吗?她吞噬的是自己的心哪!老人绝望了。她把自己的心咬碎吃了。她生了你养了你,却无法改变你。她是多么悔恨哪!

　　再没有什么了。

　　再没有什么了。

　　再没有什么了……

　　小妹,在一个偏远的有着铁桶一般观念的乡村里,老人们已经尽到了最大限度的妥协和容忍,他们把所有能给予你的自由都给了你。你可以找你喜欢的男人,可以过自己愿意过的日月。只要不离开这块土地,他们都依了。

　　小妹,你还要什么呢?

> 哥哥、妹妹,二人以不同的方式背叛乡村。妹妹是精神上的彻底的决裂,哥哥则是对现实的实际背叛和精神上的依恋。二人共同完成了城乡二元对立中人们对乡村的态度变化。带有明显的理性分析,也是那个时期作品的特点。

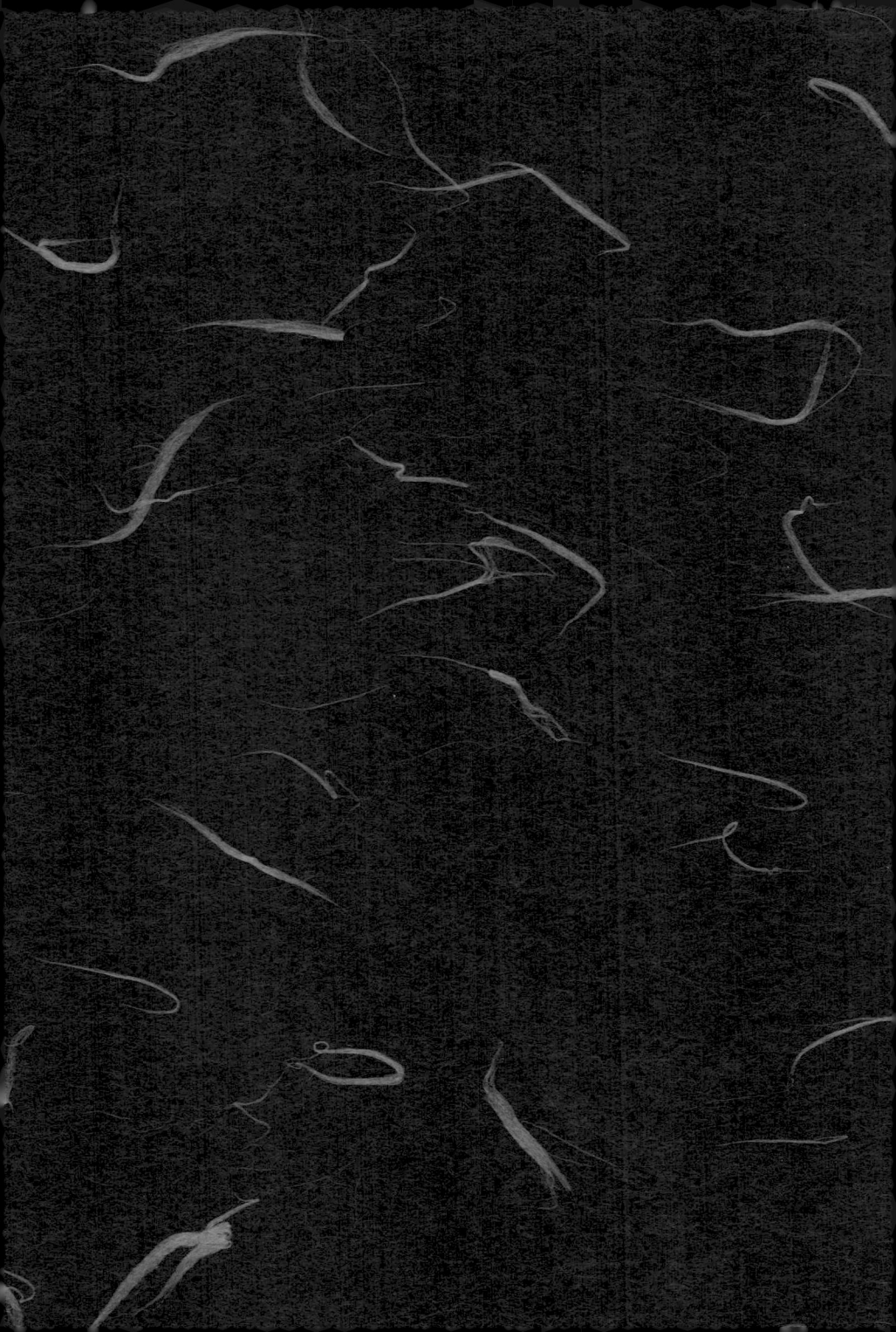